民國文化與文學 研究文叢

十三編　北京師範大學特輯

李怡　主編

第 6 冊

清末至民國語言變革與漢語小說的「現代」生成

陳迪強 著

國家圖書館出版品預行編目資料

清末至民國語言變革與漢語小說的「現代」生成／陳迪強 著 --
初版 -- 新北市：花木蘭文化事業有限公司，2020〔民 109〕
目 4+278 面；19×26 公分
（民國文化與文學研究文叢　十三編；第 6 冊）
ISBN 978-986-518-234-2（精裝）
1. 中國文學史 2. 小說 3. 語言
820.9　　　　　　　　　　　　　　　　109010949

ISBN-978-986-518-234-2

9 789865 182342

特邀編委（以姓氏筆畫為序）：

丁　帆	王德威	宋如珊
岩佐昌暲	奚　密	張中良
張堂錡	張福貴	須文蔚
馮　鐵	劉秀美	

民國文化與文學研究文叢
十三編　北京師範大學特輯　第 六 冊　　ISBN：978-986-518-234-2

清末至民國語言變革與漢語小說的「現代」生成

作　　者　陳迪強
主　　編　李　怡
企　　劃　四川大學中國詩歌研究院
總 編 輯　杜潔祥
副總編輯　楊嘉樂
編　　輯　許郁翎、張雅淋　美術編輯　陳逸婷
出　　版　花木蘭文化事業有限公司
發 行 人　高小娟
聯絡地址　235 新北市中和區中安街七二號十三樓
　　　　　電話：02-2923-1455／傳真：02-2923-1452
網　　址　http://www.huamulan.tw 信箱 hml810518@gmail.com
印　　刷　普羅文化出版廣告事業
初　　版　2020 年 9 月
全書字數　260948 字
定　　價　十三編 6 冊（精裝）台幣 15,000 元

清末至民國語言變革與漢語小說的「現代」生成

陳迪強　著

作者簡介

陳迪強，男，1977 年生，湖北襄陽人，2006 年畢業於華中師範大學，獲文學碩士學位；2010 年畢業於北京師範大學，獲文學博士學位。現任教於大連外國語大學，副教授，碩士生導師，從事中國現當代文學研究與教學。在《中國現代文學研究叢刊》等刊物發表論文 20 餘篇，多篇被《人大報刊複印資料》全文轉載或《新華文摘》論點摘編；主持完成省級課題 3 項，教育部人文社科項目 1 項，出版有專著《清末至民國語言變革與漢語小說的「現代」生成》。

提　　要

　　本書主要研究清末至民國的語言變革如何導致了中國漢語小說的「現代」轉型。書稿重點考察了清末至民國前期小說語言轉變的內、外兩種變遷及其相關的理論問題。一是從文言、白話並存，到文言小說消失，白話小說成為正宗的過程。書稿以統計對比的方法考察了自清末至1920 年代中期大部分小說期刊文言、白話小說的數量，探究了五四白話文運動的邏輯及其傳播，同時考察了民國中後期文言小說的消逝及文學史意義。第二種變遷是新詞匯及歐化語法的大量進入，白話小說內部的修辭方式與小說形態發生了變遷。書稿通過考察清末至五四關鍵詞的語義變化來透視小說思想的變遷，並借助語言學界歐化研究的前沿成果，在與舊白話小說的對比中辨析五四小說的歐化現象及修辭效果。

　　這內外兩種變遷正是五四作家追求「理想的白話文」，想像與建構「現代小說」的過程。以「漢語小說」為視角與方法，中國小說的「現代」生成是漢語小說在清末民國遭遇語言變革及西方人文思潮衝擊下的一次重構與調整，是漢語小說的自我融合與更生。應該從古典語言傳統、西方小說經驗與五四以來的小說實踐三維視野中認識這一進程，去除中／西、新／舊、雅／俗的壁壘，反思「現代」建構過程中的排斥機制。

教育部人文社會科學研究青年基金項目資助成果（項目編號：15YJC751003）

「平民主義」與理想堅守——
民國文化與文學·北京師範大學卷序言

李　怡

　　「民國文化與文學」叢書推出以大陸高校為單位的專輯儼然已經成為一大特色，到目前為止，我們先後組織了南京大學專輯、蘇州大學專輯、四川大學專輯，它們都屬於近年來「民國文學」研究的代表性學校，產生了為數不少的代表性學人。而北京師範大學無疑是這一研究領域的重鎮，這不僅僅它曾經在我任教的 10 多年中成立了「民國文化與文學研究中心」，召開了有影響的「民國歷史文化與中國現代文學」學術研討會，也不僅僅是有一大批的青年博士生紛紛加入，在「民國視野」中提出了關於中國現代文學研究的重要話題，結出了一個又一個的學術成果，更重要的還在於，北京師範大學在百餘年學術歷程中所形成的氛圍、氣質和追求，似乎與「民國文學」研究所倡導的「史學意識」與社會人文關懷，構成了某種精神性的聯繫，值得我們治學者（至少是北京師範大學的治學者）深切緬懷和脈脈追念。

　　「百年師大，中文當先」。描繪北京師範大學中文學科的發展歷史，這是一句經常被徵引的判斷，在一個較為抽象的意義上，它的確昭示了某種令人鼓舞的氣象。不過，「百年」來的中國社會文化實在曲折多變，中國學術的發展也可謂是源流繁複，「當先」的真實意義常常被淹沒於時代洪流的連天浪淘之中，作為「思想模式」與「學術典範」的北京師範大學中文傳統尤其是現代文學的學術傳統期待著我們更多的理解與發揚。

　　現代中國的高等教育肇始於京師大學堂，由京師大學堂而有 1908 年 5 月的京師優級師範學堂，進而誕生了 1912 年 5 月的北京高等師範學校，當然同

樣的 1912 年 5 月，也由京師大學堂誕生了中國現代高等教育翹首的北京大學，北京師範大學秉承「辦理學堂，首重師範」理念，引領現代教育與文化發展的首功勳績由此銘篆於史。但是，這一史實絕非僅僅是證明了北大與北師大「一奶同胞」，或者說北師大的歷史與北京大學一樣的「古老」，它很快就提醒我們一個十分重要的事實：與作為「時代先鋒」的北京大學有別，北京師範大學走出了另外一條教育之路，形成了自己的文化品格，雖然它和北大一樣背負著近代歷史的憂患，心懷了五四新文化的理想，也可以說共同面對了現代教育與現代文化建設的未來。

從京師優級師範學堂裡走出了符定一，京師中國語言文學的優質教育讓這位著名的教育家與語言文字學家在後來創辦湖南省立一中、執掌嶽麓書院之時胸懷天下、垂範後學，培養了包括毛澤東在內的一代青年；北京高等師範學校的中文學科更是雲集了當時中國的學術精英，如魯迅、黎錦熙、高步瀛、錢玄同、馬裕藻、沈兼士，不時應邀前來講學的還有李大釗、蔡元培、胡適、陳獨秀等思想名流，可謂盛極一時。京師優級師範學堂、北京高等師範學校、北京（北平）師範大學、北京女子師範大學、國立北平師範大學、國立西北聯合大學、輔仁大學，京師中文學科的漫漫歷史清晰地交融著中國現代語言文學的學術歷程與教育歷程，這裡，活躍著眾多享譽中外的學術巨匠，書寫了現代中國語言文學研究的華章：從九十餘年前推行白話文、改革漢字，奠定現代漢語的基石到半個多世紀以來開創現代中國民俗學與民間文學的卓越貢獻，諸多學科先賢都將自己堅實的足跡留在了中國現代思想文化發展的旅程中。值得注意的是，同樣置身於相似的歷史進程之中，北京大學常常更主動地扮演著「時代弄潮兒」的角色，佔據學術的高地振臂吶喊，以「文化精英」的自信引領時代的前行，相對而言，北京師範大學的知識分子更習慣於在具體的社會文化問題上展開自己的探索和思考，面對時代和社會的種種固疾，也更願意站在相對平民化的立場上進行討論，踐行著更為質樸的「為了人生」的理想，這就是我所謂的「平民主義」。

就中國現當代文學而言，我們目睹的也是這樣的事實：民國以來北京師範大學知識分子參與現代中國學術的社會背景是近百年來中國社會發展的風波與激浪，這裡交織著進步對落後的挑戰，正義對邪惡的戰鬥，真理與謬誤的較量，作為「民眾教育」基本品質的彰顯，北京師範大學的學術精英似乎沒有將自己的生命超脫於現實，從來沒有放棄自己關注社會、「為了人生」的

責任和理想，中國語言文學學術哺育了一代一代的校園作家，從黃盧隱、馮沅君、石評梅到蘇童、畢淑敏、莫言，他們以自己的熱情與智慧描繪了「老中國兒女」的受難與奮鬥，為現代語言文學的學術思考注入了新的內容；同樣，在「五四」運動，在女師大事件，在「三一八慘案」，在抗日烽火的歲月裡，北京師範大學的莘莘學子與皓首窮經的教授們一起選擇了正義的第一線，在這個時候，他們不僅僅以自己的思想和智慧，更是以自己的熱血和生命實踐著中國士人威武不屈、身任天下的人格理想，他們的選擇可以說是鑄造了現代中國學術的另一重令人肅然起敬的現實品格與理想堅守。這其中的精神雕像當然包括了魯迅。雖然魯迅作為教育家的歷史同時屬於北京大學與北京師範大學，但是就個人生活的重要事件（與女師大學生許廣平的戀愛）、政治參與的深度（女師大事件、「三一八慘案」）以及反精英的平民立場這些更具影響力的生命元素而言，魯迅無疑更屬於北京師範大學的知識群體。

　　魯迅式的「為人生」的精神傳統也在北京師範大學的學術脈絡中獲得了最充分的繼承和發揚。在新時期，魯迅精神的激活是中國學術開拓前行的旗幟，這面旗幟同時為北京大學和北京師範大學的學者所高擎，北京大學努力凸顯的是魯迅的先鋒意識和複雜的現代主義情緒，在北京師範大學這裡，則被一再闡述為「為人生」的「立人」的執著，新時期之初，北京師範大學中國現當代文學的帶頭人之一楊占升先生最早闡述了魯迅的「立人」思想，而北京師範大學培養的新中國第一個文學博士王富仁則將「立人」的價值推及到思想文化的諸多領域，並在此基礎上構建了他獨特的「反封建思想革命」的學術框架、「中國文化守夜人」的啟蒙理想。今天，北京師範大學中國現當代文學的學術成果，可能並不如北京大學等中國知名高校學術群落的那麼炫目，那麼引領風騷，或者那麼的咄咄逼人，但是，仔細觀察，我們就能夠發現其中浮現著一種質樸的「為人生」的情懷和方式，這肯定是十分寶貴的。

　　民國文學研究，無論學界有過多少的誤讀，都始終將尊重歷史事實，在近於樸素的歷史考辨中呈現現代文學的面貌作為自己的根本追求，這裡也體現著一種「平民主義」的學術態度，當然，對歷史的尊重也屬於現代中國人「為了人生」的基本訴求，屬於啟蒙文化「立人」理想的有機構成，北京師範大學的學術場域能夠容納「作為方法的民國」思想，能夠推出一大批的「重寫民國文學現象」的成果，也就是學術空間、精神傳統與個人選擇的某種契合，值得我們緬懷、記憶和總結。

　　在既往的「民國文化與文學」叢書中，我們已經收錄過北京師範大學學人的多種著述，今天又以專輯的形式予以集中呈現，以後，還將繼續關注和推出這一群體的相關成果。但願新一代的年輕的師大學人能夠在此緬懷我們的歷史，從中獲得繼續前行的有益啟示。

2020 年春節於峨眉半山

目

次

緒　論

一、問題的提出：「漢語小說」及其「現代」

　　綿延千年，華采紛呈的中國文學，發展到 20 世紀的「五四」時期，經歷了一場「千年未有之大變局」，其最重要的標誌是文學語言的全面變革。簡言之，由原來文言為主，白話輔之的二元格局，向白話為唯一正宗的一元格局轉變。這一過程從晚清開始，到 1920 年代白話成為「國語」，再至中華人民共和國建立後文言文徹底退出公共應用領域，轉型宣告完成。晚清至民國的語言大變革對所有的文體產生震盪，並呈現不同的路向，有的逐漸消失，如文言小說；有的調整更新，分道發展，如傳統戲劇與話劇；有的從低位走向高位，如白話小說；有的從公共領域退向私人領域，如舊體詩詞；有的吸收融合，借鑒各種資源不斷「嘗試」，漸趨穩定成熟，如新詩；有的移步換形，暗渡陳倉，穩健發展，如白話散文。這一過程對原有的文體認同，內部的審美規範，創作技巧，產生極大的影響，經過一段時間的積澱，形成今日我們稱之為「中國現代文學」的基本風貌。

　　自劉半農 1917 年界定「四大文學體裁」以來，〔註 1〕詩歌、散文、小說與話劇仍然是今天最為主流的文學體裁，這一過程正是四大體裁面臨「文白異動」格局進行持續調整融合的過程。與白話新詩、白話散文的「新質」相比，中國小說的轉變有其特殊性，白話小說自古有之，自宋元開始，白話小

〔註 1〕劉半農在《我之文學改良觀》中首次將詩歌、戲曲、小說、雜文並列，並從「文字」「文學」上勘定其價值：「凡可視為文學上有永久存在之資格與價值者，只詩歌戲曲、小說雜文二種也」。見《新青年》第 3 卷 3 號，1917 年。

說與文言小說並駕齊驅，形成成熟穩定的體制，中短篇小說有宋元的話本小說和明代的「三言二拍」，長篇小說則有明清章回體小說，更是規模宏大，影響深廣。語言變革的影響是全方位的，涉及到文體形式、審美規範、敘述模式等。籠統地說五四的文學革命是「偉大的開始」，〔註2〕五四的白話文運動導致「現代小說」的發生倒也符合文學史事實。但是具體到「白話小說」是如何「現代」起來的，卻也疑問叢生。比如，語言的變革對傳統的小說形式及內在審美規範形成什麼樣的衝擊？晚清的「小說界革命」之後為何反而有文言小說的繁榮？五四之後的文言小說命運如何？語言變革如何影響了五四作家對小說「現代」的想像與建構？《狂人日記》是在什麼意義上被稱為「中國現代小說的開端」？五四提出的歐化的白話文與「現代小說」理論建構有何關係？同樣是五四時期的白話小說，為何有「通俗」與「現代」之別，其邏輯是什麼？如何在中國小說漫長的白話傳統中看待魯迅、郁達夫、老舍等五四作家的白話（現代漢語）小說？或者說《阿Q正傳》《祝福》《駱駝祥子》《沉淪》在何種意義上與《紅樓夢》《水滸傳》的「白話」有古代與「現代」之別。這些問題在文學史敘事中或多或少地涉及，有些問題看似蓋棺定論，實則還存在許多需要釐清的問題。

帶著這樣的疑問，本書主要探討自晚清「小說界革命」至民國中期隨著文言、白話小說並存到白話小說一統的小說語言變革過程，在外來小說理論思潮影響下，「漢語小說」的語言傳統如何承續、整合和流變，生成一種稱為「現代」的小說類型，並反思這一建構的話語機制和實踐中產生的問題。與前一階段宏觀的現代文學語言研究相比，更側重微觀的、小說文體學的實證層面。

這裡，借用「漢語小說」的概念只是強調一種方法與視角，而不是文學史概念，意在將晚清至五四的小說變革放到中國小說的長時段變遷中考察，在中西、新舊、白話文言的分野背後回歸到最共通的「漢語」平臺進行研究，重塑中國小說變遷的主體性。這包含兩個層面的意義，其一，在學界已充分研究了小說的現代與古代、新與舊、中與西、雅與俗之區分的前提下，應該更多研究這些區隔背後的共通性，回到這些區分背後具體的語言問題。歐化白話、文言、舊白話之間擱置其語體特點來說，最共同的特點是漢語，都是現代漢語形成的基礎。從而將語言變革與小說的「現代」問題歷史化與問題化。其二，有效避免「新文學」發生研究的「新文學中心主義」，既關注新文

〔註2〕王瑤：《中國新文學史稿》，上海文藝出版社，1950年，第98頁。

學陣營的言論與實踐，同時也關注不同文化圈的文學變革立場與實踐，還應關注五四作家內部的不同觀點的碰撞。五四學人大多自述與西方文學的聯繫，但漢語寫作本身無法割斷傳統文學的聯繫，清末至民國時期小說家的語言結構及知識修養恰恰在於能在古文、西語、白話三者之間順暢轉換。也就是說，從歷史化的立場看，五四作家的文言與白話之間的衝突並不如他們宣稱的那樣「死／活」對立，不可通融。相反，「歐化的文言」甚至可能成為他們迅速將白話雅化（歐化的白話）的基礎。而這樣的歷史事實並不影響五四作家建構自身「現代性」的激進主義的語言策略。〔註3〕因此，以「漢語小說」為視角，可以重審中國小說「現代」轉型中「漢語小說」的大傳統，包括古典文言小說傳統和白話小說語言傳統。同時在語言傳統的比較視野之下，才更清楚看到「五四」語言變革給中國小說帶來的新變化與新問題，也才能更清楚認識到「五四」的歷史意義。因此，「漢語小說」的概念只是重新凝視「中國小說」「五四變法」的一種方法與視角。

與此相關，本書將「現代」「現代小說」暫且懸置，將之看作是可分析的，待解決的問題，而不是一個不證自明的概念。「現代小說」是一個動態的建構過程，而不是本質化的小說定義或分期。關於「現代」「現代性」的理論種類繁多，社會現代性與審美現代性也有不同的內涵，如果不與具體的言說對象結合，就會流於空泛。如果說「現代」是指一種趨新求變的態度與方法，一

〔註3〕胡適在《五十年來中國之文學》中談到「歐化的古文」，尤其是指章士釗的政論文。不過他認為雖然有變化，因為「不和一般的人發生交涉」，終不過是「死文學」或「半死文學」（見《胡適文集》第3卷第238頁）。如果不以胡適的「活文學」視角觀之，從黃遵憲的「新意境」，梁啟超的「新文體」，再到章士釗的「邏輯文」，或者王國維所說的「新學語的輸入」，實際都是描述了晚清至五四漢語的鬆動與新質，但具體到超越「臨界點」的理論整合與轉身，還需要五四時期的「道破」（即胡適後來講的「有意的主張」）和一攬子解決方案。近年陸續有學者注意到在書面語變遷的過程中存在「歐化的文言」。孟慶澍看到對漢語文法的強調及背後的知識生產策略是和五四新體白話一致的。（《歐化的古文與文言的彈性——論「甲寅文體」兼及與新文學的關係》《文藝理論研究》2012年第6期）。倪偉看到歐化的文言對新名詞，新文法的應用，但是存在翻譯的限度（見《章士釗的「邏輯文」與歐化的古文的限度》，《文學評論》2018年第1期）。刁晏斌從漢語史角度認為歐化文言是文言進入現代漢語的橋樑（見《漢語的歐化與歐化的漢語——百年漢語歷史回顧之一》，《雲南師大學報》，2019年第1期）。而張麗華認為魯迅和周作人能夠自由無障礙的從文言向典雅的白話切換，要歸功於《域外小說集》的文言小說翻譯（《現代中國「短篇小說」的興起》北京大學出版社，2011年）。這些研究都不同程度地豐富和深化了五四的語言變革與新文學發生研究。

種超越過去的審美衝動，一種與世界文學思潮匯通的願望，那麼這一「現代」的「五四新體文學」則有多元化的向度與實踐。中國短篇小說與長篇小說在五四遭遇的問題與變革的路徑也不盡相同。

中國小說在晚清，長篇章回體小說仍然處於主導性地位，梁啟超的「新小說」指稱對象是長篇小說，《月月小說》《繡像小說》《小說林》以連載長篇小說為主，即使在民初泛濫的愛情小說中，有影響力的也多是長篇小說。短篇小說自吳趼人辦《月月小說》開始有意提倡，但技巧上也多以「短小故事」為主，後來形成模式化的「某生體」和「滑稽體」，成為五四作家批判的背景。直到五四，在西方各種「小說做法」「橫截面」理論的影響下，短篇小說才作為一種新文類成熟起來。〔註 4〕短篇小說的「現代」無疑借鑒外國小說的經驗更多一些，有學者從「文類形構」的角度給出這樣的「描述性定義」：「它指的是 20 世紀初年出現的不同於傳統中短篇敘事文類，而借鑒了域外 Short Story（英美）、Conte（法）或 Erzählung（德）等文類體式的作品，在通行於大中學校的報紙雜誌中大量出現，其理論定義由胡適確立，而具體的翻譯與創作實踐則以周氏兄弟為先遣，是最能顯示文學革命實績、在『新文學』中成熟得最早的一種現代文類。」〔註 5〕但這樣的描述也只有在漢語小說的歷史比較中才能獲得「現代」的意義。

現代長篇小說顯然不只是去掉「回目」的章回體小說，而有「回目」的小說也可能是「現代」的，比如「現代通俗小說」的概念。這是「新」的一面。另一方面，無論古典還是現代，中國還是西方，長篇小說都要處理超大時空帶來的敘事複雜性與完整性，都要考慮敘事節奏與閱讀感受等問題，即以「回目」論，沒有「回目」也要處理長篇敘事的隔斷、承續問題，這是不同的技術形式與審美規範，而不是價值上的高低，情感上的進步與落後的問題。〔註 6〕長篇小說遇到的問題也不是「橫截面理論」所能解決的，這又是長篇小說「舊」的一面。

因此，筆者這裡懸置「現代」，不是棄置「現代」，而是將「現代」當成

〔註 4〕可參考劉濤的精彩分析，見《中國現代小說範疇論》第六章「中國現代短篇小說文體理論」，河南大學出版社，2005 年。

〔註 5〕張麗華：《現代中國「短篇小說」的興起——以文類形構為視角》，北京大學出版社，2011 年，第 264 頁。

〔註 6〕莫言的小說《生死疲勞》就採用了章回體的形式。關於章回體小說在現代的流變參考張蕾的專著《章回體小說的現代歷程》，北京大學出版社，2016 年。

中國小說主體性變遷過程中一種生長性元素來考察。因為即使不用「現代」的概念，也無法否認中國小說在五四前後遭遇世界人文思潮衝擊帶來的小說形式與思想的新變化。面對這一新變化，漢語小說仍然要在自身的漢語傳統中消化融合，形成我們稱之為「現代小說」的新傳統，直至今日，中國小說仍然在這一「現代」的漫長延長線上。

中國小說的發展歷經多次變遷，也不斷經受外來文化的影響，甚至白話小說的起源就有佛教傳播的因素，而這些影響終歸要通過漢語進入中國小說的審美體系，然後在白話、文言小說裏形成不同的傳統與存在方式。〔註 7〕同樣，五四的「小說變法」同樣處於漢語文學變革的體系之中，儘管新的質素也是明顯的。〔註 8〕

語言的大變革導致中國小說在晚清至民國經歷了內外兩種變遷：一是從文言、白話並存，到文言小說消失，白話小說成為正宗的過程；二是語言變革導致歐化詞彙、語法的大量進入，白話小說的修辭方式發生重大變化。基於以上問題意識與視角，本書意在從中國小說發展的長時段大背景下，考察「漢語小說」在這內外兩種變遷過程中發生了什麼被稱之為「現代」的新變化，又帶來什麼新問題。

本書使用的時間概念大多沿用學界通用的術語，為後面敘述方便，需要加以說明。「晚清」一般是指 1840 年爭鴉片戰爭至 1912 年民國成立之間的時段；「近現代」指 19 世紀中葉以來；「清末」是指 1895 年中日甲午戰爭至 1912 年民國建立之前的時段；「清末民初」是指稱 1895 甲午戰爭至 1919 年「五四運動」之間的時段。

「五四」相關的術語，具體使用語境不同指稱範圍會有差別。「五四新文化運動」泛指 1915 年《新青年》(《青年雜誌》) 創刊至 1920 年代前期的時段，最晚亦不能延至「五卅運動」以後。「五四時期」大多意指「新文化運動時期」。「五

〔註 7〕參見俞曉紅的《佛教與唐五代白話小說研究》，人民出版社，2006 年。美國學者梅維恒的《唐代變文：佛教對中國白話小說及戲曲產生的貢獻之研究》，中西書局，2011 年。
〔註 8〕錢振綱先生正是從中國小說歷代變遷中看待中國小說的「現代性」的，他認為晚清至五四的小說變革是中國小說的第三次大變遷：一為「唐有意為小說」，從自發走向自覺；二是宋元話本，是語體與文體的大變遷；三是晚清至五四之間，中國小說獲得了充分的「現代性」。這一思路對以「現代性」為標準回溯中國小說史的研究方法是一種糾偏。見《清末民國小說史論》，河北人民出版社，2008 年，第 9 頁。

四文學革命」是指 1917 年胡適發表《文學改良芻議》至 1920 年代中前期；而本書使用較多的「五四作家」「五四小說」「五四的語言變革」，大多是在以「五四」相關概念為核心再結合具體指稱對象上使用的。比如，「五四作家」，指「五四文學革命」以來贊同「新文學」理念的作家，「五四小說」亦作如是觀，1935年趙家璧主編《中國新文學大系》收錄的作者和小說當然屬於「五四作家」和「五四小說」。至於時間關節點，除了清朝的滅亡與民國建立、「五四運動」這樣的歷史事實具有精確的時間點外，其他均是以核心事件為界標略有彈性的概念。比如某部舊派小說發表於 1920 年，可能為行文方便亦稱「民初」，如果發表在 1924 年以後，則不能稱之。「晚清」「清末」亦如此。

二、歷史與現狀：中國小說的「現代」轉型與語言問題

綜合來看，本書是「五四」的語言變革研究與小說「現代」轉型研究的結合；從方法論上，一方面是中國小說「現代」轉型研究的語言學視角，同時又是「五四」文學語言變革的文體學視角。學界對晚清小說和現代小說的研究已有相當豐厚的成果，從宏觀上研究「新文學」的起源也不是新鮮的話題，但是，從小說語言角度探討「現代小說」的發生，並且全面地研究晚清至「五四」中國小說語言的嬗變過程，還有待深入。對於「五四」時期的語言變革，學界多集中在白話文運動的理論探討上，近幾年將視線延至晚清的白話文運動，探討其與新文學發生的聯繫。

關於中國小說的現代轉型，概而言之，大致有三種研究路向：「五四起點說」；「晚清至『五四』嬗變說」；「晚清起點說」。這三種路徑與新文學發生研究相一致，也與 1980 年代以來學科框架調整密切相關。「五四起點說」是伴隨新文學誕生以來的文學史敘述。胡適等五四作家的自我敘述奠定了這種敘述的基本格局，主要以「五四新文化運動」或 1917 年文學革命的發生為起點的敘述，強調五四學人「開創性」，以《中國新文學大系》的出版為標誌。陳子展、王哲甫、朱自清等人沿用。中華人民共和國成立一直到 1980 年代前期，同樣持「五四說」，但強調的是 1919 年政治性的「五四運動」，從早期王瑤、劉綬松到唐弢主編的《中國現代文學史》，都依託《新民主主義論》的歷史分期，現代文學屬於新民主主義文學，魯迅的《狂人日記》是現代小說的開端。〔註 9〕1980 年代中期隨著「重寫文學史」思潮興起，中國現代小說研

〔註 9〕比如王瑤的《中國新文學史稿》（開明書店 1951 年 9 月上冊）、李何林等人的

究也「回歸五四」，接續了五四作家的敘述路徑，注重從整個五四新文化運動考察現代小說的興起。

　　與此前強調「近代文學只是封建文學到現代新文學之間的過渡」「未能盡到徹底反帝反封建的歷史作用」〔註10〕的論斷相比，1990年代以後最保守的「五四起點說」也不會無視晚清至五四之前的文學變革，《狂人日記》的前史，如《懷舊》《域外小說集》進入「新文學」視野。「近代文學」概念逐漸淡出，「晚清文學」研究熱一直持續至今。中國小說現代轉型研究也形成了「晚清至五四」的敘述模式。這種模式不否認五四小說的歷史功績，只是將現代小說的興起看成淵源有自的連續性文學事件。

　　「晚清至五四嬗變說」，主要指晚清小說的豐富性開始受到重視。作為「新文學」重要的開創者，茅盾對當時文學史不提清末民初文學的貢獻很不滿，他提到了梁啟超、黃遵憲，以及清末的翻譯小說和各地的白話小說。〔註11〕隨後學界提出的「20世紀中國文學」概念對此研究範式有重要推進作用，〔註12〕陳

　　　　《中國新文學史研究》（新建設雜誌社1951年7月出版）、蔡儀的《中國新文學講話》（新文藝出版社1952年11月）、丁易的《中國現代文學史略》（作家出版社，1955年10月）、張畢來的《新文學史綱》（第1卷，作家出版社1955年10月）、劉綬松的《中國新文學史初稿》（作家出版社1956年4月），唐弢主編的《中國現代文學史》（人民文學出版社，1979年），均是以「五四運動」為現代文學的真正起點的：「新文學的提倡雖然在『五四』前一兩年，但實際上是通過了『五四』，它的社會影響才擴大和深入，才成了新民主主義革命的有力的一翼的。」（王瑤《中國新文學史稿》緒論）。

〔註10〕唐弢：《中國現代文學史（一）·緒言》，人民文學出版社，1979年，第8頁，第96頁。

〔註11〕他在1980年致友人書信說：「解放後寫的現代文學史很少對『五四』前夜的文學歷史潮流給予充分論述，私心常以為憾。目前正在陸續出版的《中國現代文學史》（唐弢主編）第一冊前邊，也未重視這個問題。我以為我們論述『五四』新文學運動的時候，應該立專章論述清末的風氣變化和一些過去起過重要間接作用的前驅者。」見《中國現代文學史的另一種編寫方法——致節公同志》，《社會科學戰線》，1980年第2期。

〔註12〕「20世紀中國文學」是黃子平、陳平原、錢理群在1985年提出的，是指「由上世紀末本世紀初開始的、至今仍在繼續的一個文學進程，一個由古代中國文學向現代中國文學轉變、過渡並最終完成的進程」。最初是發表於《文學評論》1985年第5期的《論「二十世紀中國文學」》，接著《讀書》1985年第10期開始分6期連載三人的筆談《二十世紀中國文學三人談》。隨後出現一些以「20世紀中國文學史」命名的著作，有代表性的如黃修己的《20世紀中國文學史》，中山大學出版社，1998年；孔範今主編的《二十世紀中國文學史》，山東文藝出版社，1997年；謝晃主編的《百年中國文學總系》，山東教育出版社，1998年。

平原的晚清小說研究雖然並不糾纏於晚清、五四誰更正統的問題，但他致力於發掘晚清至五四中國小說的現代轉型，實際上將現代小說視域已經擴展到晚清，他撰寫的《二十世紀中國小說史‧第一卷‧1897～1916)》正是從晚清寫起，後來再版時改名為《中國現代小說的起點——清末民初小說研究》，在另一篇文章裏，他提出要反省「五四新文學」的邏輯起點，認為《中國新文學大系》以五四新文學為標尺，「最明顯的偏差，莫過於對待『晚清文學』以及『通俗小說』的態度」。「借助於晚清，起碼比較容易溝通『現代』與『傳統』，也比較容易呈現『眾聲喧嘩』局面，並進而走出單純的『衝擊—回應』模式，不再將五四新文學解讀為西方文學的成功移植。而『現代文學』非從五四（包括其前奏）說起不可的思路，嚴重地侷限了這一學科自身的發展」〔註13〕。

大陸較早關注「前五四」文學的還有劉納的名作《嬗變——辛亥革命至五四時期的中國文學》，她認為「我國文學從『古代』到『近代』的變革，開始於1902、1903年間，完成於五四之後。」〔註14〕該書以翔實的資料，生動的文本細讀清理了從「小說界革命」到民初再至五四時段的文學思潮。尤其是對鴛鴦蝴蝶派小說、駢體小說論述視角新穎，敞開了被歷史遮蔽的一面。楊聯芬的《晚清至五四：中國文學現代性的發生》是「晚清—五四」敘述的代表性著作。書中對林譯小說的「現代性」，作為潛文本的《域外小說集》，蘇曼殊與五四浪漫主義，曾樸、李劼人與歷史小說做了精彩考論，對晚清至五四「國民性」的敘事起源進行了考察與分析。

與陳平原、劉納、楊聯芬對五四充分肯定的前提下的晚清研究不同，海外學人的晚清敘述多少有去除「五四正統論」的意味。王德威的《沒有晚清，何來五四？》一文激起廣泛的討論，極大地推動了大陸的晚清小說研究熱。王德威不是為「五四」小說的「現代性」尋找源頭，而是認為「五四」乃是收束與終結點，它將晚清小說眾聲喧嘩的現代性敘事，收窄為「啟蒙」一途，導致晚清豐富的文學實踐關閉了發展通道。〔註15〕海外學者對晚清的推崇自

〔註13〕陳平原：《學術史上的「現代文學」》，《中國現代文學研究叢刊》，1997年，第1期。

〔註14〕劉納書中界定的「辛亥革命時期是指自1902～1903年至1912年初，歷史界標與文學界標完全重合」。見《嬗變——辛亥革命至五四時期的中國文學》，中國社會科學出版社，1998年，第1頁。

〔註15〕《被壓抑的現代性——沒有晚清，何來「五四」？》較早收入《想像中國的方法》（三聯書店，1998年），此文影響巨大，在《被壓抑的現代性——晚清小說新論》（北京大學出版社，2005年）中作為導論收入。面對長達數十年由

有其傳統，夏志清《中國現代小說史》（1961 年）初版時的副題是「1917～1957」，延續的是胡適的新文學起源論。後來再版時他檢討沒有將晚清與民初小說寫進去，認為是全書的缺失之一。〔註 16〕司馬長風在敘述「文學革命」的背景時認為近千年的白話文學傳統的鋪墊，「文學革命」才能在三年內完成。「魯迅的小說正是西洋文法與傳統白話的混合物」。〔註 17〕這一看法今日觀之亦是非常有價值的觀點。李歐梵早在 1983 年為《劍橋民國史》撰寫文學史部分時就用「追求現代性」界定 1895 到 1927 年的文學。他對晚清媒介發展、稿酬制、讀者群變遷的考察都頗具啟發性：「清末年代的先行者們在建立白話文體、廣泛的讀者群和能夠藉以謀生的職業諸方面作出了很值得重視的貢獻。」〔註 18〕

　　在發現「晚清現代性」的思潮中，有學者將中國現代小說的開端定位在晚清，形成「晚清起點說」。最具代性的是范伯群、欒梅健。他們提出應該以 1892 年開始連載，1894 年正式出版的《海上花列傳》作為「現代文學」的起點。〔註 19〕值得關注的是嚴家炎先生的學術轉變。他對五四新派小說研究頗深，其專著《中國現代小說流派史》（1989 年）開現代小說流派研究之先河。在上世紀末「五四全盤西化論」泛濫時，他撰文進行有力反駁。在 2001 年談分期的文章裏，他談到了晚清文學與五四文學：「文學史的新階段——現代文學階段，只能從『文

　　　　該文引起的學術爭論，王德威二十年後用《沒有五四，何來晚清》做了進一步回應，稱「當代學者與其糾結於『沒有／何來？』的修辭辯論，不如對『文學』，或『人文學』的前世與今生作出更警醒的觀察。」見《南方文壇》2019年第 1 期。

〔註 16〕夏志清：《中國現代小說史・中譯本序》，香港中文大學出版社，2001 年版。

〔註 17〕司馬長風：《中國新文學史》，香港昭明出版社，1979 年，第 20 頁。

〔註 18〕李歐梵：《現代性的追求》，北京三聯書店，2000 年，第 192 頁。他在序言中說，本書觀點與夏志清的現代小說史不同，反對五四與文學革命的觀點，主張繼承而不是揚棄。李歐梵後來接受採訪時專門談到晚清：「大家有一個共識，就是中國現代文學的起源不是在『五四』，而是在晚清。……要說背景的話，可能就是覺得『五四』模式的路數似乎狹隘了一點，比較注重啟蒙，比較精英，難以全面描述現代文學的全景。」見《李歐梵季進對話錄》，蘇州大學出版社，2003 年，第 127 頁。

〔註 19〕見范伯群：《在 19 世紀 20 世紀之交，建立中國現代文學的界碑》，《復旦學報》2001 年第 4 期；《〈海上花列傳〉：現代通俗小說開山之作》（《中國現代文學研究叢刊》，2006 年第 3 期）；欒梅健：《為什麼是「五四」？為什麼是〈狂人日記〉？——對中國文學現代性的考辯》，《鹽城師範學院學報》，2006 年第 1期；《1892：中國現代文學的起源——論〈海上花列傳〉的斷代價值》，《文藝爭鳴》2009 年第 3 期；

學革命』後的新文學的誕生算起，雖然它的受孕可能遠在 19 世紀末年和 20 世紀初年」。〔註20〕但隨著他對晚清文學的研究深入，他認為「如今的學者已很少有人贊成現代文學史是從『五四』文學革命寫起，較多學者認為這一時間應該是從戊戌變法即 19 世紀末年寫起。」他認為晚清小說有三座界碑「標誌著文學史上一個新時代的開始」。〔註21〕雖然重視晚清不一定就等同於否定五四，但我們多少可以從中看出中國現代文學學科觀念的變遷與拓展。錢振綱先生在《清末民國小說史論》所持觀點較為證。他認為晚清文學變革也非常重要，但作為「現代文學」的起點卻只能是五四。「這兩種觀點的分歧不是觀念上的，而是技術上的」。「我們可以將自晚清文學改良運動至五四文學革命約二十年的時間，視為中國古代文學向中國現代文學史過渡時期，因而也就可以將五四文學革命作為中國現代文學史的正式開端。」〔註22〕他實際上區分了「起源」和「起點」的不同，兼顧了歷史的連續性和階段性，晚清是「起源」，五四是「起點」，「起源」可以是多中心的，時間上可以是多線索的。書名以「清末民國」命名，也是「懸置現代」的「現代小說」研究思路。本書通過清末至五四小說期刊的語言情況統計也將表明，晚清或更早的某部小說的「現代性」，無法帶來整個文學狀況的改變。而以《狂人日記》為代表的「五四」小說，卻是整個中國文學格局在語言、審美、觀念上的全方位變革。

　　中國小說的現代轉型涉及諸多重要的文學史話題，新世紀以來研究方法呈現多元化，視角也從宏觀走向微觀。郭洪雷從宋元話本、近代和五四三個時期考察中國小說修辭模式的嬗變，尤其將五四小說修辭的轉型放到到中國小說修辭傳統之中研究，思路具有開創性。〔註23〕陳思廣一直致力於現代長

〔註20〕嚴家炎：《文學史分期之我見》，《復旦學報》2001 年第 3 期。

〔註21〕這三座標誌性的界碑是：一是黃遵憲《日本國志‧學術志》「文學」條下用「外史氏」名義所作的一段重要評論，它提出了「言文合一」的理論主張，倡導以口頭語為基礎來形成書面語。二是陳季同通過法文著作和中文材料，提出了小說戲劇亦中國文學之正宗，世界文學乃中國文學之參照；三是兩部有現代意義的長篇小說：陳季同 1890 年出版的法文小說《黃衫客傳奇》和韓邦慶 1892 年發表的《海上花列傳》。見《「五四」文學思想探源》，《北京大學學報》，2009 年第 4 期。他後來主編《20 世紀中國文學史》（高等教育出版社，2010 年）第一章「甲午前夕的文學」就從陳季同的《黃衫客傳奇》和韓邦慶的《海上花列傳》講起。

〔註22〕錢振綱：《清末民國小說史論》，河北人民出版社，2008 年，第 25 頁。

〔註23〕郭洪雷：《中國小說修辭模式的嬗變——從宋元話本到五四小說》，上海三聯書店，2008 年。

篇小說的編年史研究，他對五四長篇小說興起的考察是對此領域過多關注短篇小說的一種補充與推進。〔註 24〕季桂起從形式的角度梳理現代小說體式的流變；徐德明關於中國小說的現代系統模型，老舍小說的雅俗整合的研究，都給筆者重要的參考與啟迪。〔註 25〕

　　關於五四語言變革與新文學的關係研究，也有一個從五四學人自述到歷史化的過程。胡適說「我們提倡文學革命，就是要替中國創造一種國語的文學」。〔註 26〕他的「國語的文學，文學的國語」口號簡明扼要地概括了白話文運動的實質。隨後傅斯年、劉半農、錢玄同等從歐化，標點符號，文字與文學的價值異同等方面推進了語言改革的理論。語言學家黎錦熙的《國語運動史綱》更將五四文學革命與國語運動的合流稱為「大書特書之事」，「兩大潮流合而為一，於是轟騰澎湃之勢愈不可遏。」〔註 27〕此後大多數文學史沿用五四學人的歷史敘述，強調五四白話文運動的「開創性」。〔註 28〕

　　值得注意的是，出版於 1950 年代的兩本著作對晚清白話文運動和五四以來的書面語變遷做了突破性研究。譚彼岸的《晚清的白話文運動》一書罕見地高度評價了晚清白話文運動的歷史價值：「晚清白話文運動是五四白話文運動的前驅，有了這前驅的白話文運動，五四時期的白話文才有歷史根據」。〔註 29〕而這個時段被共和國初期新文學史教材判定為舊民主主義時期「資產階級改良派」的文學運動。譚著本意在於貶抑胡適的歷史貢獻，認為胡適的自述功績，無異於「盜竊行為」。這顯然是順應了當時全國範圍內「胡適思想批判」的政治大潮。但對晚清白話文運動的實證分析，卻將「晚清—五四」兩次白話文運動的歷史聯繫凸顯，甚至大有白話文運動成功於晚清而不在於五四的傾向。譚的研究受到香港學者陳萬雄的重視，後者關於新文化運動的起源研究又對大陸的五四研

〔註 24〕陳思廣：《中國現代長篇小說編年：1922.2～1949.9》，四川大學出版社，2008年；《現代長篇小說邊緣作家研究》，四川大學出版社，2019 年；論文《「五四」時期現代長篇小說論》，《武漢大學學報》，2003 年第 1 期。

〔註 25〕見徐德明：《中國現代小說雅俗流變與整合》，社會科學文獻出版社，2000 年；季桂起：《中國小說體式的現代轉型與流變》，山東大學出版社 2003 年。

〔註 26〕胡適：《建設的文學革命論》，《新青年》4 卷 4 號，1918 年。

〔註 27〕黎錦熙：《國語運動史綱》（上），商務印書館，1934 年版，第 71 頁。

〔註 28〕胡適在《逼上梁山》《中國新文學大系·建設理論集·導言》等文中毫不掩飾自己對白話文運動的貢獻，常為後人非議。他也提到科舉廢除，清朝覆亡，產業發達，人口集中等原因，但認為不用「妄自菲薄」：「白話文的局面，若沒有『胡適之陳獨秀一班人』，至少也得遲到二三十年。這是我們可自信的。」

〔註 29〕譚彼岸：《晚清的白話文運動》，湖北人民出版社，1956 年，第 4 頁。

究產生重要影響。〔註30〕而學界關於白話文運動「沒有晚清，何來五四」的研究理念直到1990年代以後才受到關注。如果說譚著是由五四向前追溯，那麼北京師範學院中文系編著的《五四以來漢語書面語言的變遷和發展》則向後延伸，首次將五四以來40年的漢語書面語的變遷大勢從整體上進行了梳理，雖然帶有「革命化敘事」的「敵我」對立思維，但在有限篇幅裏將漢語詞彙、語法的變遷，以及報章文、應用文領域的語言變化做了精彩的探討。比如提煉出「梁啟超的新文體—《大公報》—新華社」這一新聞語言的變遷線索，對公文、報章文的國統區／文言與解放區／白話的例證，對中學語文教學中文白問題的歷時性考察，都對後來的現代漢語發展研究提供了諸多借鑒。〔註31〕

受西方語言論轉向研究的影響，從語言哲學方面研究晚清與五四白話文運動，以及微觀層面研究語言變革與中國現代文學的著作開始增多。高玉較早從語言本體論的角度重審晚清與五四的語言變革，他把語言分為道／器，思想／工具兩個層面，五四白話文體系屬於道與思想的層面。「它與西方語言的聯繫也不是文字上而是語言體系上，五四白話就是後來的『國語』，也即現在的現代漢語，它和古代漢語是同一文字系統但是兩套語言體系。」五四白話文運動從語言工具層面切入，實際上起到了「思想革命」的功用，才會發生現代文學的真正轉型。高玉的研究被學界普遍採用與引證。〔註32〕劉進才將民國時期中小學語文教育的發展與語言運動、文學發展結合起來考察，開闢了現代文學研究的新視角。國語運動、現代文學、國語教育三者的互動是他考察的重點，宏觀分析及史料發掘較多，對文學現象及小說語言的變革涉及較少。〔註33〕王風探討

〔註30〕見香港學者陳萬雄的《五四新文化的源流》，該書第六章專門討論清末民初的文學革新運動，對譚著雖然批評其辭氣浮露，關鍵材料還不夠全面，但總體評價頗高，認為這「是至今惟一系統研究晚清白話文運動的著作，內中所發掘的材料和論證相當有貢獻」，見北京三聯書店1997年版，第171頁。該書初版是香港三聯書店1992年版。與旅美學者周策縱的《五四運動——現代中國的思想革命》（江蘇人民出版社，2005年）一起成為大陸研究五四新文化運動不可或缺的參考書。

〔註31〕該書是向共和國成立十週年和五四運動四十週年的獻禮之作，列為「中國語文叢書」之一，題目是呂淑湘先生確定。見北京師範學院中文系漢語教研室編著：《五四以來漢語書面語言的變遷和發展》，商務印書館，1959年。

〔註32〕高玉認為「五四的白話文運動既不同於晚清白話文運動，也不同於三四十年代的文藝大眾化運動，前者主要是語言思想運動，後者主要是語言工具運動。」《現代漢語與中國現代文學》，中國社會科學出版社，2003年。

〔註33〕劉進才：《語言運動與中國現代文學》，中華書局，2007年；《語言文學的現代建構——語言運動與中國現代文學再探討》，北京大學出版社，2015年。

了新文學建立和現代書面語之間的互動關係。〔註34〕王平認為語言變革對現代
文學的雅俗觀念生成及格局有深遠的影響。〔註35〕張向東從古代語言傳統看「文
白之爭」，認為「文白之爭雖是近代以來凸現出來的一個語言問題，但早孕育在
『文一言一意』三級階梯表意體系之中。」〔註36〕劉琴討論了現代漢語與現代
文學關聯的三個維度：口語與書面語、歐化與白話、古典與現代，考察範圍論
及整個20世紀中國文學，以個案分析為主。〔註37〕鄧偉對清末民初文學語言變
革做了整體考察，並個案考察了梁啟超的小說觀，林譯的古文小說，徐枕亞的
駢文小說，認為這三人代表了清末民初白話、古文、駢文三種文學語言建構的
潮流。他多偏於從文化的角度考察清末民初文學語言的「場態」，沒有涉及現代
小說發生的命題。〔註38〕此後鄧偉深入研究了20世紀歐化的文學語言問題，認
為「『歐化傾向的五四文學語言』凸現了五四文學語言建構所能達到的精神領域、
靈魂探索和詩性空間，展示了五四文學語言建構超越一般書面語變革所達到的
話語力量」，歐化語言代表著「中國文學思維方式的現代轉變」。〔註39〕

　　隨著「現代性」問題討論的深入，中國「新文學」發生及起源也成為研
究熱點，尤其是方興未艾的晚清文學研究浪潮，更是推動了學界將觸角延伸
至晚清。其間，晚清小說的研究和晚清至五四的白話文運動研究均是重中之
重。尤其在新文化運動一百週年之際，五四白話文運動更是受到集中的關注。
這些研究對於本書的寫作均有不同程度的啟發，小說語言變革與現代轉型不
是孤立的現象，它一定與整個新文學的語言變革與轉型形成互動。本書探討
小說的「現代」生成與語言變革，均力求與上述研究形成潛在的對話。綜合
看來，這兩方面的成果雖然豐厚，但將二者聯合起來考察的卻不多。這可能
因為中國古代自有源遠流長的白話小說歷史，所以語言變革對於小說的意義
很容易被忽略。

〔註34〕王風：《新文學的建立與現代書面語的產生》，北京大學博士論文（2000年）。
〔註35〕王平：《清末民初的語言變革與現代文學雅俗觀的生成》，四川大學博士論文
　　　　（2007年）。
〔註36〕張向東：《語言變革與中國現代文學發生》，人民文學出版社，2010年，第105
　　　　～109頁。
〔註37〕劉琴：《現代漢語與現代文學的關聯性研究》，中國社會科學出版社，2010年。
〔註38〕鄧偉：《分裂與建構：清末民初文學語言新變研究》，中國社會科學出版社，
　　　　2009年。
〔註39〕分別見《試論五四文學語言的歐化白話現象》《廣東社會科學》2011年第2
　　　　期；《「歐化傾向的五四文學語言」辨析》，《貴州社會科學》，2012年第4期。

　　陳平原和袁進是較早關注這一問題的學者。陳平原的《中國小說敘事模式的轉變》是用敘事學理論研究中國小說現代轉型的名作，尤其是關於小說的書面化傾向與中國小說敘事模式轉變的論述與本論題密切相關。為何五四作家在短篇小說上率先取得成功，而長篇小說則遇到困難？陳著詳細考證了晚清報刊業的發展對報載小說敘事模式的影響，笑話、軼事載入使長篇小說結構解體，卻為短篇小說的敘事模式轉變提供了條件。在仔細論證中國小說敘事時間、敘事視角與敘事結構方面的變遷後，他從古代小說獨特的文言、白話傳統比較中，思考了古代小說敘事模式單一的原因：「中國古代文言小說中並不缺乏採用限制敘事的（第一人稱、第三人稱），故很難用漢語不注重語態來解釋中國白話小說敘事角度的單調，就像我們很難用漢語缺乏明確的時態來解釋中國古代白話小說敘事時間的單調一樣（因為敘事詩、文言小說中照樣不乏採用倒裝敘述的）。」由此他得出觀點：「中國古代小說敘事方式的單調，不應歸結為漢語語法結構的呆板，而應主要歸因於說書藝人考慮『聽一說』這一傳播方式和聽眾欣賞趣味而建立起來的特殊表現技巧，在書面形式小說中的長期滯留。」〔註40〕這一觀察細緻而敏銳，該著最鮮明的特點是在古今、中西、文白、詩文與小說等多個維度中把握中國小說變革。當然，這一考察方式自然也會帶來新的疑問：中國小說是否只有在視角、時間、結構如此轉軌方才足稱「現代」？這都是值得進一步思考的。

　　他隨後出版的《二十世紀小說史‧第一卷》專闢一章討論清末民初的文言與白話小說。〔註41〕書中分析了白話小說興起的背景以及與晚清白話文運動的關係，論述了晚清小說家是如何發現並認同了方言對於白話小說的價值，吳語小說、京語小說流行背後的文化因素及其侷限。在「古文小說和駢文小說」一節，主要考察以林紓為代表的以古文作小說和以徐枕亞為代表的駢體小說的表現力及其限度。另外，作者也指出「譯文體」對晚清小說語言影響最著，這包括西式標點符號的應用、句式的變化等。該著基本勾勒了清末民初小說語言變化的基本面相，但由於篇幅的限制，有些問題並未作深入分析。

〔註40〕陳平原：《中國小說敘事模式的轉變》，上海人民出版社，1988 年，第 184 頁，第 291 頁。

〔註41〕初版書名是《二十世紀中國小說史第一卷(1897～1916)》，北京大學出版社 1989年版。2005 年由北大出版社再版，更名為《中國現代小說的起點——清末民初小說研究》。

　　與陳平原相比，袁進將中國小說的近代變革追溯到更早的西方傳教士來華時期。他認為西方傳教士在華的翻譯活動對中國文學的現代變革有重要的推進作用，古代白話向現代白話轉變中，西方傳教士創作了最早的歐化白話文，1865 年翻譯的《天路歷程》，就可以看成是最早的現代白話小說，其語言「大體上已經是嶄新的現代漢語」，通過從語音、語彙、語法，從詩歌、散文、議論文、小說各文體上考證，作者認為「現代漢語的文學作品是由西方傳教士的中文譯本最先奠定的，它們要比五四新文化運動宣揚的白話文早了半個世紀。」因此「需要重新思考和調整目前的現代文學研究」。〔註 42〕甚至有必要「糾正胡適的錯誤」，因為胡適直接從古代白話文汲取新文學的資源，而忽視了歐化白話在近代的發展。〔註 43〕顯然，傳教士的翻譯活動對中國文學語言的改造的確有重要貢獻，但是說傳教士在近代的歐化白話才是國語運動的正宗資源，也還是有待討論的問題。

　　與袁進的研究相互補充的是宋莉華對清代傳教士中文翻譯的研究，〔註 44〕這些研究共同敞開了中國小說現代轉型及語言變革的「傳教士視角」。如果聯繫

〔註 42〕　袁進在 1992 年出版了《中國小說的近代變革》（中國社會科學出版社），2001
　　　　　年出版了《近代文學的突圍》（上海人民出版社），2007 年新出版了《中國文
　　　　　學的近代變革》（廣西大學出版社），吸收了前面兩本專著的主要觀點。關於
　　　　　《天路歷程》的翻譯，袁進認為：「迄今為止，我們的近代文學史通常認為，
　　　　　最早翻譯成中文的西方長篇小說是蔣子讓翻譯的《昕夕閒談》，其實這是不對
　　　　　的。最早翻譯成中文的西方長篇小說是《天路歷程》，它是由西方傳教士賓威
　　　　　廉翻譯的，時間在 1853 年，12 年後，1865 年賓威廉又把原先的文言譯本改
　　　　　為白話譯本，它們的問世都遠遠早於 19 世紀 70 年代問世的《聽夕閒談》，僅
　　　　　僅因為賓威廉不是中國人，中國的近代翻譯文學研究就忽視了這一小說的翻
　　　　　譯。」見《論西方傳教士對中文小說發展所作的貢獻》，《社會科學》，2008
　　　　　年第 2 期。後來他對此小說有進一步的專門探討，見《新文學形態的小說雛
　　　　　形──試論晚清西方傳教士翻譯的〈天路歷程〉白話譯本的現代意義》，《社
　　　　　會科學》，2013 年第 10 期。
〔註 43〕　袁進：《糾正胡適的錯誤──從歐化白話文在中國的演變談起》，《玉溪師範學
　　　　　院學報》，2015 年第 12 期。
〔註 44〕　參見宋莉華系列文章：《第一部傳教士中文小說的流傳與影響──米憐〈張遠
　　　　　兩友相論〉論略》，《文學遺產》2005 年第 2 期；《19 世紀傳教士漢語方言小
　　　　　說述略》，載《文學遺產》2012 年第 4 期；《近代基督教教育小說的譯介及其
　　　　　意義》，載《國際漢學》2015 年第 1 期；《理雅各的章回小說寫作及其文體學
　　　　　意義》，載《文學評論》2017 年第 2 期；《近代傳教士對才子佳人小說的移用
　　　　　現象探析》，載《文學遺產》2018 年第 4 期。另有專著《傳教士漢文小說研究》，
　　　　　上海古籍出版社 2010 年版。

到王德威即將出版的《哈佛新編中國現代文學史》的相關論述就更是有意思的話題。王德威在「漫長的現代」中「尋找能夠象徵古今中西交衝的時刻」將「現代」的起點定在 1635 年，這一年明人楊廷筠正是受到傳教士啟發「首次在中文世界中提出了可以與 literature 對應的『文學』概念。」〔註45〕若如此，中國文學的「現代」從五四要一直上溯到晚明，與周作人的論述可以互相印證。王德威還提出 1792 年馬嘎爾尼訪華的文學史時間，因為這一「事件」恰好與《紅樓夢》的誕生「相遇」。這種中國人獲得「世界時間」的研究理路，是否受「全球史」研究的啟發不得而知。但是問題是，文學不可能如馬鈴薯、香料一樣建構出一條清晰可見的全球傳播以及播種／生長／收穫的線索。這裡無意評論這一進行中的學術熱點。與本書思路相關的是，王的觀點與文學史分期及文學史意義上的「現代」相齟齬，讀者很容易產生「文學史斷代是否還有必要」的疑問。那麼如果「懸置現代」，將現代性追溯與文學史斷代一定程度的剝離，就不存在這樣的衝突和疑問。「現代文學」的外延要大於「民國文學史」。如此，「現代」則意味著人文主義向度的「求新求變」的改革衝動，也是感知「世界時間」，獲得「世界意義」的「求好求優」的價值訴求。〔註46〕

如果說漢語的歐化從清代中期傳教士的文化活動就開始了，那麼這種改造的現代白話如何造就了現代小說？這一問題是張衛中思考的重點所在，他在《漢語與漢語文學》一書中考察了現代漢語與現代小說修辭上的聯繫。他的討論主要集中在三個方面：一是從現代語言學角度探討五四文學革命的思想性，他認為從文言到白話的轉變實則是一整套美學規範的轉變；二是探討了現代小說與新舊白話美學之間的關係。「現代白話的特點決定了現代小說的特點。」三是探討文學思維的轉換與中國小說現代轉型之間的關係。他對陳平原的小說敘事模式研究進行了反思，認為「中國小說的現代轉型首先是文學思維方式、包括美學觀點的變革，在這個基礎上，我們才能找到對這個轉型合適的理論描述與概括」。〔註47〕

〔註45〕見李裕洋對王德威的採訪：《何為文學史？文學史何為？──王德威教授談〈哈佛新編中國現代文學史〉》，《現代中文學刊》，2019 年第 3 期。

〔註46〕參考筆者論文：《文學分期的中性敘述與價值體系的多元化──關於中國現當代文學分期問題的思考》，《遼寧師範大學學報》，2008 年第 6 期。

〔註47〕該書是作者關於文學語言的論文結集，與現代小說語言研究相關的篇章是《五四語言變革與文學的變革》《現代白話與現代小說──從新舊白話的差異看現代小說的語言基礎》《文學思維的變革與中國小說的現代轉型》，見《漢語與漢語文學》，文化藝術出版社，2006 年版。

新世紀以來，從宏觀上、理論上研究現代語言變革的成果已經異常豐富，甚至出現大量虛浮表面，似是而非的研究。朱曉進看到這種弊端：「有些成果僅僅是滿足於作『關係』的宏觀描述」，「許多成果並未真正搞清語言變遷與中國現代文學具體的體裁、文體形式的關係方式，只是將『語言現象』與『文學現象』簡單地貼合在一起，未能真正客觀、具體地去探究，白話文運動以及其後不同歷史時期的語言變遷對中國現代文學形式的變化和演進的深度影響，對文學形式的基本走向、狀況以及特徵的形成所起的決定作用。」故他主張「深入地探究語言變遷與中國現代文學形式演進之間的真實而具體的互動關係」。〔註 48〕朱曉進及其團隊持續對語言變遷與「四大體裁」的關係進了卓有成效的考證。

莊逸雲全面研究了清末民初文言小說的生存環境、類型、藝術風格及其終結的原因，並辨析了在五四以後文言小說精神對現代小說的滲透。〔註 49〕郭戰濤的《民國初年駢體小說研究》是筆者所見唯一一部以民初駢體小說（不是以「鴛鴦蝴蝶派」）為研究對象的專著，釐清了不少關於駢體小說的誤解。〔註 50〕從事古典小說研究的張振國研究了晚清至民國的文言小說的生存狀況，對晚清民國文言小說集進行敘錄輯校，發掘了民國中晚期的志怪、傳奇小說集，並對民國的文言小說史進行了整體梳理。〔註 51〕但遺憾的是他對小說期刊發表文言小說情況卻未能充分關注，沒有在新文學發展的視野下研究民國文言小說的命運。其實文言小說的消退與新文學的進展是一個問題的正反面。在「五四」百年之際，學界已注意到文言文學傳統的現代性問題。陳建華激情地「為文言一辨」，探討了語言辯證運動與中國現代文學的起源問題，認為應該正視中國現代文學研究中「文言」的合法性問題。〔註 52〕李遇春從「中國文學傳統的創造性轉化」角度試圖「重建現代中國文學研究的古今維度」，他認為長期以來「中西維度」備受推崇，而「古今維度有所偏廢」，四大文體而言，小說和散文對傳統

〔註 48〕朱曉進：《語言變革對中國現代文學形式發展的深度影響》，《中國社會科學》，2015 年第 1 期。

〔註 49〕莊逸雲：《清末民初文言小說史》，復旦大學博士論文（2004 年），後修改出版專著《收官：中國文言小說的最後五十年》，商務印書館，2020 年。

〔註 50〕郭戰濤：《民國初年駢體小說研究》，廣西師範大學出版社，2010 年。

〔註 51〕張振國近年來集中研究晚清至民國的文言小說，出版有《晚清民國志怪傳奇小說集》，鳳凰出版社 2011 年版；《民國文言小說史》，鳳凰出版社 2017 年版。

〔註 52〕陳建華：《為「文言」一辯——語言辯證運動與中國現代文學的源起》，《學術月刊》，2016 年第 4 期。

的轉化最為成功。〔註53〕這些都是非常有啟發的新探索。

綜上所述，中國小說的現代轉型研究與中國現代文學的語言變革都取得豐富的成果，但也還存在一些待解決的問題：

其一，宏觀的語言思潮研究拓展了視野，但也存在理論辨析多於歷史實證，宏觀描述多於微觀考察的侷限，並沒有解決語言變革與文體「如何現代」的關係。

其二，涉及清末民初小說語言變革的論文也不少，但大多集中在兩個方面：一是探討五四白話文運動的起源時以小說為例證，沒有從小說文體角度出發。二是討論翻譯小說的文體、小說界革命對現代小說的影響較多，但是全面梳理晚清至五四小說語言整體嬗變的較少。

其三，對五四的「歐化」理論探討較多，但結合白話小說實例辨析新舊白話的特點，將經典白話小說、晚清白話小說、五四白話小說三者並置考察還較少。學界對概念史、關鍵詞研究成果日益豐富，但是晚清至五四的小說中，這些概念或關鍵詞發生了何種變遷，與小說思想的變遷有何關係？再進一步，歐化的詞彙與語法如何導致了小說修辭方式的「現代」轉型？這些都是值得結合具體小說文本進行深入分析的，這方面的研究還不充分。

所以本書以統計的方法考察清末至五四時期各大小說期刊的小說語言情況，並與兩次白話文運動的理論探討結合起來，考察中國小說語言在清末至民國內外兩種變遷，嘗試將中國小說的「現代」發生研究向語言學實證的角度有所推進。

三、思路與方法

基於以上認識，本書不擬再對語言思潮進行宏觀的理論推演，而是部分借用語言學研究方法，從實證、微觀、具體的視角考證清末至民國中期語言變革與小說文體「現代」生成之間的關係，從基本的小說雜誌、報刊的統計開始，以求全方位地呈現這一變革圖景。本書寫作的基本思路是，先整體考察晚清至五四文言小說、白話小說數量的消長，再從兩次白話文運動的邏輯考察五四文學革命如何導致了文白異動的發生，這一格局變化，如何與五四小說家對於「現代小說」的理論建構相適應。現代漢語詞彙、語法的變化如

〔註53〕李遇春：《中國文學傳統的創造性轉化——重建現代中國文學研究的古今維度》，《天津社會科學》，2016 年第 1 期。

何在白話小說內部導致小說修辭方式有所變革，並與五四作家的小說理論結合形成新的小說審美規範。最後研究如何在「漢語小說」發展的長時段裏認識中國小說的「五四變法」。具體章節安排如下：

第一章考察清末「白話文運動」中的「新小說」。首先考察歷史上的文言、白話小說平行發展如何在晚清承續，而後由於清末白話文運動與小說界革命合流，產生語言上的比較與衝突，出現「白話小說乃小說正格」，「文言小說更利於銷行」的爭論。順著言文一致的邏輯，用方言寫作自然是最佳選擇，可是又無法解決通俗性和地域性的矛盾。所以要分析清末文言一致的語言理想與小說「新民」功用之間的矛盾。本章統計分析清末白話文運動之後各大小說期刊發表的文言、白話小說數量，以呈現清末民初小說語言的歷史場景，進而分析清末白話文運動的影響及侷限。

第二章考察民國初年文言小說的繁榮及其原因。清末白話文運動的浪潮隨著清室的覆滅而消退，文言小說在民初有一個明顯的回潮，通過統計分析當時各大期刊的小說語言情況更能清楚呈現這一點。本章將重點分析文言小說及駢體小說興盛的原因，這一方面有政治時勢變遷的原因，也有林紓和徐枕亞個人成功的巨大示範效應，更有清中葉以來的駢文中興的大背景。同時考察文言小說語言上的繼承與新變，並以徐枕亞《玉梨魂》為中心分析駢體小說語言在藝術上的探索及侷限。

第三章考察「五四」文學革命與漢語小說格局的異動。主要梳理五四前後中國小說語言的變化，辨析五四白話文運動與晚清白話文運動的區別。民國初年，晚清「新小說」的精神傳統終結。大量晦澀的哀情文言小說，黑幕派、某生體小說盛行，構成「五四的前夜」。那麼，古典白話小說在五四作家建構「國語文學」過程中處於什麼樣的位置？五四之後隨著新文學刊物的普及，新文學小說影響擴大，而舊派小說刊物如何轉軌，文言小說家有無轉變？文言小說到底何時消失的？本章將統計「五四」前後新舊派重要小說期刊中白話、言小說數量的消長，理清這些問題。主要考察《新青年》《新潮》《小說月報》《東方雜誌》《小說海》《小說世界》《禮拜六》以及「三大副刊」。第二章和第三章主要考察的是小說語言的外部變遷。

第四章考察「新白話」的生成與小說修辭方式的轉變，這是清末至「五四」白話小說內部的嬗變。五四作家追求的白話與晚清的白話是不同的，其小說理念也大不相同，由於對白話小說美學理解的差異和對「小說」文體新

的自覺，導致一種不同於晚清（或舊派）的五四新體小說的誕生，它在語體風格、修辭方式上都發生重大的改變。這裡借助語言學界的研究，從關鍵詞變遷考察五四小說關鍵思想的變遷，重點考察了「人」「愛情」「戀愛」「故鄉」幾組詞彙在小說中的語義變遷；借用現代漢語歐化語法研究的最新成果，採用例舉法分析歐化語法對五四小說修辭功能拓展的作用。

第五章考察漢語小說視域下中國小說的「現代」建構，主要集中探討小說語言變遷涉及的理論問題。將理論辨析與文本考證相結合，研究五四作家對「現代小說」的想像與建構，進而追問：這一小說的「現代」機制有何特點？漢語小說格局由此出現怎樣的整合與分化？以「漢語小說」為方法，可以將「現代小說」放到歷史的「長時段」考察，凸顯五四小說變革的語言意識及「漢語大傳統」，並在古典與世界的座標體系看中國小說的「現代」生成。五四「漢語小說」的「現代」生成只是中國小說遭遇外來影響下的再一次重組與轉型。這一「現代」的過程仍未完成，呼喚當代的「偉大的漢語小說」仍是時代課題。

第一章　清末「白話文運動」中的
　　　　　「新小說」

第一節　中國小說文白並存的歷史源流

一、中國古代文言小說和白話小說兩大系統概述

　　眾所周知，中國古代小說存在文言與白話兩大系統，有著各自的源流和
發展脈絡。大致來說，文言小說系統由漢魏時期的志怪小說、雜傳、志人小
說發展到唐以後的傳奇體和筆記體。白話小說則由最早的變文、講經、講史
發展為話本、擬話本、章回小說幾大形式〔註1〕。當然，有些還可以再細分，
文言小說發展到晚清出現一種文言章回體，白話小說的話本小說還有平話、
擬話本等。在名稱上學界雖有些差別，但是這兩大系統的基本脈絡是清楚的。

　　這裡的小說概念也是雜合了現代西方小說概念和中國古代「小說」觀念
兩方面的因素。按前者，雜傳，包括《搜神記》《世說新語》類的志怪、志人
等筆記體小說就不能算小說，按後者，則異聞、辯訂、箴規等都應算小說。
一般小說史家均認為唐代是小說文體獨立的開端。〔註2〕這實際就是使用的

〔註1〕這裡參考的是劉勇強的劃分，見《中國古代小說史敘論》，北京大學出版社，
　　　2007年，第105頁；侯忠義的《中國文言小說史稿》和陳文新的《文言小說
　　　審美發展史》將漢魏以後文言小說分為傳奇、志怪、軼事三類，本文所說筆記
　　　小說係指後兩類，之所以有差異是因為前者更靠近現代小說標準，後者更靠近
　　　中國傳統意義上的小說分類。對白話小說的分類則大致相同。
〔註2〕董乃斌在《中國古典小說的文體獨立》有詳細的考證，中國社會科學出版社，
　　　1992年，第167～216頁。

「以今例古」的折衷標準。此前的小說則可稱為「準小說」，或「前小說」，「是指這一時期某些具有小說因素或基本上可以作為小說來讀的作品，但是作為一種文體，又還不足以稱為小說」。〔註 3〕這些「前小說」都屬於文言小說系統。先秦兩漢的神話傳說、寓言故事、諸子散文、史傳著作等都有小說的筆法，但它們並不能稱為獨立的小說文體。而到唐宋以後，小說開始「花開兩朵，各表一枝」，分為文白兩個系統。

　　唐代「傳奇」的出現，使文言小說走向成熟，中國也才有現代文體意義上的小說。從前期具有志怪風格的《古鏡記》《補江總白猿傳》，中經《遊仙窟》再到盛期的《枕中記》《任氏傳》《霍小玉傳》以及集大成的《柳毅傳》，中期的《續玄怪錄》《傳奇》，再到晚唐的《虬髯客傳》，唐代傳奇形成文言小說的第一次高峰。宋人評價唐傳奇說：「蓋此等文備眾體，可見史才、詩筆、議論」〔註 4〕。唐人傳奇用魯迅的概括就是「敘述宛轉，文辭華豔」，「幻設為文」〔註 5〕。而到宋元時期則士人興趣多集中在詩文和筆記上，傳奇就逐漸衰落，只有話本體傳奇，如《青瑣高議》《雲齋廣錄》《醉翁談錄》等選本中收入此類話本體傳奇，這是文言小說的低潮期。明代的傳奇則有一個中興，「古文的傳奇化，傳奇小說集陸續問世，中篇傳奇小說大量產生，構成這一時期傳奇小說創作較為壯麗的景觀。」〔註 6〕古文的傳奇化如宋濂的《秦士錄》，高啟的《南宮生傳》，馬中錫的《中山狼傳》等，傳奇集最為著名的如《剪燈新話》和《剪燈餘話》，中篇傳奇如《賈雲華還魂記》《龍會蘭池錄》等。明代文言小說數量巨大，形式多樣，表現出文言小說的繁榮興盛〔註 7〕。這種逐漸復興的勢頭一直持續到明清易代，清初文網大張，文人士大夫大多秉承晚明之風用古雅的文言創作不易犯禁的傳奇。到清中葉出現了《聊齋誌異》，「用傳奇法，而以志怪」，其藝術水平和思想境界均是傳奇小說的集大成者，也是中國文言小說的藝術高峰。在《聊齋》的影響下，清中後期的文言小說蔚為大觀。比如晚清王韜的《遁窟讕言》《淞隱漫錄》《淞濱瑣話》幾部傳奇小說

〔註 3〕吳志達：《中國文言小說史》，齊魯書社，1994 年，第 10 頁。
〔註 4〕趙彥衛：《雲麓漫鈔》，收入黃霖、韓同文編：《中國歷代小說論著選》上冊，江西人民出版社，1985 年，第 65 頁。
〔註 5〕魯迅：《中國小說史略》，《魯迅全集》第 9 卷，人民文學出版社，2005 年，第 73 頁。
〔註 6〕陳文新：《文言小說審美發展史》，武漢大學出版社，2002 年，第 454 頁。
〔註 7〕袁行霈、侯忠義等編的《中國文言小說書目》中收錄明代小說 693 種之多，足見其繁榮，但上乘之作相對較少。北京大學出版社，1981 年。

集，就頗得《聊齋》神髓。

而文言小說的另一支，筆記小說到清代也出現復興之勢，前期有王士禛的《池北偶談》和袁枚的《子不語》，後有紀昀的《閱微草堂筆記》，尤其是後者影響更大。《閱微草堂筆記》故意反拔《聊齋》的「藻繪」寫法，復歸六朝的質樸簡約文風。「寓勸誡，廣見聞，資考證」，其實是將「小說」的內涵回歸到中國傳統的軌道上去了。此書仿傚者頗多，最有名的當數俞樾的《右臺仙館筆記》十六卷和《耳郵》四卷。筆記小說是士大夫修身養性，消閒寫心的手段，也是古典文人的一種日常生活方式，大多上等文人在寫正統的詩文之餘也會偶試身手，率性而為，寫點筆記、雜錄、軼聞，記錄生活的點滴，友朋間互相題贈，傳閱。比如時人評《剪燈餘話》作者時說「昌祺所作之詩詞甚多，此特其遊戲耳」。[註8] 這類小說在漢魏六朝形成高峰，唐、宋、元、明有逐漸衰落之勢，可一直不絕如縷，如唐代的《酉陽雜俎》《杜陽雜編》，宋代歐陽修《歸田錄》、蘇軾《東坡志林》，宋代洪邁的《夷堅志》，明代張岱的《陶庵夢憶》，等等。文言小說一直持續到 1920 年代均有人作。這裡需要說明的是，這裡分類描述只是一種方便，並不意味著兩大類別是各自發展，涇渭分明，二者其實互有影響、互有滲透，有的作品既可歸類到傳奇又可歸到筆記。比如《聊齋》就是在繼承了晉人《搜神記》和宋人《夷堅志》傳統的基礎上形成自己的藝術個性的，而後者一般歸為筆記小說。

中國小說文白並存的局面在唐代就已形成。白話小說的源頭目前學界大多追溯到唐代的變文，王國維說：「倫敦博物館又藏唐人小說一種，全用俗語，為宋以後通俗小說之祖」。[註9] 這裡的通俗小說就是指白話小說。王國維所說的「小說一種」是指記述太宗遊冥府故事，只存一段，但足見在唐代已出現白話小說形式。現存的唐代說唱文本均保存在敦煌經卷中，故一般稱敦煌變文，其具體分類有講經、變文、話本、詞文、俗賦等。如《妙法蓮華經講經文》《目連救母變文》《廬山遠公話》《葉淨能話》《季布罵陣詞文》就是其中的代表。從這些源頭來看，白話小說的發生發展和口語文化有著密切的關係。最開始或作為講話者的底本，或是講話者的記錄本，但均和「說（唱）故事」有關係，是「說一聽」或「唱一聽」的模式。這些決定了其語言形式比較口語化，淺顯

〔註8〕〔明〕王英：《剪燈餘話》序，見朱一玄編《明清小說資料選編》下冊，南開大學出版社，2006 年，第 964 頁。

〔註9〕王國維：《敦煌發見唐朝之通俗詩及通俗小說》，《王國維集》第一冊，中國社會科學出版社，2008 年，第 58 頁。

易懂。還有一個值得注意的現象就是後來白話小說的韻散相間特徵已在此時露出端倪。由於演唱的需要，以及便於記誦，在說唱故事時加一段淺白的韻文，就很有必要。比如變文中的「押座文」就類似宋元話本小說中的「入話」。有的故事講完之後用詩作總結，這在後來章回小說中也形成了套路。近來有學者研究認為唐代變文構成中國古代白話小說的早期階段。宋元話本構成白話小說的第二階段。魯迅曾說「宋一代文人之為志怪，即平實而乏文采，其傳奇，又多託往事而避近聞，擬古且遠不逮，更無獨創之可言矣。然在市井間，則別有藝文興起。即以俚語著書，敘述故事，謂之『平話』，即今所謂『白話小說』是也。」〔註10〕這裡「志怪」「傳奇」指的是文言小說，而「別有藝文興起」的正是白話小說，即宋話本。不過現在所說的宋元話本並未發現真正的實物資料，均是以清末繆荃孫的《京本通俗小說》和明代洪楩編的《六十家小說》(後人新刊為《清平山堂話本》)所收集的部分小說為對象的，前者真偽莫辨，有很大爭議。儘管如此，學界通過分析比較，認為其中的確有一部分可能是宋元作品，其中較為著名的幾篇是：《碾玉觀音》《拗相公》《錯斬崔寧》《簡帖和尚》《快嘴李翠蓮記》。宋編元刊或元人新編的講史作品集有：《全相平話五種》《新編五代史平話》，是後來長篇歷史演義小說的胚胎，其中著名的有《三國志平話》《大宋宣和遺事》《武王伐紂平話》。明清時期則是白話小說大繁榮時期，出現一大批思想敏銳、藝術性高的小說集及個人著作的長篇章回小說。明代「三言二拍」，歷史演義《三國演義》，英雄傳奇《水滸傳》，神魔小說《西遊記》，世情小說《金瓶梅》先後問世，清代又有《封神演義》《儒林外史》，直至中國白話小說的巔峰之作——《紅樓夢》——的誕生。白話小說在明清成為中國小說的主流，並且，創作者從以前的書會才人、說唱藝人為主轉向文人小說家為主，由「世代累積」成書轉向個人獨著，這也必定使白話小說的審美發生變化，白話小說的口語文化逐漸向書面文化過渡。

當然，說文言小說和白話小說各成系統，並不是說二者沒有交叉，沒有中間地帶。比如宋代的部分文言小說就學習了話本小說的白話語言，出現文言的通俗化。有學者論及了傳奇小說的俗化：「所謂傳奇小說的俗化，即意指傳奇小說從士大夫圈子裏走出來，成為下層士人寫給一般人民欣賞的文學樣式。宋代傳奇小說的觀念意識明顯下移，這就是俗化的開端。」〔註11〕明代

〔註10〕魯迅：《中國小說史略·宋之話本》，《魯迅全集》第9卷，第115頁。
〔註11〕石昌渝：《中國小說源流論》，三聯書店，1994年，第191頁。

以後通俗小說興盛，文言小說失去往日氣勢，傳奇體也吸收了話本的風格，《賈雲華還魂記》《國色天香》《燕居筆記》《萬錦情林》等一度被小說史家稱為文言話本〔註12〕。宋代的《青瑣高議》《醉翁談錄》所載小說也均為通俗文言，可能受到白話小說語言的影響，這也映出當時讀者趣味的變遷。

二、文言小說與白話小說不同的美學意蘊

在起源上講，文言小說的語言受辭賦和史傳影響，而白話小說則受俗講和變文影響。文言作為古代文人士大夫的正統書面語言，一直居於主導地位。白話，雖然也是書面語言，但它是在口語的基礎上形成的，所以具有口語文化的一些特徵。呂叔湘先生說：「白話是唐宋以來的語體文。……白話是現代人可以用聽覺去瞭解的，文言是現代人必需用視覺去瞭解的。」〔註13〕這是很有見地的看法。這兩種語體的小說自然形成不同的美學意蘊。

第一，文言小說的敘事趨於簡潔凝煉，白話小說長於鋪排細節。文字的起源是人類發展史上的大事。書寫工具的變遷，也決定了書面語言的發展特點。中國的書寫工具由甲骨到竹簡、帛書，直到宋代才產生紙張，大面積的印刷才成為可能。所以這種書寫材料的限制，也決定了最初的文字書寫極盡簡潔。「乃觀之中國文學，則上古之書印刷未明，竹帛繁重，故力求簡質，崇用文言。降及東周，文字漸繁。至於六朝，文與筆分。宋代一下，文辭益淺，而儒家語錄以興。元代以來，復盛興詞曲。此皆語言文字合一之漸也。」〔註14〕中國有「字崇拜」，能寫字代表了一種權力和資本，是社會地位的象徵。古代占卜、修史正是一種社會上層壟斷的文化資本。文言文正是在這種社會環境下產生的，其語法結構更多注重意合，發揮每一個字象徵功能，以最少的字傳達出最多的內容和意蘊。文言語法的這些特性決定了文言小說的敘事具有簡潔凝煉的風格。魏晉時期《搜神記》和《世說新語》為代表的筆記小說就是「粗陳梗概」，以簡澹為尚。傳奇體文言小說雖與前者有風格上的變化，但其語言上也具有簡潔精練的特點。如果將「三言二拍」中部分「擬話本」與它們的文言底本相比較，就可看出，白話小說語言更繁複，往往是文言小

〔註12〕見林辰：《古代小說概論》，春風文藝出版社，2006年，第109頁。
〔註13〕呂叔湘：《文言和白話》，《呂叔湘全集》第七卷，遼寧教育出版社，2002年，第77頁。
〔註14〕劉師培：《論文雜記》，收入《劉師培中古文學論集》，陳引馳編校，中國社會科學出版社，1997年，第226頁。

說的擴大版，基本情節相同，但在細節上卻增加鋪寫。白話小說是隨著城市進程的加劇而出現的，故為了迎合市民階層的趣味，必定增加對現實生活的描寫，偏於寫實。

第二，文言小說追求神韻，長於抒情，白話小說長於描繪聲口，表現日常生活。文言正因為簡潔，所以更追求以少勝多，言簡意豐的言外之意。如唐傳奇《柳毅傳》中寫錢塘君報復歸來與帝的對話：

> 君曰：「所殺幾何？」曰：「六十萬」。「傷稼乎？」曰：「八百里。」「無情郎安在？」「食之矣」。

寥寥數語將錢塘君火暴直爽的性格表現出來。白話小說來自於講經、說書，因此更富於生活氣息。描寫人物以逼真為尚，對話也酷肖日常聲口。且舉宋話本《山西一窟鬼》中一段為例。王媒婆為吳教授說親，問完年齡後，有如下描寫：

> 婆子道：「教授方才二十二，卻像三十以上人。想教授每日價費多少心神。據老媳婦愚見，也少不得一個小娘子相伴。」教授道：「我這裡也幾次問人來，卻沒這般頭腦」。婆子道：「這個『不是冤家不聚會』。好教官人得知，卻有一頭好親在這裡：一千貫錢房臥，帶一個從嫁，又好人材，卻有一床樂器都會；又寫得，算得，又是喥喥大官府第出身。只要嫁個讀書官人。教授卻是要也不？」教授聽得說罷，喜從天降，笑逐顏開……

這樣的描寫與前面《柳毅傳》的對話相比，二者的區別是很明顯的。二者的藝術效果均是形象逼真，但傳達的美學意蘊卻大不一樣。前者雋永玄妙，多在言外之意，後者則如在眼前，鮮活生動。

第三，文言小說在敘事方法上出現限知敘事，白話小說則多全知敘事。整個小說史上看，文言小說的創作者和閱讀者始終是上層文人為主體。唐傳奇的盛行和唐代科舉考試的「行卷」「溫卷」有關係，其投遞的對象多是左右考試命運的達官貴人，充斥詩才、史才和議論正是為了「炫才」，以引起注意。明代田汝成評《剪燈新話》說：「宗吉嘗著《剪燈新話》一編，粉飾閨情，假託冥報，雖屬情妖麗，遊戲翰墨之間，而勸百諷一，尚有可採」，〔註15〕可見創作時並不以一般民眾為對象，而是「遊戲翰墨之間」，小說成了文人們唱酬消遣的方式。

〔註15〕田汝成：《西湖洲遊覽志餘》，見《明清小說資料選編》下冊，南開大學出版社，2006 年，第 960 頁。

這樣就使得文言小說中「作者」的主體性更突出，第一人稱限知敘述在文言小說常會採用。如唐傳奇《遊仙窟》《謝小娥傳》《秦夢記》就是以第一人稱敘述。明代的《癡婆子傳》以「鄭衛之故墟有老婦焉」開頭，但隨後講癡婆子的墮落經歷用的是第一人稱。清代的《浮生六記》全用第一人稱，記敘他和妻子的日常生活。明代理學家邱濬的《鍾情麗集》也以自敘傳形式展開。而白話小說由於受說書體制的影響，講話者往往無所不知，要讓聽眾明白每一個細節，所以很少見古代白話小說採用第一人稱敘事的。白話小說多用「話說」「且說」開頭，一般先介紹地點、人物，背景，時而跳出故事之外與「看官」交流，時而又與書中情節融洽無間。「敘述者」無所不知，無所不曉。

　　第四，文言小說和白話小說有著不同的體制和結構美學。由於起源、審美追求及創作群體的不同，也造成二者在體制上有所不同。文言小說主流是中短篇，像屠紳的《蟫史》、陳球的《燕山外史》那樣的長達二十萬言的文言小說實屬罕見。以至於有文言小說史家界定文言小說時直接以「短篇為主，中篇為輔」〔註16〕。這也符合文言小說的實際情況。而白話小說，少見短篇，以中、長篇為主，長篇章回小說甚至成為明清小說的主流，並形成一定的程序和體制。這在宋元話本時期就已經奠定了它的型制、格局、比如話本中的入話、頭回，詩證，分章題回，以及說話人經常現身評述，與「看官」交流的說書腔調等，分章、分回本身就是來源於「講史」時分次講述的需要。這些體制一旦形成具有一定的穩定性，連純粹的文人獨創的《儒林外史》和《紅樓夢》也基本沒有擺脫，到清末民初白話小說中的「說書腔」更為突顯。

　　第五，文言小說趨雅，白話小說近俗。周作人在《平民文學》中說：「古文多是貴族的文學，白話多是平民的文學」〔註17〕，這是從語言角度論雅俗，是有道理的。東漢桓譚說：「其若小說家，合叢殘小語，近取譬論，以作短書，治身理家，有可觀之辭」〔註18〕；班固說：「小說家流，蓋出於稗官。街談巷語，道聽途說之所造也」。〔註19〕他們對「小說家」的界定影響了千百年來人們對小說的看法。說小說是「小道」，這是相對於詩文、史傳這樣的「正業」來說的，

〔註16〕陳文新的《文言小說審美發展史》中說：「我們所說的文言小說，其外延包括傳奇小說和筆記小說，以短篇為主，中篇為輔」。武漢大學出版社，2002年，第2頁。

〔註17〕周作人：《平民文學》，《每週評論》第5號，1919年11月。

〔註18〕桓譚：《新論》，見《文選》卷三，中華書局，1977年。

〔註19〕班固：《漢書‧藝文志》，《中華書局》，2013年，第1745頁。

在整個古代小說系統內部，還是有雅俗之別。其中，白話小說就被稱為通俗小說，這是自明代就有的說法。馮夢龍在《古今小說》序中說：「大抵唐人選言，入於文心；宋人通俗，諧於里耳。天下之文心少而里耳多，則小說之資於選言者少而資於通俗者多。……噫！不通俗而能之乎？」馮所說的「諧於里耳」的小說正是指《古今小說》（重刊時改名為《喻世明言》）裏收錄的那些白話小說：「家藏古今通俗小說甚富，因賈人之請，抽其可嘉惠里耳者，凡四十種，畀為一刻」。〔註20〕現代的小說史家一般稱古代的通俗小說也是指白話小說。〔註21〕有學者如此談白話小說和文言小說的這種雅俗之別：

> 中國的白話小說和文言小說，源於兩個不同的系統。白話小說源於民間的「說話」，一經問世便鍍上了商品的烙印，為了推銷自己，曲折的情節和通俗化的敘述方式便成為題中應有之意。而文言小說一支的傳奇卻是傳記辭章化的結果，成熟於詩情盎然的唐代。……辭章化傳奇往往追求一種醇厚典雅的風度，或曰書卷氣；忌俗，變排斥魯莽和過分的狂想。〔註22〕

〔註20〕〔明〕綠天館主人（馮夢龍）：《〈古今小說〉敘》序，見丁錫根編：《中國歷代小說序跋集》中冊，人民文學出版社，1996年，第774頁。

〔註21〕如，王國維《敦煌發見唐朝之通俗詩及通俗小說》中的「通俗小說」就指「白話小說」；孫楷第《中國通俗小說書目》的「凡例」中明確說「本書收錄，以語體舊小說為主」，見人民文學出版社，1982年版；江蘇省社科院明清小說研究中心編的《中國通俗小說總目提要》也明確界定「本書所收，以唐代至清末的通俗白話小說為主，把收錄通俗小說的上限，從宋元推前至唐代」，見「編輯說明」，中國文聯出版公司，1990年，第1頁。吳志達在《中國文言小說史》中說：「所以人們稱宋元以來的大多數白話小說為『市民文學』，或稱之為『通俗小說』」，齊魯書社，1994年，第7頁。劉勇強《中國古代小說史敘論》中說「文言小說的一些，早已被納入了正統的文化體系中；而白話小說，往往又稱為通俗小說，即始終是被主流文化排斥的」，北京大學出版社，2007年，第23頁。劉半農在1918年作的《通俗小說之積極教訓與消極教訓》的演講中的「通俗小說」概念引入了西方的"Popular Story"，使含義有別於傳統的內涵，「指合乎普通人民的，容易理會的，為普通人民所喜悅所承受的」，強調其「媚俗性」，他還專門提醒說「決不可誤會其意，把『通俗小說『看作與『文言小說』對待之『白話小說』，——『通俗小說』當用白話撰述，是另一問題。」這裡的「通俗小說」多與「大眾文化（Popular culture）」相聯繫。不過，我們從他的刻意提醒中可以反推，在一般意義上，或在中國傳統的用法中，通俗小說正是指與文言小說相對舉的白話小說，見嚴家炎編：《二十世紀中國小說理論資料》第二卷，北京大學出版社，1997年，第47頁。

〔註22〕陳文新：《文言小說審美發展史》，武漢大學出版社，2002年，第568頁。

　　而清代的紀昀在編《四庫全書總目提要》時對白話小說基本視而不見，獨收筆記體文言小說。這也可看出上層文人對白話小說的態度。其實，在《金瓶梅》《儒林外史》和《紅樓夢》等文人獨著的白話小說面世以後，由於作者具有較高文化修養，白話小說有逐漸雅化的趨勢，小說語言的書面化程度相當高，表現出小說藝術的新向度，可惜，清中葉以後，晚清的小說回歸世俗，小說數量雖然龐大，但能達到前者藝術高度的小說已鳳毛麟角。

三、「文白」兩大系統在清末民初的延續

　　晚清，直至民國初年，中國小說仍承續了這兩大小說系統。

　　晚清的文言小說基本籠罩在《聊齋》和《閱微草堂筆記》的「陰影」之下，多仿此二作，然藝術品味上則與前者有很大距離。秉承《聊齋》的傳奇體小說有宣鼎的《夜雨秋燈錄》，以及王韜的《遁窟讕言》《淞隱漫錄》《淞濱瑣話》，皆屬佳作。筆記體文言小說則數俞樾的《右臺仙館筆記》十六卷和《耳郵》。叱吒文壇的是白話長篇小說，俠義公案如《三俠五義》《彭公案》，狹邪小說如《風月夢》《品花寶鑒》《海上花列傳》等、英雄傳奇如《蕩寇志》等，各領風騷。話本、擬話本小說在晚清也有延續，主要見於同、光年間。《俗話傾談》用廣東方言，劉省三的《躋春臺》則用四川方言，秉承話本小說的地方性、通俗性特色，尤其是後者，總體水平較高，是清代最後一本擬話本小說集，昭示著古典話本小說的終結。晚清的文言小說中，有一個令人注意的語言現象是，屠紳的《蟫史》是第一部長達二十萬言的文言小說〔註 23〕，陳球的《燕山外史》用駢文做小說，也是長篇的體制。這是文言小說的新動向，聯繫到整個清末民初長篇文言小說數量的增多，這種現象就具有一定的文學史意義。

　　文言小說在晚清影響不大，一方面是由於白話小說的勢力過於龐大，另一方面由於近代以來，中西方文化衝突帶來的新事物層出不窮，文言小說由於受傳統的文化精神的制約，反映社會生活沒有白話小說來得那麼方便，其生產和消費的群體也較窄。儘管如此，文言小說和白話小說並存的脈絡是清楚的。自唐代到晚清前期，這兩種語言類型小說勢力的消長是處於一種自然、自為的狀態，各自發展，各成系統，各有其受眾和創作群體。雖然二者之間

〔註23〕　《三國志通俗演義》有不少文言語法，因較為淺顯通俗我們一般稱為白話小說。

互有影響，同一個創作者也可能兼擅兩種小說，但這種影響和交叉並不是自覺和有意的行為，從長時段來說，小說家並未刻意去比較二者在語言形式上的優劣，並未使二者產生衝突。

但是，在清末民初，隨著西方工業文明的湧入，中西文化雜合使得中國文人的寫作、閱讀方式出現變革，人們的生活節奏也被打亂，在「小說界革命」的鼓蕩之下，小說被提到經國大業的崇高地位上，對小說的社會功用產生了前所未有的想像和期待。那麼，到這個時候，哪種小說「用」起來最方便、最有價值；什麼樣的語言做小說才最好，才成為一個「問題」。文言小說和白話小說之間的衝突才可能出現，也就是說，小說家對於小說語言才形成新的「自覺」。

那麼，這種「自覺」是如何產生的，對小說創作有什麼樣的影響？

這就需要考察與「小說界革命」相伴生的晚清「白話文運動」的歷史邏輯及其影響。

第二節　清末民初關於小說語言的認同與分歧

由於白話小說古已有之，與詩歌語言的變革相比，我們常常忽略小說語言在清末民初的嬗變。中國小說自宋以後形成白話小說和文言小說並流的局面，有著各自的審美系統和發展脈絡。值得注意的是，自宋至晚清，文言小說和白話小說勢力的消長是處於一種自然、自為的狀態，雖然二者互有影響，但這種影響和交叉並不是自覺和有意的行為，小說家並未刻意去比較二者在語言形式上的優劣，並未使二者產生衝突。

這種現象在晚清卻發生改變，小說家、出版商開始關注小說語言的使用問題。在「小說界革命」的鼓蕩之下，小說的地位空前提高，人們對小說的社會功用產生了前所未有的想像和期待。此時，哪種小說「用」起來最方便、最有價值才成為「問題」。從清末至「五四」，小說語言從文言、白話並行到白話小說定於一尊，這種變化支撐了中國小說的現代變革。而這並非簡單的因果關係，期間一度發生激烈的論爭，甚至在民初還出現文言小說的大繁榮。那麼，分析這一時期小說家們關於小說語言的論爭，能更清楚地呈現「現代小說」生成的複雜性。

一、「白話文運動」和「小說界革命」：清末下層啟蒙運動的一體兩面

要考察清末小說語言的自覺，就要首先考察晚清白話文運動的邏輯。

周作人在五四時期曾說晚清的提倡白話是「出自政治方面的需求，只是戊戌政變的餘波之一。」〔註24〕周作人是站在五四的立場想把清末白話文運動和五四撇清關係，此說法是否合理姑且不論，但是說清末白話文運動是出自政治方面的需求則是符合事實的。如果沒有近代屢戰屢敗的屈辱，尤其是甲午海戰輸於「撮爾小國」日本，如果沒有國門大開之後西方「先進國家」的成功示範，白話語言不可能提到檯面上來，文學語言可能仍然在中國傳統的規範內運行，這在最初提倡白話文的論說中非常明顯。白話文運動實際上是清末下層啟蒙運動的一部分，這是「救亡逼出來的啟蒙運動」。〔註25〕嚴復提出的「鼓民力」「開民智」「新民德」正可代表這場啟蒙運動的主旨。而白話小說被推到前臺就與這一過程密切相關。

考察最初提倡「言文一致」的上層文人的言論，很明顯可以看到這一點。

一般將裴廷梁的《論白話為維新之本》作為清末白話文運動的開端，其實在十年前，黃遵憲在《日本國志》中就以日本為典範談到語言和文字合一的問題：

> 余聞羅馬古時，僅用臘丁語，各國以語言殊異，病其難用。自法國易以法音，英國易以英音，而英法諸國文學始盛。耶穌教之盛，亦在舉《舊約》《新約》就各國文辭普譯其書，故行之彌廣。蓋語言與文字離，則通文者少；語言與文字合，則通文者多，其勢然也。
>
> 欲令天下之農工商賈、婦女幼稚皆能通文字之用，其不得不於此求一簡易之法哉？〔註26〕

這裡他表達了強烈的文字變革願望，其目的在於啟蒙，在於使「婦女幼稚皆能通文字之用」。「語言文字幾幾乎復合」，正是要文字也用俗語，用白話。

在裴廷梁的《論白話為維新之本》中我們同樣看到這樣的思路。他以「國

〔註24〕周作人：《中國新文學的源流》，上海：華東師範大學出版社，1995年，56頁。
〔註25〕李孝悌：《清末下層的啟蒙運動：1901～1911》，石家莊：河北教育出版社，2001年，第14頁。
〔註26〕黃遵憲：《日本國志》，陳錚編《黃遵憲全集》下卷，北京：中華書局，2005年，第1420頁。

將亡」立論，曆數導致國亡的幾種因素，而當時只剩下「亡天下之民」一種。為避免「天下之民」亡國，就要「開民智」，開篇即以「國將亡」立論，「今天下之人莫不曰：國將亡矣，可奈何！」，然後曆數導致國亡的幾種因素，而其他因素在當時社會都不存在了，只剩下「亡天下之民」一種：「今數者皆無之，而有亡天下之民。」〔註27〕為了使天下之民不至於亡國，就要「開民智」。最後總結：「由斯言之，愚天下之具，莫文言若；智天下之具，莫白話若。……吾今為一言以蔽之曰：文言興而後實學廢，白話行而後實學興；實學不興，是謂無民。」〔註28〕清末鼓吹民力論是普遍的思想，由船堅炮利，再到思想改造，改造新國民，清末士人一次次想出救國良策。此篇以文言出之，卻將白話提高到可避免亡國的高度。從題目看出這是維新變法中的一項，該文最初發表於1898年8月7日的《中國官音白話報》，仍然在「百日維新」的「百日」之內。

綜觀清末知識界，可以發現「言文一致」有利於國力強盛是他們那一代人的集體想像。與此相同的論述我們還可以在譚嗣同、梁啟超、康有為、章太炎、劉師培、嚴復等人的文章中見到。當時採用白話的社會活動是從幾個方面同時進行的，1902年11月5日的《大公報》有人撰文說：「今夫吾國士智愚賢肖，莫不以開瀹民智為最亟之物矣！……乃今欲奮其自力而為開瀹之事，則三物尚焉：曰譯書、曰刊報、曰演說。」〔註29〕當時開展如火如荼的白話報、宣講所、演說會、戲曲改良等運動均和白話文運動相關，均指向「再造國民」的啟蒙工程。

而這些「再造國民」的工程中，小說成了利器。與提倡白話文運動的同時，清末知識界對小說的地位重新加以審視。1897年應該是清末小說界的重要年份，過去通常為人忽略。這一年，嚴復、夏曾佑、康有為、梁啟超分別對小說的地位做出了重新界定，後來「小說界革命」的基本觀念都已涉及。1897年，《國聞報》發表嚴復、夏曾佑的《本館附印說部緣起》，這是近代小說界第一篇「雄文」，可稱之為晚清小說界的「獨立宣言」，縱橫四海，貫通古今。該文以設問開篇：漫漫歷史長河，為何只有少數人名垂千古，流傳後

〔註27〕 舒蕪、陳邇冬、周紹良、王利器編選：《近代文論選》，上冊，人民文學出版社，1999年，第176頁。
〔註28〕 舒蕪編選：《近代文論選》上冊，北京：人民文學出版社，1999年，第180頁。
〔註29〕 《說演說》，《大公報》，1902年11月5日。

世，為販夫走卒傳說記誦？那就是有『公性情』之人。何謂公性情？無非英雄與男女。而傳此二事者，語言之後是文字，文字謂之書，書分「言理之書」——經子集和「紀事之書」——史和稗史。那麼何種書易傳？紀事之書。然後作者總結道：「據此觀之，其具五不易傳之故者，國史是矣，今所稱『二十四史』俱是也；其具五易傳之故者，稗史小說是矣」。這樣作為街談巷語的「稗史小說」就有了很大的功用：「夫說部之興，其入人之深，行世之遠，幾幾出於經史上，而天下人心風俗，遂不免為說部之所持」。然而古人小說，「各有精微之旨」不能為「淺學之人」領會，故本館附紙分送之小說的「宗旨所存，則在乎使民開化」。因為「且聞歐、美、東瀛，其開化之時，往往得小說之助」。這樣，雖然繞了一個大彎子，畢竟將小說地位提到了一個經國大業的高度〔註30〕。雖沒有後來梁啟超那樣直白、高調，但其思想邏輯則是一致的。無怪乎梁啟超稱「余當時狂愛之」〔註31〕。這裡，晚清論小說的幾個主要元素：西方榜樣、使民開化、改良風俗、適宜淺學之人等均見端倪。

　　同樣在 1897 年，康有為在《日本書目志》的「識語」中說到：「今日急務，其小說乎！僅識字之人，有不讀『經』，無有不讀小說者。故『六經』不能教，當以小說教之；正史不能入，當以小說入之；語錄不能喻，當以小說喻之；律治不能治，當以小說治之。」「今中國識字人寡，經義史故，亟宜譯小說而講通之。」「泰西尤隆小說學哉！」〔註32〕其思路與前者一樣。梁啟超在 1897 年發表在《時務報》上的《變法通議‧論幼學》中也談到「說部」，並抨擊了古代小說中「遊戲恣肆以出之，誨盜誨淫」，這正是 1898 年《譯印政治小說序》的序曲。要糾正「誨盜誨淫」，就要提倡「政治小說」，「往往每一書出，全國之議論為之一變」，「小說為國民之魂」。隨後有邱煒萲的《小說與民智關係》（1901 年），衡山劫火仙的《小說之勢力》，均承續此論調。關於「小說可以興國」之論在 1902 年以前已成燎原之勢。直至梁啟超 1902 年發表《小說與群治之關係》，用他那汪洋恣肆的文風，誇張而斬釘截鐵的語言，登高一呼，正式擎起「小說界革命」的大旗：「今日欲改良群治，必自小說界

〔註30〕　幾道、別士：《本館附印說部緣起》，《國聞報》，1897 年 10 月 16 至 11 月 18 日。
〔註31〕　梁啟超：「天津《國聞報》初出時，有一雄文，曰《本館附印小說緣起》，殆萬餘言，……余當時狂愛之，後竟不克衰集」。見陳平原編：《二十世紀中國小說理論資料》第一卷，北京大學出版社，1997 年，第 84 頁。
〔註32〕　康有為：《日本書目志》「識語」，《日本書目志》，上海大同譯書局，1897 年。

革命始；欲新民，必自新小說始。」〔註 33〕自此以後，對小說的「神話」已蔚為大觀，論小說者開口必提開民智，閉口則談西方小說地位高〔註 34〕，以至於到 1906 年前後有人說：「自小說有開通風氣之說，而人遂無復敢有非小說者」，〔註 35〕「十年前之世界為八股世界，近則忽變為小說世界，蓋昔之肆力於八股者，今則鬥心角智，無不以小說家自命。」〔註 36〕——看來，小說的崇高地位已大大鞏固了。

　　無論是提倡白話文，還是小說界革命，都與清末知識界的啟蒙運動息息相關，實際上是清末下層啟蒙運動的一體兩面。這決定了二者在實踐中的一些特點，也埋下了一些無法解決的問題。但畢竟，這兩個運動的結合將「白話小說」推到了歷史的前臺。陳大康先生曾論述晚清白話小說促進了白話地位的提升〔註 37〕，其實，這是雙向運動，白話文運動同時也促進了小說地位的提升。

二、「小說之正格為白話」

　　既然小說成為興國的工具，首先就要通俗易懂，要採用俗語，要「言文一致」，小說當然也應以白話小說為上。這是很自然的邏輯，何況中國古代有著悠久的通俗（白話）小說傳統。

　　黃遵憲是最早將小說的語言與「言文一致」思想勾連起來的人，他在 1887 年說：「周秦以下，文體屢變，逮夫近世，章疏移檄，告諭批判，明白曉暢，務期達意，其文體絕為古人所無。若小說家，更有直用方言以筆之於書者，則語言文字幾幾乎復合矣。余又烏知夫他日者不更變一文體，為適用於今、通行於俗者乎？」〔註 38〕他認為有的小說用方言來寫就是「語言文字復合」

〔註 33〕梁啟超：《小說與群治之關係》，《新小說》第一號，1902 年。

〔註 34〕小說在西方文學界的地位引起中國文人們的極大好奇，這是促使他們重審小說地位的一個主要誘因，最典型的例子是楚卿的說法：「吾昔見東西各國之論文學家者，必以小說家居第一，吾駭焉」（見楚卿《論文學上小說之位置》，《新小說》第 7 號，1903 年）。很明顯，「駭焉」的不只是楚卿一個，而是整個知識界。1907 年有老棣（黃伯耀）說：「自文明東渡，而吾國人亦知小說之重要，不可以等閒觀也，乃易其浸淫『四書』『五經』者，變而購閱新小說」，足見小說風氣已大為轉變。見《文風之變遷與小說將來之位置》，陳平原編《二十世紀中國小說理論資料》第一卷，第 227 頁。

〔註 35〕《論小說與社會之關係》，《時報》，1905 年 5 月 27 日。

〔註 36〕寅半生：《〈小說閒評〉敘》，《遊戲世界》第一期，1906 年。

〔註 37〕陳大康：《晚清小說與白話地位的提升》，《文學評論》，2011 年第 4 期。

〔註 38〕黃遵憲：《日本國志》，陳錚編：《黃遵憲全集》下卷，北京：中華書局，2005 年，第 1420 頁。

的方式。在 1897 年，嚴復、康有為、梁啟超等人的論述中用俗語寫小說也是要義之一。嚴復、夏曾佑在討論紀事之書（稗史小說）有五個方面原因易傳時，前兩條均與通俗語言有關：第一條是「書中所用之語言文字，必為此種人所行用，則其書易傳」，第二條是「若其書之所陳，與口說之語相近者，則其書易傳」〔註 39〕。康有為要求「經義史故，亟宜譯小說而講通之」的「小說」也是指白話小說。梁啟超說「今人出話，皆用今語，而下筆必效古言，故婦孺農民，靡不以讀書為難事，而《水滸》《三國》《紅樓》之類，讀者反多於六經」〔註 40〕，正是從普通民眾的接受水平來倡導白話體小說的。不僅如此，他從文學進化論的角度認為白話小說（俗語文學）是歷史的發展趨勢：「文學之進化有一大關鍵，即由古語之文學，變為俗語之文學是也。各國文學史之開展，靡不循此軌道」，並斷言「小說者，決非以古語之文體而能工者也。」〔註 41〕這種論述中我們依稀可以看到後來胡適的話語方式。

經過這些文人精英的鼓吹和努力，白話小說地位大大提高，那麼，白話小說如何成為通俗教育的工具也很好為一般小說作者理解。以下這段話很有代表性：

> 小說之教育，則必須以白話。天下有不能識字之人必無不能說話之人。出之以白話，則吾國所最難通之文理，先去障礙矣。或曰：能說話者，究未必皆能識字。然使十人之中，苟有一人識字，則其餘九人即不難因此一人而知其事。況民恒性，每閱小說，最喜於人前講述，則識字者因得神遊之樂，不識字者亦叨耳食之功。惟自來小說，惑人者多，……下流社會中，雖不能讀經史等書，未有不能讀小說者；一言以蔽之曰：易於動人而已。惟其易於動人，即將其法而正用之，則昔以惑人者，今可以之益人。昔人謂吾民無知，既受二氏之毒，又受小說之毒，則吾民固素以小說為教育也。今請得而正用之，演以白話，仍以小說謀教育之普及，而謂為小說之教育，閱者盍注意焉。〔註 42〕

這已經把道理講得很清楚了。管達如的《說小說》是清末民初少有的比

〔註 39〕 幾道、別士：《本館附印說部緣起》，《國聞報》，1897 年 10 月 16 至 11 月 18 日。

〔註 40〕 梁啟超：《變法通議・論幼學》，《時務報》第八冊，1897 年。

〔註 41〕 梁啟超：《小說叢話》，《新小說》第七號，1903 年。

〔註 42〕 《論小說之教育》，《新世界小說社報》第四期，1906 年。

較系統的小說理論文章，在討論小說的分類時他認為白話體小說「可謂小說之正宗」：「蓋小說固以通俗逸下為功，而欲通俗逸下，則非白話不能也。……雖如傳奇之優美，彈詞之淺顯，亦不能居小說文體正宗之名，而不得不讓之白話體矣」。有此認識，他在界定小說的文學性質時第一條就是「通俗的而非文言的」。〔註43〕

　　清末民初主張用白話寫小說的大多從通俗教育立論，但也有從文體美學的角度來支持「白話小說正格說」的。成之（呂思勉）認為小說屬於「近世的」文學，「小說者，近世的文學，而非古代的文學也。」「今文學則小說其代表也，且其位置之全部，幾為小說所獨佔」。「何謂近世文學？近世人之美術思想，而又以近世之語言達之者也。」〔註44〕這裡，「近世之語言」就是指白話。「近世之事物，惟近世之言語，乃能建之，古代之言語，必不足用矣。……故以文言、俗語二體比較之，又無寧以俗語為正格」〔註45〕，這樣的論述儼然有現代語言學中「語言即思想」的一些影子，白話小說就成了「今文學」的代表。這雖然有以偏概全之弊，但將小說提到文學藝術的高度來認識，這在五四以前實屬少見。而吳曰法則從小說之宗派體例的角度分析了小說的正格和變格，「自吾論之，以俗言道俗情者，正格也；以文言道俗情者，變格也。」何以如此區分，他也從言文一致的方面做了說明：「玩『說』字之義，而即名核實，則語言、文字，斷斷乎可合而不可離，方為名副其實」〔註46〕。這明顯脫胎於黃遵憲的相關論述。

　　白話小說地位的上升也與長篇章回小說的流行相關。晚清時，長篇章回小說成為小說的主流，受眾廣泛，而且自《紅樓夢》《儒林外史》以後，白話小說有文人化的傾向，詩詞歌賦滲入其間，不乏逞才炫耀之嫌，語言也精練生動許多，也使這些長篇章回小說雅俗共賞成為可能。不過晚清一代，小說基本在幾部名著的籠罩之下，仿作、續書成為一時之尚，如《花月痕》《蕩寇志》《西遊補》等。藝術上雖沒大的突破，但總的來說，白話小說的數量和影響在晚清是佔據主流位置的。而且，從中國小說文體的流變來說，長篇小說以白話為主，文言多短篇。這也自然形成一種白話章回小說為中國小說正宗的印象。成之將長短篇分別稱為複雜小說和單獨小說，「複雜小說不得不用俗

〔註43〕管達如：《說小說・小說之分類》，《小說月報》第三卷第 7 號，1912 年。
〔註44〕成之：《小說叢話》，《中華小說界》第 1 年第 3 期，1914 年。
〔註45〕成之：《小說叢話》，《中華小說界》第 1 年第 4 期，1914 年。
〔註46〕吳曰法：《小說家言》，《小說月報》第 6 卷第 6 號，1915 年。

語，單獨小說之不得不用文言，蓋複雜小說，同時須描寫多方面之情形，其主義在詳，詳則非俗語不能達」〔註47〕，這樣從文體傳統來看，也必然以長篇白話小說為正宗。以至有人翻譯西方小說時，要用白話章回體進行改造，以去除「翻譯痕跡」。吳趼人在譯《電術奇談》時說：「此書原譯，僅得六回，且是文言。茲剖為二十四回，改用俗語，冀免翻譯痕跡〔註48〕」。而一個相反的例子是，有人按章回體翻譯時因用的是文言，就首先「自責」一番：「原書並無節目，譯者自加編次，仿章回體而出以文言，固知不合小說之正格也〔註49〕」。看來，「正格」一說不容質疑。

三、「易俗語而為文言」

從這些論述看，在清末民初，用白話寫小說應該是共識，「白話小說正格論」應該是不容挑戰了。其實不然！也有許多不同的聲音。清末民初小說家對小說語言的認識是有著分歧的，隨著「小說界革命」勢力減弱以及社會的變遷，這種分歧還進一步擴大了。

白話小說的提倡是基於語言與文字合一的理論預設，是「一致」到口語上來，而非將口語文言化，其目的是啟蒙，其對象是下層民眾。這樣就很自然帶來一些問題。有人說「白話犯一個字的病就是『俗』」〔註50〕，可謂一針見血。白話小說要作為教育民眾的工具，自然要淺俗，但過於淺俗，小說的藝術性就無從談起，也無法滿足上層文人的口味。這種分歧在發表於1903年《新小說》上一組「筆談」時就已經顯現。關於小說的啟蒙對象，別士（夏曾佑）有一段很著名的話，他將中國小說分為二派：學士大夫之用和婦女粗人之用。然後說：「今值學界展寬，士夫正日不暇給之時，不必再以小說耗其目力。惟婦女與粗人無書可讀，欲求輸入文化，除小說更無他途」〔註51〕。這實際劃分了雅俗。既然小說只是供婦女與粗人閱讀的，那只能一味求「俗」了。對此平子（狄葆賢）持批評態度，認為小說也要給士夫們欣賞，「能得佳小說以餉彼輩，其功力尚過於譯書作報萬萬也。且美妙之小說，必非婦女粗人所喜讀，……故今日欲以佳小說餉士夫以外之社會，實難之又難者也」。他

〔註47〕成之：《小說叢話》，《中華小說界》第1年第4期，1914年。
〔註48〕我佛山人（吳趼人）：《〈電術奇談〉附記》，《新小說》第18號，1905年。
〔註49〕《〈小仙源〉凡例》，《繡像小說》第16期，1904年。
〔註50〕《〈母夜叉〉閒評八則》，《母夜叉》，小說林社出版，1905年。
〔註51〕別士（夏曾佑）：《小說原理》，《繡像小說》第3期，1903年。

也看到西方小說大家的寫作對象「仍以上流社會為多」。「夫欲導民於高尚，則其小說不可以不高尚。必限於士夫以外之社會，則求高尚小說亦難矣。」〔註52〕很顯然，關鍵是要導民於高尚還是迎合民眾的通俗？這是一對貫穿晚清小說界直到「五四」時期的矛盾。

自然，要求得「高尚小說」，就不能僅限於白話了，或者說，不能僅限於淺俗的白話了。平子隨後發表「三恨金聖歎」之「第三恨」就是「恨《紅樓夢》《茶花女》二書，出現太遲，未能得聖歎之批評」〔註53〕。將林紓用古文譯的《茶花女》與《紅樓夢》並列，可見平子的藝術趣味〔註54〕。而到1905年姚鵬圖著文專論白話小說時，甚至提倡起「文話」來：「文義稍高之人，授以純白話之書，轉不如文話之易閱」。然後他又從言文一致方面反思了白話文運動：「文字者，事物之記號，政治、實業之關鍵也。今欲廢棄文字而專重白話，吾恐未受白話之益，先被廢棄文字之害，如之何其可哉！」〔註55〕這樣的論調和「白話正格論」完全相反，不僅白話不優於文言，而且要反思白話之弊端了，足見時勢之變遷。不過，提出文字與白話之間的關係，調和文字與白話（實質上是書面語言與口頭語言）之間的平衡，這是很有價值的努力方向。有人就提倡一種描寫「逼真」的白話：「小說最好用白話體，以用白話方能描寫得盡情盡致」，「小說之為好小說，全在結構嚴密，描寫逼真。能如此者，雖白話亦是天造地設之佳文。中國小說最佳者，曰《金瓶梅》，曰《水滸傳》，曰《紅樓夢》三部，皆用白話，皆不易讀。」〔註56〕值得注意的是，這裡他提出要使「白話」成為「佳文」，作為榜樣的三部白話小說的語言均是

〔註52〕平子的論述見《小說叢話》，《新小說》第七號，1903年。

〔註53〕《小說叢話》，見陳平原編《二十世紀中國小說理論資料》第一卷，第85頁。

〔註54〕平子的趣味尚雅正也可以從其後面論述看出，他欣賞《紅樓夢》的「將筆墨放平，不肯作過高之語」，欣賞作者的「工詩詞」，認為《滴不盡相思血淚》一曲為絕唱。另外，他的改良之路向與一般人大異，他的公式是：改良小說——改良歌曲——改良社會。他認為「過於雅典，俗人不能解」不行，而「言辭鄙陋，事蹟荒謬」也不行。所以呼喚「有心人出」而更變之。孔子正是這樣的「有心人」：「孔子當日刪《詩》，即是改良小說，即是改良歌曲，即是改良社會。然則以《詩》為小說之祖可也，以孔子為小說家為祖可也」。孔子改《詩》正是文人化過程，由俚俗變雅正。可見，調俗變雅，至少調和雅俗，是平子的改良之路。這是清末至民初小說語言觀的另一路徑，也是非常有意義的路徑。

〔註55〕姚鵬圖：《論白話小說》，《廣益叢報》第六十五號，1905年。

〔註56〕夢生：《小說叢話》，《雅言》第一卷第七期，1914年。

文人化的語言，「不易讀」的都是相對藝術性較高的白話小說。這就有別於那種只強調白話通俗性的論述。

但這些論調在提倡白話小說的管達如那裡卻不成問題：「則作小說，當多用白話體是也。吾國今日小說，當以改良社會為宗旨，而改良社會，則其首要在啟迪愚蒙等人，則彼固別有可求智識之方，而無俟於小說矣。」上等人想求雅，那就別在小說上求之，小說本來就是為下等人準備的。這話 1903 年別士已經說過了，在 1912 年，管達如馬上意識到這種為下等人設想的路徑明顯不占主流：「今之撰譯小說者，似為上等人說法者多，為下等人說法者，願小說家一思之」〔註57〕。

將此觀點闡述更為深入的是惲鐵憔。惲鐵憔在《小說月報》上編發了吳曰法的《小說家言》，並寫了編輯後記。先說此文「先得我心」「當奉為圭臬」。然後話鋒一轉：「小說之正格為白話，此言固顛撲不破，然必如《水滸》《紅樓》之白話乃可為白話。換言之必能為真正之文言，然後可為白話；必能讀得《莊子》《史記》，然後可為白話。」這和吳曰法單純主張「俗言道俗情」大為不同。而這種高雅白話顯然不是普通人能作的，所以惲鐵憔疾呼：「吾國社會劣分子之多，教育不普及，通俗教育蓋若是其需要，當有三數通人執筆為小說乎？以社會趨勢揆之，小說而占真正之勢力，終必循此軌道。」〔註58〕「通人」指上層文人，這是典型的精英文學的觀念，當時有一讀者「窺」出此意：「窺先生之意，似欲引觀者漸有高尚文學之思想，以救垂倒之文風於小說之中」。〔註59〕這也從側面證明了惲鐵憔的語言觀，文言和白話就不一定產生對立，而是皆能為我所用了。他甚至後來和「言文一致」唱起反調來。一位讀者來信談到小說應以中下層民眾為對象，應以講興味、用意為最上，惲鐵憔作了以下答覆：

> 嘗謂小說僅所以逍遣，未足盡小說之量；謂小說僅所以語低等社會，猶之未盡小說之量；謂撰小說宜多用豔詞綺語，於是以雕辭琢句當之，吾期期以為不可；謂撰小說宜淺俗，淺則可，俗則吾尤期期以為不可。吾國文之為物至奇，字之構造為最有條理，若句之構造，則無一定成法。有之，上馬者為摹仿《詩》《書》六藝，下馬

〔註57〕管達如：《說小說》，《小說月報》第三卷第 11 號，1912 年。
〔註58〕惲鐵憔：《〈小說家言〉編輯後記》，《小說月報》第六卷第六號，1915 年。
〔註59〕見陳光輝的來信，《小說月報》第 7 卷第 1 號，1916 年。

者為依據社會通用語言。語言因地而異，故白話難期盡人皆喻。……
今日驟強言文一致，必不可。

　　小說不止及於低等社會，實及於青年學子。青年於國文為素絲，
而小說之力大於教科，實能染此素絲。而國文之特性，俗語必不可
入文字，則來函所云云，吾敢以誠實由衷之言答曰：吾不敢苟同也。

　　有趣的是，讀者來信中的觀點恰好就是小說界革命時期的流行觀點，而
此時，卻「驟強言文一致，必不可」，「俗語必不可入文字」，以至於「不敢苟
同」了。

　　在民國初年，有一個明顯的追求藝術性，趨雅的動向。此期倡導白話小
說的聲音趨弱，文言小說反而呈繁榮之勢。早在 1908 年徐念慈就說，「就今
日實際上觀之，則文言小說之銷行，較之白話小說為優」。他認為癥結在於購
小說者大部分是「出於舊學界而輸入新學說者」。林紓的小說銷量大，正因為
他的小說「遣詞造句，胎息史漢，筆墨古樸頑豔，足占文學界一席而無愧也。」
〔註 60〕也就是說，小說本身的藝術性與接受對象相契合。

　　而在民初以後，甚至有駢體小說盛行。惲鐵樵曾大批駢體入小說：「或謂西
洋所謂小說即文學，於是以駢體當之，雖不能真駢，亦必多買胭脂，蓋以為如
此，庶幾文學也，而不知相去彌遠。」〔註 61〕這從反面向我們提供一個信息，
即，當時用駢語寫小說是為了將小說朝「文學」上靠近，而中國傳統文人的「文
學」觀還停留在「文筆之分」的觀念上，於是以為用「有韻之文」作小說就是
「文學」，就可以和西方比肩了。可惜，誤讀了西方，並招致惲鐵樵的嘲諷。

　　看到這一點，再來看周作人在 1914 年力倡文言小說就不會感到奇怪了：

　　如上所言，中國小說之異，可以見矣。西方小說已多歷更革，
進於醇文。而中國則猶在元始時代，仍猶市井平話，以凡眾知識為
標準，故其書多蕪穢。蓋社會之中不肖者，恒多於賢，使務為悅俗，
以一般趣味為主，則自降而愈下。

　　若在方來，當別闢道途，以雅正為歸，易俗語而為文言，勿執
著社會，使藝術之境蕭然獨立。斯則其文雖離社會，而其有益於人
間甚多。〔註 62〕

〔註 60〕覺我（徐念慈）：《余之小說觀》，《小說林》第 10 期，1908 年。
〔註 61〕惲鐵樵：《答劉幼新論言情小說書》，《小說月報》第六卷第四號，1915 年。
〔註 62〕啟明（周作人）：《小說與社會》，《紹興縣教育會月刊》第 5 號，1914 年。

　　所謂「悅俗」就是功利性，他批評的「市井平話，以凡眾知識為標準」，也正是「小說界革命」倡導者們心中的理想之境。所謂「醇文」，就是講文學性，追求「蕭然獨立」的「藝術之境」，而方法之一就是「易俗語而為文言」。周作人的這些主張與我們熟知的五四時代的周作人大相徑庭，其實在對藝術性的追求上則有相通之處。

　　惲鐵樵、周作人等人的小說語言觀對新小說的功利性是一種糾偏，這也是文言小說在民初大繁榮的原因之一。可惜，這些理論探討並未進一步深入，也與小說實踐嚴重脫節，民初到五四之前，一紙風行的是鴛鴦蝴蝶派和黑幕派。「現今小說，日見發達，大率代教育之名，行侔利之法」〔註63〕，這是當時的實情，有的鴛鴦蝴蝶派刊物創刊時也要大講小說開民智和通俗教育。

　　這些討論雖然沒有解決，但卻是文學語言變革的基本問題，我們在五四時代，甚至整個 20 世紀中國文學的發展歷程中，會看到它一次次浮出水面。

　　清末民初小說語言的這種認同與分歧不僅停留在理論探討上，也在實踐中體現出來。我們從當時小說期刊上發表文言、白話小說的數量的消長就可以看出。清末民初的小說期刊可分為前後期，前期以「四大小說期刊」為代表，後期則百花齊放，著名的有《小說月報》《小說時報》《中華小說界》《小說海》《小說大觀》等，這裡選取最有代表性的《小說月報》《小說時報》為例。下面試列表比較 1902 年至 1914 年間小說雜誌的語言狀況：

表 1-3-1　1902～1914 年間主要小說雜誌的文言、白話小說數量對比

期刊名稱與類別	長篇總數	白話長篇	文言長篇	短篇總數	白話短篇	文言短篇
《新小說》1902.11～1906.1	15	15	0	10	1	9
《繡像小說》1903.5～1906.4	17	13	4	1	0	1
《月月小說》1906.9～1908.12	45	24	21	62	20	42
《小說林》1907.2～1908.10	13	6	7	21	6	15
《小說時報》1909.9～1914.11	48	18	30	155	25	130
《小說月報》前 4 卷 1910.7～1914.3	28	11	17	140	13	127
備註：1. 翻譯小說和創作小說均統計在內。小說主要以現代文體為標準，傳奇、彈詞、劇本、時聞、軼聞、紀事、雜錄均不統計在內。2. 長篇小說只統計新刊，連載時不再統計。3. 部分小說文言和白話夾雜的，統計時以主體部分為準。						

〔註63〕這是一名讀者許與澄給《小說月報》信中的話，見《小說月報》第六卷第 12
　　　　號，1915 年。

　　從上表我們可以看出，在 1902 年至 1908 年間的四大小說期刊中，長篇白話小說數量明顯占大多數，而短篇小說嚴守古典傳統，多用文言。但自《月月小說》倡導短篇小說以來，白話短篇小說開始增多。在 1909 年以後的兩大小說期刊中，無論是長篇還是短篇，白話小說的比重明顯降低，文言小說佔據主流。另一方面，小說界革命初期，長篇白話小說明顯「井噴」，呈蓬勃發展之態勢，影響力遠大於文言小說，而且小說反映廣闊的社會生活，頗具感時憂國的風範與氣度。可民初，直至「五四」前夕，文言短篇和長篇都大量湧現，他們錯把堆砌詞藻當成「文學性」，所謂通俗性、開民智也就無從談起了。

　　從這個意義上講，在民初，至遲在 1914 年，「新小說」的精神已經終結了。這才有「新小說」的始作俑者梁啟超痛心疾首，鄭重「告小說家」，痛斥那些作誨盜誨淫小說、煽誘青年的小說家是「造孽」：「不報諸其身，必報諸其子孫，不報諸今世，必報諸來世」〔註 64〕——這已經是詛咒了。

　　但是，值得注意的是，民初這種對白話小說通俗性訴求的降低，以及用文言（甚至駢文）來彰顯小說藝術性的實踐，從正反兩方面為後來小說的革新奠定了基礎。「五四」文學革命之後，西方小說觀念及寫作技巧（如短篇小說的「橫斷面」理論）的全面進入，歐化語法及外來詞彙對白話語言的改造，實際上都是在小說藝術性方面的進一步探索，這也最終完成了從「說部」向「現代小說」文體的轉型。

第三節　「言文一致」與方言小說：清末小說中的「方言」問題

　　方言入小說，或者有意識地用方言來創作小說在晚清小說界是一個非常醒目的現象，這與當時的「言文一致」「小說界革命」的思潮密切相聯繫，晚清對方言寫小說形成一個理論自覺，也出現一批方言小說，其中以吳語小說和京語小說最具代表，可謂別開生面。但小說中大量運用方言來模擬口語的邏輯與小說「開民智」要求的普及性，以及小說語言的藝術性形成矛盾。重視小說藝術性的小說家就提出「另為一種言語」「另造一種通行文字」的觀點，這種兼顧口語化、普泛性和藝術性的白話書面語革新，才符合「官話－國語」

〔註 64〕梁啟超：《告小說家》，《中華小說界》第 2 卷第 1 期，1915 年。

建構的路徑，為小說語言的由俗變雅提供了可能，也修正了方言小說的弊端，但這一理論真正的實現則在五四時期。

一、「何若一返方言」：言文一致・方言・小說

　　這裡的方言小說並不是一個小說文體概念，指的是自覺用方言寫小說的一種小說語言觀和及其實踐。嚴格來講，古代的白話小說均是在一種方言的基礎上進行的寫作，因為歷代官話也是以一種方言為基礎的，古代白話小說一般以當時流行的官話為主要語言，但也會少量地用到方言（非官話）。「方言小說」與此是有區別的，是指大面積地使用方言創作的小說。

　　正如前節所論述，清末的士大夫有「言文一致」的迷信，主要著眼於普及教育、開啟下層民眾的需要。這種思潮主要受到日本言文一致運動的影響，中日「甲午海戰」對中國士人震動巨大，中國人從感到屈辱到折服於日本的政治維新和文明開化，加之 1904 年日本又戰勝白種人俄國沙皇，日本國力上脫亞入歐，更是讓國人產生「怨羨」〔註 65〕心理。中國人也迅速將日本的言文一致與國力強盛聯繫起來。中國的白話文運動與日本的言文一致運動發生的時間幾乎是一前一後。日本以 1866 年前島密上奏《御請廢止漢學之議》為理論倡導的起點，而 1887 年二葉亭四迷的《浮雲》作為「實績」，日本進入「言文一致」時代。黃遵憲在 1868 寫的《雜感》中「我手寫我口」已有言文一致的傾向，到 1897 年撰寫《日本國志》時更是系統介紹了日本典範，並在中國倡導言文一致。吳汝倫於 1902 年到日本考察，在記錄考察見聞的《東遊叢錄》裏著重記下了日本澤伊修二的建議：「欲養成國民愛國心，須有以統一之，統一維何，語言是也。語言之不一，公同之不便，團體之多礙，種種為害，不可悉數，查貴國今日之時勢，統一語言成其亟亟也。」〔註 66〕這一觀點深受吳汝倫贊同，也認為「使天下語音一律」才能普及教育，增進人才。王照有感於日本「改變之速」，更是直截了當指出：「今歐美各國教育大盛，政藝日興，以及日本號令之一，改變之速，固各有由，而初等教育言文為一，

<hr>

〔註 65〕「怨羨」是王一川綜合舍勒的「怨恨」理論及劉小楓的相關論述提出的一個說法。「不僅怨恨，還有對西方現代性的震驚、豔羨等，它們共同構成中國現代性體驗的內在基調」。見王一川著《中國現代性體驗的發生》，北京師範大學，2001 年，第 72 頁。

〔註 66〕吳汝倫：《東遊叢錄》，見《清末文字改革文集》，文字改革出版社，1958 年，第 27 頁。

容易普及，實其至要之源。」〔註67〕

可見，中日的相同點在於語言問題都緣於亡國危機，通過語言的革命，開啟民智，介紹西方先進的政治文化。不同點在於，日本是在政治軍事崛起的過程中尋找民族認同的一種方式，是對漢語文化圈的分離。它的言文一致是以廢除漢字為目的，「其根本在於文字改革和漢字的否定」，〔註68〕實際上是以口語為基礎創造一種新語言，從一開始就是國語運動。中國則並不廢除一種文字，而是倡導一種早已在書面語中存在千年、人們日常口語使用的白話，強調書面語和口語的一致，只是語法體系的轉換。那麼，書寫方言無疑是最好的言文一致方式，正如黃遵憲所說：「將方言諺語，一一驅遣，無不如意」，方「足以稱絕妙之文。」〔註69〕

除了黃遵憲、裘廷梁、陳榮袞等人提倡，當時一些著名的文章家也從文字學、文學的立場探討方言與言文一致的關係。比如章太炎就認為應該大力提倡方言來達到言文一致：「俗士有恆言，以言文一致為準，所定文法，率近小說演義之流。其或純為白話，而以蘊籍溫厚之詞間之，所用成語，徒唐宋文人所造。何若一返方言，本無言文歧異之徵，而又深契古義。」〔註70〕「何若一返方言」，他認為這是一條捷徑，同時我們也應該看到，章太炎提倡方言有糾正當前流行的言文一致方案弊端之意：

> 中國方言，傳承自古，其間古文古義，含蘊甚多，而世人不知雙聲相轉、疊韻互變之法，至有其語而不能舉其字，通行文字，形體不過二千，其伏在殊言絕語中者，自昔無人過問。近世有文言一致之說，實乃遏絕方言，以就陋儒之筆箚，因訛就簡，而妄人之漢字統一會作矣。果欲文言合一，當先博考方言，以尋其語根，得其本字，然後編為典語，旁行通國，期為得之。〔註71〕

有學者認為章太炎意在用「新方言」抵抗當時主流的漢字統一論與萬國

〔註67〕王照：《官話合聲字母原序（一）》，見《清末文字改革文集》，文字改革出版社，1958 年，第 20 頁。

〔註68〕柄谷行人《日本現代文學的起源》，三聯書店，2003 年，第 36 頁。

〔註69〕黃遵憲：《致飲冰主人書》，1902 年 11 月 11 日，陳錚編《黃遵憲全集》上冊，第 442 頁。

〔註70〕章太炎：《論漢字統一會》（1907），《章太炎全集》（四），上海人民出版社，1985 年，第 319 頁。

〔註71〕章太炎：《博徵海內方言告白》，見湯志鈞編《章太炎年譜長編》增訂本上卷，第 154 頁，中華書局，2013 年。

新語方案,認為方言中保留有古語,用方言就能保持漢語自我更新的傳統。〔註 72〕駢文派代表劉師培也主張以俗語來「覺世」,他分析了中國文字的五弊之後,指出致弊的原因正是「蓋言語與文字合則識字者多,言語與文字離則識字者少。」在此提出兩條改進方法,一是「宜用俗語」,二是「造新字」。並說:「吾觀鄉里愚民無不嗜閱小說,而白話報體適與小說相符,則其受國民之歡迎又可知矣。……此則俗語感人之效也」。〔註 73〕既然如此看重俗語,那麼方言也就自然在視野之內:「方言俗語,非不可以入文字矣,特後儒以淺俗斥之耳。」〔註 74〕

既然文章不排斥方言,那麼小說當然更是用方言寫更接近俗語了。黃遵憲提倡言文一致時就拿小說作典範:「若小說家,更有直用方言以筆之於書者,則語言文字幾幾乎復合矣。」〔註 75〕《新小說》第 7 號上楚卿就認為言文一致「捨小說外無有世」,並倡導用方言寫小說,「且中國今日,各省方言不同,於民族統一之精神,亦一阻力,而因其勢以利導之,尤不能不用各省之方言,以開各省之民智。如今者《海上花》之用吳語,《粵謳》之用粵語;特惜其內容之勸百諷一耳。苟能反其術而用之,則其助社會改良者,功豈淺鮮也?」他很痛惜「文界」未能達此目的,寄希望於小說:「而此大業必自小說家成之。」〔註 76〕

白話小說本身就與方言有天然的聯繫,當時有人認為白話小說是「各體小說之外,而利用白話以為方言之引掖者也」,而當時社會流行的是用正音寫

〔註 72〕 參見彭春凌《以「一返方言」抵抗「漢字統一」與「萬國新語」》一文的分析,《近代史研究》2008 年第 2 期。這其實也和章太炎這一時期文化保守主義思想相關,比如錢玄同後來回憶說:「章先生於 1908 年,著了一部新方言。他說考中國各地方言,多與古語相合。那麼,古代的話,就是現代的話,現代所謂古文,倒不是古。不如把古語代替所謂古文,反能古今一代,言文一致,這在現在看來,雖然覺得他的話不能通行,然而我得了這『古今一代,言文一致』之說,便絕對不敢輕視現在的白話,從此種下了後來提出倡白話文之根。」見熊夢飛:《記錄玄同先生關於語文問題談話》,《文化與教育》第 27 期,1933 年。

〔註 73〕 劉師培:《論白話報與中國前途之關係》,見《國粹與歐化——劉師培文選》,上海遠東出版社,1996 年,第 119 頁。

〔註 74〕 劉師培:《論文雜記》,收入《劉師培中古文學論集》,陳引馳編校,中國社會科學出版社,1997 年,第 224 頁。

〔註 75〕 黃遵憲:《日本國志·卷三十三·文字》,見陳錚編《黃遵憲全集》下卷,中華書局,2005 年,第 1420 頁。

〔註 76〕 楚卿:《論文學上小說之位置》,《新小說》第 7 號,1903 年。

的小說，所以不能「普及」，作者認為應該少用「正音」而多用「土音」：

> 以吾國省界紛歧，土音各異，其曾受正音之教育者幾何哉？苟
> 如是，吾料讀者圖圄莫解，轉不如各隨其省界，各用其土音，猶足
> 使普通社會之了於心而了於口也。夫《三國》《水滸》，及《聊齋誌
> 異》諸書，吾國人稍經入塾肄業者，靡不交口稱道。然試問社會人
> 群中，其能於《三國》《水滸》《聊齋》諸書，心領神悟者，又幾人
> 哉？〔註77〕

很明顯，他將一般意義上的白話小說又分為兩種，一種如《三國》《水滸》
那樣用正音的「前賢著作」，還有一種用方音的更為通俗的白話小說。他認為
能發揮小說的教化功能的是後一種白話小說。

這樣，倡導言文一致以強國利民最後就落到白話小說上了，而且認為，
方言創作的白話小說是通俗教育的最佳選擇。雖然，清末真正的方言小說並
不多，但在理論上，這卻是很自然的邏輯。

二、清末方言小說的「生面別開」：吳語小說和京語小說

其實，古代白話小說就是俗語寫成的，在國語概念沒有形成之前，白話
小說不可能不用方言，正如潘建國先生所言：「從文本語言的角度看，白話小
說是指以近代漢語口語創作的小說，更為確切地說，就是以宋元『通語』或
明清『官話』等民族共同語編創的小說。所謂『通語』或『官話』，其本身即
以某地區方言為基礎、又融合多種方言而形成，因此，古代白話小說與方言
之間，實際上存在天然的學術聯繫。」〔註78〕他清理了四種方言小說的來源。
本文所論方言小說當指第四種來源，即「源於小說作家的有意運用」。《水滸
傳》《金瓶梅》用山東方言，《兒女英雄傳》《小額》《春阿氏》用京語，《紅樓
夢》雖以北京語為主，但也摻雜有許多南京、揚州一帶的下江官話，清代小
說《何典》《玄空經》《海上花列傳》《九尾龜》用的吳語。也有小說家官話水
平不太高，不得不參用方言的，如《女媧石》的作者海天獨嘯子就說：「小說
欲其普及，必不得不用官話演之。鄙人生長邊陲，半多方語。雖力加效顰，
終有夾雜支離之所，幸閱者諒之。」〔註79〕這些小說均深得各地方言的神韻，

〔註77〕老伯（黃伯耀）：《曲本小說與白話小說之宜於普通社會》，《中外小說林》第 2
年第 6 期，1908 年。

〔註78〕潘建國：《方言與古代白話小說》，《北京大學學報》，2008 年第 2 期。

〔註79〕海天獨嘯子：《〈女媧石〉凡例》，陳平原編：《二十世紀中國小說理論資料》
第一卷，第 148 頁。

豐富了小說藝術的表現力。方言小說的美學基礎在於描摹當地人神情口語，表現當地風俗人情，使之與方言區的人們產生親切感，從而產生認同和感染。這也是言文一致理論倡導者的初衷。

清末民初的方言小說最醒目的當數吳語小說的崛起，成就最高也數吳語小說。最早可追溯到清代同光年間郭友松用松江方言寫的《玄空經》，不過一般認為 1878 年的《何典》，是晚清吳語小說的開端，到《海上花列傳》（1892年）形成吳語小說的高峰，李伯元 1904 年創作過《海天鴻雪記》，後有《九尾龜》（1906 至 1924 年間），1920 年代的《人間地獄》，30 年代的《亭子間嫂嫂》可算是這一脈的餘緒。吳語小說的興起與上海在近代的地位上升有關係，上海的城市化進程培養了大量的具有一般知識水平的市民，他們的閱讀趣味和喜好，是吳語小說的基礎。胡適就曾說過：「三百年來，凡學崑曲的無不受吳音的訓練，近百年中，上海成為全國商業的中心，吳語也因此而占特別的重要地位。加之江南女兒的秀美久已征服了全國的少年心，向日所謂南蠻舌之音久已成了吳中女兒最繫人心的軟語了。」〔註 80〕

而吳語的「嬌囀黃鶯，珠圓玉潤」特點正適合表現十里洋場裏各種狹邪情事，甚至吳語成為「花界」的「職業語言」，能夠抬高妓女的身價。比如，《九尾龜》中，人物對話按身份不同來區分。人物的語言很多時候已經成為人物地位、修養的標誌，「官話」說不好，則會受到嚴重歧視，那些從良妓女也會將原來操持的「蘇白」改為官話。這些都顯示出明顯的語言等級觀念。劉大杰在《中國文學發展史》中說「他是用蘇州語寫蘇州妓女，故能繪聲繪影，刻畫入微，那些妓女們的脾氣語調和態度，都能活躍紙上，這正是方言文學的特色。」〔註81〕除此以外，陳平原談到另一個原因：「當年的新小說家主要集中在上海，即使外地作家也大都能操吳語。」〔註 82〕《何典》是作者的敘述語言和對話均用吳語，《海上花列傳》有所改進，敘述語用官話，而對話則用蘇白。值得注意的是韓邦慶使用方言著小說可稱得上是「有意的主張」（胡適語）：「曹雪芹撰《石頭記》皆操京語，我書安見不可以操吳語？」〔註 83〕作者懷著趕超《紅樓夢》

〔註80〕胡適：《吳歌甲集序》，歐陽哲生編：《胡適文集》第 4 卷，北京大學出版社，1998 年，第 576 頁。

〔註81〕劉大杰：《中國文學發展史》下卷，百花文藝出版社，1999 年，第 531 頁。

〔註82〕陳平原：《中國現代小說的起點》，北京大學出版社，2005 年，第 179 頁。

〔註83〕孫玉聲：《退醒廬筆記·〈海上花列傳〉》，山西古籍出版社，1995 年，第 114 頁。

的雄心用吳語寫小說,並對自造「吳語字」也有一番高論:「雖出自臆造,然當日倉頡造字,度亦以意為之。文人遊戲三昧,更何況自我作古,得以生面別開?」〔註84〕

以《海上花列傳》為代表的吳語小說的確是「生面別開」的創作。胡適說它是「吳語文學裏的第一部傑作」,「蘇州土白的文學正式成立,要從《海上花》算起」。〔註85〕他還認為方言文學比通俗的白話有優勢:「方言的文學所以可貴,正因為方言最能表現人的神理。通俗的白話固然遠勝於古文,但終不如方言的能表現說話人的神情口氣。古文裏的人物是死人多,通俗官話裏的人物是做作不自然的活人,方言土話裏的人是自然流露的活人。」〔註86〕這裏我們暫不討論胡適的話語方式及其背景,僅就方言入小說的特點而言,他的論述是有一定道理的。方言小說通過一種語言同時再現了一種生活方式,體現了地域趣味。劉半農讀了《海上花列傳》以後深為這種「地域的神味」折服,他舉了一個例子作對比:

> 「我是沒有工夫去了,你去好不好?」中間意義是有的,邏輯
> 的神味也有的,說到地域的神味,可是偏於北方的,若把它譯作:「我
> 是無撥工夫去個哉,耐去阿好?」就在同樣的意義,同樣的邏輯的
> 神味之下,完全換了南方神味了。〔註87〕

劉半農甚至認為作家用普通白話寫吳語區生活,把這種趣味失了還不自覺:「若用普通白話或京話來記述南方人的聲口,可就連南方人也不見得說什麼。這是什麼緣故呢?這是被習慣迷混了。我們以為習慣上可以用普通白話或京話來做一切文章,所以做了之後,即使把地域的神味犧牲了,自己還並不覺得〔註88〕」。張愛玲對此也深有同感,她把《海上花列傳》改寫成國語後說:「把書中吳語翻譯出來,像譯成外文一樣,難免有些失去語氣的神韻。」〔註89〕

這些地域神味正是通過一些吳語特有的用法來實現的。比如吳語的「阿」

〔註84〕孫玉聲:《退醒廬筆記·〈海上花列傳〉》,山西古籍出版社,1995 年,第 114 頁。

〔註85〕胡適:《海上花列傳》序,歐陽哲生編:《胡適文集》第 4 卷,第 406 頁。

〔註86〕胡適:《〈海上花列傳〉序》,歐陽哲生編:《胡適文集》第 4 卷,第 408 頁。

〔註87〕劉半農:《讀〈海上花列傳〉》,徐瑞從編《劉半農文選》,人民文學出版社,1986 年,第 130 頁。

〔註88〕劉半農:《讀〈海上花列傳〉》,第 130 頁。

〔註89〕張愛玲:《國語本〈海上花〉譯後記》,《海上花落 國語海上花列傳》,上海古籍出版社,1995 年,第 636 頁。

字的用法就非常靈活，典型地表現了吳語「儂軟」的特色：

> 因見雪香梳的頭盤旋伏貼，乃問道：「啥人搭耐梳個頭？」雪香道：「小妹姐喴，……耐看高得來，阿要難看。」蕙貞道：「少微高仔點，也無啥。俚是梳慣仔，改勿轉哉，阿曉得？」雪香道：「我看耐個頭阿好。」蕙貞道：「先起頭倪老外婆搭我梳個頭，倒無啥；故歇教娘姨梳哉，耐看阿好？」說著，轉過頭來給雪香看。雪香道：「忒歪哉。說末說歪頭，真真歪來哚仔，阿像啥頭嗄。」〔註90〕

這一段，把上海妓女的日常起居對話表現得惟妙惟肖，頗具生活氣息。此段中「阿」字有四種用法：1. 程度副詞，「多麼、十分、非常」之意，如「阿要」連用；2. 反詰語氣，用反語表示肯定的語氣，如「阿像」即為「不像……」；3. 詢問語氣，如「阿曉得」就是「是否知道」的意思；4.「阿好」也是詢問，但意思是「好不好」〔註91〕。「阿」字在吳語中用法相當廣泛，具有鮮明的特點。另外，「耐」「忒」均是表音的字，沒有實際意思，有時還將「勿」「要」合成後造一個新字，以表語氣的連貫。雖然如此複雜，但對操吳語的讀者卻能心領神會。

《海上花列傳》在 20 年代經過胡適、劉半農的讚揚，其地位大大提高，近來通俗文學研究界更是將其抬高到現代文學界碑的高度，其中，主要得力於其方言的運用。

此期的吳語小說還有李伯元的《海天鴻雪記》，〔註92〕也是一部寫妓女生活的吳語小說，1899 年 6 月起由上海遊戲報館分期隨報刊售，1904 年出版單行本，共二十回，未完。阿英曾大贊其「方言的力量」：「方言的應用，更足以增加人物的生動性，而性格，由於語言的關係也更突出，幾個人的性格，雖僅用了二百七十四言，已具有極清晰的印象，這是方言的力量。」〔註93〕

晚清京語小說的代表無疑是《小額》，這是滿人松友梅用北京方言寫的小說，最開始連載在八旗子弟的報紙《進化報》，1908 年由和記排印局發行單行

〔註90〕韓邦慶：《海上花列傳》，人民文學出版社，1982 年，第 221 頁。

〔註91〕這裡參考了高群的論述，《論〈海上花列傳〉文學形式的選擇》，《明清小說研究》2007 年第 2 期。

〔註92〕該小說自 1899 年 6 月起由上海遊戲報館分期隨報刊售，1904 年出版單行本。阿英認為該書作者是李伯元，後來有一些新材料發現，產生一定爭議。見魏紹昌：《〈海天鴻雪記〉的作者問題》，《河南大學學報》，1991 年第 2 期。

〔註93〕阿英：《晚清小說史》，人民文學出版社，1981 年，第 171 頁。

本。它主要描寫清末北京旗人的生活。雖是滿人小說但也是按照「小說界革命」的精神寫的，據序言中交待，作者經常與人談到小說，認為世風日下，國運愈危，然利器何在？他認為「欲引人心之趨向，啟教育之萌芽，破迷信之根株，躋進化之方域，莫小說若，莫小說若。」這與梁啟超「新國民必先新小說」的論調基本一樣。其語言表現出十足京腔，試舉一段對一位老人的描寫：

> 有一個老者，有五六十歲，左手架著忽伯拉（鳥名，本名叫虎伯勞），右手拿著個大啞壺兒，一邊兒喝，一邊兒說：「說響們旗人是結啦（誰說不是呢），關這個豆兒大的錢糧，簡直的不夠喝涼水的。人家左冀倒多關點兒呀（也不盡然，按現在說，還有不到一兩六的呢），咱們算喪透啦，一少比人家少一二錢。他們老爺們，也太餓啦，耗一個月關這點兒銀子，還不痛痛快快兒的給你，又過平啦，過八兒的。這橫又是月事沒說好（月事是句行話，就是每月給堂官的錢，照例由兵怕裏頭剋扣），弄這個假招子冤誰呢？旗人到了這步天地，他們真忍心哪。咳，咳。」老者這們一犯酒糟兒，招了一大圈子人，點頭啞嘴兒的，很表同情。

這裡將一個典型的北京旗人的神態、語氣表現得淋漓盡致，方言的魅力也正在於此。

清末民初小說中真正稱得上方言小說的並不多，一般也以官話出之。但小說要表現廣闊的現實生活，其人物語言必須要傳神，這樣，小說人物的語言夾點方言就是很正常的事情，這也有利於彰顯人物的個性。加之白話小說的傳統是源於講史、說書，中間雖經文人化的努力，但多少保留了口語文化一些特點，有的作家也儘量以說書的口吻敘述故事。翻閱清末民初的一些長篇章回小說，這是很明顯的事實。要模擬面對聽眾講故事，就要模擬人物的聲口，自然會偶而用方言來強化其風格，這也使方言的運用成為小說本身的一種藝術手法。

使用方言無非想真實再現當時的情景，以使描寫更加生動有趣。偶一為之並不成為問題，而大面積地、有意識地甚至從文體上進行試驗的方言小說則可能與「新小說」的教化功能產生牴觸。

也有小說家官話水平不太高，不得不參用方言的，如《女媧石》的作者就說：「小說欲其普及，必不得不用官話演之。鄙人生長邊陲，半多方語。雖

力加效顰，終有夾雜支離之所，幸閱者諒之」。〔註94〕方言小說的美學基礎在於描摹當地人的神情口語，表現當地的風俗人情，使之與方言區的人們產生親切感，從而得到認同和感染。而大面積地、有意識地甚至從文體上進行試驗的方言小說則可能與「新小說」的教化功能產生牴觸。

三、「另為一種言語」：方言化、通俗性及藝術性

　　絕對的言文一致最後的結果就是走向方言化。其間的邏輯是沒有考慮到口語與書面語的差別，過分地模擬聲音。清末民初，方言小說雖時有人做，但終不是主流，到二、三十年代慢慢絕跡，而帶有地方色彩、地域趣味的小說卻不絕如縷，比如老舍、沈從文、趙樹理等人的小說，而這些作家的小說語言並非以方言本身為追求的終極目標，而是經過一定程度的雅化、純化、國語化，在彰顯地域特色的同時又超越了地域。這說明，小說創作不僅要考慮到地域性，還要受到市場、公共性、普及性的制約。提倡方言寫小說與提倡小說的教化功能本身就存在悖論：方言的受眾是有限的區域，而要使小說具有廣大的影響力，又需要擴大地域範圍，而且方言對該方言區的普通民眾來「說」，可能倍感親切，通俗易懂，但是要生造字詞形成書面語言，拿給方言區的民眾「看」，只怕適得其反了。所以，在這樣的一個貌似統一的口號裏，卻隱藏著一個悖論，那就是，既要強調口語和書面語的一致，又無法解決中國各地方言的差異性。

　　吳趼人談到小說的「開民智」及「淳風俗」的時候，提到其家鄉粵地風俗純正，無淫風，實得小說之助，諸如當地人稱為「木魚書」的彈詞曲本，「婦人女子，習看此等書，遂暗受其教育，風俗亦因之以良也。惜乎此等木魚書，限於方言，不能遠播耳」〔註95〕。這就道出了方言小說與通俗教育、普及性之間的矛盾。海天獨嘯子所說「小說欲其普及，必不得不用官話演之」，〔註96〕也是從這個層面來說的。

　　上文提到的京語小說《小額》，這是用傳統評書形式寫的，不僅有解釋性的插話，在括號裏對方言詞語進行補充說明，而且怕讀者看不明白還要為有些土話注上音，如：

〔註94〕海天獨嘯子，《女媧石》凡例，陳平原編：《二十世紀中國小說理論資料》第 1
　　　　卷，第 148 頁。
〔註95〕吳趼人：《小說叢話》，《新小說》第 19 號，1905 年。
〔註96〕海天獨嘯子：《〈女媧石〉凡例》，陳平原編：《二十世紀中國小說理論資料》
　　　　第一卷，第 148 頁。

　　「老大，你別這們你我他們三（陰平聲）的，聽我告訴你，咱
　們是本旗太固山（音賽），你阿瑪我們都是發小兒，我們一塊兒喝茶
　的時候，那還沒你呢！」

　　為字注上音，很顯然是為了達到最大程度的「言文一致」，將口語的神態語氣移植到紙面上，讓人感到親切感。但這也有一個問題，太過於地方化的詞，也造成閱讀的障礙，比如以下一些北京方言：「提溜」「出了蘑菇啦」「不是岔兒」「累懇」「胡吃海塞」「起家裏來呀」「遇見吃生米的啦」「給他一個顛兒核桃」「碴黑兒」「烏禿著」「休岔兒」「拿捏」「接接」「吃了一頓瞥子」……，這一方面保留了北京的歷史韻味，一方面其閱讀對象過於狹窄，對不熟悉此地方言的讀者來說，不可能領會它的神采，相反會曲解它的意思。

　　吳語小說也是一樣，比如《海上花列傳》對瞭解吳語的人來說可能體會其「神韻」，可對非吳語區的讀者卻是相反的效果。以至於汪原放作校讀時，專門編了一個疑難詞表，共收詞 214 個，主要「為非江浙間人，客省人，便利計」〔註97〕。邊看小說邊要查詞典，足見方言小說存在一些問題。一般人，即使當地的讀者讀到滿紙的「勿要」「耐」時也可能產生隔膜，因為方言小說的理論基礎是「模聲」，是用來聽的。1906 年出版的《天足引》作者認為「用白話的書，越土越好」，但他預期的傳播方式是讀與聽結合：

　　我這部書是想把中國女人纏足的苦處，都慢慢的救他起來。但
　是女人家雖有識字的，到底文墨深的很少，故把白話編成小說。況
　且將來女學堂必定越開越多，女先生把這白話，說與小女學生聽，
　格外容易懂些。就是鄉村人家，照書念念，也容易懂了。〔註98〕

　　這段話把「新小說」的功能以及他們所預期的效果做了非常形象的說明，很有代表性。方言要想實現其「新民」功能必定要經過「說」「聽」「念」的環節才能達到目的。作者對用「土音」作小說的效果也缺乏自信：「做白話的書，大概多用官話。我做書的是杭州人，故官話之中，多用杭州土音。想我這部書做的很不好，能彀杭州女人家大家看看，已是僥倖萬分了。」〔註99〕

〔註97〕汪原放：《〈海上花列傳〉校讀後記》，《海上花列傳》嶽麓書社，2009 年，第496 頁。

〔註98〕程宗啟：《〈天足引〉白話小說序例》，見陳平原編：《二十世紀中國小說理論資料》第一卷，第 215 頁。

〔註99〕程宗啟：《〈天足引〉白話小說序例》，見陳平原編：《二十世紀中國小說理論資料》第一卷，第 215 頁。

如果連閱讀都有問題，那麼何談小說的「開啟民智」呢。

在晚清的小說語言論爭中，一直有人注意這個問題，並且，反思小說語言的「俗化」「土化」是與他們對小說美學性質的理解相關聯的。認為小說是導人於高尚，傾向於美的、文學方面的小說家，則普遍不贊同小說語言的方言化。

黃人是《小說林》發起人之一，他在《小說小話》中明確談到小說的語言問題：「小說固有文、俗二種，然所謂俗者，另為一種言語，未必盡是方言。至《金瓶梅》始盡用魯語，《石頭記》仿之，而盡用京語。至近日則用京語者，已為通俗小說」。這段話裏，黃人表達了很重要的觀點，「俗」並不代表一定用土語（方言），現在用京語的小說已為通俗小說，這裡的通俗當然是指具有最廣泛的受眾。更為重要的是他提出「另為一種言語」。〔註100〕聯繫到現代小說語言與「官話—國語」建構過程的複雜聯繫，黃人的觀點就頗有些先見之明。既要通於俗，又要超越地域性，當然是呼喚一種新的語言。黃人認為「小說者，文學之傾於美的方面之一種也。」〔註101〕強調小說與科學、法律、哲學之書的區別正在於其審美之情操，雖不至於「極藻繪之工，盡纏綿之致」，但亦追求小說之「高格」。黃人的小說語言觀正是秉承了這種小說高格的觀念，這才會反對方言，才有對「另一種言語」的認同。

狄平子（即狄葆賢）是趣味趨雅的一個小說評論家，他將小說分為文字小說、語言小說、文字兼語言小說三種，《西廂記》是文字小說，「至《金瓶》則純乎語言之小說，文字積習，蕩除淨盡。讀其文者，如見其人，如聆其語，不知此時為看小說，幾疑身入其中矣。此其故，則在每句中無絲毫文字痕跡也」，而《水滸》《紅樓》是文字兼語言之小說。〔註102〕這種分類可謂眼光獨到，小說語言的正途或高格應該是「文字兼語言的」，它並不一味偏向模擬聲口的方言化，也不崇拜作家過度的炫耀辭章，而是二者的結合，這其實也是「另一種言語」。

綜合清末的小說論，小說的社會性、文學性、通俗性這三者的結合才是理想的小說語言模式。大致來說，欲新一國之民必先新小說（梁啟超）、小說是傾向於美之一種（黃人、徐念慈），以俗語道俗情者為正格（惲鐵樵等）代

〔註100〕蠻（黃人）：《小說小話》，見《小說林》第 9 期，1908 年。

〔註101〕摩西（黃人）：《〈小說林〉發刊詞》，《小說林》第 1 期，1907 年。

〔註102〕狄平子：《小說新語》，《小說時報》第 9 期，1911 年。

表這三種不同的訴求。要達到這樣的理想狀態，必定要與「官話一國語」的
建構相聯繫。

　　曾樸在《孽海花》裏曾借一個人物之口說：「我國文字太深，且與語言分
途」，必須「另造一種通行文字，給白話一樣的方好」。〔註103〕其實，這裡「另
造一種通行文字」和黃人所說的「另一種言語」，我們都可以與以後的「官話一
國語」的語言進程聯繫起來。官話本身就是為了調和雅俗、擴大普及面而人
為生成的語言，它以一種方言為基礎，以言文一致為原則形成統一的語言，
而且隨著歷史的沿革也出現變化。商周時期稱為雅言，明代始有「官話」一
詞，而從商周到北宋的兩千年時間裏，都是以中原地區（長安和洛陽）基礎
方言為官話的。〔註104〕清朝雍正年間曾大力推行官話，不懂官話一度不能參
加科舉考試。而清末的語言統一運動的可以追溯到1903年，當時清政府的《奏
定學堂章程》開始規定：「各國語言，全國皆歸一致……中國民間各操土音，
致一省之內彼此不能通語，辦事多格。茲以官音統一天下之語言，故自師範
以及高等小學堂，均於國文一科內，附入官話一門。」〔註105〕清政府的推行
官話是為維護其王室統治服務的，但客觀上為小說語言變革開闢了道路，尤
其是對方言小說寫作是一種修正。清末小說的幾大系統中，遣責、公案、科
幻小說大多是官話寫的，只有狹邪小說中方言小說較多。

　　晚清的官話運動與五四時期的國語運動相比一個很大區別是，晚清更傾
向於「聲音中心主義」。言文一致，首先在於將「文」統一到「言」（說）上
來，致使清末小說中說書腔泛濫，千篇一律，缺乏創造性。民初的小說語言
又反其道而行，文言小說大行，艱澀難解。而五四的白話文運動是「另造一
種通行文字」，即「國語」，〔註106〕它在於為現代國家找到一種通行的書面語
言，即「文學的國語、國語的文學」。汪暉曾論述到：「『五四』白話文運動的
基本方面不是召喚用真正的口語（即方言）來進行文學創作，而是以白話書

〔註103〕曾樸：《孽海花》第18回，嶽麓書社，2009年，第256頁。

〔註104〕參見林燾：《從官話、國語到普通話》，《語文建設》，1998年第10期。

〔註105〕張百熙等：《學堂章程·學務綱要》，第二十四條，轉引自劉英傑編《中國教
　　　　育大事典1840～1949》，浙江教育出版社，2001年，第726頁。

〔註106〕「國語」觀念也是受日本的影響，1902年，吳汝綸到日本考察學政，看到日
　　　　本推行國語很成功，回國後向朝廷建議推行以北京話為標準的「國語」。到
　　　　1911年滿清王朝的最高教育機構學部召開了中央教育會議，通過了「統一國
　　　　語辦法案」，成立「國語調查總會」，以京音為主，「國語」一詞開始取代「官
　　　　話」得以通行，國語運動也進入實質性的操作階段。

面語為基礎，利用部分口語的資源形成統一的書面語。這就是為什麼『國語』概念一方面明顯地針對傳統書面語，另一方面則以方言為潛在的對立面。」〔註107〕因此，從這方面來看，真正解決小說語言與國語、與方言的關係，還要等到「五四」文學革命的到來。

〔註107〕汪暉：《現代中國思想的興起》（下卷），三聯書店，2004 年，第 1514 頁。

第二章 民國初年文言小說興盛的 歷史考察

　　隨著小說界革命的勢力減弱，清末至五四之前出現了中國文學史上空前絕後的文言小說大繁榮，更為壯觀的是在民初，大量駢體化小說面世，形成後世稱為「鴛鴦蝴蝶派」的小說。為何會在晚清白話文運動與小說界革命之後又出現大量的文言小說，這些文言小說如何適應新的文學觀念，如何表現受到西方新事物、新思想極大衝擊的社會生活，這都是值得分析的。宏觀上看，這批小說仍在繼承著古典文言小說的藝術規範，沿襲著文言書面語的傳統修辭。但同時，在各種因素的影響下出現了新變：文言翻譯小說、變異駢體小說、文言章回體小說等等。與古典文言小說表現個人情懷及神怪、傳奇不同，此期的文言小說包容更加廣闊的社會時事內容，語言也呈現淺白化、駁雜化、新詞彙湧現等新特性。這些現象構成漢語小說「現代」生成的起源語境，本章將結合時代背景及小說期刊的語言變化來進行討論。

第一節　民國初年：文言小說興盛的原因及特點

一、清末民初文言小說的大繁榮

　　晚清士人多相信進化論，認為任何事物均沿著進化的臺階一步步走向更高一級，優勝劣汰，不合歷史潮流的東西會淘汰掉。按道理說，小說界革命開展的如火如荼，小說已經成為經國之偉業、不朽之盛事了，白話小說承擔了新一國之民的歷史重任，那麼，白話小說應該大行其道，文言小說應該就此淡出才對。可是對文言小說來說，並非如此「合邏輯」地退出歷史舞臺。相反，在辛亥革命前後，直至五四之前，文言小說還出現了一個前所未有的繁榮時期。陳平原稱這是一個「謎」：「儘管白話文運動日見發展，提倡白話

小說者也日見增多，可文言小說不但沒有銷聲匿跡，反而大行其時，甚至可以說揭開了文言小說發展史上最後但也是最輝煌的一頁。這是中國小說史上的一個謎。」﹝註 1﹞這多少出於「新小說」及清末白話文運動倡導者的意料之外。民初前後文言小說的繁榮狀況也可以從當時主要的小說雜誌上看出來，這裡我們以《小說時報》（1909 年創刊）和《小說月報》（1910 年創刊）為例來看這期間白話小說和文言小說數量的對比：

表 2-1-1　《小說月報》（1910～1921）的小說語言情況

《小說月報》	長篇數量	白話長篇小說	文言長篇小說	短篇數量	白話短篇小說	文言短篇小說
第 1 卷共 6 期（1910.7～1910.12）	4	2	2	13	0	13
第 2 卷共 12 期（1911.1～1912.3）	6	2	4	33	2	31
第 3 卷共 12 期（1912.4～1913.3）	10	4	6	35	4	31
第 4 卷共 12 號（1913.4～1914.3）	8	2	6	53	5	48
第 5 卷 12 期（1914.4～1914.12）	6	2	4	57	2	55
第 6 卷共 12 期（1915.1～1915.12）	7	1	6	125	6	119
第 7 卷共 12 號（1916 年）	8	1	7	100	6	94
第 8 卷共 12 號（1917 年）	6	1	5	93	9	84
第 9 卷共 12 號（1918 年）	6	2	4	105	37	68
第 10 卷共 12 號（1919 年）	5	2	3	93	22	71
第 11 卷（1920 年）	9	7	2	96	66	30
第 12 卷共 13 號（1921 年）	全部為白話，新式標點。					
備註：長篇小說只統計新刊數量，連載時不再統計。自第 11 卷一號始新開闢「小說新潮」一欄，由沈雁冰主持，刊登白話小說、新詩及新文學理論，至本卷 9 號止，第 10 號調整欄目取消該欄，實際全部已向「新潮」看齊，文言小說在連載的繼續載完，新刊均為白話。						

﹝註 1﹞陳平原：《二十世紀中國小說理論資料第一卷・前言》，北京大學出版社，1997 年，第 13 頁。

表 2-1-2　《小說時報》（1909～1917）的小說語言情況

《小說時報》	長篇數量	白話	文言	短篇數量	白話	文言
1909 年（第 1～3 號）	5	1	4	13	2	11
1910 年（第 4～8 號）	7	1	6	8	5	3
1911 年（第 9～14 號）	10	5	5	18	3	15
1912 年（第 15～17 號）	3	1	2	10	4	6
1913 年（第 18～21 號）	8	4	4	16	2	14
1914 年（第 22～24 號）	5	2	3	15	3	12
1915 年（第 25 號）	3	1	2	3	0	3
1916 年（第 26～28 號）	4	2	2	19	1	18
1917 年（第 29～33 號）	3	1	2	32	5	27

　　從以上統計可以看出，民國初期，文言小說有一個明顯的大繁榮。僅從數量而言，在整個中國小說史上，沒有任何一個時期文言小說有清末民初這樣繁盛。古代文言小說主要是坊間刊刻傳播，發行數量有限，晚清以來隨著報刊業的發展，期刊雜誌發表文言小說成為最主要的傳播渠道，單行本長篇小說也發生重要影響，尤以林譯小說影響最甚。此外還有文言短篇小說集的出版，有學者輯錄民初文言短篇小說集達 45 部之多。〔註 2〕

　　從文言小說史的脈絡中看，民元前後在整個文言小說史上也佔有重要的地位。文言小說初期，比如魏晉時期的志人志怪小說，甚至唐傳奇，均沒有長篇大制，清代的《聊齋誌異》也是短篇故事的合集，筆記小說更是以短篇為主，而晚清以來的文言小說一個醒目的現象就是長篇文言小說的大繁榮。這是空前絕後的。在中國古代，小說一直是小道，其主要功能是娛心悅目，消遣休閒。白話通俗小說更是如此，所以才有長篇章回小說，因為白話本身是大眾的口頭語言，閱讀的時候不需要專注於語言內部的起承轉合，甚至字詞、句式的選擇。因此如此長篇大論，利用情節的迂迴曲折，總讓人流連忘返，而不至於感到疲倦。而文言則是古代的書面語言，是雅正的文人士大夫語言，文言的句式及語法有特定的規定性，能順暢地閱讀文言作品也需要多年的專門訓練，而閱讀幾十萬字的文言章回小說，雖然我們不能以今人的眼光簡單想像當時的情形，但

〔註 2〕張振國：《民國文言小說史》，鳳凰出版社，2017 年，第 73 頁。

至少可以肯定這應該是一件沉悶費神的事情，很難說通俗和消遣。錢基博在論梁啟超的文章時說：「古人以萬言書為希罕之稱，而在啟超無書不萬言，習見不鮮也。」〔註3〕這雖然說的是文章，但對於文言小說來說也同樣如此。清初的屠紳用文言寫過二十萬言的小說《蟬史》，這使文言小說史家很難界定，因為他們認為「就『文言小說』一語的約定俗成的含義來看，通常是不包括長篇在內的。」「我們所說的文言小說，其外延包括傳奇小說和筆記小說，以短篇為主，中篇為輔。」〔註4〕按這種界定梳理文學史到了清末民初就會很棘手，因為這樣一種難以想像的事情，在清末民初卻成為常態，每一種小說期刊都開闢有長篇小說專欄。以文言寫長篇小說最著名的要算林紓了。林紓自1897年譯《巴黎茶花女遺事》以後，用文言大量翻譯西方小說。有人統計自1897年至1919年前後二十年間，林紓翻譯了181種小說，「且其中的多數均是長篇或中篇」〔註5〕。林譯小說一度成為各大小說期刊爭搶的品牌。范伯群先生也注意到在1909年前後小說語言的變化：「1909年前後的文言著譯小說數量陡增，顯著的例子是昔日辦《蘇州白話報》的包天笑在1909年辦《小說時報》時，又恢復了用文言寫《一縷麻》等小說；昔日在《時報十務》上寫出晚清第一批白話短篇小說的陳景韓（陳冷血），又用淺近的文言寫《催醒術》了」〔註6〕。如果說1909年以前的小說界是以白話的「四大譴責小說」為主流的話，那麼，1909年至五四之間則是以林紓、徐枕亞、蘇曼殊的文言小說為主流的，這是清末民初小說界一個明顯的變化。

　　總體上說，無論是數量上，還是在小說體式、寫作觀念上，民初的文言小說都是引人注目的現象，只不過在藝術上，可與傳統優秀文言小說比肩的還是很少。

二、文言小說興盛的原因分析

　　為什麼在小說界革命蓬勃地開展起來的同時，文言小說卻有一個迴光返照的繁榮期呢？這在小說語言的嬗變歷程中有何意義？我們今天又該如何看待這樣一種現象？

　　首先，我們要重新認識「小說界革命」與晚清的「白話文運動」的建構

〔註3〕錢基博：《現代中國文學史》，上海書店出版社，2004年，第290頁。
〔註4〕陳文新：《文言小說審美發展史》，武漢大學出版社，2002年，第3頁。
〔註5〕韓洪舉：《林譯小說研究》，中國社會科學出版社，2005年，第52～53頁。
〔註6〕見范伯群：《文學語言古今演變的臨界點在哪裏？》，《河北學刊》2009年第4期。

邏輯。此期文言小說的繁盛，從某種意義上反映出「小說界革命」與「白話文運動」的先天缺陷。小說界革命是建立在「新民」的基礎上的，有著鮮明的功利色彩，是一種語言工具主義，當新小說家創作政治小說或社會諷喻小說時用白話，而他們內心認定的高雅語言仍然是文言。所以在翻譯小說時，用文言有時反而更順手，梁啟超在翻譯《十五小豪傑時》說：「原擬依《水滸》《紅樓》等書體裁，純用俗話，但翻譯之時，甚為困難。參用文言，勞半功倍」〔註7〕。而魯迅在 1903 年譯《月界旅行》時開始也「初擬譯以俗語」，可又覺得「純用俗語，復嫌冗繁」〔註8〕，最後還是用文言譯出。正是由於小說界革命時期的白話小說只是一種「通俗」的工具，所以文言小說創作並沒有在語言層面上進行批判和擯棄。白話小說和文言小說是平行的兩條大道，這和五四時「二者選其一」的思路是不一樣的。《新小說》廣告詞《中國唯一之文學報新小說》中第三條談及語言：「第三，本報文言、俗語參用，其俗語之中，官話和粵語參用，但其書既用某體者，則全部一律」〔註9〕。1915 年《小說大觀》的創刊詞中也是「無論文言俗語，一以興味為主。」〔註10〕這裡看出，文言小說的大道始終是通暢的，只是強調了單部作品語言的統一性。因此，在小說界革命及白話文運動的浪潮減速時，文言小說反彈是很正常的事情了。無獨有偶，在 1909 年前後，倡導「新小說」的代表性小說期刊相繼停刊，如《新小說》《繡像小說》在 1906 年停刊，《新新小說》在 1907 年，《小說林》在 1908 年，《月月小說》在 1909 年，「新小說」精神后繼無人。而接續第一波辦刊潮的則是以《小說時報》（1909 年 10 月創刊）、《小說月報》（1910 年 8 月）為代表的小說觀念相對保守的小說期刊，從前面的語言情況統計表中可以看出，這一時期正是文言小說大回潮的時期。而到 1912 到 1915 年間鴛鴦蝴蝶派崛起之時，文言小說更趨艱深，其風行程度則達到頂峰。

其次，我們還要考慮到新型作者群、讀者群與小說市場的形成。雖然新小說家們一再宣稱小說是「新民」的工具和途徑，但這裡能購買並閱讀小說的「民」中，真正下層的略通文墨的讀者很少，晚清小說創作者和讀者大部

〔註7〕梁啟超：《十五小豪傑》譯後語（第四回），《新民叢報》第 6 號，1902 年。
〔註8〕魯迅：《〈月界旅行〉辯言》，《魯迅全集》第 10 卷，第 164 頁。
〔註9〕《中國唯一之文學報〈新小說〉》，見陳平原編《二十世紀中國小說理論資料》第一卷，第 59 頁。
〔註10〕包天笑：《小說大觀》例言，《小說大觀》第一集，1915 年。

分均是「出於舊學界而輸入新學說者」。1905 年，科舉制廢除，傳統文人的仕途進學之路徹底阻斷，出現大量既無法進入新式學堂，又不能通過科舉取得功名的「文化游民」，辦刊、辦報、寫稿賺取稿費成為他們中間大部分人的事業。所以晚清小說的生產、流通及消費主要是浸淫舊學而對新學也有興趣的文人階層。關於小說的閱讀對象在當時曾有一個爭論。別士在《小說原理》中說：「綜而觀之，中國人之思想嗜好，本為兩派：一以應學士士大夫之用；一以應婦女與粗人之用。體裁各異，而原理則同。今值學界展寬，士夫正日不暇給之時，不必再以小說耗其目力。惟婦女與粗人，無書可讀，欲求輸入文化，除小說更無他途。」〔註11〕作者將小說定位在「婦女與粗人」，而這一觀點馬上遭到平子的質疑：「此論甚正，然亦未盡然。……且美妙之小說，必非婦女粗人所喜讀，觀《水滸》之與《三國》，《紅樓》之與《封神》，其孰受歡迎孰否，可以見矣。故今日欲以佳小說飼士夫以外之社會，實難之又難者也。且小說之效力，必不僅及於婦女及粗人，若英之索士比亞，法之福祿特爾，以及俄羅斯虛無黨諸前輩，其小說所收之結果，仍以上流社會為多。西人謂文學、美術兩者，能導國民之品格、之理想，使日遷於高尚。夫欲導國民於高尚，則小說不可以不高尚。必限於士夫以外之社會，則求高尚之小說亦難矣。」〔註12〕而文言小說則正是這樣的「高尚」之小說。晚清印刷業的發達，使小說消費方式也發生變革。宋元的白話小說大多轉化成「聲音」以說書的方式在瓦肆茶樓中流通，在這種場合，下層的粗人才成為主要的受眾，故有「通俗」一說。而晚清借助商業印刷手段，小說則主要以書面語的方式流通，「閱讀」成為主要的消費方式。能嫻熟地閱讀文言書面語者，當然以有過多年文化訓練的文人居多。那麼，這種廣大的讀者群，也是文言小說繁榮的溫床，《小說林》雜誌社在調查了小說行銷狀況之後說：「就今日實際上觀之，則文言小說之銷行，較之白話小說為優」，「余約計今之購小說者，其百分之九十，出於舊學界而輸入新學說者，其百分之九，出於普通之人物，其真受學校教育，而有思想、有才力、歡迎新小說者，未知滿百分之一否也？所以林琴南先生，今世小說界之泰斗也，問何以崇拜之者眾？則以遣詞綴句，胎息史漢，其筆墨古樸頑豔，足占文學界一席而無愧也。」他進而提醒「產銷」雙方注意：「夫文言小說，所謂通行者既如彼，而白話小說，其不甚通行

〔註11〕別士（夏曾佑）：《小說原理》，《繡像小說》第 3 期，1903 年。
〔註12〕平子：《小說叢話》，《新小說》第 7 號，1903 年。

者又若是，此發行者與著譯者，所均宜注意者也。」〔註13〕這與兩年前《月月小說》的創刊時理念就已不同：「文言不如小說之普及也，抑之吾聞之喻人，莊論危言不如以諧語曲，譬以其感人深而耐尋繹也。西人皆視小說於心理上有莫大勢力。則此本之出，或亦開通知識之一助，而進國民於立憲資格乎，以是祝之。」〔註14〕這種高調的啟蒙姿態終於讓位於市場。在白話小說倡行的同時，文言小說的道路始終沒有阻斷，當遇上蓬勃的市場需求，再加上特定的社會思潮，就會以更加蓬勃的勢頭發展起來。

其三，文言小說興盛與民元前後文化保守主義思潮興起有關。自鴉片戰爭以來，中國在接連戰敗的屈辱中打開國門，西學、洋務成了自上至下最時髦的東西。可在另一面，隨著「西化」運動的深入，清廷及有些保守的士大夫又擔心長此以往會有損國體，進而危及君主專制政權，所以他們又不斷地強調「中學為體」。在 1906 年，清廷規定「忠君、尊孔、尚公、尚武、尚實」為教育宗旨，並進而提出「保存國粹」的口號。1907 年，張之洞上書說現在「道微文敝，世變愈危」，只有「存國粹」才是「息亂源」的最好方法：「若中國之經史廢，則中國之道德廢，中國之文理詞章廢，則中國之經史廢……正學既衰，人倫亦廢。為國家計，則必有亂臣賊子之禍；為世道計，則不啻有洪水猛獸之憂。」〔註15〕這篇奏疏頗受清廷賞識，被「上諭嘉勉」。顯然，在各種力量的交織下，辛亥革命前幾年，形成了勢力強大的復古思潮，甚至康有為這樣的變法維新者，在周遊列國之後，也迅速轉向復古主義，認為中國的孔學是世上最好的學說，「吾國經三代之教，孔子之教，文明美備，萬法精深，升平久期，自由已極」，應該大呼「孔子萬歲」〔註16〕。值得注意的是，「保存國粹」的思潮不僅在保皇派那裡滋長，而且在革命派那裡，在辛亥革命之前也有活躍的表現。1905 年，鄧實、黃節、劉師培等人創辦了國粹派的代表刊物《國粹學報》〔註17〕。與前者不同的是，他們是通過復興古

〔註13〕覺我（徐念慈）：《余之小說觀‧六》，見陳平原編《二十世紀中國小說理論資料》第一卷，第 336 頁。

〔註14〕《月月小說出版祝詞》，《月月小說》第 1 年第 1 號，1906 年 9 月。

〔註15〕張之洞：《保存國粹疏》，轉引自楊天石：《論辛亥革命前的國粹主義思潮》，《新建設》1965 年第 2 期。

〔註16〕康有為：《法國革命史論》，《新民叢報》第 87 期。

〔註17〕學術界公認《國粹學報》創刊為國粹派崛起的標誌。見鄭師渠《晚清國粹派：文化思想研究》，北京師範大學出版社，1997 年；喻大華《晚清文化保守思潮研究》，人民出版社，2001 年。

學喚起人們反清的「熱腸」，保存國粹是革命的途徑，「國粹者，一國之精神之所寄也。其為學，本之歷史，因乎正俗，齊乎人心之所同，而實為立國之根本源泉也」〔註18〕。他們秉持「文化救國」的理想，認為欲謀保國，必先保學，自有世界以來，「以文學立國於大地之上者以中華為第一」，「此吾國國文之當尊，又足翹之以自雄者也。」〔註19〕章太炎實際上是國粹學派的精神領袖，1906年出獄以後一到日本就對革命黨人提出兩大任務，其中之一便是「以國粹激動種性，增進愛國的熱腸」〔註20〕。其後不久又成立了國學振起社，自任社長，而他主編的《民報》也在同時大力宣傳保存國粹，自第20期始，風格大變，講革命減少，講國粹增多，徵集「宋季、明季雜史下及詩歌、小說之屬」，而這裡的小說也主要是文言小說。在其影響下，不少革命派刊物也以「發思古之幽情，光祖宗之玄靈，振大漢之天聲」作為發刊詞。可見，無論是保皇派還是革命派中的「國粹派」，「保存國粹」一度成為「共識」，他們要發揚的均是正宗的儒家典籍及雅正的詩文傳統，只不過他們的目標各異而已。文化保守思潮的興盛正是在1908年至民國初年期間，民國成立後不久，又興起一股新的復古思潮，一直到五四文化運動時期仍相當強勁。白話文運動雖然一度形成趨勢，但遭遇到這股復古思潮之際，文言作為中國正宗的文人書面語言得到再一次強化。文言小說繁榮的軌跡也正與這一大潮的趨向相合。

最後，民國初年文言小說的復興，還與民國初期的政治、社會思潮有關係。晚清的「新小說」運動是在「啟蒙（新民）──救國」的邏輯下展開的，白話小說只是通俗教育的工具，這是一種懷抱救國理想的士人的單向運動，而一旦革命的目標達到，啟蒙的熱情就會隨著目標的消失而驟降。千年帝制的崩塌，民國的建立，倡導多年的革命在一夜之間實現了。可好景不長，又有帝制復辟。民國初年，人們經歷大喜大悲，看不清中國的前途。曹聚仁曾回憶說：「民初的人，不免陷於絕望與焦灼的情結，大家都好似從手掌中溜走了什麼似的，雖說整個世界的變動已在開始，我們卻霧裡看花，即看不出近景，也看不出遠景來的。《甲寅》雜誌記者的文字，從開頭到結束，瀰漫著絕望的氣息。我還記得章士釗寫給陳獨秀的信中，就用了『折簡寄愁人，相逢

〔註18〕許守微：《論國粹無阻於歐化》，《國粹學報》第7期，1905年8月。
〔註19〕鄧實：《雞鳴鳳雨樓獨立書》，《政藝通報》，1903年，第24號。
〔註20〕章太炎：《演說錄》，載《民報》第6期，1906年。

只說愁』的話」〔註 21〕。一方面，革命派的目標突然消失，一方面民初政治又復歸黑暗，亂象紛呈，使得原本身懷革命理想的文人徘徊觀望。同時，相對保守的傳統文人面臨帝制的崩潰，產生幻滅情緒，在他們眼裏，舊有的文化道德沒有了，社會風氣日漸澆漓，一種絕望的、玩世之風悄然興起。他們沒有了晚清新小說家的家國憂慮，只有沉浸到兒女情長，花前月下的「鴛蝴」世界，繼續結撰他們的文人雅集。用駢文、古文作小說一時成為趨勢。在此情況下，產生了林紓和徐枕亞這樣的小說暢銷書作家，他們的榜樣作用也不可小視，林紓的文言譯著小說自不必說，成為各小說期刊的壓卷產品，一版再版。近代學者王無為在為張靜廬著《中國小說史大綱》所作之序言中指出：「遜清末葉，林紓以瑰環之姿，用文言譯《茶花女遺事》一書，是為西方小說輸入吾國之始，亦啟長篇小說用文言之端，於是小說界之趨勢，為之一變。」〔註 22〕包天笑談到林譯小說時也說：「這時候寫小說，以文言為尚，尤其是譯文，那個風氣，可算是林琴翁開的。林翁深於史漢，出筆高古而又風華，大家以為很好，靡然成風地學他的筆調。」〔註 23〕足見林紓的影響力。而徐枕亞的《玉梨魂》自 1912 年初版，其發行量更是驚人，據范煙橋說，其發行總數當在幾十萬冊。〔註 24〕同時，徐枕亞主編或主筆的刊物也在這期間創刊，比如《民權素》《小說叢報》《小說旬報》《小說季報》等，李定夷、吳雙熱、許嘯天、許指嚴等「鴛蝴派」作家，常在這些小說刊物上發表小說，從而形成一個文言小說的鼎盛時期。

三、民初文言小說語言的傳統與新變

　　從數量、形式多樣性、及作者隊伍的龐大來說，這一時期文言小說大繁榮的確是中國文學史上的一道奇觀。那麼，其藝術內涵及語言美學在文言小說大傳統中有何繼承和變化呢？

　　總體來說，清末民初文言小說是處於中國古典文言小說的大傳統之中。文言小說家對小說文體的自我認同、審美想像、藝術手法均以輝煌而悠久的傳統文言小說作為參照。只不過，在這種大繁榮背後，商業生產，傳播方式，

〔註 21〕曹聚仁：《文壇五十年》，東方出版社，1997 年，第 97 頁。
〔註 22〕見張靜廬著《中國小說史大綱》，上海泰東圖書局 1920 年 6 月初版，第 2 頁。
〔註 23〕包天笑：《釧影樓回憶錄》，大華出版社，1971 年，第 25 頁。
〔註 24〕范煙橋：《民國舊派小說史略》，見《鴛鴦蝴蝶派研究資料》，上海文藝出版社，1962 年，第 174 頁。

西學東漸等因素對小說的生產模式、內容上帶來了新的時代氣息。文言小說的語言雖然隨著時代的變革出現新的變化，但大部分仍沿襲傳統的文言小說的思路，雖有部分優秀者，如蘇曼蘇的小說從敘事及現代體驗上有突破，但總體來看，清末民初的文言小說沒有達到應有的高度。一方面喪失了古典文言小說的雅趣，另一方面缺乏瑰麗的想像，甚至爆炸式的西方術語和概念使有些小說成為非驢非馬的混合物。從大規模表現變化的社會生活來說，此時的文言小說顯然又沒有白話小說具有優勢。儘管如此，清末民初的小說語言試驗的廣度和深度又是前所未有的，失敗與成功，都成為中國小說現代轉型可資借鑒的資源。

由於文人的文言小說想像仍然是古典的，所以他們對小說語言的應用也是以古代經典文本為楷模。在傳奇、筆記、軼事小說等各類別上均有較為優秀的作品出現。

傳奇體小說，無疑是中國古代文言小說的最高水平，無論是唐人傳奇中《霍小玉傳》《任氏傳》這樣的傳奇精品，還是足以代表文言小說高峰的《聊齋誌異》，均是傳奇體的代表作品。這些作品在語言上的特點歷來為人所稱道，魯迅曾概括為「施之藻繪、擴其波瀾，故所成就乃特異」，「大歸則究在文采與意想」，顯然，「文采」主要是體現在語言層面：富麗精工，「敘述宛轉、文辭華豔」。〔註25〕民初的文言小說有許多承接了這種華麗婉轉的語言特點。僅仿《聊齋》筆法的小說就有許多。

林紓是深得古文筆法的小說家，有著深厚的古典文學修養，他無論是翻譯還是創作，都以清雅的古文筆法出之。這裡僅以他的自創小說為例。他曾創作了許多神怪小說，明顯延續唐傳奇和《聊齋》的風格。如《吳生》寫一個狐女愛上了一個美俊書生，為接近他而偽為鄰女，並循循善誘，終於與吳生結為夫婦。從題目到內容都讓人以為《聊齋》再世，林紓本人亦在篇末稱：「此事大類《聊齋》所述之宦娘。」〔註26〕這樣的作品還有如《薛五小姐》等。這些小說往往文辭典雅斑斕，結構上富於變化，姿態各一，而意境、人物神韻方面，也深得得唐傳奇和《聊齋》三昧。體例上以紀傳體例為主，常以「某生者」開篇，語言雅正豐贍，加之伏脈、接筍、結穴等古文筆法，使

〔註25〕魯迅：《中國小說史略》，《魯迅全集》第 9 卷，第 73 頁。
〔註26〕林紓：《吳生》，見林薇選注：《林紓選集》上卷，四川人民出版社，1985 年，第 40 頁。

得小說別有一番風味。比如，在《吳生》中塑造了一個不解風情的書呆子形象，吳生第一次見到鄰女之時，作者如此寫道：

> 生自在陰中，已見女郎，然亦驚歎其美，亦不解其所以然。既歸對燭冥想，初無淫靡之思，似女之秀色能撲人使之喪失所守者。久之忽曰：「吾又廢時刻也。奈何為無為之思，拋我正業？」乃復吟誦。

一個可笑、迂腐而又不失可愛的書生躍然紙上，筆致簡潔有力。

《小說月報》第6卷第9期有一篇《函髻記》，作者署名為盟鷗榭，是當時頗受好評的一篇傳奇小說，惲鐵樵的評價是「筆墨雅飾，音節入古，今人所不能到，全在聲光色韻之間」〔註27〕。其中詞句明顯有傳奇之風：

> 俄而觥爵交錯，絲管雜陳，諸妓以次奏藝。序及行雲，攬衣而起，立於筵前，抗聲曼歌，眾目驚視。歌詞之意，橫挑歐陽，神情流注，逸姿豔態，殆非人世所見。行周屬目傾耳，久之，謂將軍曰：「此其申行雲也耶？異乎佳人，何為屬意於我哉？」歌既闋，歐陽生乃移座而前，顧行雲而語曰：「深悉微意，然申君何自而知鄙人？」行雲對曰：「妾得《懷忠賦》《棧道銘》《曲江池積》，讀之年餘，略皆上口，與君豈不深耶？」歐陽駭異，以廣坐不能久語，遂悵然而歸。

而當時以駢體作小說的文人更是以唐傳奇為尚，因為下一節將要專門探討駢體小說，這裡就從略。僅舉徐枕亞的《簫史》（《小說月報》第4卷第6號）為例。這也是一篇具有唐傳奇風格的作品，在小說中夾雜詩詞，使作品的抒情氣氛十分濃鬱，篇首小序有議論的成分，作品在整體風格上可以看出對「可見史才、詩筆、議論」的「文備眾體」的唐傳奇的傚仿痕跡。從整體來看，此篇大有唐傳奇之名篇《虬髯客傳》之風。《小說月報》第2卷第7期上有一篇愛情傳奇《蓮娘小史》其中寫到主人公蓮娘攬鏡自照時的描寫也頗能體現華麗的語言特色：

> 一日，蓮娘春睡初覺，攬鏡畫眉，顧影頻頻，正在憐我憐卿之際，忽憤然作色曰：「吾何事以金錢寶貴之光陰，日加修飾以虛擲諸梳粧檯畔？調鉛傳粉，甘心為彼男子之玩具乎？……從此鉛華不禦、膏沐不施，淡掃蛾眉，自成馨逸。

〔註27〕見《李芳樹傳》的篇末評語，《小說月報》第8卷第7號，1917年。

　　另外，許指嚴的以女性為中心的一批小說，如《墮溷花》《明駝豔語》《香囊記》《砭仙》《賣魚娘》《三家村》《榜人女》《廣陵散》《采蘋別傳》《綠窗殘淚》《劫花慘史》《瓊兒曲本事》等，也能看出這一特點。包天笑的《一縷麻》，曾經轟動一時，敘述語言簡潔流暢，也是文言小說中的精品。

　　朱炳勳的《美人局》（《小說月報》第1年第6期，1910年）寫一個禁煙司事局的工作人員查私吸煙人員時以權謀私，敲詐財物，結果反被人設美人計陷害。描寫也很到位，寫人物言語及行狀讀來生趣盎然。如開篇的寫景：

> 參橫斗轉，殘月昏黃，雞犬無聲，萬籟都寂。當此沉沉深夜，悄悄長衢，忽有三數黑影，出現其間，倏前倏後，似鬼似狐，疾奔至一家門前，炊焉而止。於是或瞷於垣，或伺於門，或則蜎伏道旁不動，良久良久，不聞聲息。噫嘻，怪哉！其鼠竊耶？狗盜耶？抑昏暮出現之妖魅耶？噫嘻，怪哉！適從何來，遽集於此？

　　寫到三個官吏發現吸煙人時，將一個不可一世之污吏形象寫得很傳神：

> 此三人中為首之一人，遽挺身出，獐其頭，鼠其目，狗其髭，鷹瞵而虎視，狼突而前，大叱曰：「咄！爾曹用乃不我識耶？我非他，乃此音禁煙司事某司爺也。方今時代，非奉旨禁煙時代耶？皇皇上諭，赫赫憲章，爾曹詎不見之，乃敢明目張膽，擅自吸煙，厥罪大矣！」且語且前，奪其煙槍。指揮其同伴二人曰：「縶之，趣為我捉將官裏去。」

　　與崇尚富麗精工的語言不同，也有一些文言小說大有六朝筆記小說的「粗陳梗概」和「雋永玄妙」的特點。清末民初的小說雜誌，刊登有許多傳統意義上的筆記小說。有些從現代小說觀念來看，不能稱小說，這也反映出清末民初混雜的小說分類，欄目名稱通常叫野乘、辨訂、箴規、諧趣、時調等。如，《新小說》的第8～11、13、14號刊載的「劄記小說」《嘯天廬拾異》，刊於《月月小說》第2號的《新庵譯萃》和《新庵隨筆》，《小說叢報》第5期的「筆記」一欄有《雛伏室劄記》《鐵佛庵筆記》《臨碧軒筆記》《小說月報》第7卷第1號刊有《庸庵筆記》《春在堂隨筆》《淞濱瑣話》《池北偶談》等作品出版發行的廣告。林紓創作有《技擊餘聞》，一時對該書「續」「補」成風，如錢基博的《技擊餘聞補》（《小說月報》第5卷），江山淵的《續技擊餘聞》（《小說月報》第7卷），朱鴻壽的《技擊餘聞補》（《小說新報》第1、2卷）。這些筆記雖然不合現代小說理念，但與古典的筆記、軼事小說則是一

脈相承，自有其價值。續林紓《技擊餘聞》的江山淵曾說：「林子畏廬，善為古文辭，聲播四方。其撰《技擊餘聞》，雖寥寥短篇，實足以淬民氣而厲懦風，其文復典雅淵懿，直逼莊周司馬遷，不能徒以小說讀也。余竊私其意，博取所見所聞者，撮而錄之，以續林子之書（《小說月報》第 7 卷第 11 號）。這種「博取所見所聞者，撮而錄之」的精神正是古代軼事小說如《博物志》《拾遺記》《閱微草堂筆記》的路數。這些筆記小說的語言簡潔、不重鋪排，而講情趣。

　　如果對清末民初文言小說作一整體觀的話，我們應該看到，將傳統文言小說的語言特色能夠發揚光大的還是占少數。這一時段值得注意的是小說語言有了新的變化，為了適應迥然不同於中國古典的生活方式，即使文言小說這一地道的中國文學形式也折射出時代性來。其語言上的新變主要體現在如下幾點：1. 淺文言的大量湧現。2. 文言的駁雜化。3. 文言敘述現代社會生活。

　　受「小說界革命」的影響，小說成為「開民智」的工具，白話文運動也開展得有聲有色，文言小說雖說是高級知識者炫才弄筆的傳統領地，但也有一部分受此影響，有俗化的傾向。隨著讀者群的擴大，小說雜誌的出版，改變了傳統文言小說小圈子內的互贈傳抄方式，因此，文言小說首先要面臨市場化、市民化的問題，文言小說不可避免地吸納白話的詞彙和句法，形成淺白的文言。這在清末民初的小說期刊中是很明顯的語言現象。《新新小說》第 2 期（1904 年）載陳景韓的《路斃》是一篇寫中國人之間冷漠的短篇小說，塑造了各種「看客」，其立意也和魯迅小說有相通之處，它的語言就是淺文言，且看開頭句子：

> 老病污穢，有一路斃，倒於城廂之內，十字街之路側。年約七十至八十，骨格飽受風霜辛苦，容貌極委頓，迫於飢寒疾病，目閉口開，手足拳縮不動，然尚有氣息。

詞句雖保留了文言的四字句基本句式，但通俗平白。再如徐卓呆的《溫泉浴》（《小說林》第 7 期，1907 年）中的描寫：

> 乃而入浴。有頃，見日本女子二人，亦來洗浴，脫褲入水。時某之面，宜嗔宜喜，現不可思議狀，兩顴色深紅，涎涕交下，呆坐水中，目不轉睛，釘住二女子雪白的肉身上。及余出浴，二女子亦去。回顧會長某，則仍坐水中，不敢稍動。

在一篇討論看《月月小說》益處的文章中，作者在談歷史家為何應看小

說時說，「將正史一概演成白話，使人家一目了然。」《八寶匣》和《美國獨立別裁史》是記事體的，這兩種雖不是白話，文法不甚深，易得要領」。〔註28〕顯然，這裡文言小說也納入到白話小說的「通俗」「新民」的軌道中來。文言小說的淺白化，有兩個現象，一是長篇文言小說相對短篇來說更多採用淺文言。正如前文所說，長篇小說在以前是普遍用白話創作的，以章回小說為主，本身是在說書、話本的基礎上形成的。而當用文言創作長篇小說時，它除了保留文言的句式以外，也要考慮到它的傳播效果和「講故事」模式，所以在寫法上會部分採用白話章回體的寫法，比如分章回，並加上對仗的回目，可以稱為文言小說的「話本化」。傳統的文言小說大多不分章回，因為都比較短，而長篇文言小說如果不分章，就給人冗長的感覺，甚至有的洋洋上萬言不分段落，排山倒海的文字撲面而來，讓人不能卒讀。如，惲鐵樵在《小說時報》前幾期發表的大部分長篇文言小說都不分段，基本上是一章一段，如《豆寇葩》《黑衣娘》《波痕萇因》等；林紓的《冰洋鬼嘯》(《小說時報》第12 號) 全篇只有一段。所以，那些分章回、分段的文言小說就顯得很新鮮。二是在民初到五四期間，就那部分繼承型的文言小說而言，其語言與清末相比趨於艱澀，這和整個文言小說興盛的大環境是一致的。正如前面的分析，文言小說成為消遣休閒的「藝術品」，自然與「炫才」聯繫一起，駢體小說流行即可作說明。民初以後，小說家失去了早期「新小說」關注社會和國家命運的廣闊視野和氣度，花前月下，春恨秋愁，另一脈則走向黑幕、軼聞的「歧路」，與「小說界革命」的初衷愈去愈遠。

除了淺白化之外，此期文言小說的第二個特點是變得更加駁雜化。一篇小說之內，文白夾雜，漢英雜夾。文白夾雜主要有三種表現形式，其一，正文用文言的，而人物對話用白話的。典型的如包天笑、徐卓呆的短篇小說《無線電話》(《小說時報》第 9 號)，模擬去世了的丈夫與在世的妻子通電話談家庭的未來規劃。敘述用文言，而打電話的內容則全用白話，很能體現作者對模擬人物聲口的藝術追求。其二，正文用白話，而書信、日記、文告用文言的。如，《泰西歷史演義》(洗紅庵主演說，1903 年 5～10 月載於《繡像小說》)中有的人物對話用文言：

華盛頓先到演武場中，整齊隊伍，彷彿凱旋的模樣，然後登壇

〔註28〕報癖：《論看〈月月小說〉之益處》，《月月小說》第 13 號，1908 年。

設誓，對著眾人道：「此後一切，必揆諸道義，而後施行，願天降祐，俾稱厥職。」

及至到了議會裏，又對著眾人道：「今幸承諸君推薦，辱此重任，然藐躬不肖，恐不能相稱，願諸君想與提挈，幸甚幸甚！」（第26回）

而他母親的話又用白話：

（華盛頓將做大總統的話，告訴他母親。）他的母親非但不喜，倒反潸然淚下，說：「我的年紀一天老一天了，況且多病，以後你擔了這樣大的責任，不能時常回來，恐怕我始終不能見你一面了。」（第26回）

另外，像日記、書信用文言，正文用白話的例子更多。比如徐枕亞《毒》,（《中華小說界》第1年第6期），正文用白話，書信用文言；遠生的《海外孤鴻》（《小說時報》第18號），引言用白話，書信的內容卻用文言。這些都反映出當時的作者對語言的美學意義還沒有清楚的認識。

還有一種混雜很難分清文言白話的界限，如《掃迷帚》（壯者著，載《繡像小說》第43期至52期，1905年）第一回中的一段：

某年七月上浣，忽然買舟往訪，到岸時日已西沉，相遇之下，略敘寒暄，即請出嫂氏相見，不免治饌款待。那資生平日見他書信來往，諸多迷惘，思趁此多留幾日，慢慢的把他開導。豈知心齋之來，也懷著一種意見，他不曉自己不通透，反笑資生狂妄，變欲乘機問難，以折其心，一聞挽留，正中下懷。兩人雖是親戚，此時卻宗旨不同，各懷著一個不相下的心思。

這些都說明文言白話的應用在小說作者那裡開始互相滲透，成為一種過渡的狀態。這種混雜狀態連當時的有些小說家都很不滿意，如《小說新報》第5期載《月刊小說評議》（作者新樓）評到《月月小說》刊載的《柳非煙》（天虛我生著）時說：「最特別者為名《柳非煙》之一種，體例則章回不成章回，筆記不成筆記，詞句則文言不文言，白話不白話」，他批評的現象並非特例，而是有代表性。這也反映了保守的小說家對傳統小說文體及語言傳統的依戀和堅守。

正文用白話，前言、後記用文言的比比皆是，如《爆烈彈》（冷，《月月小說》第16號）；《放河燈》（非非國爭著，《月月小說》第19號）；《兩頭蛇》

（張其訒，《月月小說》第 22 號），《淚》胡寄塵，《小說月報》9 卷 2 號，《斷弦》，拜蘭譯，《小說月報》9 卷 3 號。《麵包》（周廋鵑譯，《小說月報》9 卷 9 號），《紀念畫》（鵃雛，《小說月報》10 卷 8 號），《星期六晚之狂熱》（慧子，《小說月報》11 卷 1 號），《異國棲流記》（慧子譯，《小說月報》11 卷 6 號），等等。

第三，文言小說也要表現現代生活內容，立憲、戒煙、新學堂，自由戀愛、華工的苦難，官場的腐敗以及洋人的驕奢跋扈，等等，都成為小說家最喜歡涉足的題材。傳統文言小說是以言情、史傳、神怪見長，表現超現實的內容較多，即使有反映現實的也以象徵、以神怪狐鬼出之。正面地、大面積地反映當下的現實一直不是主流。而清末民初的文言小說卻在這方面產生新的變化。這方面，林紓的長篇文言小說也是很好的例證，鄭振鐸就論及林紓小說表現時事的價值：「中國小說敘述時事而能有價值的極少；我們所見的這一類的書，大都充滿了假造的事實，只有林琴南的《京華碧血錄》、《金陵秋》及《官場新現形記》等敘庚子義和團，南京革命及袁氏稱帝之事較翔實；而《京華碧血錄》尤足供給講近代史者以參考的資料。」〔註 29〕當然，這種趨勢並不是由低到高的發展過程，民初至五四前夕，由於鴛鴦蝴蝶派的興盛，文言小說中的言情一派蔚為大觀，則又當別論。然而從整體上看，這種反映現實的文言小說一直大量存在，它們以舊瓶裝新酒，使文言小說的語言狀況發生一些改變。其最明顯的特徵就是文言小說中新詞彙的增加。吳趼人創作《預備立憲》時，故意讓人以為是翻譯小說，「恒見譯本小說，以吾國文字，務吻合西國文字，其詞句觸於眼目者，覺別具一種姿態。」「偶為此篇，欲令讀者疑我為譯本也。呵呵。」〔註 30〕作者沾沾自喜的正是其新詞彙（「西國文字」）較多，在短短的兩千字的小說中粗略統計就有如下新詞：歷史、預備、趣味、真相、光明、國民、下午二點半、朦朧、天文臺報告、超越、數百磅之鐵錘、腦筋、思想之能力、問題、思想力、記憶力、敏捷、幸福、精神、鴉片原料製成之藥品、海濱、吸受新鮮空氣、有類海船之失其舵者然、商招（商店招牌的意思）、各種器具、示意、購買、頭彩之希望、開彩、買彩票、舉動、乘汽車、習慣、遲疑之色、被選及選舉之章程、政體、納稅、國家、選舉權、投票、資格、議員、購置、經營、事業、勢力、目的、投身均貧富

〔註 29〕鄭振鐸：《林琴南先生》，《小說月報》，第 15 卷第 11 號，1924 年。

〔註 30〕吳趼人：《預備立憲》，《月月小說》，第 1 年第 2 號，1906 年 10 月。

黨擴張社會主義、命運、見解、代表、全體、知識，等等。像這樣以新詞為時髦的小說，在清末民初是一個很普遍的現象，這一方面是出於追新的心理，另一方面也適應表現新生活的現實需要。

文言小說語言的新變有其積極的一面。首先，文言的淺白化，可以豐富白話的書面語言，事實上，有許多文言語彙融入現代漢語之中。其次，部分文言小說注重藝術性，文采斐然，繼承了古典小說的清雅之氣，這對白話小說向現代小說轉型有借鑒作用。最後，有些文言小說受西方小說觀念影響出現新的藝術嘗試，為五四新體小說提供了鏡鑒，比如民初以蘇曼殊、徐枕亞為代表感傷抒情小說乃是五四感傷浪漫主義小說的濫觴〔註 31〕；林譯小說甚至影響了五四包括魯迅、周作人，錢鍾書一大批現代作家；五四以後成為一時風尚的第一人稱敘事的日記體小說其實在清末民初就已大量湧現。治古典小說史的學者從傳統小說分類的角度梳理出民初存在日記體、書信體、集錦體、假傳體、遊戲體等新式的「別體」小說〔註 32〕。凡此種種均可看出清末民初文言小說的新變。

當然，此期文言小說的問題也是非常明顯的。大量低水平重複，失去了傳統的「雅」，又不能盡「俗」，隨著時代變遷的步伐日益加快，文言小說由於其自身的語言特點，已不能適應現代生活變革的腳步了，這種大繁榮，注定只是一種迴光返照，成為中國小說古典時代的最後回聲。

第二節　小說的辭章化？——民初駢體小說及其語言論

一、駢文與駢體小說

民初至五四，在文言小說興盛的大潮中，駢體小說繁盛是引人注目的現象。所謂駢體小說，嚴格來講，不是文體學上的小說分類，而是指運用了駢文的語言形式的那些小說，詞句駢儷，講究對仗（以四六句為主）、用典，詞藻豔麗，

〔註 31〕楊聯芬認為：「蘇曼殊身上的浪漫因子，本來兼有傳統清流才子的多情放誕和西方浪漫主義的個性自由，前者被鴛鴦蝴蝶派作家承襲並模式化，後者則成為五四浪漫作家的精神資源」。見《晚清至五四：中國文學現代性的發生》，北京大學出版社，2003 年版，第 218 頁。

〔註 32〕見張振國在《民國文言小說史》一書第四章第六節「民初的別體文言小說」中的分析，鳳凰出版社，2017 年，第 196 頁。

鋪排擒物，華麗婉轉，也有人稱為駢文小說。可類乎魯迅評《遊仙窟》時說的「以駢儷之語作傳奇」〔註33〕，只要駢文的使用在小說中產生結構性意義或新的美學意蘊，都在本書的考察範圍之內，均以駢體小說稱之。這裡我更強調的是小說中使用了一定量的駢句，而並不糾纏於「什麼才是駢體小說」這樣的問題。〔註34〕因此我持論相對寬泛，指稱的是小說中的一種語言現象。

　　小說語言的駢儷化在清末民初是文言小說大潮中的一個支流，其自有淵源，是自唐傳奇以來就有的傳統。要弄清駢體小說，要先清楚駢文。

　　現在我們文學史所講的「駢文」，是指一種文體形式。駢，顧名思義，是指對仗、並列。《說文解字·馬部》中說：「駢，駕二馬也。」段玉裁《說文解字注》中說：「凡二物並曰駢。」從這個意義講，「駢」是一種文學手段，只要兩兩相對的句子出現，均可稱為「駢」，從《詩經》、諸子散文一直到漢唐，均可見此種「駢文手法」。但學界更傾向以文體論，它的典型代表是六朝駢文，以徐陵、庾信為其翹楚。主要特點是對偶、聲律、用典、藻飾。近人駱鴻凱《文選學》中說：「駢文之成，先之以調整句度，是曰裁對；繼之以鋪張典故，是曰隸事，進之以渲染色澤，是曰敷藻；終之以協諧音律，是曰調聲」〔註35〕。其發展歷程姜書閣有精當論述：「一，興起於東漢之初，始成於建安之際；二、變化於南齊永明之世沈約等人的文章聲病之論；三、完成於梁、陳、北齊、北周，而以徐陵、庾信所作為能造其極。」而唐以後歷經三次變革，中唐時期以陸贄奏議為代表的駢文公牘是第一次變革，晚唐李商隱融合徐、庾和陸贄之長增強敘事和說理，是為第二次變革；而宋代歐陽修、蘇試、王安石為代表的白描駢文（即「宋四六」）是第三次變革，自此駢文進入全面的文書應用階段；清代中葉以後卻有復興之勢。〔註36〕駢文雖在六朝就已成熟，但當時並不以駢文稱之，而以今體、今文稱之，漢唐時稱為「麗辭」。「駢儷」之稱最早見於柳宗元的《乞巧文》：「炫耀為文，瑣碎排偶；抽黃對白，嘮唔飛走；駢四儷六，

〔註33〕魯迅：《〈遊仙窟〉序言》，《魯迅全集》第7卷，第330頁。
〔註34〕郭戰濤認為：「如果一篇小說中的駢文數量達到了可以使該小說產生有特殊美學品格的程度，這種小說就可以被稱為駢體小說」，這應該是比較合理的論述。只不過，該論文在實際操作中為弄清哪些屬於駢體小說大費周折，採用名量分析，致使駢體小說考察對象過窄。見《民國初年駢體小說研究》，第10頁。
〔註35〕駱鴻凱：《文選學》，轉引自尹恭弘《駢文》，人民文學出版社，1994年，第18頁。
〔註36〕姜書閣：《駢文史論》，人民文學出版社，1986年，第15〜17頁。

錦心繡口；宮沉羽振，笙簧觸手」〔註37〕。這也是「四六」稱呼的最早表述。駢文並非必須四六句，但四六駢文無疑是駢文中最輝煌的代表，如庾信的《哀江南賦》、王勃的《藤王閣序》。真正用「駢文」「駢體」來指稱這種文體是清朝的事情。這種「駢四儷六、錦心繡口」的文章對其他文體產生很大的影響，在宋代以後，制詔、表、奏、判詞等應用文體就已大量使用駢體了，而明清的八股文更是以駢體作為主要構成部分。

　　駢體小說也正是在這種影響下形成的。駢文之於小說，主要有以下功用：一、駢文的詞藻、對偶、聲律能增強描寫的氣勢和韻律感，有利於描寫場景、渲染環境、描寫人物形貌等。二、正由於駢文注重詞藻，細節誇飾、節奏舒緩、鋪張情感，尤其方便用於寫豔情和才子佳人小說，同時，駢文寫作的難度也成為文人炫才耀技的手段。小說語言駢儷化始於唐傳奇，「傳記辭章化，這是唐人傳奇文體成立的基本前提之一。就這一特徵而言，我們不妨稱唐人傳奇為辭章化傳奇。」〔註38〕李宗為認為：「唐傳奇的文體一般是相對於韓柳古文來說較為通俗也較華美的文言散體，描寫人物外形或景物常用鋪陳誇張的駢文等等。」〔註39〕唐傳奇吸收了駢文的雕琢藻飾、鋪陳渲染的特點，如《遊仙窟》幾乎通篇駢儷，氣勢不凡。而《柳毅傳》《南柯太守傳》《霍小玉傳》《補江總白猿傳》，以及裴鉶的《傳奇》，駢文語句比比皆是。以《傳奇》為例，其駢文大多用在人物形貌（尤其是美人）、狀景、場面上，這也是小說中駢化語句的主要功能。而明代的《剪燈新話》《剪燈餘話》「穠麗豐蔚、文采燦然」〔註40〕，則明顯受駢文應用化影響，大量的判詞、供詞、祭文、書信、詔書均是駢文。另外，值得注意的是明代的小說駢化開始大量應用到人物對話。清代的《聊齋誌異》是中國文言小說的高峰，其「用傳奇法，而以志怪〔註41〕」，亦不避駢辭儷句，無論是應用性駢文，還是雜駢句以寫人記事，總能貼切生動。《諭鬼》《絳妃》《愛才》《馬臺甫》等均含有相當篇幅的駢文。而與民初駢體小說有直接淵源關係的則當屬陳球的《燕山外史》。與以前小說的駢化相比，《燕》幾乎通篇為駢體，而且是以明確的駢文意識去創作小說。他的目的正是「乃效六朝

〔註37〕柳宗元：《乞巧文》，轉引自姜書閣：《駢文史論》，中華書局，第2頁。
〔註38〕陳文新：《文言小說審美發展史》，武漢大學出版社，2002年，第187頁。
〔註39〕李宗為：《唐人傳奇》，中華書局，1985年，第11頁。
〔註40〕《剪燈餘話·序六》：「學士曾公子棨過余，偶見焉，乃撫掌曰：『茲所謂以文為戲者非耶？』輒冠以敘，稱其穠麗豐蔚，文采燦然。」
〔註41〕魯迅：《中國小說史略》，《魯迅全集》第9卷，第216頁。

體，成一家之言」，他不無炫耀地說「史體從無以四六為文，自我作古，極知僭妄」〔註42〕，這裡的「文」指的是「小說文體」，由於他當時未看到《遊仙窟》，故認為前人沒有人用駢文做過小說，他自述到：「球在總角時，即讀六朝諸體，長於本朝諸四六家，尤所研究」。以駢體寫長篇小說，在此前的確無人嘗試，而且詞藻豔麗，對偶精工，如這樣的語句：

> 正是鵑啼暮樹，噯噯含悲；何期鵲噪晨簷，聲聲送喜。一封雁
> 帛，傳自天街；五色鶯箋，報來仙府。枝頭爛漫，倏開及第之花；
> 砌畔菁蔥，悉茁合歡之草。

《燕山外史》的成書雖在嘉慶十二年前後，可在清末民初卻一版再版〔註43〕，此書的風行自然讓人與民初駢體小說的流行相勾連。作為集大成的駢體小說，《燕山外史》不僅深得六朝駢文之神髓，在用典、寫景方面均有獨到之處，而且整篇小說充滿濃鬱的抒情氣息，為後來的駢體小說開拓出道路。

《燕山外史》之後，就是以《玉梨魂》為代表的清末民初的駢體小說大繁榮了。而且與此前有明顯區別的是，這一時期的駢體小說作者均有明確的駢文意識，他們更多地是主動追求駢文語言形式帶來的小說意趣。所以我們考察這一時段的駢體小說，實質是考察駢文的應用能給小說帶來什麼？它的意義和侷限又在哪裏？這種小說形式對現代小說的建構有什麼意義？它在整個清末民初小說的發展中佔據什麼樣的位置？其一紙風行的背後湧動著怎樣的時代思潮？本文正是在這樣的問題框架下進入民初駢體小說的世界。

二、民初駢體小說的繁盛及原因

1912 年 8 月 3 日，徐枕亞的《玉梨魂》開始在《民權報》上連載。在此後的近十年中，大量的駢體小說面世，才子佳人，哀情豔情，滿紙纏綿，後來史家將之命名為「鴛鴦蝴蝶派」〔註44〕，以《民權報》《民權素》《小說月報》《小

〔註42〕陳蘊齋：《燕山外史》，臺北：廣文書局，1979 年，凡例部分，第 1 頁。

〔註43〕至少有光緒五年（1879 年），光緒十二年（1886 年），光緒三十二年（1906
　　　年），1914 年，由不同的書局刊印過此書。可參見袁行霈、侯忠義等編的《中
　　　國文言小說書目》，北京大學出版社，1981 年，第 388 頁。

〔註44〕這裡有一個文學史概念頗值得辨析：駢體小說和鴛鴦蝴蝶派之間是什麼關係。
　　　筆者以為，以徐枕亞為代表駢體小說創作才是鴛鴦蝴蝶派的正宗，二者可互為
　　　指稱。其典型特徵是哀情和駢儷化。後來將民國時期的一切「通俗小說」均稱
　　　鴛鴦蝴蝶派實是一種誤用和濫化，直到今天成了「約定俗成」的概念。其實當
　　　時的過來人在回憶中已說得相當明白，如這些人均持此觀點：周瘦鵑、包天笑

說季報》《小說叢報》《小說新報》《小說旬報》為陣地，出現大量的駢體小說。當時小說都以摻雜駢文為尚，「當時文言小說的駢文化絕非個案，而是部分文人集體的書寫信仰。」〔註45〕郭戰濤曾統計出民初駢體小說的數量，他的選擇標準相對嚴格，用駢句的數量標準來看，而且是以典範的四六形式來審視，竟將李定夷、吳雙熱均排除在外，這是不合理的。如果將視野放開，這一時段的駢體小說還有不少以四字對為基本形式，雜以標準的四六句的小說，比如《雪鴻淚史》《亢儷福》《茜窗淚影》《蘭娘哀史》《雙縊記》等，均可納入駢體小說範圍考察〔註46〕。這樣看來，民初小說的駢化現象更為普遍，以徐枕亞、吳雙熱、李定夷、許指嚴為代表的駢體小說家層出不窮，上述刊物的小說，開篇及寫景狀物都喜摻入駢句，言情小說的駢化的確是一時之時尚。

那麼，駢化小說緣何在民初大盛？許多學者曾探討過此問題〔註47〕，歸納起來，最主要有兩方面的原因。

其一、受清代中期以來駢文中興的影響。陳平原雖然注意到唐代駢文傳奇和《燕山外史》，但他仍認為駢體小說「基本上是民初的特產」〔註48〕。劉納及臺灣學者趙孝萱則注意到清代中葉駢文中興和魏晉文風的盛行。六朝駢文風格到唐代還人才備出，而至宋代則風格大變，由濃墨重彩轉向素淡雅致，「宋初諸公駢體，精敏工切，不失唐人矩矱。至歐公倡為古文，而駢體亦一變體格，如以排奡古雅爭雄古人。」〔註49〕這種以散行之氣運對偶之文的變

（參見魏紹昌編《鴛鴦蝴蝶派研究資料》，上海文藝出版社，1962 年，分別見第 130 頁、126 頁）、陳小蝶（見范伯群主編《中國近現代通俗文學史》上冊第 275 頁，江蘇教育出版社，1999 年）。周作人也稱「《玉梨魂》派的鴛鴦蝴蝶體」，見《日本近三十年小說之發達》，嚴家炎編《二十世紀中國小說理論資料》第二卷，第 57 頁。臺灣學者趙孝萱在《鴛鴦蝴蝶派新論》一書也持這種觀點。

〔註45〕趙孝萱：《鴛鴦蝴蝶派新論》，蘭州大學出版社，2004 年，第 240 頁。

〔註46〕研究民初的駢體小說不能不注意它的「不能真駢」之特點，此評價出自惲鐵樵，他在《答劉幼新論言情小說書》一文中曾說：「或謂西洋所謂小說即文學，於是以駢體當之，雖不能真駢，亦必多買胭脂，蓋以為如此，庶幾文學也，而不知相去彌遠」，見《小說月報》第 6 卷第 4 號，1915 年。此時期雖有象《燕山外史》那樣的通體駢四儷六的小說，如《鴛鴦劫》等，但大部分小說家並沒有刻意去追求嚴格的四六駢文，而是追求駢文的神韻，駢散結合，如對仗、聲律、節奏，以四字為基本形式等，使人仍感到駢文的特色存在。

〔註47〕劉納、趙孝萱、夏志清、陳平原、郭戰濤等學者均探討過這些問題。

〔註48〕陳平原：《中國現代小說的起點》，北京大學出版社，2005 年，第 183 頁。

〔註49〕孫梅：《四六叢話》，轉引自尹恭弘《駢文》，人民文學出版社，1994 年，第 131 頁。

革其實已埋下駢文衰落的種子，如吳興華所說：「而事實上，經過一番改造，駢文仍不能在邏輯敘述上和散體爭勝，徒然失掉了原有的豐富意象和觸發能力。這就是為什麼宋體四六逐漸變成純粹應用性的官樣文章，最後和文學幾乎完全絕緣的原因。」〔註50〕自歐蘇之後，作為「美文」的駢文逐漸消失，成為一種應用性文字，元明幾乎找不出承續前人風采之駢文名作。而至清朝，六朝駢體卻重放異彩，他們重以六朝為正宗，縱橫捭闔，一與散文同。他們編撰許多駢文選集，也出現大量的駢文理論著作。如曾燠編的《國朝駢體正宗》、李兆洛編的《駢體文鈔》、王先謙編輯的《駢文類纂》。同時，出現許多駢文大家，如袁枚、洪吉亮、汪中、孔廣森、胡天遊、邵齊燾等，汪中的《哀鹽船文》，尤侗的《西山移文》，胡天遊的《擬一統志表》，金應麟的《哀江南賦》，均是廣為流傳的名篇，從篇名我們也可看出他們以六朝為師，史家如此評價道：「綜合言之，則清代作者，漸有追蹤徐庾，遠溯漢魏之趨勢，而究其所作，亦未必能陵轢唐宋。要之起衰振弊，能以駢文之真面目示人，則清代作者之貢獻，殊足以跨越元明矣。」〔註51〕清朝中葉以後有「駢文八大家」「駢文後八大家」之稱，可見一時之盛。清末劉師培、李審言、孫德謙均是駢文大家〔註52〕，流風所及，清末民初的文人中善作駢文的為數很多，魯迅的《〈越鐸〉出世辭》就夾以駢句。徐枕亞本人更是駢文高手，煌煌《枕亞浪墨》四卷，駢文占一大半，因為會寫駢文還曾一度入黎元洪幕府，其他小說家如程善之、許指嚴、嚴獨鶴等也均擅駢文。在這種大潮中，以駢文做做小說自然在情理之中。

其二，駢體小說的興盛與民初的政治氛圍、社會思潮相關。辛亥革命後，普遍出現一種幻滅和消極之情緒。正如費正清所說：「清朝的覆滅並沒使傳統社會隨之湮滅，而是使它越來越陷入混亂」〔註53〕。那些同情帝室、反對革命的傳統士大夫感到價值失範，產生幻滅感，徐枕亞曾在《白楊衰草鬼煩冤》中說：「革命革命，一次二次，成效安在？徒斷送小民無數生命，留得塵世間

〔註50〕吳興華：《讀〈國朝常州駢體文錄〉》，見《吳興華詩文集·文卷》，上海人民出版社，2005年，第167頁。

〔註51〕劉麟生：《中國駢文史》，東方出版社，1996年，第105頁。

〔註52〕錢基博的《現代中國文學史》在「駢文」一節以此三人並稱，稱劉師培文「雄麗可頌而浮於豔」（第103頁），稱後二者「一時論儷體者，以李詳第一，德謙次之」（第118頁）。上海書店出版社，2004年。

〔註53〕費正清：《劍橋晚清史》下卷，中國社會科學出版社，1985年，第666頁。

許多慘迹而已」〔註54〕。吳雙熱說得更加形象，他曾在《民權素》上發表了一首《共和謠》〔註55〕，諷刺了民初政權：

> 黑白藍黃還有紅，拼拼湊湊做成功。
>
> 當心賊禿偷將去，做件袈裟出出風。
>
> 兩字功名一旦捐，讀書種子哭黃天。
>
> 狀元起到秀才住，一梱丟開不值錢。
>
> 自治機關忽取消，地方未必一團糟。
>
> 議員議長哀哀哭，運動本錢尚未撈。

持這種看法的文人很普遍，他們均受過八股文的訓練，具有較深的駢文素養，以古文、駢文作小說也成為他們騁才炫文的方式。同時，同情辛亥革命的另一部分文人也因為看到民國政治的黑暗而消極頹唐，因此就以駢文寫豔情、奇情，適應商業化方式，由關注政治轉向風花雪月。這種對政治的失望而縱情風月的態度我們也可以從發表駢體小說的幾大報刊的辦刊宗旨看出來：

> 《民權素》創刊號序：革命而後，朝益忌野，民權運命截焉中斬，同人冀有所表記，於是循文士之請，擇其優者陸續都為書，此民權素之所由出也。（《民權素》第一集。）

> 《民權素》序二：磋磋，崑崙崩，大江哭，天地若死，人物皆魅。墮落者俄頃，夢死者千年。風雨態其淫威，日月黝而匿彩。是何世界，還有君臣。直使新亭名士，欲哭不能；舊院宮人，無言可說。慨造物之不仁，豈空言之可挽。倉頡造字，群鬼不平；始皇焚書，一人獨智。不癡不聾，難為共和國民；無聲無臭，省卻幾多煩惱。（徐枕亞，序二，第一期。）

> 《小說旬報》宣言：時當大陸風雲，千變萬化；神州妖霧，慘淡迷漫。本同人哀國土之喪淪，痛人心之墜落，恨乏縛雞之力，挽救狂瀾；愧無諸葛之才，振茲危局。（羽白，《小說旬報》第一期）

> 《小說叢報》發刊詞：嗟嗟，江山獻媚，獅夢重酣，筆墨勞形，蠶絲自澆。冷雨淒風之夜，鬼唱新聲；落花飛絮之天，人溫舊淚。如意事何來八九，春夢無痕；傷心人還有二三，劫灰共瀉。

〔註54〕徐枕亞《小說叢報》第 11 期，1915 年。
〔註55〕吳雙熱：《共和謠》，《民權素》第 1 集，1914 年。

　　　　有口不談國家，任他鸚鵡前頭；寄情只在風花，尋我蟲魚生活。
（《小說叢報》第一期，徐枕亞）。

　　　　《小說新報》發刊詞三：嗟嗟，文章未老，竹素有情，逞筆端
之褒貶，作皮裏之陽秋；借樂府之新聲，寫古人之面目；東方曼倩，
說來開笑口胡盧，西土文章，繹出少蟹行鶻突；重翻趣史，吹皺春
池，畫蝴蝶於羅裙，認鴛鴦於墜瓦。（李定夷《小說新報》，第 1 年
第 1 期）

　　顯然，這些發刊詞本身都是用典雅的駢文寫成的，雖然口口聲聲地吟風
弄月，其實潛臺詞均是家國和個人的命運。有人說這一時期的文學有一個獨
特的現象就是「持有對立的政治立場的人共同地追挽過去的年代」〔註 56〕，
這是很有道理的，這同樣適用於描述駢體小說的繁華，在這繁華藻麗的背後，
是對傳統文化，對古典形式的追慕與緬懷，是對當下政治現實的失望和逃避。

　　除了這些曾被論及的因素外，我認為還有其他一些因素不可忽視，甚至
歷史的偶然性也應考慮在內，比如，徐枕亞本人駢文功底、浪漫情懷以及《玉
梨魂》暢銷帶來的巨大示範效應。

　　徐枕亞自幼飽讀詩書，據說 10 歲左右就能寫詩作詞，在當地有「神童」
之譽。在無錫當小學教員時就寫有 800 多首詩詞。此外，徐的哀情孱弱也是
有名的：「僕也呱呱墮地也，生帶愁根，咄咄書空，少稱狂士。」〔註 57〕敏感、
多情、愁苦是徐枕亞的真實寫照，他在鄉村小學教書的三年中，與一名門寡
婦陳佩芬戀愛，雖然得以「偷嘗仙女唇中露」，但仍以悲劇告終，《玉梨魂》
正是以此為底本〔註 58〕。當《玉梨魂》在《民權報》上連載時，立即引起轟
動，再版數十次，銷量達十幾萬冊〔註 59〕，一時洛陽紙貴，仿傚者甚多。除

〔註 56〕劉納：《嬗變》，中國社會科學出版社，1998 年，第 113 頁。
〔註 57〕徐枕亞：《〈石頭記〉題詞序》，《民權報》，1913 年 7 月 16 日。
〔註 58〕可參見時萌：《〈玉梨魂〉真相大白》，《蘇州雜誌》1997 年第 1 期。
〔註 59〕關於《玉梨魂》的暢銷情況，可參見以下材料：一，鄭逸梅《民國舊派文藝
　　　　期刊叢話》，見魏紹昌編《鴛鴦蝴蝶派研究資料》，第 407 頁；二，《小說叢報》
　　　　第 16 期（1915 年）的《枕亞啟事》：「出版兩年以還，行銷達兩萬以上。」三，
　　　　張靜廬《在出版界二十年》中稱：「出版不到一二個月，就二版三版都賣完了」，
　　　　「誰都不會否認這部《玉梨魂》是近二十年銷行最多的一部」。見第 37 頁，
　　　　上海雜誌公司，1937 年。四，范煙橋《民國舊派小說史略》中稱：「再版數十
　　　　次，銷數幾十萬冊」，見《鴛鴦蝴蝶派研究資料》第 174 頁，上海文藝出版社，
　　　　1962 年。五、吳雙熱在《枕亞浪墨序》中說：「惟所著《玉梨魂》小說，成集

徐枕亞外，李定夷、吳雙熱也是駢體小說大家、「鴛蝴派」的代表人物。三人曾在《民權報》發表了他們的代表作（李定夷的《孽冤鏡》，吳雙熱的《霣玉怨》），而《民權報》停刊後，他們又共同編輯《小說叢報》，該報「第一期一個月後就重印，第二期銷量更增」，「出至第四、五期，書剛裝訂發行所，即一轟而盡〔註60〕」，該刊一直辦了44期，於1919年8月停刊。這種暢銷體現了此種文風的小說具有巨大的市場。徐枕亞還辦了《小說季報》、李定夷辦了《小說旬報》，而《小說新報》則是從《小說叢報》蛻化而來，也由李定夷和貢少芹編輯，被視為鴛鴦蝴蝶派刊物，創刊於1915年3月，除1921年停刊一年外，一直辦到1923年8月，共出版8卷94期。這也足見鴛鴦蝴蝶派同人刊物覆蓋面廣，持續時間長，也使得駢化小說這種雕飾精刻的文風彌漫整個文壇。掃描民初到五四的各大刊物，均可見他們的身影，他們或獨自、或共同辦刊，彼此刊載作品，互相唱酬，新書甫出，互相寫序，不吝溢美之辭。我認為，這種局面的形成與《玉梨魂》的暢銷和徐枕亞個人的文人圈子有很大的關係，這裡僅以《小說季報》為例，這是徐枕亞由於《小說叢報》的人事關係糾紛而另辦的一個刊物，創刊時僅為其寫序就有：李涵秋、許指嚴、吳綺緣、姚民哀，組稿人員除寫序幾人外還有楊塵因、俞天憤、徐卓呆、蔣箸超、周瘦鵑、吳雙熱、許厪父、貢少芹（此名單見《姚序》），這些均是當時活躍小說界的「大腕」級人物，具有廣泛的影響力——而且這已是1918年8月了，足見其勢力之大。翻閱五四以前的文學期刊，一個強烈感受就是，那是一個纏綿哀傷、逞文弄才、駢四儷六的「鴛蝴世界」，這也正構成了「五四的前夜」，成為五四「文學革命」的誘因。

<hr>

而行世，今已行銷達萬部以上矣。」見1915年出版的《枕亞浪墨》初集。陳平原：《二十世紀中國小說理論資料》第一卷第518頁。另外，筆者在1914年的《民權素》第二集上看到關於《玉梨魂》的廣告稱：「枕亞為小說界鉅子，近頃著作，洛陽為之紙貴。而《玉梨魂》一書尤其最初之傑作，匠心獨去，彩筆揮來，有縝密以粟之功，無泛濫難收之弊，計自懸價，而後風靡海內，雖續版已至五次，而購買者尤絡繹不絕於途，其聲價之高貴，可謂一時無兩，本部以珍重名書起見，凡印刷裝訂逐漸求精，冀副愛閱諸君之盛意，定價六角。」在1914年已版五次，可見前後再版數十次不虛，另，六角的定價是較高的，從該刊的關於吳雙熱的小說廣告中看出《蘭娘哀史》定價是二角，《孽冤鏡》定價是五角，這從一個側面看出《玉梨魂》的價值。

〔註60〕鄭逸梅：《民國舊派文藝期刊叢話》，見魏紹昌編《鴛鴦蝴蝶派研究資料》，上海文藝出版社，1962年，第275頁。

三、駢體小說語言論——以《玉梨魂》為中心

徐枕亞在《小說叢報》發刊詞中曾說:「原夫小說者,俳優下技,難言經世文章,茶酒餘閒,祇供清談資料,……海國春秋,畢竟干卿何事?」「凡茲入選篇章,盡是蹈虛文字,吾輩佯狂自喜,本非熱心勵志之徒;茲編錯雜紛陳,難免游手好閒之誚。……劫後殘生,且自消磨於故紙;個中同志,或有感於斯文。」〔註61〕這裡自稱「本非熱心勵志之徒」可能不一定是真心話,但「盡是蹈虛文字」卻名副其實。徐辦《小說叢報》用心頗多,自 1914 年創刊,直到 1918 年退出另辦《小說季報》,是發表駢體小說最多的雜誌。這些駢體小說大多標明「哀情」「奇情」「怨情」「苦情」等。與小說界革命時期的啟蒙姿態不一樣,這些小說體現出充分的「消遣性」,所謂「蹈虛文字」正指的是這種消遣性,自娛自樂,友朋唱酬。同時,這也決定了駢體小說的「技術性」,小說一定要摻入駢文,這是一種時尚,也是一部分人的雅好,這也增加了小說寫作的難度。既然小說乃「茶酒餘閒,祇供清談資料」,白話、口語、方言,或淺文言都是很好的選擇,為何用駢四儷六、華麗藻采的駢文來做,豈不是自尋煩惱,自套枷鎖?其實這是問題的兩面,駢文滲入小說一方面增加了難度,另一方面也增加了趣味性和藝術性。從這個角度來說,駢體小說尤似帶著鐐銬的舞蹈。

駢文最典型的視覺特徵是駢句對仗,四六句式;其聽覺特徵在於「聲文」,它以聲律中的平仄相間、相黏、相對等不同的排列方式,以及音節的反覆排撻,形成獨特的韻律感;其形態特徵在於色彩斑斕,鍊字精工;其文化特徵在於隸事用典。駢文的這些特徵說明它是一種長於抒情的文體,其鋪排的句式,繁密的意象,婉轉含蓄的語調均增強了這種抒情性,六朝丘遲的《與陳伯之書》,庾信的《哀江南賦》,徐陵的《玉臺新詠序》均是名傳千古的抒情名篇。唐宋以來的判詞、檄文、祭文大多採用駢體正是借助於駢文的抒情氣勢。駢體小說也同樣如此。

用誇張鋪排、色彩濃豔的詞句抒發感情、描繪景物、形容人物是駢體小說一貫的手法。比如,胡寄塵的《移花接木》,建生接到秋痕的信後反覆誦讀,然後用一段駢文抒情:

> 嗟夫,滔滔情海,無端翻平地之波;渺渺愛河,何處是可登之
> 岸;漫天塞地,盡是悲歡,出死入生,無非哀樂,秋風紈扇,甘居

〔註61〕徐枕亞:《小說叢報》發刊詞,《小說叢報》第 1 期,1914 年。

薄倖之名；春夢羅帷，那識舊人之哭；董狐筆禿，恨史難書，阮籍淚乾，孤懷莫詠，古今恨事，不一其端，如建生之於菊影，為尤甚者也。〔註62〕

而駢文用於人物形貌的描寫則是很悠久的傳統，民國初年的駢體小說也大量使用這一手法，甚至產生一些套路，試看下面的一些例子：

琴悲別鶴，弓鞋著地而不前；鏡掩分鸞，雲髻彈肩而不整。聘聘嫋嫋，蜻蜓本不禁風；慘慘淒淒，梨花何堪帶雨。(《血鴛鴦》《小說叢報》第 1 期 1914 年)

其家有女曰麗娟，雖生自貧家，而華如桃李，天生麗質，偕婆女以爭輝，凤具圓姿，共姮娥而競爽，篆組之暇，妙解文章，弱線拈來，爭睹芙渠之艷，新詩製就，渾如芍藥之花，婉約風流，神仙可擬，意者峰泖間靈秀之氣，鍾毓而生此瑰美之質。(《麗娟小傳》《小說叢報》第 4 期，1914 年)。

寫妓女色衰之後的門前冷落：「名花遲暮，簾前之鸚鵡無聲；路柳飄零，枕上之鴛鴦不夢。恨我生之已矣，悲往事之如斯。二十四番，已逢花信；一百六日，未詠桃夭。」(《鬢影鷇聲》，《民權素》第 15 集，1916 年。)

從這種描寫中，我們也可窺探民國初年的鴛鴦蝴蝶派的語言特色。纏綿悱側，花紅柳綠。其中以「梨花」喻美人幾乎俯拾皆是，如《玉梨魂》中「雨濺梨花，更惜文君薄命」，《鬢影鷇聲》中「可憐流水無情，穠梨不歌於南國」，《月明林下美人來》中「若梨花泣雨，柔弱不勝；如海棠經風，飄零欲墜」(《小說叢報》第 19 期，1916 年)。

這些三步一抒情，五步一寫景的鋪排描寫和小說文體的情節敘述相交錯，無疑延宕了故事敘述的進程。與「某生體」的文言小說相比，它更注重語言內部的美感，而不是急於講述一個故事，或急於說明一個教化的道理。而民初駢體小說最具代表性的無疑是徐枕亞的《玉梨魂》，很值得做個案分析。

如果與其他駢體小說比較來看，《玉》嚴整的四六駢句並不多，有人逐句統計後認為占 18%〔註63〕，但這絲毫不影響其駢體小說所應具備的特色。筆

〔註62〕胡寄塵：《移花接木》，《小說新報》第 11 期，1915 年。
〔註63〕郭戰濤：《民國初年駢體小說研究》，廣西師範大學出版社，2010 年，第 85 頁。

者以為，《玉梨魂》的成功，正在於駢散結合，運駢如散。其實這也是六朝駢文的一個特色。一般認為，六朝駢文主要特點是豔靡華麗，對仗工整，其實它還有清麗、質樸的一面，民初著名的駢文史家孫德謙就持這種看法，他在《六朝麗指》中說：「六朝雖尚藻麗，可知猶有質樸之美也」〔註64〕，並認為駢文應師法六朝，而駢散合一才是駢文正宗。「夫駢文之中苟無散句，則意理不顯，吾謂用作駢體，均當如此，不獨碑誌為然。」〔註65〕他還考證駢文之稱始自清朝，「其實六朝文只可稱為駢文，不得名為四六文也。」〔註66〕其立意正在於駢文之中並非只限四六對，而要更為靈活的駢散結合，以達到「氣體散朗」。孫德謙和徐枕亞是同齡人，《玉梨魂》雖並不完全達到孫所說的「氣體散朗」、清新質樸，但其在駢散結合方面自有其為人稱道之處，除了選材（寡婦戀愛問題）打動時人心弦以外，其駢散結合帶來的流暢而富有節奏的小說語言也是使其大受歡迎的一個因素。概括來看，其運駢如散的語言風格主要有以下表現形式：

其一，善用排比，同一事物反覆渲染以強氣勢。比如梨娘在接到夢霞表白心跡的信後，其芳心大亂，情不能已，作者用駢散結合的句式寫道：

> 梨娘讀畢，且驚且喜，情語融心，略微惱，紅潮暈頰，半帶嬌羞。始則執書而癡想，繼則擲書而長歎，終則對書而下淚。九轉柔腸，四飛熱血，心灰寸寸，死盡復燃；情幕重重，揭開旋障。（第四章）。

再如：

> 蘭缸黯黯，蓮漏遲遲，錦字銷魂，玉容沉黛。梨娘此時讀夢霞之詩，不能不為夢霞惜矣，不能不為夢霞悲矣。為夢霞惜，有不能不自惜；為夢霞悲，又不能不自悲。如線懸腸，轆轤萬丈；如針刺骨，痛苦十分。其命之窮耶，其才之誤矣，夫是之謂同病，夫是之謂同心，輾轉思量，情難自制，則梨娘於是乎泣矣。（第七章）

其中，以「不能不」引導的幾句，步步深入，表現梨娘內心深處的掙扎，

〔註64〕孫德謙：《六朝麗指·64》，收入《歷代文話》第九冊，王水照編，復旦大學出版社，2007年。

〔註65〕孫德謙：《六朝麗指·34》，收入《歷代文話》第九冊，王水照編，復旦大學出版社，2007年。

〔註66〕孫德謙：《六朝麗指·100》收入《歷代文話》第九冊，王水照編，復旦大學出版社，2007年。

讓讀者感到梨娘是不能不「泣矣」。

其二，善以問句作駢對，使文脈酣暢淋漓。如：

> 要知落花空有意，流水本無情，蕭郎原是路人，天下豈無佳婿？
> 既為馬牛之風，怎作鳳鸞之侶？謝絕鳩媒，乞還鸞帖，豈不美哉？
> （第 22 章）

如此在嚴整的四六駢句之間穿插問句，全篇比比皆是，讀來別有一番風味。

其三，句式多變，銜接自然，頗具頂針迴環之美。如

> 寒鄉孤鬼，愁苦萬狀。村深絕賓客，窗晦無儔侶。忘憂焉得萱草，解悶惟有杜康。清樽湛綠，獨酌誰勸？愁不能解，攻之以酒。酒不能消，掃之以詩。（第 8 章）

> 韶華到眼輕消遣，過後思量才可憐。景在秋宵，本無一刻千金之價值；人為病客，尤少及時行樂之精神。轉瞬而三日之期已悠然而逝，收拾繁華之景，依然寂寞之鄉。從此夢霞朝朝暮暮，理不清教育生涯；冷冷清清，嘗不了相思滋味。（第 16 章）

這兩段敘述如行雲流水，雖然處處駢對，但讓人不覺得生硬，而且句式有四言對、五言對，七言對，等等。

其四，善用虛詞作駢對，以感歎詞導引抒情駢句，使文氣流暢，抒情自然。孫德謙說：「夫文而用駢體，人徒知華麗為貴，不知六朝之妙全在一篇之內能用虛字使之流通」，「作駢文而全用排偶，文氣易致窒塞，即對句之中，亦當少加虛字，使之動宕」〔註67〕。《玉梨魂》在使用虛字入駢上更富有特色，常在敘述一段情節之後，以「嗟嗟」「咄咄」「嗚嗚」等詞作導引，作大段的議論和抒情，使細節在抒情中豐滿起來。如，

> 嗟嗟，草草勞人，頻驚駒影；飄飄遊子，未遂烏絲。帶一腔離別之情，下三月鶯花之淚。異鄉景物，觸目足傷心；浮世人情，身受方知意薄。一燈一榻，踽踽涼涼，誰為之問暖噓寒？（第三章）

其五，即使散句敘述的段落也喜用規整的駢句作起興，這幾乎是《玉》最常用的手法。如下面的段落開首：

〔註67〕孫德謙：《六朝麗指·16》，收入《歷代文話》第九冊，王水照編，復旦大學
　　　　出版社，2007 年。

十年蹲蹬，蹢落霜啼，一卷吟哦，沉埋雪案。夢霞雖薄視功

名……（第 2 章）

傷別傷春，我為杜牧；多愁多病，渠是崔娘。夢霞邂逅梨娘於

月下……（第 4 章）

青鳥佳音，深喜飛來天外；素娥真影，尚難喚到人間。次日……

（第 5 章）

而《玉梨魂》以駢文來寫景狀物也自成高格，頗具古典詩詞的意境之美：

黃葉聲多，蒼苔色死。海棠開後，鴻雁來時。雨雨風風，催遍

幾番秋信；淒淒切切，送來一片秋聲。秋館空空，秋燕已為秋客；

秋窗寂寂，秋蟲偏惱秋魂。秋色荒涼，秋容慘淡，秋情綿邈，秋興

闌珊。此日秋閨，獨尋秋夢，何時秋月，雙照秋人。秋愁疊疊，並

為秋恨綿綿；秋景匆匆，惱煞秋其負負。盡無限風光到眼，阿儂總

覺魂銷；最難堪節序催人，客子能無感集？（第 19 章）

此段幾乎將南宋婉約詞風移到小說中來。再比如寫羈旅懷人之愁思：

時雨聲陣陣，敲窗成韻，夜寒驟加，不耐久坐，乃廢書就枕，

蒙首衾中，以待睡魔。而窗外風雨更屬，點點滴滴，一聲聲沁入愁

心，益覺鄉思羈懷，百端棖觸，魚目常開，蝶魂難覓。（第 20 章）

而同樣是佳人逝去，我們試比較《玉梨魂》和陳球《燕山外史》的寫法：

《玉梨魂》中寫梨娘含悲而死：

嗟嗟，臘鼓一聲，殘花自落，筠床三尺，餘淚猶斑。家事難言，

身後幾多未了；癡情不死，胸頭尚有餘溫。一霎紅顏，不留曇影；

千秋碧血，應逐鵑魂。此恨綿綿，他生渺渺，悲乎痛哉！

再來看《燕山外史》中寫愛姑被騙後撞石自殺：

足飛鳳口，身馳綠野之堂；髮散鴉鬢，頭觸紫英之石。驚飆

駭弩，率爾難防；粉骨糜身，怡焉勿顧。玉投崖以迸裂。珠墮地

而轉旋。頃見鶴頂流丹，猩唇漂赤。蓮生舌底，湧出紅雲；梅綻

額間，點成絳雪。一絲餘氣，將霏紫玉之煙；四散驚魂，共索元

霜之藥〔註68〕。

競然將頭破血流寫成「鶴頂流丹，猩唇漂赤。蓮生舌底，湧出紅雲；梅

〔註68〕陳球：《燕山外史》，見《孤山再夢‧燕山外史》，春風文藝出版社，1987 年。

綻額間，點成絳雪」，儼然把自殺寫成是一件極其驚豔、享受的事情了，用魯迅的話說是「拿『殘酷』做娛樂，拿『他人的苦』做賞玩」〔註69〕，可稱惡俗之筆。而比較之下，徐枕亞卻寫出了梨娘之死的悲壯以及作者的悲憫感傷，合乎情節的發展。

另外，在整體布局上，其駢散的應用也用心良苦。前九章情節發展較慢，主要寫梨娘和夢霞相識，彼此試探及思念之過程，規整的駢對俯拾皆是，如第四章中夢霞給梨娘的信通篇皆是四六駢對，對仗工穩，堪追六朝以華麗著稱的江淹、鮑照。而第十章起，情節發展加快，敘事增多，則四六駢句頓少。如第十一章，全篇只有兩句嚴整之駢句。而從第十九章起，小人作梗，致使彼此誤解，情緒波動，正適合以駢四儷六、錦心繡口之文抒發「纏綿複雜之情思」，第十九章幾乎整章以整齊的駢句抒發人生無常之感慨。而在夢霞接梨娘死訊後返程的路上，又以大段的駢文極寫夢霞悲傷之情，亦甚為合理。

整體看來，《玉梨魂》故事情節極其簡單，且多有生硬俗套之處，如才子佳人，小人作亂。李姓教師的形象模糊不清，專門為作惡而設；筠倩接受李代桃僵之後，新式學生突變為閨中怨婦，梨娘為情求死竟捨得天天掛在嘴邊的愛子「鵬郎」不顧，這些以常人觀之均毫無來由。其人物隨意擺弄，招之即來，揮之即去，或病，或死，悉從調遣，缺乏生活邏輯。當時有人說其文格不高是有道理的。〔註70〕然而其大受歡迎，很重要的一條就在於其語言的特別。徐枕亞當年的朋友傑克後來回憶說：「那時候小說的作風，不是桐城古文，便是章回體的演義，《玉梨魂》以半駢半散的文體出現，以詞華勝，確能一新眼界。」〔註71〕陳小蝶也曾說：「時林琴南用古文來譯英國小說，一般讀者都感覺艱深，對包天笑、黃摩西用白話來譯小說，又感覺到太洋化，對於徐枕亞的四六文言，乃大起好感」；〔註72〕范煙橋說：「晚近長篇小說銷行之廣，當以此書為最，因此書詞藻妍麗，當時頗為一般社會所喜。」〔註73〕鄭逸梅也回憶說：「他撰寫了一部《玉梨魂》，仿《遊仙窟》和《燕山外史》的體例，而駢散出之，這書情節很簡單，而詞藻紛披，頗得當時社會人士所歡迎，一再重版。」〔註74〕看來，

〔註69〕魯迅：《熱風·隨感錄·65》，《魯迅全集》第1卷，第384頁。

〔註70〕見傑克：《狀元女婿徐枕亞》，《萬象》（香港），第1期，1975年，第43頁。

〔註71〕傑克（黃天石）：《狀元女婿徐枕亞》，《萬象》，第1期。

〔註72〕陳定山（陳小蝶）：《春申舊聞》，轉引自范伯群主編《中國近現代通俗文學史》
　　　　上冊，第275頁。

〔註73〕范煙橋：《中國小說史》，蘇州秋葉社，1927年，第267頁。

〔註74〕鄭逸梅：《清末民初文壇故事》，學林出版社，1987年，第244頁。

對《玉梨魂》的批評各不相同，但對其暢銷得益於駢體的看法則是一致的。

四、駢體小說語言的侷限與啟示

當然，駢文之於小說是一把雙刃劍。它一方面增強了小說的藝術性和古典情趣，另一方面也可能成為桎梏和枷鎖，限制小說的敘事魅力。民初的駢體小說除了《玉梨魂》以外，殊不足觀，其原因也在於此。

從民初到五四，貶斥駢體小說的聲音從未間斷。其一，題材狹窄。民初的駢體小說與以前的駢文最大的區別在於將駢文廣闊的表現內容收窄為言情一途〔註75〕，其繁複多樣的意象也迅速壓縮成乾癟空洞的套路。惲鐵樵當年與人討論言情小說時就非常排斥用駢文寫小說，認為駢文「斷不可施之小說」，並斷言：「就適者生存之公例言之，必歸淘汰。」〔註76〕其二，駢文規範導致小說程式化，不利於敘述複雜緊張的故事。駢體小說大多情節簡單，主要人物除了才子佳人，書童丫環，鮮有複雜的社會關係。從上文我們分析《玉梨魂》就可見一斑。1915年曾有人對《月月小說》上的小說逐一評論，其中提到駢語問題時說：「余謂作白話體，宜簡潔而明畫，句法須圓活，一人有一人之聲口，使閱者如見其人，不宜如《未來世界》之嵌用駢驪語，令人慾嘔。」〔註77〕駢驪語令人「作嘔」無非是緣於俗套。五四時期羅家倫甚至稱為「濫調四六派」，認為他們只會套來套去，「把幾十條舊而不舊的典故顛上倒下」，結構上千篇一律〔註78〕。其三，艱澀的用典阻礙了小說的流暢。用典，是古代士大夫和貴族文人壟斷「知識」的特權，不過，隨著帝國的崩潰，西方的進入，落寞文人的用典更像是對古典文化的回味和依戀。好的用典的確能增加小說的文化內涵和古典韻味，如「夕陽蘘草，忽歸南浦之帆；夜雨巴山，再剪西窗之燭」，清麗流暢而意境全出。可是如果千篇一律，老生常談，則失去美感。諸如「青衫淚濕」，「貌比潘安」，「道韞才高，文君薄命」，「吳剛之斧」等，在駢體小說出現頻率最高。再加之言情小說的題材限制，結果導致滿紙的怨綠啼紅，鎖愁埋恨。另外，過於艱澀、遠離時代生活的用典則影響閱讀，比如許指嚴《三家村》中的用典：「庠適外出，秦故與汪氏稔，因得輾

〔註75〕當然，也可以找到一些非言情的駢體小說，如《冢中婦》（《民權素》第三集1914年），《嫠婦血》（《民權素》第二集1914年），但畢竟是少數。

〔註76〕鐵樵：《答劉幼新論言情小說書》，《小說月報》第6卷第4號，1915年。

〔註77〕新慶：《月刊小說平議》，《小說新報》第1卷第5期，1915年。

〔註78〕志希（羅家倫）：《今日中國之小說界》，《新潮》第1卷第1號，1919年1月。

轉一睹芳姿，大愜生意。桃花人面，崔護情深，但求玉杵無霜，則雲英下嫁，指顧間事……生心鄙之，而庠自慚形穢，乃致結空梁燕泥之嫌。」「從此黃姑信杳，青鳥音沉」「金線衣裳，拼擋裝遣，正自幸雀屏之選，老眼無花，前度劉郎，今仍坦腹，洵可謂赤繩繫足，不解良緣矣。」〔註79〕其用典密度之高，令人眼不暇接。

　　正是由於這些因素，加之部分駢體小說作者才情屢弱以及商業利潤的誘惑，導致駢體小說的媚俗，一味迎合大眾讀者的口味，為求產量，放鬆了駢文的「鍊字」傳統，於是粗製濫造之作充斥各大小說期刊。言情成為矯情，哀情變成煽情，自然成為「五四文學革命」首先要「革」的對象。當民主、自由、科學大旗招展的時候，這些花紅柳綠的駢體小說就顯得不合時宜，駢體小說很快成為歷史陳迹，正如劉納所描述的那樣：「短短幾年間，這一派小說主題愈來愈狹隘，立意愈來愈做作，情感愈來愈酸澀，一條新開拓的路走到了盡頭。」〔註80〕因為其是新文學建構的反面，其歷史地位也一落千丈，直到近二十年，隨著「通俗小說」研究熱潮，駢體小說才得以拂去歷史的塵埃，受到重視，尤其是徐枕亞的《玉梨魂》成為文學史無法繞開的作品。其文學史意義值得進行辨析。以《玉梨魂》為代表的駢體小說在民國初年形成蓬勃之勢，曇花一現，這是不可複製的文學史現象。如果我們將駢體小說寫作看成是一場小說形式試驗的話，從文學語言試驗的廣度和深度都值得肯定。只不過試驗的方向、角度和五四不同。雖然是失敗的嘗試，但也不能否定也是在漢語文學的大範圍內。「清末民初小說體裁、文體混亂以及互相滲透，使得一切想入非非的文學嘗試都可能被接受。這是一簡舊文學正在解體，新文學即將誕生的時代，並非一切嘗試都為後人所承認，但這種努力本身自有其價值。」〔註81〕他們雕紅刻翠的四六駢儷，挑戰著小說語言的可能和限度，為後人提供諸多啟示——哪怕是「此路不通」的啟示。

　　沿此思路，可以探討另一個問題。清末民初以駢體小說為代表的文言小說創作與現代小說的建構能否產生關聯？筆者認為，文言小說，無論是以古文還是駢文寫小說，均注重語言內部的細節，諸如起承轉合、節奏、人物形貌、場景鋪排、情感渲染、鍊字用典等，這些因素均有利於小說詩化氛圍的

〔註79〕許指嚴：《三家村》，《小說月報》第 1 年第 6 期，1910 年。
〔註80〕劉納：《嬗變》，中國社會科學出版社，1998 年，第 205 頁。
〔註81〕陳平原：《中國現代小說的起點》，北京大學出版社，2005 年，第 189 頁。

營造，也是文言小說雅化的一個重要原因。而這種詩性氛圍及雅化正是「五四」現代小說所追求的方向。儘管語體不一樣，然而從口語化的晚清白話（宋元白話系統）到五四歐化的白話系統的轉化，正是經歷了這樣的「俗—雅」過程，簡潔雅韻的藝術效果同樣是五四白話要追求的。二者在藝術追求上具有一定的相通性。

周作人一度還認為，為求得小說的「雅正」必得變白話為文言：「若在方來，當別辭道途，以雅正為歸，易俗語而為文言，勿復執著社會，使藝術之境蕭然獨立。」〔註82〕這種說法和他在「五四」時期的言論截然相反。尤其值得注意的是這裡提到的幾組對立而同構的關係：文言／白話，雅正／通俗，藝術之境／執著社會，可見當時一般士人對小說的想像和體認，文言能產生「文學性」（藝術之境的蕭然獨立）似乎是那個時期的共識。駢文小說正是符合這種雅正想像的文類。

另外，駢文小說的文體自我認同也值得關注。徐枕亞就不認同自己在寫小說，更認同的是「駢文」：「余著是書，意別有在，腦筋蠅實並未有『小說』二字，深願閱者勿以小說眼光誤會余之書。使以小說視此書，則余僅為無聊可憐、隨波逐流之小說家，則余不能擲筆長吁，椎心痛哭？」〔註83〕徐這裡明顯視小說為更低一等，小說家乃「無聊可憐」，小說敘述接近「文章」「詩文」，這與《花月痕》的寫作方式一脈相承，寄託自己的身世之慨，且與早期創作的大量詩詞有關〔註84〕。常熟文史專家時萌考證徐枕亞與陳佩芬通信時，發現通信中大量詩詞均出現在《玉梨魂》中〔註85〕。將小說當文章來經營，

〔註82〕 啟明（周作人）：《小說與社會》，見陳平原編：《二十世紀中國小說理論資料》第一卷，第482頁。

〔註83〕 徐枕亞：《〈血鴻淚史〉自序》，見陳平原編《二十世紀中國小說理論資料》第一卷，第553頁。

〔註84〕 據潘建國的考證，魏秀仁的小說《花月痕》中引用有作者早期詩作77首，這些詩詞引用，並非傳統白話小說穿插詩詞曲賦在於描繪風物，敷衍場面，也不單純為了抒情，而是涉及整個小說的題材來源及主題寄寓。這些詩詞都是作者親身經歷的一段記錄和感情寫真。見《魏秀仁小說〈花月痕〉小說引詩及本事新探》，見《文學評論》2005年第5期。《玉梨魂》中雜糅詩詞的方式與效果與此高度相似。

〔註85〕 關於徐枕亞與陳佩芬的愛情事蹟及與小說的關係時萌在《〈玉梨魂〉真相大白》一文中有詳細的考證：「最近從徐姓藏家處發現徐枕亞與青年寡婦陳佩芬的往來書札唱和詩詞93頁，經過對照《玉梨魂》，考核內容，對照徐枕亞流傳於世的筆跡，並以宣紙上所印的宣統的年號，無錫北門塘經綸堂刷印字樣為佐

必定會使小說「辭章化」。這與五四以後甚至整個二十世紀的現代小說語言的發展都密切相關。

　　晚清小說界革命造成小說地位的上升，五四的小說革命促成了白話小說由俗向雅轉變，五四最著名小說如《狂人日記》《祝福》《春風沉醉的晚上》以及 20 年代的鄉土小說，其語言特點正是從外部講述轉向內部「描寫」，胡適所介紹的「橫斷面」理論，正是要求放慢敘述的節奏，集中筆墨渲染細節，以小見大。文言小說，特別是駢體小說，與此有異曲同工之妙。當然，這僅就小說語言而言，同樣求「雅」，五四小說和清末民初文言小說的根本區別還在於小說的立意、取材的差異。

　　　證，可以確證這些舊件乃《玉》故事藍本，可以認定這確是紀實文學，是一
　　篇人性受扼的血淚史。」見《蘇州雜誌》，1997 年第 1 期。

第三章 「五四」文學革命與漢語小說格局的異動

  在一般的文學史敘述中，1917 年胡適的《文學改良芻議》標誌著「五四」文學革命的開始，魯迅的《狂人日記》標誌著中國現代小說的開端，近年來學界開始追溯現代文學的起源，大多直接追溯到晚清。但容易忽略處於晚清與「五四」之間的民初文學，而這一時段正是「五四」文學革命最直接的背景。丁帆將民初至「五四」的七年稱為「被中國現代文學史遺忘和遮蔽了的七年」，並認為民國的建立才是中國「新舊文學的分水嶺」。〔註 1〕這裡民國建立的文學史分期意義暫且不論，但從「五四」回溯民初，重建歷史的連續與轉折而言，則非常有價值。貫通晚清、民初、「五四」三個時段來看文學史進程，就能更加全面深入地瞭解從晚清到「五四」漢語小說轉型的大勢，正反兩方面瞭解「五四小說」的起源。

  晚清小說界革命的影響在民國初年走入低谷，白話小說，尤其是長篇小說仍然表現廣闊的社會生活，但用白話小說來進行「新民」「開民智」的訴求明顯減弱，文言小說異常繁盛。那麼，這種文學背景下，「五四文學革命」何以發生？與晚清的白話文運動比較，五四白話文運動緣何能夠成功？五四作家創造理想白話的資源是什麼？五四文學革命初期白話小說是如何生長、擴散的？而五四之後白話、文言小說的數量如何消長，文言小說是如何消退的？

〔註 1〕丁帆：《新舊文學的分水嶺——尋找被中國現代文學史遺忘和遮蔽了的七年（1912～1919）》，《江蘇社會科學》，2011 年第 1 期。

這些都是「五四」新文學發生的另一面，也是學界少有關注的。本章將以「五四」為中心考察1914～1925年的主要小說期刊，從實證的角度統計，對比「五四」前後文言、白話小說的數量，從宏觀上描述1914～1925年間文言白話小說消長的歷程，整體呈現「五四」前後小說語言的大變局，再從微觀層面考證「五四」作家如何一面將傳統白話小說視為「國語教科書」，一面又批判其「舊」，創造出新白話小說的「實績」。

第一節 「五四」的前夜

一、1914年：「新小說」的終結

在鄭方澤編的《中國近代文學史事編年》（1983）和魏紹昌主編的《中國近代文學大事記》（1996）中，編到1914年時，都不約而同地寫下一句：「本年度是鴛鴦蝴蝶派大流行的一年。」的確如此。我們試以三本「近現代文學編年」資料為基礎〔註2〕，將本年度創刊的鴛鴦蝴蝶派雜誌及主要作品刊著情況匯總如下：

> 1914年1月，《中華小說界》創刊〔註3〕，主編沈瓶庵；吳雙熱《孽冤鏡》出版。
>
> 4月，《民權素》創刊，劉鐵冷、蔣著超主編。
>
> 5月，《小說叢報》創刊，徐枕亞主編。《消閒鐘》創刊，李定夷主編；蘇曼殊《天涯紅淚記》發表。
>
> 6月，《禮拜六》週刊創刊，王鈍根、孫劍秋主編，周瘦鵑任編輯；《黃花旬刊》創刊，徐天嘯、徐枕亞編；徐枕亞《枕亞浪墨》出版。

〔註2〕參見鄭方澤編的《中國近代文學史事編年》，吉林人民出版社，1983年；魏紹昌主編《中國近代文學大系・史料索引卷》中的「中國近代文學大事記」，上海書店，1996年。劉勇、李怡主編的《中國現代文學編年史（1895～1949）》第2卷「1906～1915年」，文化藝術出版社，2015年版。

〔註3〕在這個清單裏，《中華小說界》是唯一個可以另作討論的刊物，從它的發刊詞看，很難看作「鴛蝴派」刊物，它標舉「抱三大主義」：一是「作個人之志氣；二是「祛社會之習染；三是「救說部之流弊」。儘管有如此純正之動機，然綜合看全部發表的小說，也難逃「鴛蝴派」的「滲透」，刊登有許指嚴、嚴獨鶴、徐枕亞的小說，學界也因此一直將之歸為「鴛蝴派」刊物。故此處也暫列其中。

7 月，李定夷《賈玉怨》出版單行本。

8 月，《雙枰記》出版，蘇曼殊作序。

9 月，《小說旬報》創刊，英蜚、羽白、剪瀛編輯。

10 月，《眉語》創刊，主編高劍華。

11 月，《七襄》旬刊創刊，姚鵷雛為編輯。

12 月，《女子世界》創刊，天虛我生（陳蝶仙）任編輯。

本年，徐枕亞《玉梨魂》出版單行本，劉鐵冷《鐵冷碎墨》出版。上海國華書局出版一批「鴛蝴派」長篇小說：徐天嘯《茜窗淚影》、顧靖夷《紅粉劫》、李定夷《鴛湖潮》等等。

其他本年創刊，且可歸為鴛鴦蝴蝶派的刊物還有：《黃花旬刊》（徐枕亞編）、《五銅元》（吳雙熱）、《白相朋友》（胡寄塵編）、《七天》《繁華雜誌》（孫玉聲編）、《小說世界》（葉勁風）、《香豔雜誌》（新舊廢物編）、《銷魂語》（戚飯牛和汪野鶴編），等等。

關於「鴛鴦蝴蝶派」的界定眾說紛紜，筆者這裡持較保守的範圍，至少具備以下三元素：其一用文言（多數用駢體）；其二多表現哀情和豔情；其三題目愛用鴛鴦、蝴蝶、鵑、魂、血、冤、孽、淚、鸞、怨、恨等字眼。即使如此，也無法否認《玉梨魂》《孽冤鏡》《賈玉怨》是鴛鴦蝴蝶派的三部代表作，而它們都在同一年出版發行，這並非偶然。魯迅曾說：「《眉語》出現的時候，是這鴛鴦蝴蝶式文學的極盛時期。」〔註4〕本年度非鴛鴦蝴蝶派的著名小說有李涵秋的《廣陵潮》初集刊行，不過他也寫過如《情場之秘密》《孽海鴛鴦》《雙鵑血》等有「鴛蝴氣」的哀情小說。

從這個清單中，我們明顯可以看出，1914 年稱為「鴛蝴年」一點不為過。如果我們再向 1915 年延展一下，那麼此期的文學（小說界）大勢更是一目了然：

1915 年 1 月，《小說海》創刊於上海，主編黃山民。

2 月，徐枕亞的《雪鴻淚史》出版。

3 月，《小說新報》創刊，李定夷主編。

〔註4〕魯迅曾說：「《眉語》出現的時候，是這鴛鴦蝴蝶式文學的極盛時期。」見《二心集·上海文藝之一瞥》。

7月，蘇曼殊的《絳紗記》《焚劍記》在《甲寅》月刊上發表。

8月，《小說大觀》創刊，包天笑任編輯。

本年，孫玉聲《續海上繁華夢》由民權出版部出版。

從以上清單我們大致知道到 1914～1915 年，鴛鴦蝴蝶派小說是怎樣的一種繁榮景象了。《青年雜誌》1915 年創刊，多集中於政論及新思想的討論，對文學用力不多。

這些刊物上的小說以言情為主，語體上以文言居多，甚至是駢體，缺少開啟民智、救國救民的宏旨，抒寫兒女情長的哀情、豔情、苦情、孽情小說居多，「畫蝴蝶於羅裙，認鴛鴦於墜瓦」。〔註 5〕當時有人如此評論：「近來中國之文士，多從事於豔情小說，加意描寫，盡相窮形，以放蕩為風流，以佻達為名士，言之者亹亹，味之者津津，一編脫稿，紙貴洛陽」，〔註 6〕可謂實評。晚清「小說界革命」時期的主流輿論，如改良群治，開啟民智；淳風俗，厚人倫；小說之教育必當以白話演之；白話小說之宜於普通社會；俗語為小說正格等等，在此時均已煙消雲散。相反，對小說語言的要求是周作人所說的「醇文」，「以雅正為歸，易俗語而為文言」；是惲鐵樵所說的「國文之特性，俗語必不可入文字」。這還是陳義較高的論述，而大多數藝術性不高的文言小說，就呈現粗製濫造之傾向了。

所以，晚清的「新小說」及其精神至遲在 1914 年已經終結。這以梁啟超發表《告小說家》為標誌。正因為走向「小說界革命」的反面，才會有始作俑者的痛惜與憤怒：

> 而還觀今之所謂小說文學者何如？嗚呼！吾安忍言哉！吾安忍言哉！其什九則誨盜與誨淫而已，或則尖酸輕薄毫無取義之遊戲文也，於以煽誘舉國青年子弟，使其桀黠者濡染於險詖鉤距作奸犯科，而擬某偵探小說中之節目。其柔靡者浸淫於目成魂與踰牆鑽穴，而自比於某種豔情小說之主人翁。於是其思想習於污賤齷齪，其行誼習於邪曲放蕩，其言論習於詭隨尖刻。近十年來，社會風習，一落千丈，何一非所謂新小說者階之厲？循此橫流，更閱數年，中國

〔註 5〕李定夷：《小說新報》發刊詞，見陳平原編：《二十世紀中國小說理論資料》第1 卷，第 515 頁。

〔註 6〕程公達：《論豔情小說》，見陳平原編：《二十世紀中國小說理論資料》第 1 卷，第 480 頁。

殆不陸沉焉不止也。〔註 7〕

顯然，梁啟超仍秉持「小說界革命」的邏輯，推崇小說的社會功用，小說要為「社會風習一落千丈」負責，要為中國「陸沉」負責，這與「欲新民，必自新小說始」的邏輯是一脈相承的，梁啟超的憤怒足以表明小說時勢之變遷。

1914 年至 1916 年正好構成「五四」文學革命的背景。周作人曾說：「到了洪憲時代上下都講復古，外國的東西又不值錢了，大家捲起袖子，來做國粹的小說。於是玉梨魂派的豔情小說，技擊餘聞派的筆記小說，大大的流行。」〔註 8〕錢玄同也認為「黑幕派」和「鴛鴦蝴蝶派小說」是「從一九一四年起盛行」，「盛行之原因，其初由於洪憲皇帝不許腐敗官僚以外之人談政，以致一班『學干祿』的讀書人無門可進，乃做幾篇舊式的小說，賣幾個錢，聊以消遣，後來做做，成了習慣，愈做愈多，」「適值政府厲行復古政策，社會上又排斥有用之科學，而會做得幾句駢文，用幾個典故的人，無論哪一方面都很歡迎，所以一切腐臭淫猥的舊詩舊賦舊小說復見盛行，研究的人於用此來敷衍政府社會之餘暇，亦摹仿其筆墨，做些小說筆記之類。此所以貽毒於青年之書日見其多也。」〔註 9〕魯迅在 1919 年也曾說：「據我的經驗，這理想價值的跌落，只是近五年以來的事情」，〔註 10〕那麼倒推四五年，正好是 1914 年前後。由於「理想價值」的跌落，晚清小說界革命和白話文運動的基本理念逐漸消沉，「用白話寫小說以利於通俗教育」不再是一般小說家的自覺追求。

二、1914～1916 年主要小說雜誌的語言狀況

這些小說語言觀念的變化自然會在這一時期眾多的小說雜誌上有呈現，為了更直觀地看到這種變化，統計、對比這一時期小說雜誌上文言、白話小說數量很有必要。這裡我統計了 1914～1916 年的主要小說期刊：《小說時報》《小說月報》《中華小說界》《民權素》《禮拜六》《小說叢報》《小說海》《小說大觀》，並作簡要分析。

〔註 7〕梁啟超：《告小說家》，《中華小說界》，第二卷第 1 期，1915 年。
〔註 8〕周作人：《論「黑幕」》，見嚴家炎編《二十世紀中國小說理論資料》第 2 卷，第 73 頁。
〔註 9〕錢玄同：《宋雲彬信跋》，《新青年》，1919 年第 6 卷 1 號。
〔註 10〕魯迅：《隨感錄‧39》，《魯迅全集》第 1 卷，第 333 頁。

1. 《小說時報》《小說月報》的小說語言狀況

表 3-1-1　《小說時報》《小說月報》的小說語言狀況

期刊名稱	卷、號及時間	白話長篇	文言長篇	白話短篇	文言短篇
《 小 說 時 報 》 （1909～1917）	第 1～8 號（1909.9～1910.12）	2	9	6	12
	第 9～14 號（1911 年）	5	5	4	13
	第 15～17 號（1912 年）	1	1	4	6
	第 18～21 號（1913 年）	4	4	1	5
	第 22～24 號（1914 年）	2	3	3	12
	第 25～28 號（1915～1916 年）	3	4	1	21
	第 29～33 號（1917 年）	2	2	5	27
《 小 說 月 報 》 （1913～1916）	第 4 卷共 12 號（1913.4～1914.3）	2	6	5	48
	第 5 卷共 12 號（1914.4～1914.12）	2	4	2	55
	第 6 卷共 12 號（1915.1～1915.12）	1	6	6	119
	第 7 卷共 12 號（1916 年）	1	7	6	94

說明：1. 翻譯小說和創作小說均統計在內，小說主要以現代文體為標準，傳奇、彈詞、劇本、時聞、軼聞、紀事、雜錄均不統計在內。2. 長篇小說只統計新刊，連載時不再統計。3. 部分小說文言和白話夾雜的，統計時以主體部分為準。本書此類統計如無特別說明，均以此為方法，不再說明。

　　《小說時報》和《小說月報》是晚清四大小說期刊之後影響最廣泛的小說雜誌，原來我們將之籠統地歸為鴛鴦蝴蝶派，是不準確的。這兩個期刊注重文學性、知識性和趣味性，從裝幀、插圖就顯出時尚和高雅，體現了當時的消費風尚，儘管他們也發表「鴛蝴派」小說。

　　《小說時報》的主編是陳景韓、包天笑。該報發刊《通告》中承諾要力避其他報刊的五種弊端，其中新舉措之一就是長篇至多三次載完，這就使得長篇小說的數量大增，白話小說相應增多。1911 年始，白話長篇小說與文言長篇小說的數量持平，而文言短篇小說的比例逐年增大。另外，它專門開闢了長篇名譯，名著雜譯欄目，翻譯了如普希金、狄更斯、契訶夫等西方作家名作，配合「各國時聞」「世界叢談」欄目，顯示出該報輸入西方文化，探求世界新知的努力和氣魄，也導致大量科技名詞出現在小說中，如電世界、輕氣球、飛行機、潛艇等。

《小說月報》在 1914～1916 年正是惲鐵樵任編輯的時期。他主張以高雅的古文入小說，認為小說可以成為鍛鍊青年國文修養的好形式，達到「提契頓挫，烹煉塾泄」「語氣之揚抑頓墜」，〔註11〕比如在發表魯迅文言小說《懷舊》時的批語中，就說明了該小說的妙用：「曾見青年才解握管，便講辭章，卒致滿紙餖飣，無有是處，亟宜以此等文字藥之。」〔註12〕這完全是以古文的標準在談論小說。因此，在他任主編時期，《小說月報》的文言小說比例明顯增大，且語言古雅晦澀。而到 1918 年王蘊章再次接任編輯時，受到時代風氣的影響，就明確徵用「白話尤佳」的短篇小說了。〔註13〕這兩個小說雜誌明顯不同於晚清，不以白話小說為主，而是以文言為主的、白話為輔。

2. 《中華小說界》《禮拜六》的小說語言情況

表 3-1-2　《中華小說界》《禮拜六》的小說語言情況

小說期刊名稱	卷、號及時間	白話長篇	文言長篇	白話短篇	文言短篇
《中華小說界》	第 1 卷共 12 期（1914.1～1914.12）	2	5	16	48
	第 2 卷共 12 期（1915.1～1915.12）	3	5	15	48
	第 3 卷共 6 期（1916.1～1916.6）	0	1	6	58
《禮拜六》	第 1～30 期（1914.1～1914.12）	2	5	28	182
	第 31～82 期（1915.1～1915.12）	2	4	51	308
	第 83～100 期（1916.1～1916.4）	0	0	6	71

《中華小說界》是中華書局為了與商務印書館的《小說月報》競爭而創辦的小說雜誌，在發刊詞引用了梁啟超的《論小說與群治之關係》的觀點，比如在談短篇小說的功用時，就強調「小說一科，頓闢異境」：

　　　　凡滑稽遊戲之談，繩以誨盜誘淫之罪。洎於輓近，西籍東翰，海內文豪，從事譯述，遂乃紹介新著，裨販短章，小說一科，頓闢

〔註11〕惲鐵樵：《吳曰法〈小說家言〉跋》，《小說月報》1915 年第 6 卷 5 號。
〔註12〕惲鐵樵：《〈懷舊〉跋》，《小說月報》1913 年第 4 卷 1 號。
〔註13〕見 9 卷 1 號（1918 年 1 月 25 日初版）「緊要通告」：「小說有轉移風化之功，本社有鑑於此，擬廣徵各種短篇小說，不論撰譯以其事足資觀感，並能引起讀者之興趣為主（白話尤佳），一經採錄，從豐酬報。倘蒙賜教，無任歡迎。小說月報社謹啟。」（標點為引者加）。

異境。然而言情、偵探，花樣日新；科學、哲理，骨董羅列。一編
假我，半日偷閒；無非瓜架豆棚，供野老閒談之料，茶餘酒後，備
個人消遣之資。聊寄閒情，無關宏旨。此由吾國人士，積習相沒，
未明小說之體裁，遂致失小說之效用也。〔註14〕

　　從主辦者的角度說，該刊為了救《小說月報》之弊，認為「小說界於教
育中為特別隊，於文學中為娛樂品」，編刊「抱三大主義」：一是「作個人之
志氣；二是「祛社會之習染」；三是「救說部之流弊」，「挽回末俗，輸蕩新機」。
撰稿者有社會名流如梁啟超、林紓、呂思勉、包天笑、徐卓呆、程瞻廬，亦
有後來的新文學作家如周作人、劉半農、葉聖陶，還有「鴛蝴派」的小說家
如徐枕亞、嚴獨鶴等。因為有如此純正的動機，其刊載白話小說的比例在這
一時期小說雜誌中是最高的，但也並未將白話小說提高到特殊的位置，總體
上還是文言白話並行，發表白話小說的作者主要有徐卓呆、劉半農。

　　《禮拜六》短篇小說居多，語言也相對淺顯，文言小說也不乏淺白之作。
因此它與《小說從報》《民權素》等正宗鴛鴦蝴蝶派刊物有所區別，但其中頗
具「鴛蝴氣」的小說也有許多，如：《蝴蝶相思記》（2 期），《香草美人》（6
期），《死鴛鴦》（9 期），《床底鴛鴦》（15 期），《孤鸞淚》（27 期），《離鸞恨》
《鵑啼血》（36 期），《武俠鴛鴦》（38 期），《情海鴛鴦》（47 期），《鐵血鴛鴦》
（49 期）……，足見此刊作者對「鴛鴦」「苦情」的嗜好。晚清「新小說」觀
念的淡化，退回到「叢殘小語」的小說觀念上來，所載短篇小說大多篇幅短
小，甚至不足百字，奇聞軼事，海外見聞，均名之為小說。後來被五四作家
痛批的「某生體」增多，幾乎每期均有兩三篇，大多以「某人，某地人……」
開頭，沒有細節描寫。各種遊戲性的「紀念小說」充斥其間，比如以禮拜六
為主題作自我調侃之作就有《短篇瞎說禮拜六》（1 期），《三禮拜六點鐘》（3
期），《鈍根造孽》（10 期），《鶯啼燕語報新年》（38 期），以及最後停刊之際
的《紀念小說話別》《詼諧小說送別》（100 期）等，這些充分體現了該刊「買
笑、覓醉不如讀小說」的逍遣娛樂理念。由於篇幅短小，刊載白話小說總量
上升，可與文言數量相比還是較小，創作白話小說的主力是周瘦鵑，在 1914
年全部的 28 篇短篇白話小說中，他一人占 12 篇，1915 年 51 篇白話短篇小說
中，他占 22 篇。

〔註14〕《發刊詞》，《中華小說界》，1914 年第 1 期。

3. 《民權素》《小說叢報》的小說語言狀況

表 3-1-3　　《民權素》《小說叢報》的小說語言狀況

小說期刊	卷、號及時間	白話長篇	文言長篇	白話短篇	文言短篇
《民權素》	第 1～3 集（1914.4～1914.9）	1	1	1	21
	第 4～13 集（1915.1～1915.12）	0	14	8	59
	第 14～17 集（1916.1～1916.4）	0	3	4	25
《小說叢報》	第 1 年共 6 期（1914.5～1914.11）	3	9	2	56
	第 2 年共 11 期（1915.1～1915.12）	2	10	4	98
	第 3 年共 5 期（1916.1～1916.7）	0	2	1	37

　　《民權素》是《民權報》停刊以後發表鴛鴦蝴蝶派作品的主要刊物。其作者隊伍中有徐枕亞、吳雙熱、劉鐵冷、蔣著超、楊塵因等。刊物的插頁常年刊登《玉梨魂》和《蘭娘哀史》的廣告。小說風格深受徐枕亞《玉梨魂》的影響，小說開篇多以駢文寫景起興，正文也多雜以駢語，1914 年的 21 篇文言小說中大量使用駢句的有 7 篇，1915 年有 11 篇，1916 年有 8 篇。

　　不僅語言上喜用駢語出之，而且章節的回目設置上也酷似《玉梨魂》。《玉梨魂》的標題有詩媒、芳訊、心藥、孽媒、噩夢、揮血、剪情、鵑化。模仿此風格的小說有許多，苦情小說《白骨散》（蔣著超，第 1 集）的前六章標題為：接信、訪豔、驚婚、罹劫、完葬、和親；《鴛鴦鐵血記》（權予，第 13 集）前五章的標題是：緣起、遇豔、鸝媒、結褵、賦別；《桃花淚》的前幾回標題是：噩夢、遠遊、尋芳；其他如《雨濯蓮花》（第 8 集，閒鷗），《妙憐愛傳》（第 11 集，起予），《真假公爵》和《孤鴻淚》（第 16 集），也具有相似風格。

　　即使沒有駢化的文言小說也大量插入詩詞，長篇文言小說也章回化，比如昂孫的《上帝祐汝》（第 8 集開始連載）是文言長篇小說，而整個章節卻如同傳統的白話章回體小說，回目對仗，每章開始均以一首詞起頭，結尾也用「要知後文如何，且看下章續敘」作結，類似還有《紅冰碧血錄》（第 9 集）。此外，還有一個現象值得注意，在《民權素》上發表的 13 篇白話短篇小說均貫以「滑稽短篇」名稱，大多篇幅短小、風格怪誕，口語化，也就是說，只有在寫「滑稽」小說的時候才用白話，這也多少可以看出《民權素》作者和編者對白話短篇小說的理解。全集只有一篇長篇白話小說《滿腹干戈》，是屬於傳統的說書體小說。

　　《小說叢報》的主編是徐枕亞和吳雙熱。鄭逸梅說：「假使把《民權報》作為鴛鴦蝴蝶派的發祥地，那麼《小說叢報》是鴛鴦蝴蝶派小說的大本營了。」〔註 15〕從上表可以明顯看出，其文言小說的比例更高。小說語言更加典雅，甚至晦澀，大多數文言小說都雜以駢句，也刊登有長篇的駢體小說，如徐枕亞的「慘情小說」《棒打鴛鴦錄》（第 13 期），南村的奇情小說《翡翠芙蓉》（第 19 期）等。葉聖陶曾在此刊發表《貧女淚》《玻璃窗內之畫像》等文言小說。

4. 《小說海》《小說大觀》的小說語言狀況

表 3-1-4　　《小說海》《小說大觀》的小說語言狀況

期刊名稱	卷、號及時間	白話長篇	文言長篇	白話短篇	文言短篇
《小說海》	第 1 卷(共 12 號 1915.1～1915.12)	1	3	11	102
	第 2 卷(共 12 號 1916.1～1916.12)	1	7	9	104
	第 3 卷(共 12 號 1917.1～1917.12)	2	4	7	94
《小說大觀》	第 1～4 集 （1915.8～1915.12）	2	10	5	34
	第 5～8 集 （1916.3～1916.12）	3	10	5	35
	第 9～12 集 （1917.3～1917.12）	2	4	4	36
	第 13 集 （1918.3）	0	3	1	9
	第 14 集 （1919.9）	0	1	1	9
	第 15 集 （1921.6）	0	1	4	1

　　《小說海》和《小說大觀》的編輯均是辦刊經驗豐富，頗具抱負的名家，前者是惲鐵樵，後者是包天笑，其小說語言狀況分別體現了二者的編輯理念。

　　與《禮拜六》《中華小說界》相比，《小說海》的語言明顯晦澀，文言長篇小說增多，短篇小說中文言小說的比例也增大，在 1917 年年末終刊之時，仍然是文言小說占絕大多數，此時《新青年》已開始倡導白話新文學了。儘管辦刊人未忘小說的經世之用，「嘗謂文字入人深者，莫甚於小說」（《小說海》發刊辭》），也未忘小說當以淺俗為之，「而小說之俚且俗者，尤無遠勿屆，無微不入」「社會風俗，俚俗小說造成之矣」，而且發刊者也認為小說不能一味就俗，「所謂俚俗者，要當所言，有雋味有至理，不然，酒店、帳簿、街頭市

〔註 15〕鄭逸梅：《民國舊派文藝期刊叢話》，見魏紹昌編《鴛鴦蝴蝶派研究資料》，上海文藝出版社 1962 年版，第 380 頁。

招，皆可以充篇幅，其不覆瓿者幾希？」但是，實際操作起來並非易事，在發刊詞中也講得很明白：「吾儕執筆為文，非深之難，而淺之難；非雅之難，而俗之難。知此中甘苦者，當不以吾為失言。蘄能以深入顯出之筆墨，競小說之作用，如是而已。」〔註16〕寫雅一點並不難，可寫淺顯卻是個問題。比如第 1 卷第 1 號的長篇小說《黑籍魂》就是典型的文白雜夾的小說，第一回回目是「林文忠沉兵祛毒，琦大臣持節媾和」，是傳統的章回體體式，可是開頭用文言寫道：「卻說罌粟一物，載列本草，為治瀉之要藥，原係療疾之品，並非致疾之品」，寫到後面就用起白話來：「牛鑒怒道『你好不明白，依我的妙計，勝則一樣有功，敗則我們無害」。全篇均是如此，文白相間，足以看出作者寫作過程中的「俗之難」。這一點當時很多文人都有此感慨。發刊者自己也處於矛盾和妥協之中：「以深入顯出之筆墨，競小說之作用，如是而已」。綜觀《小說海》所刊小說，正體現了這種無奈，「深入」容易做到，但「顯出」卻談不上。

該刊小說題材範圍相當廣闊，與《小說叢報》《民權素》《禮拜六》多刊言情小說不同，它大量刊登關於世界奇聞、偵探懸疑、科學奇器方面的小說（《小說大觀》也是如此）。這一方面使小說能介紹知識，滿足人們瞭解世界的好奇心，增強科學觀念，但同時，也是小說藝術功能弱化的體現。如軼聞軼事的《雙白奇冤》《海上軼聞》（1 卷 4 號）、《暴死奇案》（1 卷 7 號）、《罷工軼事》（1 卷 8 號），《橡皮疑案》（2 卷 5 號）、《利基司頓野聞錄》（2 卷 7 號）、《醫界冤聞》（2 卷 11 號）、《來福槍之疑獄》（3 卷 3 號）、《歐洲政界之女傑》（3 卷 9 號）……，還有類似科普的如《飛行機》《空氣流質》《磁石靴》（3 卷 5 號），《盜電記》（3 卷 9 號）等。這樣的小說比比皆是，我們可以看出那個時代的讀者對西方大千世界的好奇。《小說海》上的小說以譯作居多，且大多不標明譯作，這實際上是把西方的軼聞或小說當作中國小說家搜求軼事的材料。這一現象在民初非常繁盛，這實際上是弱化了小說的文體意識，用小說來講述「異鄉異聞」以滿足市民消遣、獵奇的心理。

《小說大觀》1915 年 8 月創刊，1921 年 6 月停刊，共 15 集，由中華書局和文明書局共同發行。每期達 30 萬字，每期儘量做到一篇小說完整，即使長篇也只分兩到三期登完。作者群名家雲集，如包天笑、畢倚虹、程小青、林紓、葉小鳳、張毅漢等。在「例言」中說：「所載小說均選擇精嚴，宗旨純

〔註16〕均見宇澄：《〈小說海〉發刊辭》，《小說海》1915 年第 1 卷第 1 號。

正，有益於社會、有功於道德之作，無時下浮薄狂蕩、誨盜導淫之風。」並且，「無論文言俗語，一以興味為主，凡枯燥無味及冗長拖沓皆不採。」這一宗旨在雜誌中的體現是言情之作減少，社會、偵探、愛國小說增多。和《小說海》類似，該雜誌除了大量發表明確標明是翻譯的小說外，還有大量小說均以外國的奇聞軼事為題材但並不標明是譯作。雖不能否定有一部分確有海外生活經歷並能據此創作小說者，但大部分是翻譯或改編自外國小說，明顯還缺乏創作和翻譯的區分。寫白話小說的主要是劉半農、徐卓呆、周瘦鵑，但文言長篇小說明顯增多。

5. 小結

通過以上的對比統計，我們大致能瞭解 1914 至 1916 年的小說語言情況：

其一，小說產量空前巨大，語言空前駁雜。民國初年的中國盛產如此眾多的小說，而且題材多樣，形式多樣，語言也斑駁蕪雜，搜奇談異，苦情哀情，懸疑偵探，科普滑稽，文言俗語相間，漢語英文夾雜，官話方言並行。

其二，小說語言以文言為主，白話次之。尤其是文言長篇小說的大量出現，是中國傳統小說體制的破體。傳統文言白話小說並行，長篇多為白話，文言謹守短制，很少有長達萬言的文言小說。「就『文言小說』一語的約定俗成的含義來看，通常是不包括長篇在內的。」「我們所說的文言小說，其外延包括傳奇小說和筆記小說，以短篇為主，中篇為輔。」〔註 17〕而這種界定梳理到清末民初就會出現難題。

其三，翻譯小說的湧現使新現象、新詞彙大量進入小說，小說的表現對象開闊了，但是小說的觀念卻回到傳統的筆記軼事小說的風格，借小說介紹西方軼聞和世界奇觀，成為許多翻譯小說的基本內容。這其實造成兩個後果：一是小說「應用文」化，導致文言小說流行；二是這種翻譯的懸疑、偵探終至演變成黑幕大觀，導致小說語言的粗泛化。

陳子展說：「這類黑幕式的小說，肇端於光宣之交，盛行於袁皇帝時代。民國四年，《時事新報》至登廣告，徵求『中國黑幕』。由諷刺小說變為譴責小說，出於時勢要求；由譴責小說墮落而為黑幕小說，也是時勢使然。」〔註18〕錢玄同也認為「黑幕派」和「鴛鴦蝴蝶派小說」是「從一九一四年起盛行」，「盛行之原因，其初由於洪憲皇帝不許腐敗官僚以外之人談政，以致一班『學

〔註17〕陳文新：《文言小說審美發展史》，武漢大學出版社 2002 年版，第 3 頁。
〔註18〕陳子展：《最近三十年中國文學史》，上海古籍出版社 2000 年，第 64 頁。

干祿』的讀書人無門可進，乃做幾篇舊式的小說，賣幾個錢，聊以消遣，後來做做，成了習慣，愈做愈多。」「適值政府厲行復古政策，社會上又排斥有用之科學，而會做得幾句駢文，用幾個典故的人，無論哪一方面都很歡迎，所以一切腐臭淫猥的舊詩舊賦舊小說復見盛行，研究的人於用此來敷衍政府社會之餘暇，亦摹仿其筆墨，做些小說筆記之類。此所以貽毒於青年之書日見其多也。」〔註19〕民初的小說和小說界革命時期的晚清小說相比，呈現出不同的風貌，明顯沒有了那份大氣磅礴，沒有了那份多樣的「被壓抑」的現代性體驗。陳獨秀用「今日浮華頹敗之風」來概括五四前文壇風貌，用在小說界也很合適。這構成「五四」文學革命的背景。

三、新文學作家的「舊」作

晚清小說界革命和白話文運動的訴求在經過改朝換代之後突然失去了目標，文言作為傳統文人的正統書面語言，比白話更易讓文人接受。許多後來提倡新文學的小說家此時也是或者獨擅文言小說，或者兼擅兩種語體。這裡最主要有周氏兄弟、劉半農、葉紹鈞和王統照。

魯迅於 1909 年和周作人一起編《域外小說集》，用典雅的古文翻譯外國小說，銷路不佳。1913 年在《小說月報》（4 卷 1 號）發表的文言小說《懷舊》為主編惲鐵樵所欣賞，熱情推薦給青年以作學古文的好材料。當時還是中學生的王統照讀到《懷舊》果然為「這種引人入勝的文筆」所吸引，將小說「讀過好幾遍」。〔註20〕王統照此時以「劍三」「王劍三」為筆名在《婦女雜誌》《曙光》《新社會》《小說月報》發表文言小說《新生活》《秋夜賦》《車中人語》等，同時也發表《紀念》《戰之罪》《真愛》《夜寒人語》《秋聲》等白話小說，其中《紀念》的風格與魯迅的《懷舊》頗有相似之處。〔註21〕

其實在同期雜誌上，緊接著魯迅文言小說《懷舊》的是主編惲鐵樵翻譯的白話短篇小說《貪魔小影》，同期還有林紓的文言長篇譯作《羅剎雌風》，整章幾乎不分段不加標點，排山倒海，綿延數期至 4 號登完，而在 4 號上又有劉半農創作的白話小說《假髮》。這種文白混雜的語言狀況是民初小說雜誌的縮影。

〔註19〕錢玄同：《宋雲彬信跋》，《新青年》，第 6 卷 1 號，1919 年。

〔註20〕王統照：《第一次讀魯迅小說的感受》，《文藝月刊》1956 年第 10 期。

〔註21〕楊洪承：《現代作家王統照踐行五四新文化的意義》，《淮陰師範學院學報》2013 年第 1 期。

　　周作人在五四之前對舊小說尤其關注，一度提倡用文言創作小說，[註22]在紹興時期對舊派小說多有關注，如《讀〈孽冤鏡〉題詞》《最近小說界之趨勢》《讀舊小說之效用》等文發表在通俗刊物《笑報》上。1916年7月在《中華小說界》1卷7號上發表了文言小說《江村夜話》，直到1917年在4卷2號的《新青年》上發表《古詩今譯》，才自稱為「所寫的第一篇白話文」[註23]。

　　劉半農（寫作劉半儂）在1913到1917年間共發表小說作品80篇，大多發表在《中華小說界》《小說月報》《禮拜六》《小說海》《小說時報》《小說大觀》等雜誌上。比如在《中華小說界》劉半農共發表了短篇文言小說18篇，短篇白話小說9篇，長篇白話小說2篇，還有劇作2篇；在《禮拜六》上發表5篇文言小說；在《小說海》中譯著有文言小說6篇，白話小說5篇；在《小說大觀》中，發表文言短篇7篇，文言長篇1篇，白話長篇1篇；這些小說中有著有譯，也有「似著實譯」，不標明譯作的。比如，《中華小說界》1914年第7號就發表了劉半農的小說《洋迷小影》，實際上轉譯改寫丹麥安徒生的《皇帝之新衣》，意在「為洋迷痛下針貶」，達到嘲諷中國社會的崇洋媚外之人，這也是較早向中國介紹安徒生童話的作品。劉半農的早期外國小說翻譯，成績顯著，有學者考證，「從1914年發表第一篇翻譯小說《頑童日記》（《中華小說界》第1卷第6期）到「五四」，劉半農問世的翻譯小說約有40多種，涉及俄、英、法、美、德、丹麥、日本等近20位作家的作品。」[註24]但語言上文言多於白話，有的小說是與後來被稱為「舊派小說大家」的向愷然、張舍我、王無為等人合作完成。劉半農「五四」時代稱自己曾是「紅男綠女之小說」的創作者：「余贊成小說為文學之大主腦，而不認今日之紅男綠女之小說為文學。」然後又加注說：「不佞亦此中之一人，小說家幸勿動氣。」[註25]後來又說：「我們這班人，大家都是『半路出家』，腦筋中已受了許多舊文學的毒。——即如我，國學雖少研究，在1917年以前，心中何嘗不想做古文家，遇到幾位前輩先生，何嘗不以古文家相助。」[註26]

〔註22〕啟明：《小說與社會》，《紹興縣教育會月刊》1914年第5號。

〔註23〕周作人：《知堂回想錄·一一六》，河北教育出版社2002年，第231頁。

〔註24〕黃麗珍：《劉半農「五四」前的翻譯小說與翻譯詩歌》，見《岱宗學刊》2001年第4期。

〔註25〕劉半農《我之文學改良觀》，《新青年》1917年第3卷3期。

〔註26〕劉半農：《致錢玄同》（1917年10月16日），見徐瑞嶽編：《劉半農文選》，人民文學出版社1986年，第21頁。

　　葉紹鈞在「五四」之前作過兩年半（1913 年 12 月～1916 年 4 月）的文言小說，主要是想賣文補貼家用，計有 20 來篇，散見於各期刊〔註27〕，在《禮拜六》上就發表有 13 篇。〔註28〕同時，周作人、劉半農是較早呼應胡適文學改良建議的「新作家」，葉紹鈞和王統照又都是最早在革新後的《小說月報》上發表新式白話小說的作家。

　　這一時期的《新青年》（《青年雜誌》）與其他舊派小說雜誌一樣處於文言白話並行狀態。在 1915 到 1916 年間發表的有陳嘏翻譯的兩部長篇小說，都用文言，只有胡適的譯作《決鬥》用白話，而在 1917 年 4 月的 3 卷 2 號胡適翻譯莫泊桑的《梅呂哀》用的卻是文言。在 2 卷 3 號和 4 號連載了蘇曼殊的文言小說《碎簪記》。曹聚仁說「初期的《新青年》，也脫不了鴛鴦蝴蝶派的氣息，蘇曼殊的小說，比鴛鴦蝴蝶派也差不了多少，也是接受了胡適的批判，才進步了的。」他稱這一時段的文學界為「五四的前夜」：「筆者那時還在中學讀書階段，當日的國文教師，如夏丏尊、劉大白諸先生，後來都是新文學運動中有力量的角色，在那時，也還是在教室裏教我們讀邱遲與陳伯之書，哼得和塾師那麼起勁的。……我們偷偷地寫稿，好似犯了法呢！至於各報的副刊，那更不成話，能寫《玉梨魂》式小說的，已經算是第一流作品了。」〔註29〕陳子展也談到：「又有蘇曼殊作《碎簪記》《斷鴻零雁記》《焚劍記》《絳紗記》，剪裁，結構，描寫，都有異於從前筆記體小說的地方，可以算是新式的古文小說。中國廿世紀初期的新體小說不過如是。至於真正的新小說，則有待於文學革命以後一班新文學家的努力了！」〔註30〕他們很好地概括了這一時期新舊雜糅的狀態。

　　那麼，考察這一時段小說語言狀況的意義何在？

　　首先，通過以上考察，我們可以從宏觀上瞭解在「五四」文學革命發生之前的小說語言狀況，此期的小說語言仍是文言、白話雙軌制，甚至從數量上講，文言小說佔據絕對多數。作家創作小說是用文言還是白話，出於作家個人的習慣和偏好。陳獨秀在晚清創辦白話報刊、胡適有白話小說創作，劉

〔註27〕見葉至善編的《葉聖陶集》第一卷的「編後記」，江蘇教育出版社 1987 年。
〔註28〕這些文言小說的內容及意義可參見商金林《葉聖陶傳論》第七章的論述，安徽教育出版社 1995 年版。
〔註29〕曹聚仁：《「五四」的前夜》，見《文壇五十年》，東方出版中心 1997 年版，第 103 頁。
〔註30〕陳子展：《中國近代文學之變遷》，上海古籍出版社 2000 年版，第 60 頁。

半農雖發表文言小說居多，但也著譯了不少白話小說，包括後來被稱為「民國舊派小說家」的徐卓呆、周瘦鵑、趙苕狂、李涵秋等人也用白話寫過水平較高的小說。一旦他們具有「國語」觀念以及白話正宗的理念時，白話寫小說才成為他們當然的選擇。而這的確要等到「五四」文學革命之後。

其二，瞭解這一狀況可以促進我們進一步思考「現代文學的起點」問題。近些年有學者提出晚清小說作為現代文學的起點，如果將這些小說視為現代小說的源流之一，研究它們的「新元素」，應該沒有太大爭議。但如果將之界定為「現代文學的起點」，上升到文學史斷代的高度，那麼就有討論的空間：這種「現代文學」的敘述如何面對上述期刊上數量如此龐大的文言小說？如何面對小說語言的文言、白話並行的自然狀態？筆者認為，文學史敘述若以某一事件（或作品）為斷代，必定要考慮這一事件是否導致了整個文學史的轉向，或新的文學形式大範圍地興起。那麼晚清的某部小說，甚至「小說界革命」，顯然並未做到這一點。因此，全面認識五四之前的語言狀況，能為這一問題的討論提供新的視角。

其三，過去學界多關注文學史上的「晚清」和「五四」，而對於構成「五四」最直接背景的「民初文學」關注不夠。作為「五四」文學革命最直接背景的 1914～1916 年一度成為文學史上的失蹤者。通過以上的考察，我們可以看出，「五四」文學革命可以說是這種晦澀、辭章化、粗鄙化文學語言狀況的觸底反彈，正是對這種文學風氣的感受增加了文學革命者的求新求變的心理和訴求。釐清這一時段的文學狀況，有助於我們認識文學史的複雜性，拓展晚清至民國的文學史研究的空間。

第二節 「五四」白話文運動的語言策略與機制——與晚清的白話文運動相比較

晚清至「五四」有兩次較大規模的白話文運動，從而導致「現代文學」的發生。問題是，「五四」的白話文運動成功了，而晚清白話文運動卻沒有成功。從上節的分析我們看到，在胡適發表《文學改良芻議》的 1917 年 1 月以前的中國小說界，是以鴛鴦蝴蝶派和黑幕派、偵探派為代表的文言小說的世界；詩文是以南社的詩歌占主導地位；而文章則是梁啟超、章士釗為代表長篇新式文言政論文。在晚清小說界革命、詩歌界革命的影響消退之後，文學

語言反趨艱深，駢體、桐城古文成為一時之尚。儘管有晚清的白話文運動造勢，但是當胡適發出「以今世歷史進化的眼光觀之，則白話文學之為中國文學之正宗，又為將來文學必用之利器」的「斷言」之時，〔註31〕仍然無異於是「空谷足音」，可見，正是「五四」同人的推動，以 1920 年教育部的訓令為標誌，兩大新文學社團成立，四大文體各自進行新舊轉換，白話文運動方告成功。

如何看待「五四」與晚清的白話文運動的區別，關係到現代文學發生的許多基本問題。本節擬以比較的視角從路徑、邏輯特點、態度以及政治背景上進行闡述。「五四」的白話文運動與晚清的白話文運動在人事關係、辦刊經驗、輿論造勢、理論建構上均有密切的聯繫，但晚清的這一運動在民初趨於消沉。在百年之後以比較的視角回望「五四」，會發現「五四」的白話文運動在改革路徑、邏輯思路、革命態度、政治時勢背景諸方面不同於晚清。

一、路徑：與國語運動合流

五四的白話文運動與晚清的白話文運動最大的不同在於，白話不僅僅是進行下層啟蒙運動的工具，而且是要作為現代國家的民族語言，這是建立現代國家的歷史訴求之一。即，五四白話文運動是啟蒙運動和國語運動的一體化。

雖然晚清和五四的白話文運動均是基於「言文一致」的歷史想像，但晚清的白話文運動的言文一致強調了口語化，以方便開民智。如裘廷梁的總結：「吾今為一言以蔽之曰：文言興而後實學廢，白話行而後實學興；實學不興，是謂無民。」〔註32〕陳榮袞說：「大抵今日變法，以開民智為先，開民智莫如改文言。」〔註33〕在另一處又說，「白話報者，文明普及之本也。白話推行既廣，則中國文明之進行固可推矣。」〔註34〕在他們的鼓吹下，以《杭州白話報》（林獬主編）、《俗話報》（陳榮袞創辦）和《無錫白話報》（裘廷梁創辦）

〔註31〕胡適：《文學改良芻議》，《新青年》第 2 卷第 5 號，1917 年。
〔註32〕裘廷梁：《論白話為維新之本》，舒蕪等編選《近代文論選》上冊，人民文學出版社，1999 年，第 180 頁。
〔註33〕陳榮袞：《論報章宜改用淺說》，見翦成文輯《晚清白話文運動資料》，中華書局，1963 年，第 120 頁。
〔註34〕陳榮袞：《論白話與中國前途之關係》，見《警鐘日報》，1904 年 4 月 25，26日。

為代表的大量白話報誕生，尤其在 1903～1904 年達到高峰，1909 年以後逐漸消退〔註35〕。

　　而這場倡導白話的浪潮始終沒有和國語運動形成合流。晚清開展的早期「國語運動」肇始於漢字拼音化運動，也稱為官話推廣運動。1891 年宋恕提出了漢語拼音的主張，1892 盧戇章發表《一目了然初階》，1901 年王照推出《官話合聲字母》，1903 年勞乃宣編著《增訂合聲字母簡編》和《重訂合聲簡字譜》等，均是單純的漢字改革、或切音革新運動。而早期創辦過白話報並首提「國語」一詞的吳稚暉在 1913 年被推舉為「讀音統一會」會長時，第一波白話期刊已失勢，始終沒有重視白話文學在國語推廣中的作用。

　　白話作為開啟民智的需要，一旦帝國崩潰，革命任務完成，白話作為「新民」工具的重要性就降低了。周作人正是看到這一點才有偏激之論：「那時候的白話，是出自政治方面的需求，只是戊戌政變的餘波之一，和後來的白話文可以說是沒有多大關係。」〔註36〕文人們重操雅致的文言，連小說作為傳統白話正宗領域也被文言擠佔。從整個社會影響來說，晚清的白話文運動雖然導致白話報刊一度繁榮，但由於沒有將白話提升至國語的地位，故它對文言作為通行語的根基沒有絲毫的動搖。這也是民初文言小說繁榮，白話報紙消退的主要原因。

　　而在五四時期，白話文運動與國語建構的訴求形成合流。五四的語言運動首先是要建立統一的書面語，而不是僅僅是口語化。正如汪暉所論：「白話文運動的所謂『口語化』針對的是古典詩詞的格律和古代書面語的雕琢和陳腐，並不是真正的『口語化』」。〔註37〕這與晚清白話文運動不同，晚清的白話就是追求口語化，是以口語為標準的言文一致。五四的白話文運動在古今雅俗的座標中建構體系，更多是強調國語，一種書面語。比如傅斯年在《文言合一草議》一文中雖明確申明「廢文詞而用白話，余所深信而不疑也。」但隨後就比較了文言與白話的特點，主張取其二者精華糅合成一種新語言：

〔註35〕陳萬雄綜合各方材料統計認為，在清末的最後十年有白話報約 140 多份，見《五四新文化的源流》，第 134～159 頁，三聯書店 1997 年。蔡樂蘇統計在 1900 至 1911 年間約出現 111 種白話報。見《清末民初的一百七十餘種白話報刊》，收於《辛亥革命時期期刊介紹》，第 V 卷，第 493～538 頁。李孝悌認為此統計還不完全，她自己就另外輯出 20 多份白話報刊，見《清末的下層啟蒙運動》第 254～255 頁，河北教育出版社，2002 年。

〔註36〕周作人：《中國新文學的源流》，華東師範大學出版社，1995 年，第 56 頁。

〔註37〕汪暉：《現代中國思想的興起》下卷，三聯書店，2004 年，第 1511 頁。

「以白話為本，而取文詞所特有者，補苴罅漏，以成統一之器，乃吾所謂用白話也。正其名實，與其謂『廢文詞用白話』，毋寧謂『文言合一』，較為愜允。」〔註38〕顯然，這和晚清裘廷梁的「廢文言而崇白話」的主張不同，五四的文言合一、崇白話是以白話為基礎吸收各種語言資源（包括文言、方言、歐化等）為現代中國打造一種新式的書面語，它比文言更通俗，具備言文一致的基本特點，同時又具有西方拼音文字的精確性和嚴密性。傅斯年後來在《怎樣做白話文》中又進一步討論了歐化問題。這層意思，我們在胡適的文章中也可顯而察之：「我們儘量採用《水滸》《西遊記》《儒林外史》《紅樓夢》白話；有不合今日的用的，便不用他；有不夠用的便用今日的白話來補助；有不得不用文言的，便用文言來補助。這樣做去，決不愁語言文字不夠用，也決不用愁沒有標準白話。中國將來的新文學用的白話，就是將來中國的標準國語。」〔註39〕

　　胡適在發表《文學改良芻議》以後，接連在通信中討論了文學革命的態度（《寄陳獨秀》）、歷史依據（《歷史的文學觀念論》），以及文學革命中的文體問題（《再寄陳獨秀答錢玄同》），繼而在1918年4月發表了更為系統的《建設的文學革命論》，提出「國語的文學——文學的國語」的重大綱領，將文學革命與國語運動結合起來了：

　　　　我的「建設新文學論」的唯一宗旨只有十個大字：「國語的文學，文學的國語」。我們所提倡的文學革命，只是要替中國創造一種國語的文學。有了國語的文學，方才可有文學的國語。有了文學的國語，我們的國語才可算得真正國語。國語沒有文學，便沒有生命，便沒有價值，便不能成立，便不能發達。這是我這一篇文字的大旨〔註40〕。

　　這是具有里程碑意義的主張。他重述了白話文學是活文學的觀點，「中國若想有活文學，必須用白話，必須用國語，必須做國語的文學。」而且，他認為活文學和國語是文學革命的一體兩面，不存在先要有國語才有國語文學的問題，創造新文學就是創造國語。方法上用古代優秀的白話小說作為國語教科書，「中國將來的新文學用的白話，就是將來中國的標準國語。造中國將

〔註38〕傅斯年：《文言合一草議》，《傅斯年全集》第1卷，湖南教育出版社，2003年，第14頁。
〔註39〕胡適：《建設的文學革命論》，《新青年》4卷4號，1918年。
〔註40〕胡適：《建設的文學革命論》，《新青年》4卷4號，1918年。

來白話文學的人，就是制定標準國語的人」。不僅如此，胡適為了使他的主張更為嚴密，還解釋了為什麼幾千年來有極風行的白話文學但為何不曾有標準的國語。他認為最大的問題在於，以前沒有人有意地主張白話的文學，是一種自在的行為，不是自覺的行為。「因為沒有『有意的主張』，所以白話文學從不曾和那些『死文學』爭取那『文學正宗』的位置。白話文學不成為文學正宗，故白話不曾成為標準國語。」〔註41〕與晚清的白話只是通俗教育工具的理念不同，胡適主張的白話作為創造國語的材料，其「目的不僅是『在能通俗，使婦女童子都能瞭解』。我們以為若要使中國有新文學，若要使中國文學能達今日的意思，能表今人的情感，能代表這個時代的文明程度和社會狀態，非用白話不可。我們以為若要使中國有一種說得出，聽得懂的國語，非把現在最通行的白話文用來作文學不可。」〔註42〕這不是權益之計，而是涉及到全體國民，「現代白話的形成和倡導是中國知識分子尋求現代性的歷史產物，我們至少在兩個最基本的方面理解現代語言運動與現代性的關係。首先是現代語言運動是一個反傳統的、科學化的和世界化的語言運動，其次是現代語言運動是形成現代民族國家的普遍語言的運動。」〔註43〕這種普遍語言運動自然與現代國家的統一運動和自我認同發生關聯，也會得到新體制的「國家」支持。沈雁冰在1921年時也說「我們現在的新文學運動也帶著一個國語文學運動的性質」；「中國的國語運動此時為發始試驗的時候，實在極需要文學來幫忙；我相信新文學運動最終的目的雖不在此，卻是最初的成功一定是文學的國語，這是可以斷言的。現在尚有人們以為文言的文學看厭了，所以欲改用白話，或則以為文言的文學太難學太難懂了，所以欲用白話：這實在誤會已極！不先除去這些誤會，新文學運動永無圓滿成功的一日！遑論民族文學的發揚光大呢？」〔註44〕這和胡適的論述是一致的。

「官話」改為「國語」稱謂雖然發生在清末，但國語運動的實質進展卻在民國建立以後，在1912到1915年雖召開過「讀音統一會」，議定漢字的「國音」和「注音字母」，但並未取得實質進展。重大的改變是在1917年2月國語研究會召開第一次大會，選舉蔡元培為會長以後，語言學家林燾說，「胡適

〔註41〕胡適：《建設的文學革命論》，《新青年》4卷4號，1918年。
〔註42〕胡適：《答黃覺僧君〈折衷的文學革新論〉》，《新青年》5卷3號，1918年。
〔註43〕汪暉：《現代中國思想的興起》下卷，第二部，三聯書店，2004年，第1508頁。
〔註44〕沈雁冰：《新文學研究者的責任與努力》，《小說月報》第12卷2號，1921年。

提出『國語的文學，文學的國語』的口號，把國語和文學革命緊密地聯繫在一起。第二年五四運動爆發，國語的推行和席捲全國的白話文運動結合起來，形成了很有聲勢的國語運動。」〔註45〕

　　從具體操作層面上看，推動「國文」改「國語」的國語研究會員中許多是文學革命主導者。1919年11月國語統一會的第一次大會上，劉復、周作人、胡適、朱希祖、錢玄同、馬裕藻等提出《國語統一進行辦法》的議案，主張把小學課本「國文讀本」改成「國語讀本」，隨後他們又向教育部提出《請頒行新式標點符號議案》。這裡錢玄同最具典型，身兼國語統一會骨乾和新文學運動的「急先鋒」。陳獨秀說給錢玄同的信中說：「以先生之聲韻訓詁學，而提倡通俗的新文學，何憂全國之不景從也？可為文學界浮一大白！」〔註46〕1920年在國語統一會的推動下，加之「文學革命」借助五四運動產生了廣泛的社會影響，教育部終於頒布法令，將全國國民學校的「國文」科改為「國語」科，一、二年級的國文，從秋季一律改用國語。這也標誌著白話文運動的成功。胡適在1922年時說：「教育制度是上下連接的；牽動一髮，便可動搖全身」。他還分析了國語運動、國語文學和教育部法令三者之間關係時說：「教育部這一次舉動雖是根據於民國八年全國教育會的決議，但內中很靠著國語研究會會員的力量。國語研究會是民國五年成立的，內中出力的多半是和教育部有關係的。國語文學的運動成熟以後，國語教科書的主張也沒有多大阻力了，故國語研究會能於傅嶽芬做教育次長代理部務的時代，使教育部做到這樣的重要的改革。」〔註47〕這一分析是符合歷史事實的。

　　白話文運動的成果以法令形式頒布，無疑使白話文運動從革命動員進入到普及實踐層面，1925年胡適在一次關於「新文學運動之意義」的演講中談到新文學運動的三種意義，其三就是「中國將來一切著作，切應當用白話去作。」而且他認為「新文學運動是中國民族的運動」〔註48〕，這實際論述的也是「國語文學」的內涵。從歷史上看，沒有國語運動的支持，沒有將白話提升到國語的高度，白話很難取得書面語言的正統地位。在多年以後他還動情地說：「這個命令是幾十年來第一件大事，他的影響和結果，我們現在很

〔註45〕林燾：《從官話、國語到普通話》，《語文建設》，1998年第10期。
〔註46〕陳獨秀：《答錢玄同》，載《新青年》2卷6號，1917年。
〔註47〕胡適：《五十年來中國之文學》，《胡適文集》第3卷，第261頁。
〔註48〕胡適：《新文學運動之意義》，《胡適文集》第12卷，第26頁。

難預先計算。但我們可以說，這一道命令把中國教育的革新，至少提早了 20 年。」〔註 49〕

二、本質：與思想革命的融合

清末的白話文運動只是作為通俗教育的工具，所以它是單一的應用語體變革。在文學上它只在小說領域產生一定影響，白話小說本身是宋元以來的小說傳統，晚清的影響主要限於數量的增多，創作隊伍的擴大，而且這一影響隨著民國的建立，迅速萎縮了。在有限的提倡白話小說的運動中也並未對白話語言內部進行有意識的改革，只是在方言化、口語化上走得更遠，他們對言文一致的自我理解只是停留在「口語至上」上，換句話說，他們認為在書面語中最大程度的再現口語才是最高級的白話或言文一致，〔註 50〕更沒有自覺提出重大的語言／思想的命題。詩界革命、文界革命並沒有從根本上捍動傳統詩文的形式和語言基礎。清末的文字改革運動如火如荼，盧戇章、宋恕、沈學、王照、勞乃宣、吳稚暉等人均致力於漢語改革，有的甚至得到地方大員（如袁世凱）的肯定，為後來的國語運動打下堅實的基礎，但綜觀整個過程，一直和思想革命、文學革命脫節，僅限於切音字、拼音化等專業領域。

而五四的白話文運動卻是與思想革命、文學革命相結合的。文學史家陳子展在 1929 年談到這三者的關係時說：

> 《新青年》最初只是主張思想革命的雜誌，後來因為主張思想
> 革命的緣故，也就不得不同時主張文學革命。因為文學本來是合文

〔註 49〕胡適：《〈國語講習所同學錄〉序》，《胡適文集》第 2 卷，第 164 頁。
〔註 50〕這裡可以舉一個小說界革命和清末白話文運動高峰時期的一則白話小說作者的「閒評」為例，文中也提到「國語統一」，足見對白話語言是有一定認識的，但是，我們試看其特點：「我用白話譯這部書，有兩個意思：一是這種偵探小說，不拿白話去刻畫他，那骨頭縫裏的原液，吸不出來，我的文理，毅不上那麼達；一是現在的有心人，都講著國語統一，在這水陸沒有通的時候，可就沒的法子，他愛瞧這小說，好歹知道幾句官話，也是國語統一的法門。我這部書，恭維點就是國語教科書罷。這部書有四萬字，照了我的意思加減的，不上二三十句。那吃緊的地方，鏖毛絲忽都不去饒他，你拿原書對起來就知道。可以當作日語教程念的。」（《〈母夜叉〉閒評八則》，1905 年小說林社版）這裡方言口語化以及書面語言的說書腔（我—你，說—聽）足可代表清末白話小說語言的特點。連作者自己都認為「白話犯一個字的毛病就是『俗』」。可是清末的小說作者糾正的白話的「俗」病不是去改造它，而是不小心就退回到文言、駢體的蝸居裏去了。這一點可以參見第一章第二節的相關論述。

字思想兩大要素而成，要反對舊思想，就不得不反對寄託舊思想的舊文學。所以由思想革命引起文學革命。又舊文學中間的思想固然大半荒謬腐敗，同時文字也就晦澀，籠統要做到文學革命，不但先要做到思想革命，還要先做到改用明白確切的白話文字，以期增進表現力和理解力。所以文學革命運動也就成了白話文學運動。〔註51〕

我們再看《新青年》如何從「思想革命」延展到「文學革命」。《青年雜誌》時期與《甲寅》月刊的語言風格很相似，以新體政論文為主，以思想革命為目標。從 2 卷 1 號起改為《新青年》，到 3 卷 3 號之前只有胡適的一篇白話論文和一篇白話小說翻譯《決鬥》。胡適和陳獨秀的通信是文學革命的先導，到 1917 年《文學改良芻議》《文學革命論》發表之後焦點才轉向文學革命。1917 年 5 月以後談論文學改良的內容明顯增多，比如僅 3 卷 3 號一期就發表了劉半農的《我之文學改良觀》，胡適的《歷史的文學觀念論》，余元濬的《讀胡適先生〈文學改良芻議〉》。就在大談文學革命的同時，本期第一篇是陳獨秀的《舊思想與國體問題》的演講稿（白話），第二篇是吳虞的《禮論》，均是批判舊思想、提倡新思想的重要文章。1918 年 4 卷 5 號以後整個雜誌才全部使用白話，用新式標點。

對《新青年》同人來說，此時的文學革命也是為了思想革命。錢玄同在致林玉堂的信中說：「我們提倡新文學，自然不單是改文言為白話，便算了事。惟第一步，則非從改用白話做起不可。因為改用白話，才能把舊文學裏的那些死腔套刪除；才能把西人文章之佳處輸到漢文裏來。……所以本志同人均以改白話為新文學之入手辦法」。〔註52〕可見，白話只是思想革命的突破口。

陳獨秀在《文學革命論》中談到近代以來三次政治革命皆虎頭蛇尾，就因為「盤踞吾人精神界根深柢固之倫理道德文學藝術諸端，莫不黑幕層張，垢污深積，並此虎頭蛇尾之革命而未有焉。此單獨政治革命所以於吾之社會，不生若何變化，不收若何效果也。」所以要提倡文學革命，從根本上動搖國人的舊思想，舊道德。「所謂宇宙，所謂人生，所謂社會，舉非其構思所及，此三種文學公同之缺點也。此種文學，蓋與吾阿諛誇張虛偽迂闊之國民性，

〔註51〕陳子展：《中國近代文學之變遷》，上海古籍出版社，2000 年，第 101 頁。
〔註52〕錢玄同：《林玉堂信跋》，見《錢玄同五四時期言論集》，東方出版中心，1998 年，第 60 頁。

互為因果。今革新政治，勢不得不革新盤踞於運用此政治者精神界之文學。」〔註53〕很顯然，文學革命實際也是政治革命和思想革命。

傅斯年曾很精當地闡述過語言改革與思想革新的關係：「我們在這裡製造白話文，同時負了長進國語的責任，更負了借思想改造語言、借語言改造思想的責任。我們又曉得思想依靠語言，猶之乎語言倚靠思想，要運用精密深邃的思想，不得不先用精密深邃的語言。」〔註54〕今天有學者從現代語言哲學的角度指出：「語言不僅具有工具性，同時還具有思想本體性。正是在語言的思想本體意義上，五四白話文運動與晚清白話文運動有著本質的差別」〔註55〕五四白話文運動與和思想革命的結合，是五四學人的主動追求，有著明確的主張和內涵。新思想可以用白話表述，但不是所有的白話表達的都是新思想。胡適對周作人《人的文學》特別讚賞正因為周作人從思想層面充實了文學革命的內涵，傅斯年看了周作人《思想革命》一文「很受感動」也是因為該文表述了如下觀點：「中國人如不真是革面洗心的改悔，將舊有的荒謬思想棄去，無論用古文或白話文，都說不出好東西來。就是改學了德文或世界語，也未嘗不可以拿來做黑幕，講忠孝節烈，發表他們的荒謬思想」。〔註56〕

五四的白話文運動不單是文字改革運動，不單是應用文體改革，而是和思想革命、文學革命相伴生的，這使得五四的白話文運動能產生晚清所沒有的影響力和爆發力。

三、態度：一元論和斷裂論

這裡「一元論」是從主體及適用範圍來說的，指所有人在一切日常場合（除了研究古典文化等學術領域）都使用白話。我們先看五四時期三位代表人的論述。

周作人在《中國新文學的源流》中說：

> 第二，是態度的不同——現在我們作文的態度是一元的，就是：無論對什麼人，作什麼事，無論是著書或隨便地寫一張字條兒，一律都用白話。而以前的態度則是二元的：不是凡文字都用白話寫，

〔註53〕陳獨秀：《文學革命論》，《新青年》第 2 卷 6 號，1917 年 2 月。
〔註54〕傅斯年：《文言合一草議》，原載《新潮》第 1 卷第 2 號，1919 年。
〔註55〕高玉：《現代漢語與中國現代文學》，中國社會科學出版社，2003 年，第 132 頁。
〔註56〕傅斯年：《白話文學與心理的改革》，見《傅斯年全集》第 1 卷，湖南教育出版社，2003 年，第 245 頁。

只是為一般沒有學識的平民和工人才寫白話的，因為那時候的目的是改造政治，如一切東西都用古文，則一般人對報紙仍看不懂，對政府的命令也仍將不知是怎麼一回事，所以只好用白話。但如寫正經的文章或著書時，當然還是作古文的，因此我們可以說，在那時候，古文是為「老爺」用的，白話是為「聽差」用的。〔註57〕

胡適也說：

我們有志造新文學的人，都該發誓不用文言作文：無論通信，做詩，譯書，做筆記，做報館文章，編文學講義，替死人做墓誌銘，替活人上條陳，……都該用白話來做。〔註58〕

蔡元培講晚清與五四白話文運動的區別時說：

民元前十年左右，白話文也頗流行，……但那時候作白話文的緣故，是專為通俗易解，可以普及知識，並非取文言而代之。主張以白話代文言，而高揭文學革命的旗幟，這是從《新青年》時代開始的。〔註59〕

這三位新文學倡導者都持一元論的思維。五四的白話是針對一切人（無論上層文人或下層民眾），一切場合（無論是作小說還是詩文、公文通告等），是現代中國唯一正統的書面語言，文言與白話二者必選其一。一元論的態度決定了他們均持激烈的反傳統、反文言的態度。陳獨秀表現最為明顯，在《文學革命論》中他甘冒全國學究之敵，高張「文學革命軍」大旗，為胡適聲援。斷言「獨至改良中國文學，當以白話為文學正宗之說，其是非甚明，必不容反對者有討論之餘地，必以吾輩所主張者為絕對之是，而不容他人之匡正也。」錢玄同是從策略上來談，認為「此等論調，雖若過悍」，但作為一種策略，「對於迂謬不化之選學妖孽與桐城謬種，實不能不以如此嚴厲面目加之。」〔註60〕胡適最初態度溫和，不久也認同了這種激烈態度。〔註61〕實際上，胡適的「死

〔註57〕周作人：《中國新文學的源流》，華東師範大學出版社，1995年，第56頁。周作人說的第一條區別是，五四是話怎麼說，就怎麼寫，而晚清是從八股翻譯成白話。這一條是可以討論的，並不一定有道理。

〔註58〕胡適：《建設的文學革命論》，《新青年》4卷4號，1918年。

〔註59〕蔡元培：《中國新文學大系‧總序》，上海文藝出版社，2003年影印版。

〔註60〕錢玄同：《致胡適》，《新青年》3卷6號，1917年。

〔註61〕胡適後來在《五十年來中國之文學》中說，若照胡適這個態度做去，文學革命至少還須經過十年的討論與嘗試。若沒有陳獨秀的堅決精神，文學革命運動決不能引起那樣大的注意。《胡適文集》第3卷，第255頁。

文學／活文學」的文學史觀，其本質和陳獨秀一樣是不容有反對之餘地的。

這與晚清明顯不同。晚清文人提倡白話，但不打倒文言，可以兩種語言並行不悖，是語言的雙軌制。成之在《小說叢話》中說：「吾嘗謂中國人本有兩種語言，同時並行於國中：一為高等人所使用，文言是也；一為普遍人所使用，俗語是也。」〔註62〕所以晚清的「白話正宗說」，一遇到時勢變化很快就回到文言正宗了，欠缺的正是一元論的態度和決心。

另外，晚清至五四歷史進化論思想一脈相承，可是晚清的進化論著眼於救國家，開民智，而五四的進化論著眼於文學內部的演變規律，「進化」之下必須「斷裂」：所謂一個時代有一個時代文學，強調「死文字決不能產生活文學」，極力地將人們對時代文學的認同與文學工具的時代性聯繫起來。胡適說「吾輩之攻古文家，正以其不明文學之趨勢而強欲作一千年二千年以上之文。此說不破，則白話之文學無有列為文學正宗之一日，而世之文人將猶鄙薄之以為小道邪徑而不肯以全力經營造作之。」〔註63〕劉半農說：「吾輩欲建造新文學之基礎，不得不首先打破崇拜舊時文體之迷信，使文學的形式上速放一異彩也。」〔註64〕錢玄同對舊文學的態度更為激烈，直斥為「桐城謬種，選學妖孽」，說歷史上的言文一致傳統都是那些「獨夫民賊」「文妖」破壞的。在談到白話和國語關係時，他認為雖然制定國語「應該折衷於白話文言之間，做成一種『言文一致』的合法語言，但在策略上「為除舊布新計，非把舊文學的腔套全數刪除不可」。〔註65〕相對來講，周作人對文言和白話的關係要溫和些，1933年作的《中國新文學的源流》，更多講與歷史的聯繫，並認為文學上分死活，是不科學的，要具體分析。但他在五四時期的態度則是和五四同人一樣是持一元論和斷裂論的。五四白話文運動特別強調古今對立，並將這種古今對立轉換成雅俗之別。正是在這種決裂中，他們建構起現代的國語運動、現代文學革命的合法性。

不過，我們今天回頭來看，五四文學革命的倡導者的這種一元論和反傳統的斷裂論，無疑是一種「革命策略」，取法乎上，僅得其中，只是為了產生廣泛影響而過分打壓舊文學，過分貶低文言的劣處。這一「決絕」的策略無疑是白

〔註62〕成之（呂思勉）：《小說叢話》，見陳平原編：《二十世紀中國小說理論資料》第一卷，第477頁。
〔註63〕胡適：《歷史的文學觀念論》，《新青年》3卷3號，1917年。
〔註64〕劉半農：《我之文學改良觀》，《新青年》第3卷3號，1917年。
〔註65〕錢玄同：《〈嘗試集〉序》，《錢玄同五四時期言論集》，東方出版中心，1998年，第43頁。

話文運動取得最後成功的保證。但就整個歷史的發展脈絡看，五四的白話文運動並未造成傳統的中斷，一方面創造新文學，另外一方面民國時期的國學研究也繁榮昌盛，「整理國故」正是胡適提出來的。錢玄同、劉半農、周作人、魯迅對傳統文化的整理和研究現在已成為各自研究領域裏繞不開的遺產。

四、時勢：民國建立的政治變遷

最後，五四的白話文運動得以成功還有「清朝—民國」政治變遷的決定性影響。語言的變革有其特殊性，無論是讀音統一、拼音化還是文字統一，都必須借助統治意志上升到國家層面，才能推行普及。晚清的語言運動雖也借助官方力量，然而直到民國建立以後，尤其 1917 年以後才取得巨大進展，〔註66〕審視晚清和五四白話文運動中的「國家建制」的介入因素無疑是有意義的話題。

晚清頗為壯觀的語言文字改革以「言文一致」為理論先導，演化為兩個運動：拼音化運動和白話文運動。前者以王照、勞乃宣、盧戇章為代表，後者以裘廷梁、陳榮袞、梁啟超等為代表。

比較而言，拼音化運動對官方的依賴更強。晚清各種拼音化方案均試圖尋求官方支持，一度造成局部繁榮，王照的《官話合聲字母》得到吳汝倫、袁世凱的支持，在張百熙、張之洞奏定的《學堂章程》中也以王照的方案將「官話列入師範及高等小學課程」。清末的國語運動受「立憲運動」及政治時勢影響，起伏不定。晚清的切音運動和簡字運動被黎錦熙所稱為國語運動的第一二期，在 1909～1910 年達到高峰，正是清廷籌備立憲之時，袁世凱在保定的部分學堂試教王照的官話字母，但得罪攝政王載灃，其方案遭到到禁止。「宣統初，袁世凱倒，社因觸忌被封，官話字母也被禁止傳習，幸有勞乃宣的簡字起而代之，換名不換實，故國語運動並沒有受到摧殘的影響。」〔註67〕勞乃宣的簡字方案在學部受挫也轉而借助剛成立的資政院給學部施壓，在 1911 年六月通過了《統一國語辦法案》。〔註68〕

〔註66〕 1917 年對於國語運動來說，有兩個重大事件作為背景，一是復辟活動的終結，二是文學革命發軔。關於文學革命與國語運動的合流可以參看吳曉峰專著《國語運動與文學革命》，第 35～39 頁，中央編譯出版社 2008 年。

〔註67〕 黎錦熙：《國語運動史綱》，商務印書館，2011 年，第 103 頁。

〔註68〕 勞乃宣是第一屆國會議員，在資政院得到另兩位議員江謙和嚴復的支持，資政院會議以嚴復為特任股員長，從事審查，應該注意到這個審議結果直接使用了「音標」，強調了注音，在此也看到晚清國語統一的重點所在。其審查結果是：「謀求國語教育，則不得不添造音標文字。」「將簡字正名為音標，由學部審擇修訂，奏請欽定頒行。」見黎錦熙《國語運動史綱》第 106 頁。

　　值得注意的是，清朝崩潰和民國的建立並沒有終結這一拼音化運動，民國之後由教育部籌建了讀音統一會，直到 1916 年新成立的國語研究會，中間有袁世凱復辟波折，終於在 1918 年由教育部公布了《注音字母令》。這一進程的著力點均是注音工作。

　　再看白話文運動。近年來學者注意到晚清白話文運動的「官方資源」，「關切民生的白話告示與定期宣講的《聖諭廣訓》及其白話讀本，既為晚清的白話文運動先行作了強有力的鋪墊，又在其展開過程中，成為了官方與民間不斷汲引的資源」。〔註69〕但是這些官方資源與尋求官方支持的行為並未形成國家力量或政策。在 1909 年前後晚清白話文運動其實就明顯消沉了，白話報刊、白話小說減少，文言小說增多，語言晦澀，民初還一度駢體小說盛行。白話文運動的再次興起則是 1917 年文學革命開始以後，拼音化運動、文學革命、白話文運動、國語建構開始形成合力，這是五四白話文運動得以成功的基礎。

　　與晚清時期個人聯絡官員，各尋山頭的局面不同，民國之後則是國家行政機構主導推進。雖然人事構成不斷變化，教育部長頻繁更換，但教育部一直是語言統一的主導者。正如有學者指出「教育部在正式認可公布國語方案、組織國語運動機構和具體實施推廣方案三方面都發揮了重要作用。」〔註70〕就法令簽署一項觀之，先後簽署通告及訓令的教育部長（次長）有傅增湘、張一麐、范源濂、傅嶽棻，他們個人對語言統一或文學革命的意見存在諸多差異，可並不妨礙他們對國語運動中重要文件的簽發和施行。而最初的教育總長蔡元培雖沒有直接簽署行政命令，但在 1917 年出任國語研究會長一職以後，成為各個運動的「中間人」，溝通了教育部、北大、《新青年》和國語研究會四者的關係，居功至偉。

　　民國成立之後先後成立了三個相關組織均是教育部下屬機構：讀音統一會、國語統一籌備會和國語研究會。從 1918 至 1921 年教育部公布了一系列的法令，從 1918 年 5 月《教育部公布注音字母令》到 1920 年 4 月的《廢止國民學校各科文言教科書通告》，每個訓令之下均有相應的實施方案，展現出較強的國家意志。當時參與國語運動的黎錦熙感歎說：「那時中央教育行政機關能實行這種斷然的急進的改革，頗使社會上有出人意表之感。」〔註71〕

〔註69〕夏曉虹：《晚清白話文運動的官方資源》，《北京社會科學》2010 年第 2 期。
〔註70〕吳曉峰：《國語運動與文學革命》，第 307 頁。
〔註71〕黎錦熙：《國語運動史綱》，第 163 頁。

　　從民國建立到 1920 年之間，政治迭蕩起伏，而語言改革運動貫穿始終，出人意料地在短時間內取得巨大成功。這一方面是晚清語言改革運動打下的基礎，然而更多的卻是體現了民初的知識界、政治家、教育界對民國共和政體的基本認同和守望，對「新國民」的共同期盼以及對新的國民教育的理解。比如國語研究會成立的動機之一正是教育部諸人「深感民智配不上這樣的國體，欲借行政機關力量做幾件重要改革。」〔註 72〕「中華民國——國民教育——國語統一」三位一體的文化建構，正是學界所概括的「民國機制」之一，〔註 73〕五四白話文運動從發生到成功是「五四文化圈」形成的過程，也是「民國機制」建構的過程。除了蔡元培以外，錢玄同、馬裕藻、朱希祖、周作人等「章派弟子」兼有大學教授、白話文運動倡導者、國語研究會成員的多重身份，同時他們均是民國共和體制的認同者和維護者。

　　而返觀晚清語言改革所依賴的官員，要麼不是語言研究的參與人，如袁世凱、張之洞，要麼倡導者又不代表官方，章太炎、吳敬恒甚至是「清朝的敵人」。王照等人一度依靠學部，提案卻又遭學部故意排斥、拖延。因此，清末語言運動的多方力量互相牽制，未能形成穩定的國家力量。

　　以上從四個方面論述了晚清和五四白話文運動的區別，這些區別正是五四何以成功的「秘密」。這裡當然不是否定五四與晚清的聯繫，任何一個文學運動都自有淵源，不會憑空出現，胡適、周作人將之遠追元明，自有其文學演化的理路所在，然說五四一代人自抬身價，故意斬斷了他們和最近的清末白話文運動的聯繫，似也未必。今天，在「五四」百年之際，我們要看到清末語言改革運動的開山之功，看到晚清白話文運動對「五四」有「九大影響」〔註 74〕，對晚清的白話文運動給予理解之同情——因為一場政治倒逼出的語言運動能取得如此成績已屬不易，同時，又要客觀分析兩場運動的區別，看到五四諸多不同於晚清的面相，充分肯定它獨特的歷史貢獻，這才是歷史主義的態度。

〔註 72〕黎錦熙：《國語運動史綱》，第 133 頁。

〔註 73〕參見李怡的相關文章：《民國機制：中國現代文學研究的框架》，《廣東社會科學》2010 年第 6 期；《誰的五四？——論「五四文化圈」》，《中國現代文學研究叢刊》2009 年第 3 期；《憲政理想與民國文學空間》，《鄭州大學學報》，2012 年第 5 期。

〔註 74〕胡全章全面總結了晚清對五四白話文運動的九大影響：理論、進化史觀、白話書寫試驗、白話文學文體試驗、組織人才陶鑄、讀者群、文學內容、通俗教科書及新式學堂的推廣、拼音化與國語運動。見《白話文運動：沒有晚清何來五四》，《貴州社會科學》，2012 年第 1 期。

第三節　從「國語教科書」到新文學的「實績」──
「五四」文學革命中的白話小說定位與侷限

　　由於白話小說古已有之，用白話創作小說似乎就不是文學革命倡導者關注的重點了。胡適在 1917 年 4 月給陳獨秀信中提到：「蓋白話之可為小說之利器，已經施耐庵、曹雪芹諸人實地證明，不容更辨；今惟有韻文一類，尚待吾人之實地試驗耳。」以後，他又在在多種場合均表示過這樣的意見：用白話創作小說戲曲不是問題，最難攻克的堡壘是詩歌〔註75〕。在文學革命倡導期，他們用力最多，也是引起爭論最為激烈的當然是詩歌，然而，考察「五四」新文學倡導者的言論，「白話小說」其實一直是他們討論的重要部分，一開始就被用來論證白話文學的正當性，但隨著討論的深入，對古典白話小說的話語資源又產生一定的分歧，在對傳統及民初白話小說的批判中，建構出「現代小說」「通俗小說」的概念，這些理論認識對新文學運動的走向造成重大的影響，值得重新進行辨析和反思。

一、作為「國語教科書」的舊白話小說

　　胡適在《文學改良芻議》中提出了改良「八事」，其中為了論證第二事「不摹仿古人」時，他舉證了「不摹仿古人」的白話小說：

　　　　吾謂今日之文學，其足與世界「第一流」文學比較而無愧色者，
　　獨有白話小說（我佛山人、南亭亭長、洪都百鍊生三人而已）一項。
　　此無他故，以此種小說皆不事摹仿古人（三人皆得力於《儒林外史》
　　《水滸》《石頭記》。然非摹仿之作也）〔註76〕。

　　然後在第七事「不講對仗」時又用白話小說來「壓」駢文律詩：「今人猶有鄙夷白話小說為文學小道者。不知施耐庵曹雪芹吳趼人皆文學正宗，而駢文律詩乃真小道耳。」而他在第八事「不避俗字俗語」中，考證了從宋到元白話小說的發生發展，「此三百年中，中國乃發生一種通俗行遠之文學。文則有《水滸》《西遊》《三國》……之類」，到明代此傳統才因八股取士和前後七子所阻隔，於是他得出結論「然以今世歷史進化的眼光觀之，則白話文學之為中國文學之正宗，又將來文學必用之利器，可斷言也。」

〔註75〕《寄陳獨秀》，《胡適文集》第 2 卷，第 25 頁。後來又在《逼上梁山》和《中國新文學大系·理論建設集導言》中又有論述。
〔註76〕胡適：《文學改良芻議》，《新青年》2 卷 5 號，1917 年。

　　占去該文四分之一篇幅的第六事「不用典」通篇沒有提到白話小說，這讓錢玄同看出了破綻：「小說因用白話之故，用典之病少。（白話中罕有用典者。胡君主張採用白話，不特以今人操語，地理為順，即為驅除用典計，亦以用白話為宜）。」〔註77〕胡適後來對此大加稱讚：「我們那時談到『不用典』一項，我們自己費了大勁，說來說去總說不圓滿；後來玄同指出用白話可以『驅除用典』，正是一針見血的話。」〔註78〕

　　將小說列為「文學」的正宗，是到「五四」才產生的共識，是「五四」一代作家對小說現代想像與建構的基點之一。胡適的論述表明，從「文學革命」理論倡導一開始，他們所依賴的重要基礎就是傳統的白話小說。錢玄同認為小說為「近代文學之正宗，此亦至確不易之論，惟此皆就文體言之耳」，他更強調思想和情感的重要。儘管胡適和錢玄同就小說的價值有很大爭議，討論得很熱烈，但他們的談論的共同基礎還是那些已成為經典的中國白話小說，從《三國》《水滸》《紅樓》到晚清的「四大譴責小說」。到胡適提倡「國語文學」的時候，這些小說自然成了「國語教科書」，其地位更進一層。「真正有功效有勢力的國語教科書，便是國語的文學，便是國語的小說、詩文、戲本。」雖然，此處他將詩文、戲本也列出來，但他在大多數場合所舉的例子僅限於白話小說：

　　　　試問我們今日居然能拿起筆來做幾篇白話文章，居然能寫得出好幾百個白話的字，可是從什麼白話教科書上學來的嗎？可不是從《水滸傳》《西遊記》《紅樓夢》《儒林外史》……等書學來的嗎？

　　　　我們今日要想重新規定一種「標準國語」，還須先造無數國語的《水滸傳》《紅樓夢》《西遊記》《儒林外史》。

　　　　我們儘量採用《水滸》《西遊記》《儒林外史》《紅樓夢》的白話；有不合今日用的，便不用他；有不夠用的使用今日的白話來補助；有不得不用文言的，便用文言來補助。這樣做去，決不愁語言文字不夠用，也決不用愁沒有標準白話。中國將來的新文學用的白話，就是將來中國的標準國語。〔註79〕

〔註77〕錢玄同：《致陳獨秀》，《新青年》，3卷1號，1917年。
〔註78〕胡適：《中國新文學大系・建設理論集・導言》，歐陽哲生編：《胡適文集》第1卷，第127頁。
〔註79〕胡適：《建設的文學革命論》，《新青年》4卷4號，1918年。

在 1935 年給《中國新文學大系・建設理論集》寫導言時，他更加清晰地理出「死文學」與「活文學」兩條線，批駁了舊文學史家對活文學的視而不見，高度推崇了古代白話小說，敘述氣勢恢宏，異常精彩：

> 他們只看見了李夢陽、何景明、王世貞，至多只看見了公安、竟陵的偏鋒文學，他卻看不見何、李、袁、譚諸人同時還有無數的天才正在那兒用生動美麗的白話創作《水滸傳》《金瓶梅》《西遊記》和《三言》《二拍》的短篇小說，《劈破玉》《打棗竿》《掛枝兒》的小曲子。他們只看見了方苞、姚鼐、惲敬、張惠言、曾國藩、吳汝綸，他們全看不見方、姚、曾、吳同時還有更偉大的天才在那兒用流麗深刻的白話來創作《醒世姻緣傳》《儒林外史》《紅樓夢》《鏡花緣》《海上花列傳》。我們在那時候所提出的新的文學史觀，正是要給全國讀文學史的人們戴上一副新的眼鏡，使他們忽然看見那平時看不見的瓊樓玉宇，奇葩瑤草，使他們忽然驚歎天地之大，歷史之全！大家戴了新眼鏡去重看中國文學史，拿《水滸傳》《金瓶梅》來比當時的正統文學，當然不但何、李的假古董不值得一笑，就是公安、竟陵也都成了扭扭捏捏的小家子了！拿《儒林外史》《紅樓夢》來比方、姚、曾、吳，也當然再不會發那「舉天下之美，無以易乎桐城姚氏者也」的傖陋解了！所以那歷史進化的文學觀，初看去好像貌不驚人，其實是一種「哥白尼式的天文革命」。〔註80〕

從後來的文學史發展看，自評為「哥白尼式的天文革命」也不為過。這段話最突出的是他以比較的眼光對古代白話小說的推崇備至。問題是，在古代不同體裁文學的橫向比較，較多體現個人偏好，說服力不強，詩文和小說可以並行不悖，古代如此，現代也可如此。自然會引出後面的問題：這些優秀的白話小說能給新派小說帶來什麼？接著他從自身經歷出發，闡述這些古代白話小說可以成為學習白話和創作新體小說的「教科書」：

> 我寫的白話差不多全是從看小說得來的。我的經驗告訴我：《水滸》《紅樓》《西遊》《儒林外史》一類的小說早已給了我們許多白話教本，我們可以從這些小說裏學到寫白話文的技能。所以我大膽的勸大家不必遲疑，儘量的採用那些小說的白話來寫白話文。其實那

〔註80〕 胡適：《中國新文學大系・建設理論集・導言》，歐陽哲生編：《胡適文集》第1卷，第128頁。

個時代寫白話詩文的許多新作家，沒有一個不是從舊小說裏學來的
白話做起點的。那些小說是我們的白話老師，是我們的國語模範文，
是我們的國語「無師自通」速成學校。〔註81〕

很顯然，傳統的白話小說在「五四」文學革命初期是以「國語教科書」
的角色被重新「發現」的，它成了創造「標準國語」的重要坦本。按此邏輯，
不僅傳統白話小說之「白話」可以吸收，同時，「白話」小說的創作方法及優
點也應該是新小說的資源。但是恰恰在這一點上，「五四」作家將傳統「白話」
與「小說」做了切割。

二、「筆墨總嫌不乾淨」的舊白話小說

「五四」文學革命的倡導者最初從語言工具的層面強調白話小說的「國
語教科書」地位，只關注了「白話」本身，但當他們在談論白話小說的「表
現方法」「思想」與「情感」時，則表現出另一種態度。他們認為清末至民初
的小說完全不足觀，並不是「新文學」想要的那種白話小說。胡適說「我以
為現在國內新起的一班『文人』，受病最深的所在，只在沒有高明的方法」。
他將之歸納為兩派：一派是「最下流的」學《聊齋誌異》的劄記小說，可稱
為「某生體」。第二派是那些學《儒林外史》或是學《官場現形記》的白話小
說，這一派小說「犯沒有結構、沒有布局的懶病」。那麼，這樣的白話小說，
自然在胡適的眼中不能算「新文學」，「只配與報紙的第二張充篇幅，卻不配
在新文學上占一個位置。」〔註82〕

文學革命開始之際，周作人的《人的文學》影響廣泛，而這篇被胡適稱
為「一篇平實偉大的宣言」的文章裏，胡適高度讚美的一些白話小說被列為
「非人的文學」，如《水滸》《七俠五義》列為強盜書類；《聊齋誌異》《子不
語》列為妖怪書類；《封神傳》《西遊記》被列為迷信的鬼神書類。這些「非
人的文學」，周作人認為應該排斥：

這幾類全是妨礙人性的生長，破壞人類的平和的東西，統應該
排斥。這宗著作，在民族心理研究上，原都極有價值。在文藝批評
上，也有幾種可以容許。但在主義上，一切都該排斥。

〔註81〕 胡適：《中國新文學大系・建設理論集・導言》，歐陽哲生編：《胡適文集》第
　　　　 1 卷，第 126 頁。
〔註82〕 胡適：《建設的文學革命論》，《新青年》4 卷 4 號，1918 年。

　　這引起了胡適的注意，他在 1935 年回憶文學革命運動歷程時堅定地支持
周作人：

　　　　在周作人先生所排斥的十類「非人的文學」之中，有《西遊記》
　　　　《水滸》《七俠五義》，等等。這是很可注意的。我們一面誇讚這些
　　　　舊小說的文學工具（白話），一面也不能不承認他們的思想內容實在
　　　　不高明，夠不上「人的文學」。用這個標準去評估中國古今的文學真
　　　　正站得住腳的作品就很少了。

　　胡適強調當時的文學革命首先是文學工具的革命，這樣從邏輯上白話的
「偉大優美」與內容的「非人」就可以理解了。不僅是胡適，其他新文學倡
導者也對中國既有的白話小說很不滿意。錢玄同雖和胡適就「四大名著」等
小說討論得不可開交，可他後來說，雖然認定《紅樓》《水滸》等是中國有價
值的文學，但只是「短中取長的意思」，若是拿十九、二十世紀的西洋新文學
眼光去評判，也還不能算做第一等，「因為他們三位的著作，雖然配得上稱『寫
實體小說』，但是筆墨總嫌不乾淨。」所以他進而認為「現在中國的文學界，
應該完全輸入西洋最新文學，才是正當辦法。」〔註 83〕另一場合他表達得更
為明確：「中國今日以前的小說，都該退居到歷史的地位；從今日以後，要講
有價值的小說，第一步是譯，第二步是新做。」〔註 84〕但是說到「新做」白
話小說，他和胡適有所不同，他認為一個時代有一個時代的白話，「不過是『今
人要用今語做文章，不要用古語做文章』兩句話。……所以我個人的意見，
我們很該照自己的話寫成現在的白話文章，不必讀了什麼『古之白話小說，
才來做白話文章。」〔註 85〕這和胡適的「國語教科書」定位稍有些差別，他
完全拋開了傳統白話小說。

　　劉半農與錢玄同相似，他比較了白話和文言的優缺點之後，認為應該建
構新的白話小說：「吾謂白話自有其縝密高雅處，施曹之文，亦僅能稱雄於施
曹之世。吾人自此以往，但能破除輕視白話之謬見，即以前此研究文言之工
夫研究白話，雖成效之遲速不可期，而吾輩意想中之白話新文學，恐尚非施
曹所能夢見。」他還具體批判了舊白話小說的結構模式，認為舊白話小說「無
不從『某朝某府某村某員外』說起，而其結果，又不外『夫婦團圓』『妻妾榮

〔註 83〕錢玄同：《寄陳獨秀》，《新青年》3 卷 6 號，1917 年 8 月。
〔註 84〕錢玄同：《致胡適》，《新青年》4 卷 1 號，1918 年 1 月。
〔註 85〕錢玄同：《致公展》，《新青年》6 卷 6 號，1919 年。

封』『白日昇天』『不知所終』數種」。所以「吾輩欲建造新文學之基礎，不得不首先打破此崇拜舊時文體之迷信，使文學的形式上速放一異彩也。」〔註86〕

　　對舊派小說批判最力、最具體的要算沈雁冰的《自然主義與中國現代小說》一文了。這篇文章我們可以清楚看到中國白話小說在「五四」時期如何分裂出一種新體小說。他將當時的小說分為新舊兩派，而舊派中又可分為三種：章回體長篇小說、新式章回小說（不分章回的舊式小說和中西混合的舊式小說）、舊式的短篇小說。然後他批判了舊派小說的兩個流毒：文以載道和遊戲的觀念，並斷定「現代的章回小說，在思想說來，毫無價值」。而藝術方面呢，他認為也是「不知如何描寫」，而是「記帳式」敘述。「總而言之，他們做一篇小說，在思想方面惟求博人無意識的一笑，在藝術方面，惟求報帳似的報得清楚。這種東西，根本上不成其為小說，何論價值？」〔註87〕在沈雁冰的論述中逐漸分離出「新體白話小說」和「舊派小說」兩類，而前者被界定為「現代小說」，後者則被通稱為「通俗小說」，而這一概念天然地蘊含著對舊白話小說的壓抑機制，在《中國新文學大系》第二集「文學論爭集」中，第七編正是一個帶有明顯貶義色彩的標題：舊小說的喪鐘。

三、「新體白話小說」的自我建構與問題

　　從以上幾位代表性「新作家」的言論可以看出，一方面，傳統白話小說作為新文學的「國語教科書」被抬到新的歷史高度，同時又檢討傳統白話小說在思想情感及藝術上的糟粕，在「現代小說」建構過程中，將新體白話小說與舊體白話小說做了切分。伴隨這一過程，產生了影響現代小說史敘述範式的一些重要問題，諸如：長篇、短篇小說的理論與創作存在嚴重的失衡；通俗小說的內涵與外延由於語言的異動產生了新的調整；對民國初期大量借鑒古典白話小說資源的「舊派小說」存在明顯的盲視與偏見。

　　首先，在五四「新體白話小說」建構的過程中，著力點和作為「實績」的主要是短篇小說，而長篇小說則鮮有建樹，1935 年出版的《中國新文學大系》中只有中短篇小說，而沒有長篇小說。

　　前引新文學家們都強調要創造一種新式的白話小說。那麼，新式的白話小說是什麼樣呢？胡適在《新青年》第 4 卷 5 號發表了《論短篇小說》，同期發

〔註86〕劉半農：《我之文學改良觀》，《新青年》第 3 卷 3 號，1917 年。
〔註87〕沈雁冰：《自然主義與中國現代小說》，《小說月報》第 13 卷第 7 期，1922 年。

表了魯迅的《狂人日記》。一個是新文學小說的理論綱領，一個是被視為中國
現代小說的開山之作，都對後來新文學的發展產生深遠的影響。〔註88〕在《論
短篇小說》中，胡適提出了著名的「橫截面」理論：「短篇小說是用最經
濟的文學手段，描寫事實中最精彩的一段，或一方面，而能使人充分滿意的文章」，
〔註89〕後來論「現代小說」者大多引用胡適的理論。而《狂人日記》的發表可
謂「橫空出世」，連通俗作家鳳兮也如此評論道：「文化運動之軒然大波，新體
之新小說群起，經吾所讀自以為不少，而泥吾記憶者，止《狂人日記》，最為
難忘。」〔註90〕在此之前，《新青年》發表了蘇曼殊的文言小說《碎簪記》，而
白話小說全部為翻譯作品。一直到 1919 年 3 月的 6 卷 3 號魯迅的《孔乙己》
才又有創作小說。魯迅的確是「一發不可收拾」，6 卷 5 號發表了《藥》，8 卷 1
號發表了《風波》，9 卷 1 號發表了《故鄉》。除了魯迅發表的創作小說外，到
1921 年的 9 卷 6 號為止，只有陳衡哲的創作小說《小雨點》，其餘全部是翻譯

〔註88〕由於胡適、魯迅意識形態對立的歷史敘述，關於《論短篇小說》與《狂人日記》
奇妙關聯以及時間象徵，學界此前較少關注。在《狂人日記》百年紀念時，不
少學者開始對二者進行對讀。周海波認為「二者之間並無太多相互印證的地方，
但卻在某種意義上開拓了現代小說尤其是短篇小說的新領域」。見《〈狂人日記〉
與中國現代小說的建立》，《魯迅研究月刊》2018 年第 9 期。李國華看到胡適提
倡短篇小說文體的「時間意識」與「進化論思維」，他認為《狂人日記》文言
白話「兩套時間系統的拼接，一方面契合著胡適《論短篇小說》『橫截面』的
理論，另一方面則通過拼接之處的齟齬挑戰著『橫截面』理論的合法性和有效
性」。見《時間意識與小說文體——胡適〈論短篇小說〉與魯迅〈狂人日記〉
對讀》，《文藝爭鳴》2019 年第 7 期。吳德利認為就「如何認識現代小說或現代
短篇小說與傳統小說之間的差異性」而言，《狂人日記》在視角空間的表現上
為《論短篇小說》做了「一個很好的文本注腳，比之同時代的五四寫實小說也
更能顯示出現代短篇的文體特性」。見《〈狂人日記〉：中國現代短篇小說的「創
生」》，《西南民族大學學報》2019 年第 11 期。這些討論從不同側面討論了二者
的意義，其實，胡適界定的「以小見大」（原話是「橫截面」「側面剪影」「經
濟」）、敘事暢盡、寫情飽滿、人物生動，這「三體一面」已很好地提煉出短篇
小說敘事的特點，只是他對小說文體的理解上，較為矛盾和寬泛，比如將《木
蘭辭》《桃花源記》甚至杜甫《三吏三別》，白居易《長恨歌》等詩歌推崇為最
好的短篇小說，則多少顯得自我解構。但從另一個角度看，他對中國文學的敘
事性的點評則體現出超常的眼光，如果不囿於教科書上現代文體的切分，他提
到的這些作品的敘事神韻恰恰是《狂人日記》所具備而同期大多數白話短篇小
說不具備的質素，這也正映襯出《狂人日記》的獨特性，而這種「獨特性」還
要從「現代漢語」、歐化語言與小說修辭上去考察。

〔註89〕胡適：《論短篇小說》，《新青年》第 4 卷 5 號，1918 年。

〔註90〕鳳兮：《我國現在之創作小說（下）》，《申報‧自由談‧小說特刊》，1921 年 3
月 6 日刊。

小說。魯迅是《新青年》同人中創作新小說的當然主力，魯迅自稱「顯示了新文學的實績」是相當準確的。〔註91〕錢玄同也說：「《新青年》裏的幾篇較好的白話論文、新體詩和魯迅君的小說，這都算是同人做白話文學的成績品。」〔註92〕這從總體上來說，也說明整個新文學創作隊伍還相當小，處於過渡的時代，對社會還不能產生廣泛的影響。「至於白話文學，自從《新青年》提倡以來，還沒有見到多大的效果，這自然是實情。但我以為可以不必悲觀，多大的效果雖沒有見到，但小小的感動，也不能說絕無。」〔註93〕

　　以魯迅為代表的新小說家的出現夯實了新文學的地位，但其成績卻主要限於中短篇，包括冰心、葉紹均、郁達夫等人早期的創作。胡適在1922年盤點新文學時，重點肯定了短篇小說的成績：「短篇小說了也漸漸的成立了。這一年多（1921以後）的《小說月報》已成了一個提倡『創作』的小說的重要機關，內中也曾有幾篇很好的創作。但成績最大的卻是位託名『魯迅』的。他的短篇小說，從四年前的《狂人日記》到最近的《阿Q正傳》，雖然不多，差不多沒有不好的。」〔註94〕這是對當時新文學小說實績的客觀描述。

　　而長篇小說卻沒有拿出有影響力的作品。1922年張資平《沖積期化石》，王統照的《一葉》出版，一般認為是中國最早的現代長篇小說，但朱自清評論前者「結構散漫，不足以稱佳作」。成仿吾說：「在我們現在這種缺少創作力——尤其是缺少長篇的創作的文學界，除了資平的《沖積期化石》，王統照君的《一葉》要算是長篇大作了。」〔註95〕其影響實在有限，批評多於肯定。楊振聲的《玉君》1925年由現代社出版，陳西瀅立即肯定其價值，他列了「中國新出有價值的書」計11種，《玉君》是長篇小說的代表：「要是沒有楊振聲先生的《玉君》，我們簡直可以說沒有長篇小說。」〔註96〕這招來魯迅的譏諷：「我先前看見《現代評論》上保舉十一種好著作，楊振聲先生的小說《玉君》即是其中的一種，理由之一是因為做得『長』。我對於這理由一向總有些隔膜……」。〔註97〕

〔註91〕魯迅：《中國新文學大系·小說二集導言》，《魯迅全集》第6卷，246頁。
〔註92〕錢玄同：《致公展》，《新青年》6卷6號，1919年。
〔註93〕錢玄同：《致時敏》，《新青年》6卷2號，1919年。
〔註94〕胡適：《五十年來中國之文學》，歐陽哲生編：《胡適文集》第3卷，第263頁。
〔註95〕成仿吾：《〈一葉〉的評論》，《使命》（第三輯），上海創造社出版部，1927年，第171頁。
〔註96〕陳西瀅：《閒話》，《現代評論》，第3卷72期，1926年。
〔註97〕魯迅：《馬上支日記》，見《魯迅全集》第3卷，人民文學出版社，2005年，347頁。

　　1925 年 12 月張聞天的《旅途》由上海商務印書館出版，《小說月報》1924
年 4 月第 15 卷第 4 號《最後一頁》的預告評論說：「五月號裏，有幾篇文字，
值得預告的。創作有魯迅君的《在酒樓上》……還有張聞天君的一篇長篇創
作《旅途》……近來長篇的小說作者極少，有一二部簡直是成了連續的演講
錄而不成其為小說了。張君的這部創作至少是一部使我們注意的『小說』。」
這裡的評論只是謹慎地說「至少是小說」。

　　當評價長篇小說時只在意它的「長」，或基本算「小說」的時候，我們可
以想像「長篇小說」的貧乏程度。正如有論者指出，五四時期長篇小說「在
內容與形式上也顯得極為淺表，作家們缺乏自覺的長篇小說的文體意識，多
將長篇作為拉長篇幅的小說來創作，直至 20 世紀 20 年代末 30 年代初才開始
走向定型與成熟。可以說，五四時期的長篇小說起步遲、起點低、成就平是
不爭的事實」。〔註 98〕

　　那麼，為什麼會出現這種狀況呢？筆者以為，這和五四初期的小說理論及
文體認同有很大關係。其一，五四小說家倡導的小說理論，諸如橫斷面、心理
敘事、第一人稱等「向內轉」的諸多導向，在有限的篇幅內容易做到圓融自然，
結構完整，它與短篇小說的美學要求更契合。長篇小說則強調故事性，要表現
廣闊的社會生活，大範圍的歷史時空，要有馳張有度的節奏，這些技巧就不足
於支撐這些需求，而中國古代長篇小說的「說故事」傳統卻由於「革命」的衝
動而中斷，在短期內未能很好地吸收轉化。其二，五四歐化的白話語言加強了
漢語的形合功能，使其綿密、纏綿、細膩、具有象徵的詩性，但同時也對「敘
述」提出了更高的要求，如果沒有高超的技巧融合長篇小說的長度、跨度和敘
事節奏，很容易導致繁複、沉悶、乏味。相比後來較好地融合雅俗的小說作家，
如老舍、茅盾、張恨水、巴金、張愛玲、趙樹理、徐訏等，初期的《一葉》《玉
君》《沖積期化石》等小說語言上的缺憾就很明顯。

　　一般認為，中國現代長篇小說直到 1933 年茅盾《子夜》的出版，才真正
產生廣泛影響，瞿秋白說「真正堪稱中國現代長篇小說結構的小說，《子夜》
是第一部」，並稱為「中國第一部寫實主義的成功的長篇小說」。〔註 99〕而這
樣一部「成功的長篇小說」一開始就有人注意到它明顯借鑒了《紅樓夢》等
明清小說的結構藝術，〔註 100〕甚至他之前的《蝕》三部曲，也不同程度地從

〔註 98〕陳思廣：《「五四」時期現代長篇小說論》，《武漢大學學報》，2003 年第 1 期。
〔註 99〕瞿秋白：《〈子夜〉和國貨年》，《申報·自由談》，1933 年 4 月 3 日。
〔註 100〕朱明：《〈子夜〉與〈紅樓夢〉》，《青年界》，1935 年 8 月 4 日。

他批判的「舊體小說」中汲取了許多技巧。〔註101〕這從側面說明現代長篇小說不可能做到完全排斥掉古典白話小說的傳統,傳統長篇小說的敘述方式,廣闊的社會包容性,全視角的傳奇敘事,市井化、生活化的白話語言都是漢語長篇小說不可或缺的要素。

其次,五四時期文學語言格局的異動造成中國小說產生新的雅俗格局,通俗小說與現代小說的切分,強化了對舊派小說(或繼承傳統章回體小說的)批判和壓抑。

通俗小說的概念在五四時期發生了轉變。中國古代小說在語言上是文言白話並行的雙軌制。雖然「小說家流」都不足觀,但在整個小說系統內部,還是有雅俗之別。「文言小說的一些,早已被納入了正統的文化體系中;而白話小說,往往又稱為通俗小說,即始終是被主流文化排斥的」。〔註102〕五四新文學運動之後,文言小說退出歷史舞臺,白話小說內部則產生出新的通俗小說。在後來的「新文學史」建構中擴大到指稱一切非新文學家的小說,包括舊派白話小說與民初的鴛鴦蝴蝶派的文言小說。這裡強調的「非新文學家」的白話小說,是對承傳傳統白話小說規範的「舊派小說家」的價值評判,帶有諸多鬥爭策略上和新舊文人圈子的偏見。以至於對那些逐漸吸收了新文學因素的「舊派小說家」的創作,也不可能被納入「現代」「新」的範疇予以觀照。

而清末民初佔據文壇的長篇小說都是新文學家大力批判的舊派小說,他們沿襲了傳統的章回體小說的手法,這批小說家長期被忽略和輕視,尤其是與「通俗小說／現代小說」的機制聯繫起來,更是鞏固了這樣的價值評判。這種文學史描述方式一直延續至今,甚至在極力提升「通俗小說」現代價值的文學史家那裡也很難找到有效的整合機制,慨歎「分論易,整合難」,原因正在於,在「通俗小說」與「現代小說」兩分的格局下,很難做到「比翼齊飛」「多元共生」,〔註103〕這如同提著自己的耳朵想離開地面一樣。

那麼,反思五四新文學運動中關於「白話小說」的定位及爭論,有助於重新梳理民國時期的小說史。我們需要懸置「現代」的價值評判,甚至擱置「通

〔註101〕李國華:《「舊小說」與茅盾長篇小說的生成》,《中國現代文學研究叢刊》,2012年第1期。

〔註102〕劉勇強:《中國古代小說史敘論》,北京大學出版社,2007年,第23頁。

〔註103〕見范伯群:《分論易,整合難——現代通俗文學的整合入史研究》,《中山大學學報》2006年第4期;《建構多元「中國現代文學史」的史實與理論依據》,《文藝爭鳴》2008年第5期。

俗小說」的概念，從社會、審美、文學等維度去觀照漢語小說，融合新舊，溝通雅俗，在學界對「現代小說」和「通俗小說」的「現代性」已有充分研究的前提下，應更多關注中國傳統小說資源在晚清至民國的流變與整合，去除新／舊、文言／白話等二元對立觀念，從「漢語小說」的視角看待中國小說在五四時期的變革，總結其得失成敗，這樣我們就可能重繪民國時期的小說史圖景。

第四節　新體白話小說的全面興起與文言小說的消退
——以1917～1925年的小說期刊為考察對象

五四文學革命、國語運動、新文化運動三位一體的語言策略，使五四白話文運動迅速成功，白話文學全面興起，文言文學全面消退。這一語言變革過程表現在文學文體的變革上，呈現出不同的路徑，從古詩到新詩，古文到散文，曲藝到話劇，其「文—白」轉換都意味著對傳統文學形式的革命性顛覆。但是，白話小說自宋以來就與文言小說並駕前驅，形成自己的審美體系，在明清以後其社會影響遠過於文言小說。五四之後，以白話小說為基礎建構出「現代小說」〔註104〕，文言小說既不「通俗」，也不「現代」，逐漸退出歷史舞臺。

同樣為舊文學體裁，舊體詩詞在20世紀一直延續，甚至取得很大的成就，魯迅、郁達夫、郭沫若、聶紺弩等新文學家都擅長寫舊體詩，甚至在新世紀來形成了學界的研究熱點〔註105〕。而文言小說消失是中國文學史上的大事件，卻較少有人關注。那麼，在五四之後文言小說與白話小說勢力如何消長？作為國粹的文言小說是如何消退的，五四之後的生存樣態如何，那些清末民初著名的文言小說大家又如何轉型，文言小說的語言傳統對於現代小說的生成有何意義？

以《新青年》《新潮》以及「四大副刊」為代表的報刊是發表五四新派小說的主要陣地，而舊派小說雜誌，除了《小說月報》的革命性改組以外，都經歷了緩慢的調整。五四之前的小說語言狀況在上一節已經有詳細考察，這

〔註104〕對於五四之後的主流小說，我們通稱為「現代小說」，其實現代小說的稱謂在30年代以後才逐漸興起，最初以「新體小說」「新體白話小說」等指稱，詳細考證見本書第五章第一節。

〔註105〕代表性的研究參見李遇春專著《中國當代舊體詩詞論稿》，華中師範大學出版社2010年；他還主編了「民國詩風‧中國現代作家舊體詩叢」，出版魯迅、胡適、郁達夫、聞一多、朱自清、蕭軍等作家的舊體詩集，北嶽文藝出版社，2016年；另有常麗潔專著《早期新文學作家舊體詩寫作》，社會科學文獻出版社，2014年；日本學者木山英雄專著《人歌人哭大旗前：毛澤東時代的舊體詩》，三聯書店，2016年。

一節主要圍繞文學革命發生發展為線索，以 1917～1925 年的相關報刊為中心，考察這一過程。釐清這一過程，不僅可以呈現五四新文學興起的背面，重審五四的歷史價值，而且可以反思現代／通俗、新／舊及漢語小說傳統的創造轉換等諸多有意義的命題。

一、1918～1925 年間新體白話小說的全面興起

通常認為從 1917 年《文學改良芻議》為開端，經過持續的理論論爭，至魯迅小說《狂人日記》發表，再到創造社、文學研究會兩大文學社團的成立，文學革命宣告成功。但是這種教科書式的描述只是簡要概括了發展的趨勢，卻沒有呈現這一變遷背後的具體情況。具體到小說來說，必須主流的報刊雜誌全部發表新體白話小說，尤其是舊派小說雜誌也完成轉變並贊同「現代小說」的理念才表示「小說」的「文學革命」成功。本節主要以統計為方法，看「五四」之後主要雜誌上白話、文言小說的消長，考察五四作家提倡的白話新體小說如何得到響應，哪些刊物發表了什麼白話小說，哪些舊派小說雜誌受此影響轉變成新派小說的園地，哪些又在抵制或進行微調，順應時代步伐。然後再看文言小說雜誌是如何消退，文言小說家是如何轉軌的。

總體來說，語言變革的影響與擴散先由《新青年》開始，再有其他刊物跟進，擴大影響，波及整個小說期刊。這裡以統計為基礎，著重關注這些雜誌具體的理論提倡與小說轉軌的關聯與進展，以呈現「文學革命」的影響與播散。

1. 《新青年》1915～1921 年間小說發表情況

《新青年》是「文學革命」和「新派小說」策源地，為更好分析其小說「現代」進程，我們將其在 1915～1921 年間發表的全部小說統計如下，從中看到其白話與文言，翻譯與創作，長篇與短篇小說數量的變化。

表 3-4-1　《新青年》1915～1921 年間發表的小說情況簡表

時間	發表卷號	題目	作者	類型	原作者	語言	體制
1915.9	1 卷 1～4 號	《春潮》	陳嘏	翻譯	［俄］屠爾格涅甫	文言	長篇
1916.1	1 卷 5 號	《初戀》	陳嘏	翻譯	［俄］屠爾格涅甫	文言	長篇
1916.9	2 卷 1 號	《決鬥》	胡適	翻譯	［俄］泰來夏甫	白話	短篇
1916.11	2 卷 3～4 號	《碎簪記》	蘇曼殊	創作		文言	中篇
	2 卷 5 號	《磁狗》	劉半農	翻譯	［英］麥道克	文言	短篇
1917.2	2 卷 6 號	《基爾米里》	陳嘏	翻譯	［法］龔枯爾兄弟	文言	長篇

1917.3	3 卷 1 號	《二漁夫》	胡適	翻譯	［法］莫泊三	白話	短篇
1917.4	3 卷 2 號	《梅呂哀》	胡適	翻譯	［法］莫泊三	文言	短篇
1918.4	4 卷 4 號	《皇帝之公園》	周作人	翻譯	俄 Aleksandr Kuprin	白話	短篇
1918.5	4 卷 5 號	《狂人日記》	魯迅	創作		白話	短篇
1918.10	5 卷 4 號	《老夫妻》	陳衡哲	創作		白話	短篇
		《酋長》	周作人	翻譯	［波蘭］顯克微支	白話	短篇
1918.12	5 卷 6 號	《小小的一個人》	周作人	翻譯	［日］江馬修	白話	短篇
1919.4	6 卷 4 號	《孔乙己》	魯迅	創作		白話	短篇
1919.5	6 卷 5 號	《藥》	魯迅	創作		白話	短篇
1920.1	7 卷 2 號	摩訶末的家族	周作人	翻譯	［俄］V. Dantshenko	白話	短篇
		一個貞烈的女孩子	夾庵	創作		白話	短篇
1920.4	7 卷 5 號	《晚間的來客》	周作人	翻譯	俄 Aleksandr Kuprin	白話	短篇
1920.9	8 卷 1 號	《風波》	魯迅	創作		白話	短篇
		《小雨點》	陳衡哲	創作		白話	短篇
1920.10	8 卷 2 號	《波兒》	陳衡哲	創作		白話	短篇
		《瑪加爾的夢》	周作人	翻譯	［俄］科羅連柯	白話	短篇
1920.12	8 卷 4 號	《深夜的喇叭》	周作人	翻譯	［日］千家元磨	白話	短篇
		《幸福》	魯迅	翻譯	［俄］阿爾志拔綏夫	白話	短篇
1921.1	8 卷 5 號	《少年的悲哀》	周作人	翻譯	［日］國木田獨步	白話	短篇
1921.4	8 卷 6 號	《願你有福了》	周作人	翻譯	［波蘭］顯克微支	白話	短篇
		《世界的黴》	周作人	翻譯	［波蘭］普路斯	白話	短篇
		《一滴的牛乳》	周作人	翻譯	［阿美尼亞］阿伽洛年	白話	短篇
1921.5	9 卷 1 號	《故鄉》	魯迅	創作		白話	短篇
		《西門的爸爸》	沈雁冰	翻譯	［法國］莫泊三	白話	短篇
		《快樂》	沈澤民	翻譯	［俄］古卜林	白話	短篇
1921.9	9 卷 5 號	《顛狗病》	周作人	翻譯	［西班牙］伊巴涅支	白話	短篇

注：（1）1915 年創刊時為《青年雜誌》，1916 年改為《新青年》，為方便統稱《新青年》。（2）翻譯的原作或原作者沿用發表時的名字，比如莫泊三今譯作莫泊桑。陳嘏翻譯冀古爾兄弟的小說《基爾米里》今譯《熱米妮・拉塞頓》。（3）明確標記為劇作的未收入，比如 3 卷 4 號劉半儂翻譯的《琴魂》。

　　《新青年》自 1915 年創刊到 1918 年 5 月，雜誌主要以文言為主，只有劇作會用白話，如陳嘏翻譯王爾德的劇作《弗羅連斯》（2 卷 1～4 號）。甚至在晚清報刊上大多會用白話的演說文章在《新青年》也使用文言，比如 2 卷 5 號蔡元培兩篇演講《在信教自由會之演說》和《政學會歡迎會上之演說》；3 卷 6 號蔡元培在神州學會的演說稿《以美育代宗教說》都是文言。文言白話並行，以文言為主，這基本沿襲了清末民初大多數雜誌的風格。而且倡導「文學革命」的兩篇經典文獻，胡適的《文學改良芻議》（2 卷 5 號）和陳獨秀的《文學革命論》（2 卷 6 號）均使用文言。自 1918 年 4 卷 5 號發表魯迅的《狂人日記》和胡適的《論短篇小說》開始全面使用白話，真正做到了「用白話作一切文章」。

　　具體到小說語言，在 1915 到 1916 年間有陳嘏翻譯的兩部長篇小說，都用文言，只有胡適的譯作《決鬥》用白話，在 1917 年 3 卷 2 號胡適翻譯莫泊桑《梅呂哀》又使用文言。在 2 卷 3 號和 4 號連載了蘇曼殊的文言小說《碎簪記》。綜合 1917～1921 年，魯迅是《新青年》最主要的新體白話小說的創作者，共發表 4 篇白話創作小說：《狂人日記》《風波》《孔乙己》《故鄉》，顯示出新文學小說的實績，同時也是整個新文學最有影響力的開端。

　　《新青年》前期主要致力於翻譯外國小說，這與刊物的辦刊理念一致，而翻譯小說全部用白話也是在 1918 年 4 卷 5 號以後。除了魯迅以外，陳衡哲是發表新體白話小說最多的作家，發表三篇白話創作小說：《小雨點》《老夫妻》和《波兒》。1917 年她就曾在胡適主編的《留美學生季報》（第 4 卷第 2 期）上發表了白話小說《一日》，是最早明確響應胡適文學改良理念而創作白話小說的作家，《一日》甚至一度被人推為中國現代第一篇白話小說。〔註 106〕陳衡哲的這些小說在技巧上雖然顯得稚嫩，但在內容上應該值得重視，她是第一位將個人的外國生活場景帶入白話小說的作家，對研究現代中國人異域書寫具有獨特的意義。比如《老夫妻》寫亨利華倫夫婦吵嘴，受到寡婦的啟示而覺悟，之後恢復恩愛。貧困老夫妻在晚餐前後的日常生活，小說用對話表現二人的貧苦但溫馨的情感，都具有人道主義色彩。另一篇小說《波兒》也是如此，從側面反映在五四時期中國人走向世界以後的生存形態，也是小

〔註 106〕最早是夏志清在《小論陳衡哲》中提到：「由於《一日》改寫了中國現代文學最早的歷史記錄，因而新文學的第一篇白話小說是陳衡哲的《一日》，絕非魯迅的《狂人日記》」。收入《中國現代小說史》，復旦大學出版社，2005 年第 375 頁。

說「現代性」的體現。〔註107〕《新青年》1920 年 8 月遷回上海後逐漸成為中國共產黨的機關刊物，宣揚馬克思主義的理論文章增多，文學作品減少。

2.《新潮》發表小說的情況

文學革命初期與《新青年》形成呼應關係的同人刊物還有《每週評論》與《新潮》。《每週評論》仿《新青年》開辦「隨感錄」專欄，對現代散文的發展有重要貢獻，較少發表小說，這裡我們主要討論《新潮》雜誌的小說發表及語言狀況。

表 3-4-2　《新潮》雜誌小說的語言狀況簡表

時間	發表卷號	題目	作者	類型	原作者	體制
1919.1	1 卷 1 號	《雪夜》	汪敬熙	創作		白話短篇
		《誰使為之》	汪敬熙	創作		
1919.2	1 卷 2 號	《一個勤學的學生》	汪敬熙	創作		白話短篇
		《一課》	汪敬熙	創作		
		《斷手》	歐陽予倩	創作		
1919.3	1 卷 3 號	《漁家》	楊振聲	創作		白話短篇
		《是愛情還是苦痛》	羅家倫	創作		
		《這也是一個人！》	葉紹鈞	創作		
		《一個病的城裏》	沈性仁譯	翻譯	〔俄〕高爾基	
		《私刑》	沈性仁譯	翻譯	〔俄〕高爾基	
1919.4	1 卷 4 號	《一個兵的家》	楊振聲	創作		白話短篇
		《花匠》	俞平伯	創作		
		《怪我不是》	某君投稿	創作		
1919.5	1 卷 5 號	《新婚前後七日記》	任鈋	創作		白話短篇
		《春遊》	葉紹鈞	創作		
		《洋債》	郭弼藩	創作		
1919.10	2 卷 1 號	《明天》	魯迅	創作		白話短篇
		《砍柴的女兒》	汪敬熙	創作		
		《爐景》	俞平伯	創作		

〔註107〕晚清有陳季同於 1890 年在法國出版了用法語創作的中篇小說《黃衫客傳奇》，但他是以中國故事《霍小玉傳》為底本。見嚴家炎：《〈黃衫客傳奇〉：真正具有現代意義的晚清小說》，《中華讀書報》，2010 年 3 月 22 日。

1919.12	2 號 2 卷	《爐火光裏》	潘家洵譯	翻譯	〔美〕Margaret thomson	白話短篇
		《死與生》	汪敬熙	創作		
		《一個好百姓》	楊鍾健	創作		
1920.2	2 卷 3 號	《格蘭莫爾的火》	潘家洵譯	翻譯	Robert Herrick	白話短篇
		《狗和褒章》	俞平伯	創作		
1920.5	2 卷 4 號	《高加索之囚人》	孫伏園譯	翻譯	托爾斯泰	白話短篇
		《兩封回信》	葉紹鈞	創作		
1920.9	2 卷 5 號	《伊和他》	葉紹鈞	創作		白話短篇
		《貞女》	楊振聲	創作		
		《老乳母》	周作人譯	翻譯	〔俄〕彌里珍那	
		《呆子伊凡的故事》	孫伏園譯	翻譯	〔俄〕托爾斯泰	寓言
1921.9	3 卷 1 號	《不快之感》	葉紹鈞	創作		白話短篇
		《磨麵的老王》	楊振聲	創作		
		《貴生與他的牛》	潘垂統	創作		
		《薔薇花》	周作人譯	翻譯	〔日〕千家元麿	童話
		《熱狂的小孩們》	周作人譯	翻譯	〔日〕千家元麿	童話
		《自私的巨人》	穆敬熙譯	翻譯	〔英〕王爾德	童話

備註：1.《新潮》發表小說均為白話；2. 以刊物標注「小說」「短篇」為基礎統計，劇作未統計，寓言童話統計。3. 由於五四運動影響，加上各種編輯人員變動，《新潮》在 1919 年 12 月後出版時間沒有規律，刊物標注時間與實際出版時間會有出入，這裡以刊物標注時間為準。2 卷 5 號後，休刊一年，至 1921 年 9 月出版第 3 卷第 1 號，半年後，1922 年 3 月出版 3 卷 2 號後終刊。3 卷 2 號主要是論說文章，未發表文學作品。4.《砍柴的女兒》作者 ks 應是汪敬熙，見其小說集《雪夜》1929 年，亞東圖書館。

　　《新潮》1919 年 1 月創刊，北京大學新潮社的會刊，是與《新青年》互相呼應，倡導新文化的重要陣地。有人稱「《新青年》如果是新文化運動的主力軍，《新潮》當之無愧就是『青年近衛軍』」。〔註 108〕不同的是，《新潮》自誕生之日就是新文學刊物，全部採用白話，沒有語言上「棄舊從新」的過程。因為是北京大學學生創辦的刊物，在廣大的青年學生中產生廣泛影響。

　　從上表可以看出，《新潮》發表的小說創作數量遠超《新青年》，而且推

〔註 108〕吳立昌：《五四時期更為年輕的弄潮兒——再讀〈新潮〉》,《粵海風》2018 年第 2 期。

出葉紹均、楊振聲、汪敬熙、俞平伯等新人小說（這些作家也是新潮社的主要成員）。與《新青年》偏重於政治文化、新思想和社會批評相比，它更偏向思想與文學，對外國文學的介紹力度頗大。注重新文學創作，提倡歐化白話文，體現了《新潮》注重「批評的精神，科學的主義，革新的文詞」的辦刊理念。〔註109〕

魯迅在《新潮》2卷1號上發表了小說《明天》。1卷5號任鈜發表的《新婚前後七日記》明顯模仿魯迅的《狂人日記》。小說以第一人稱自述。前面也有小序，一個同學回家結婚，返校後大家要他講新婚密事，他不願講，同學偷翻箱子找到他的一本日記本，就把日記節選一部分有心理上特點的發表出來，供學者研究和參考。正文是日記內容。序言不再用文言而用白話，模仿顯得比較生硬。但其意義在於，除了胡適、沈雁冰、張定璜等人的著名評價外，這篇小說仿作再次證明了《狂人日記》給當時青年人帶來的震憾力，而當時的魯迅只是一個「無名」的普通作者。

總體上來說，《新潮》小說在藝術手法上還顯稚嫩，魯迅後來也評價說：「自然，技術是幼稚的，往往留存著舊小說上的寫法和情調；而且平鋪直敘，一瀉無餘；或者過於巧合，在一剎時中，在一個人上，會聚集了一切難堪的不幸。」〔註110〕不過，我們不能忽視其對「現代小說」發生期的特殊貢獻，簡言之，至少有三方面：

其一，不能忽視《新潮》小說對五四「問題小說」的貢獻。《新潮》小說大多表現了人道主義關懷，關注窮人、女性與婚姻問題。創刊號發表汪敬熙兩篇小說《雪夜》《誰使為之》就很典型。《雪夜》寫北京一家窮人，男主人慵懶整天抽鴉片，妻女在雪夜上街乞討，十來歲兒子拉車賺錢養家，剛回家就被父親斥責再去買煤球，最後暈倒於風雪之中。《誰使為之》則寫一個小知識者輾轉求學，做一小官，經歷各種風波最後患肺癆吐血而死，臨終追問：一生究竟為誰活？具有深刻的批判性。《斷手》《漁家》《洋債》《磨麵的老王》《一個好老百姓》等作品都是寫普通的窮人，他們忍受著飢餓為生活奔波。這些小說從側面揭示了人民苦難的社會根源。而《砍柴的女兒》《貞女》《爐景》《狗和褒章》《這也是一個人！》《是愛情還是苦痛？》《兩封回信》表現愛情及婚姻的悲劇。這些小說具有五四時代的啟蒙特徵，提出問題，發人深

〔註109〕傅斯年：《〈新潮〉之回顧與前瞻》，《新潮》第2卷第1期，1919年
〔註110〕魯迅：《小說二集·導言》，趙家璧主編：《中國新文學大系》，上海文藝出版社2003年，第2頁。

省。正如楊義所說：「《新潮》雜誌上的問題小說提出一系列重大的問題，諸如父子兩代的衝突，家庭婚姻的不合理，下層社會的苦難，以及人生究竟的真諦，問題多且大，痛切、尖銳且略見充實。」〔註111〕

其二，如果聯繫整個小說界發展態勢，就更能顯出《新潮》的意義。在 1919 年 1 月《新潮》創刊時，新文學陣營發表的白話小說僅有魯迅的《狂人日記》和陳衡哲的《老夫妻》，而 1921 年文學研究會主持改組《小說月報》，五四白話小說才開始大規模出現，那麼《新潮》的白話小說正好填補了 1919～1921 年新體白話小說的空白，具有承前啟後的作用。

其三，葉紹鈞在《新潮》上的轉變也是非常值得研究的「棄舊從新」的例子。如上節所述，他於 1914～1917 年在《禮拜六》等舊雜誌發表不少文言小說，1917 年他開始批判禮拜六派小說，1918 年 2 月、3 月在《婦女雜誌》發表《春宴瑣譚》，這是半文半白的小說，寫一個報館主筆的妻子，在家學外國技術養雞，相夫教子，宴請賓客的故事，賓客散盡，「夫人和瑤琴被碧兒留住，便譴人到家關照，說今夕不歸了。時暮色漸合，太陽餘光反照雲際，紅鮮如玫瑰。轉眼間，大地沉沉，入黑暗的暮裏休息去了。客堂裏點上明燈，釵光鬢影映上窗紗。但聞一派歌聲從裏邊透出，嬌婉乃如鶯簧，隱約是『……紅是桃花聰，青是莫邪鋒，誰云巾幗不英雄？』」小說中流露出對家境殷實、持家有道，內外皆能的賢淑「巾幗女英雄」的讚美。小說有一定的新思想（比如女性對西方技術的學習，宴會上的咖啡，禮儀等，還有風景描寫的新手法），同時也還帶有明顯舊小說寫酒宴的風格。

在 1919 年在《新潮》發表的《這也是一個人！》〔註112〕，才是葉紹鈞第一篇帶有「新文學」特點的白話小說。小說寫一個被婆婆當牛用的小媳婦，逃婚回娘家被遣返，後來丈夫去世，婆婆將其賣掉。作者發出「這也是一個人」的控訴。小說塑造了比祥林嫂更悲慘的一個底層女子，充滿同情，是典型的「五四小說」。此時，葉紹鈞擔任北大國文研究所通訊處研究員，受顧頡剛邀請加入了新潮社。商金林在《葉聖陶傳論》專門比較《春宴瑣譚》與《這也是一個人！》，感歎從1917年到1919年葉聖陶思想發生了非常深刻的變化，「《春宴瑣談》打上了文白交替時代的印記，是文白過渡的一座橋樑，從中可

〔註111〕楊義：《中國現代小說史》（第 1 卷），人民文學出版社，1986 年，第 120 頁。
〔註112〕這部小說可能受到莫泊桑的小說《她的一生》的影響，後來收入小說集《隔膜》時，改為《一生》。見陳遼：《葉聖陶傳》，江蘇教育出版社，1986 年，第 80 頁。

以看出葉聖陶是如何從用文言過渡到用白話寫小說的，這在葉聖陶文體研究中有特殊的價值。」〔註 113〕而在改組後的《小說月報》中，葉紹鈞已是五四新派小說的主力軍了。

3. 《小說月報》的改組與小說語言狀況

提到五四新派小說的轉型，甚至五四新文學的發生，《小說月報》的改組是不能忽視的。這一過程，一方面體現了新文學如何改造舊雜誌擴大陣地的過程，同時也是新文學爭奪話語權的過程。《小說月報》的轉變是新文學運動取得重大突破和產生全國性影響力的一個標誌。對這一影響的整體研究已經很多，但是對具體白話小說的發表情況還需要進行微觀透視。現在將該雜誌1915～1921 年白話、文言小說數量作一統計，來考察該雜誌從文言小說向新體小說轉變的軌跡。

表 3-4-3　《小說月報》1915～1921 年小說的語言狀況簡表

《小說月報》	長篇數量	白話長篇	文言長篇	短篇數量	白話短篇	文言短篇
第 6 卷共 12 號（1915 年）	7	1	6	125	6	119
第 7 卷共 12 號（1916 年）	8	1	7	100	6	94
第 8 卷共 12 號（1917 年）	6	1	5	93	9	84
第 9 卷共 12 號（1918 年）	6	2	4	105	37	68
第 10 卷共 12 號（1919 年）	5	2	3	93	22	71
第 11 卷（1920 年）	9	7	2	96	66	30
第 12 卷共 13 號（1921 年）	全部為白話，新式標點。					

關於《小說月報》1917 年前的小說語言情況在前面章節已經做過簡要分析。這裡主要考察其從舊變新的情況。從上表可以看到，1918 年前該刊文言小說佔據絕對主體，而 1918 年白話短篇小說有所增多，1920 年首次超過文言小說數量，基本反應了文學革命的進程，這與其他舊派小說雜誌的「波瀾不驚」不同。1918 年王蘊章接任惲鐵樵的主編一職，小說欄目改為傳統意味很濃的「說叢」，刊登大量林紓翻譯的小說。但是，王蘊章並非一味守舊之人，他在惲鐵樵之前就曾擔任主編，開設「譯叢」和「改良新劇」專欄，對中國現代文學有奠基之功。「譯叢」介紹西方政治意味很強的小說，而「改良新劇」

〔註 113〕商金林：《葉聖陶傳論》，安徽教育出版社，1995 年，第 215 頁。

對「話劇」的引入有助推之力。有人認為這是「《小說月報》唯一一個從一開始就充滿新文學意味的欄目」〔註114〕。後來王蘊章的編輯風格更多向市場趣味靠攏，以致於形成「冶新舊於一爐，勢必兩面不討好」的局面。

《小說月報》的改組是由於受到新派人物的攻擊不得已而為之，1920年羅家倫在《新潮》雜誌發表《今日中國之雜誌界》，大力批判商務印書館的保守和落伍。同時，迫於新文學在市場上越來越受到歡迎，以林紓為主打品牌的舊的營銷戰略也受到挑戰，商務方面決定進行改革，1920年先進行內部革新，聘請沈雁冰開設「小說新潮」。文學革命新思潮開始滲透到這箇舊小說雜誌大本營，白話小說數量開始超過文言小說，第10期將「說叢」和「小說新潮」兩個欄目都取消，以「長篇小說」「短篇小說」這樣新文學名稱開設新欄目，在「本社啟事」中明確說「一律採用小說新潮樣之最新譯著小說，以順應文學之潮流，謀說部之改進。」

但是1920年第11卷呈現出新舊結合的過渡狀態。雖然開設新的專欄，但用稿上並不排除舊有作者隊伍，比如第一期第一篇就是周瘦鵑的翻譯稿子《畸人》。「小說新潮」與傳統舊欄目「小說俱樂部」並列，後者是典型的遊戲小說，同一個題目作者競作，大多短小平鋪直敘。主編王蘊章是南社成員，在第11卷第5期「小說新潮」還發表有其本人翻譯泰戈爾（譯作苔莪爾）的小說《放假的日子到了》；6號發表他翻譯美國George Humphrey的《父親的手》，與沈雁冰的譯作並列，而且這位文言小說大家都使用白話。在本年度「小說新潮」發表數量最多的是一般認為是鴛鴦蝴蝶派小說家的周瘦鵑，長篇小說1部（《社會柱石》），短篇小說8篇，全使用白話。同時，林紓的長篇文言翻譯小說《想夫憐》一直連載，其他原來舊派小說家毅漢、徐慧子、張枕綠的小說及理論也持續刊登。

無論是無奈地妥協還是主動「順應文學潮流」，在舊派小說大家王蘊章主持《小說月報》時，開始了由舊向新的過渡。沈雁冰1921年開始全面接手，態度鮮明地提倡新體小說，擯棄舊派小說，《小說月報》最終成為新文學陣營標誌性刊物。「十年之久的一個頑固派堡壘終於打開缺口而決定了它的最終結局，即十二卷起的全面革新。」〔註115〕

〔註114〕謝曉霞：《小說月報1910～1920：商業、文化與未完成的現代性》，上海三聯出版社，2009年，第82頁。

〔註115〕茅盾：《商務印書館編譯所和革新〈小說月報〉的前後》，《商務印館九十年》，商務印書館，1987年。

　　以 1921 年第 12 卷為例，發表白話創作小說的作者中，超過 4 篇的作者是：葉紹鈞、冰心、廬隱、許地山、王統照。

表 3-4-4　《小說月報》第 12 卷（1921 年）發表小說數量較多作家

作者	數量	小說題目及期號
葉紹鈞	8 篇	《母》（1 號）；《一個朋友》《低能兒》（2 號）《恐怖之夜》《萌芽》（3 號）；《苦菜》（4 號）；
廬隱	6 篇	《一個著作家》（2 號）；《一封信》（6 號）；《紅玫瑰》（7 號）；《兩個小學生》（8 號）；《靈魂可以賣嗎》（11 號）；《思潮》（12 號）
冰心	5 篇	《笑》（1 號）；《超人》（4 號）；《愛的實現》（7 號）；《最後的使者》《離家的一年》（11 號）；
許地山	4 篇	《命命鳥》（1 號）；《商人婦》（4 號）；《換巢鸞鳳》（5 號）；《黃昏後》（7 號）
王統照	4 篇	《沉思》（1 號）；《遺音》（3 號）；《春雨之夜》（6 號）；《月影》（7 號）

　　這些作者都成為五四時代最著名的「為人生」派的小說家。有些篇目成為小說史上的經典名篇，如許地山的《命命鳥》《商人婦》以及冰心的《超人》。改組的《小說月報》還有一個鮮明的特點是理論、翻譯小說、創作小說齊頭並進，全方位地提倡、介紹現代小說。第 7 號還集中辦了一期「被損害民族的文學號」，增加一次「俄國文學研究」的號外，很好地展現了「改革宣言」中「介紹世界文學潮流」「革新中國文學」的主張。〔註116〕

4. 1918～1925 年間「三大副刊」的小說發表狀況

　　學界素有「四大副刊」之說，也有認為稱「三大副刊」更為準確〔註117〕。對新文學的最初擴展來說，因為《京報副刊》創辦較晚，「三大副刊」更為貼切。胡適在《五十年來中國之文學》中曾說：「北京的《晨報》副刊，上海《民國日報》的《覺悟》，《時事新報》的《學燈》，在這三年之中，可算是三個最

〔註116〕在第 12 卷 1 號發表的「改革宣言」中稱本雜誌「謀更新而擴充之，將於譯述西洋名家小說而外，兼介紹世界文學界潮流之趨向，討論中國文學革進之方法。」見《小說月報》第 12 卷第 1 號，1921 年。

〔註117〕比如新聞史研究者謝慶立認為《覺悟》《學燈》與《晨報副鐫》為「三大副刊」的說法更為合理，見《中國早期報紙副刊編輯形態的演變》，學苑出版社，2008年，第 173 頁。

重要的白話文的機關。」〔註118〕「三大副刊」是較早重點刊載新體白話小說的報紙副刊，對五四新文學的傳播具有重要影響。《民國日報》副刊《覺悟》1919年6月創刊，《晨報》副刊與《時事新報》副刊《學燈》均在1919年改舊為新，成為新文學陣地。而《京報》副刊1924年12月創刊，1926年被查禁，創刊時間稍晚。那時除了長篇小說泛善可陳外，新文學已成為主流文學。因此，本書主要以「三大副刊」為主考察其「棄舊從新」的過程以及發表新體小說的情況。

（1）《晨報副刊》發表小說的情況

《晨報副刊》歷經三次更名，代表三個時期。前身是1918年12月開始的《晨報》第七版。1921年10月《晨報》改革第七版，變成有單獨報頭的獨立副刊，並改名為《晨報副鐫》。1925年10月又改名為《晨報副刊》，至1928年6月停辦。這裡主要關注1918年第七版到1921年左右《晨報副鐫》的小說發表狀況。1925年以後的《晨報副刊》，無論編者的文學主張如何變化，都已成為新文學作品發表的主要園地。為敘述方便，如無特別需要，一律稱《晨報副刊》。〔註119〕

1918年底復刊以後的《晨報副刊》和廣大的通俗報刊一樣，文白夾雜，以文言為主，注重通俗與娛樂性，欄目設置有專載、文苑、小說、筆記、舊聞、劇評。李大釗任編輯於1919年2月7日開始對第七版進行大改革，增加了五四新思潮類欄目，如介紹「新修養、新知識、新思想」的「自由論壇」「名人小史」「講演記錄」，推介「東西學者名人之新著」的「譯叢」以及弘揚「高尚精神」的「劇談」，而且全部用白話。由此將一箇舊式消閒小報改造成積極響應五四白話文運動，宣揚新文化的重鎮。〔註120〕從李大釗（1919.2～1921.6）到孫伏園任編輯時期（1921.7～1924.10），再到徐志摩（1925.10～1926.7），《晨

〔註118〕胡適：《五十年來中國之文學》，《胡適文集》第3卷，第260頁。

〔註119〕關於「副刊」之名，曾出現「附刊」「副鐫」幾種用法。孫伏園回憶：「以後這個小報的名稱，便有了三種寫法，一種是魯迅先生的原文《晨報附刊》，小報的四個報眉上便如此。一種是照著蒲先生的報頭《晨報副鐫》。還有一種是在頭兩種中各取一字作為《晨報副刊》。這第三種中的『副刊』兩字以後便成了同類刊物的通名。」見孫伏園：《三十年前副刊回憶》，《文藝報》1950年第16期。

〔註120〕比如，改版之初就發表了陳獨秀的《我們為什麼要作白話文》，與《新青年》形成呼應。1919年3月4日，又發表李大釗的《新舊思潮之激戰》反駁林紓。至1919年12月，「自由論壇」共刊登8篇討論白話文的相關文章。「小說」欄發表的全部是白話小說。

報副刊》一直是五四新體小說發表的重要刊物，為五四新體白話小說全面擴展做出重要貢獻，三位編輯的思想也影響了《晨報副刊》的風格。〔註 121〕

首先，魯迅在《晨報》副刊發表一批重要小說。1919 年 3 月 11 日第 89 號第七版分三期轉載了魯迅的《狂人日記》；1919 年 12 月 1 日在《晨報·創刊紀念增刊》上發表《一件小事》；1921 年 7 月 11 日至 14 日轉載了《故鄉》（首刊在《新青年》1919 年 5 月 9 卷 1 號）。還有其他著名小說由《晨報副刊》首發：《兔和貓》（1922.10.10）、《不周山》（1922.12.1）、《肥皂》（1924.3.27～28）。由於與孫伏園的師生關係，魯迅在孫伏園任編輯期間發表大量的作品，據崔燕等人統計，魯迅一共在《晨報副刊》發表各類作品 129 篇，其中 1922 年就發表小說及譯作 39 篇。〔註 122〕1921 年 12 月 4 日至 1922 年 2 月 12 日魯迅最為重要的小說《阿 Q 正傳》在《晨報副刊》的「開心話」欄目發表，署名為「巴人」，這部小說連同它突然連載結束的故事，都成為中國現代文學史上的經典段落。1924 年孫伏園因魯迅《我的失戀》一詩的發表風波，從《晨報》辭職轉到《京報》副刊，魯迅的發表陣地也隨之轉換。但在《京報》副刊上，魯迅主要發表的是雜文和譯作。

其次，《晨報副刊》培養了冰心、沈從文為代表的一批青年小說作家。

1919 年 8 月年僅 19 歲的冰心就在《晨報副刊》報發表了《二十一日聽審的感想》（8 月 25 日「自由論壇」專欄）的白話文，這是她第一次公開發表作品。此後她的第一篇小說《兩個家庭》（1919.9.18～22，也是她第一次以「冰心」為筆名）發表，接著是《誰之罪》（1919.9.18～22）《去國》（1919.11.22～26）《秋風秋雨愁殺人》（1919.10.30～11.3）《莊鴻的姊姊》（1920.1.6～7），尤其是發表於《晨報副刊》1919 年 10 月 7 日至 11 日的《斯人獨憔悴》是五四「問題小說」的代表作。自 1919 年至 1922 年三年間，冰心在《晨報副刊》上發表了 17 篇小說。1923 年其《超人》小說集由商務印書館出版。此後，冰心在《晨報副刊》主要發表詩歌及兒童文學。可以說，作為小說家的冰心主要是《晨報副刊》和《小說月報》共同成就的。

〔註 121〕在孫伏園辭職以後湯鶴逸、丘景尼、江紹原短暫主編一段時間，1925 年 10 月後由徐志摩主編，至 1926 年 7 月後，徐志摩和陸小曼至上海，編輯事務又交江紹原、瞿世英，至 1928 年 6 月停刊。但對現代文學史影響最大的三位編輯仍然是李大釗、孫伏園和徐志摩。

〔註 122〕崔燕、崔銀河：《魯迅與〈晨報副刊〉始末》，《魯迅研究月刊》，2018 年第 5 期。

如果說《晨報副刊》前期推出的小說新星是冰心，那麼徐志摩任主編的後期，最重要的小說新人當屬沈從文了。員怒華全面統計了沈從文在《晨報副刊》發表的作品，「從 1924 年 12 月首次在《晨報》副刊上發表《一封未曾付郵的信》至終刊，沈從文在《晨報》副刊上共發表小說、散文、詩歌、戲劇等各種體裁的作品 100 餘篇，成為文壇上一顆冉冉上升的新星。」〔註 123〕沈從文活躍的 1920 年代中後期，五四新小說已經度過了草創期，進入了深化期。

除了冰心、沈從文以外，《晨報副刊》還發表一批後來稱之鄉土小說家的青年作家的作品，比如許欽文、蹇先艾與黎錦明。

1922 至 1924 年許欽文在《晨報副刊》發表了 54 篇短篇小說。如《這一次的離故鄉》《傳染病》《理想的伴侶》《父親的花園》《中學教員》《孔大有的弔死》《工人朱貴有》《濕手捏了乾麵粉》《一張包花生米的字紙》《勝利》《重做一回》《模特》《引見以後》等。這些作品有的寫底層民眾的疾苦，有的寫青年人的生活，有的寫知識者的彷徨，具有鮮明的啟蒙性。其中《理想的伴侶》更是引出魯迅創作了小說《幸福的家庭》，後者的副題正是「擬許欽文」。黎錦明的短篇小說《僥倖》發表在 1924 年 12 月 4 日至 10 日的《晨報副刊》，這是他發表的第一篇短篇小說。隨後兩年間又發表了如《雹》《店徒阿桂》《落花小品》《四季》《不速的客人》《神童》《柿皮》《船夫丁福》《小黃的末日》《出閣》等，後來分別結集為小說集《雹》和《烈火》。蹇先艾發表作品稍晚一些，他首先在 1925 年 6 月 22 日在《晨報副刊》的附刊《文學旬刊》上發表短篇小說《家庭訪問》，到 1928 年停刊他共發表了 12 篇小說，並且翻譯了 5 篇契訶夫的小說。如《窮人的時運》《星期日的下午》《狂喜之後》《到家的晚上》《渺茫的過去》，後來多收入小說集《朝霧》。

這些小說家魯迅後來總結新文學成績時給予很高的評價，他說「在北京這地方，——北京雖然是『五四運動』的策源地，但自從支持著《新青年》和《新潮》的人們，風流雲散以來，一九二〇至二二年這三年間，倒顯著寂寞荒涼的古戰場的情景。《晨報副刊》，後來是《京報副刊》露出頭角來了，然而都不是怎麼注重文藝創作的刊物，它們在小說一方面，只紹介了有限的作家：蹇先艾，許欽文，王魯彥，黎錦明，黃鵬基，尚鉞，向培良。」〔註 124〕

〔註 123〕員怒華：《四大副刊與五四新文學》，華中師範大學博士論文，2011 年。
〔註 124〕魯迅：《中國新文學大系‧小說二集‧導言》，《魯迅全集》第 6 卷，第 256 頁。

　　《晨報副刊》與文學研究會一度頡頏互進，互為支持。《晨報副刊》在 1920 年刊登了《文學研究會宣言》(1920.12.13)和《小說月報改革宣言》(1920.12.16)。1923 年王統照任《文學旬刊》主編時，將《文學旬刊》附在《晨報副刊》一起出版。葉紹鈞的小說《阿鳳》《潛隱的愛》《一課》也發表在《晨報副刊》。

　　（2）《時事新報》副刊《學燈》發表小說的情況

　　《學燈》是上海《時事新報》的副刊，1918 年 3 月 4 號創刊。《時事新報》在 1916 年 4 月張君勱任主筆時以反對復辟著稱，成為上海頗具影響力的大報。1917 年張東蓀接任主編，開始宣傳新文化與新思潮〔註 125〕。《學燈》創刊時本是《時事新報》教育欄目的擴大版，宗旨在於「促進教育，灌輸文化」，〔註 126〕故初期主要討論教育、政治社會問題，勞工、政黨、思想（思潮）、自由、教育、科學、婦女是其高頻詞彙。此時文言白話並用，發表文學作品較少。真正深度參與五四新文學則要從 1919 年 8 月郭虞裳、宗白華擔任編輯以後。

　　相比較《晨報副刊》發表大量的重要小說來說，《時事新報》副刊《學燈》對五四新詩的發展貢獻更大。一是推出了「詩人」郭沫若。郭沫若許多著名詩歌發表在該刊，如《鳳凰涅槃》《天狗》《地球！我的母親》等，其他五四詩人朱自清、康白情也率先在《學燈》亮相。二是胡懷琛給胡適改詩引發的爭論，深化了新詩的影響。〔註 127〕

　　而《學燈》之於五四新體小說，有一個逐步轉變的過程，和編輯對小說文體的認知有很大關係。1918 年 12 月 6 日開闢「新文藝」，開始有翻譯小說，如《郵政局》（泰鶴露著，韻梅譯，載於 12 月 6 日～18 日），《籠中鳥和空中鳥》（托爾斯泰著，一鶴譯，載 12 月 31 日），《奄密兒》（標為「教育小說」，盧梭著，信言譯），有文言也有白話，數量很少，時斷時續。同時在「名著‧譯述」裏也發表翻譯小說，比如 1919 年 3 月從《新青年》轉錄發表了周作人

〔註 125〕從時間來看，《學燈》參與五四新文化要比《新潮》(1919 年 1 月創刊)、《晨報》副刊 (1919 年 2 月改版)、《覺悟》(1919 年 6 月) 要早。關於《學燈》與五四新文化的整體研究，可以參看張黎敏的專著《文化傳播與文學生長——(1918～1923)〈時事新報‧學燈〉研究》(中國財政經濟出版社，2014 年)，以及吳靜的專著《〈學燈〉與五四新文化運動》(中國書籍出版社，2015 年)。

〔註 126〕《學燈宣言》:《時事新報‧學燈》，1918 年 3 月 4 日

〔註 127〕《學燈》1920 年 7 月 20 日發表胡懷琛的《〈嘗試集〉正謬》，是繼之前發表《讀胡適之〈嘗試集〉》的續篇。論爭自 1920 年 4 月始，持續半年多，許多名家和刊物參與此事件。

翻譯的《賣火柴的女孩兒》和《鐵圈》等名作。而到 1919 年 8 月以後（即宗白華任編輯後）突然增加「新文藝」的文章刊發量，在本月的新文藝欄共有 15 篇，包括詩、劇、小說創作和翻譯，而且都是白話作品，這是鮮明的轉變。到 9 月沈雁冰、郭沫若、沈澤民、葉聖陶等作家開始在《學燈》上發表作品，尤其郭沫若發表三首詩《鷺鷥》和《抱和兒浴博多灣中》（9 月 11 日）《死的誘惑》（9 月 29 日），這是郭沫若第一次公開發表新詩，具有重要意義，郭沫若早期僅發表兩篇小說《他》（1920 年 1 月 24 日）和《鼠災》（26 日）。

　　總體上看，《學燈》發表的小說總量偏小。宗白華編輯時期（1919.8～1920.4）主要刊發詩歌、美學和文藝評論。李石岑編輯（1920.5～1921.7）時期，翻譯小說明顯增多，有 28 篇之多，但是小說創作僅有 8 篇。最著名的當屬在 1920 年的「雙十節」增刊發表魯迅的小說《頭髮的故事》，在 1921 年 7 月又發表了魯迅的翻譯作品《父親在亞美利加》。在 1920 年 11 月刊載了包壽眉的《短篇小說之研究》；1921 年 3 月開始刊載「現在美國最好的短篇小說」系列，延陵連續介紹翻譯了美國的短篇小說計 6 篇。其實在 1920 年 3 月 20 日「文學談」欄目就刊載過朱自清翻譯 Fittenger 的《短篇小說的性質》，和「現在美國最好的短篇小說」都明顯具有西方「短篇小說」的新視野，強調短篇小說是「人生裏凝聚的一片，是平凡無事的生活圈裏截取出來的」，〔註 128〕這與胡適 1918 年發表的《論短篇小說》形成呼應，與晚清《小說時報》等雜誌所標「短篇小說」已不可同日而語。

　　在鄭振鐸任編輯時期（1921.4～1922.1）直接推動了文學研究會與《學燈》的聯合，除了重點推介兒童文學以外，發表文學研究會成員大量文學作品，但小說的比例還是偏低。葉聖陶發表小說 3 篇，茅盾發表小說創作 1 篇；盧隱發表小說 3 篇；許地山、王統照發表大量文藝評論與散文但未發表小說；倒是耿濟之發表翻譯小說 3 篇；應該特別關注的是創造社郁達夫在《學燈》發表了他的第一篇小說《銀灰色的死》（署名 T. D. Y，自 1921 年 7 月 7 日至 13 日）〔註 129〕。

〔註 128〕朱自清：《短篇小說的性質》，原載《學燈》1920 年 3 月 20 日，署名柏香，收入《朱自清全集》第 8 卷，第 483 頁，江蘇教育出版社，1988 年。

〔註 129〕《銀灰色的死》是郁達夫公開發表的第一篇小說，現存更早的未發表的小說有兩篇，一篇是《兩夜巢》，作於 1919 年 2 月至 4 月間，由其夫人孫荃保存，後收入全集。另一篇是日文小說《圓明圓的一夜》，作於 1920 年 6 月 3 日。見《郁達夫全集》第一卷，第 1 頁和第 10 頁，浙江大學出版社，2007 年。

綜合來看，《學燈》在 1918 年至 1922 年間發表文藝作品中對「新詩」和翻譯明顯重視，而對小說，尤其是創作小說是漠視的。這背後體現的小說文體觀念需要進行特別分析。在《學燈》創刊前，《時事新報》有專門發表小說的副刊《報餘叢載》，並在 1916 年 10 月 10 日開闢「上海黑幕」專欄，刊發大量五四新文學家曾痛批的「黑幕小說」。《學燈》創刊後，《時事新報》頭版發布「裁撤黑幕」通告，另將《報餘叢載》變成一個「禮拜六」式的小說副刊，刊登消閒的滑稽、譏諷式的文言小說和白話小說。

在《學燈》改版「新文藝」逐步擴大之後，《報餘叢載》停刊，但並沒有藉此將小說轉移到《學燈》上發表，而相繼另辦副刊《潑克》（Poker，即今天的「撲克」，足見其消閒性質）《青光》，繼承了《餘載》小說副刊功能。《時事新報》編創團隊的解釋是：「小說瑣聞，其目的在有趣，孰意每日閱之，其趣因熟見而不鮮矣，不如不常見之為愈也。故決定移至每星期日之《潑克》增刊中」「本報因擇每星期日發刊，以代《學燈》，正師此意耳。」〔註 130〕小說的功能在於「有趣」，並且要保持新鮮感，故要移到不常見的星期日增刊中。在另一篇徵文中說：「專載短篇小說，及一切滑稽小品文字」〔註 131〕，可見他們對小說的理解和「禮拜六派」有相通之處，也與上述《學燈》上刊載的朱自清等人推介的關於短篇小說的理論文章相悖。在《餘載》副刊，其實也發表一些新文學作家的小說，比如冰心小說有《一個兵丁》（1920.5.27）、《最後的安息》（1920.3.19）、《一個軍官的筆記》（1920.8.21）等；葉聖陶發表小說有《你的見解錯了》（1920 年 7 月 30 日）、《隔膜》（1921 年 4 月 9 日）。

那麼如何理解這種現象？張黎敏認為：「在《學燈》上刊登新小說並不主要取決於來稿小說的好壞，否則刊登在《餘載》這些可稱之為佳作的新小說還是有機會刊登在《學燈》上，因此，筆者以為正是這種『差別的待遇』反映了《時事新報》同人和《學燈》主編對新文學文體的體認是有區別的。」〔註 132〕朱壽桐對比了《餘載》與《學燈》，認為這樣的安排是由於《學燈》倡導「新文藝」時極端的「先鋒姿態」導致了文體選擇上的差異：「在《時事新報》以及《學燈》副刊的主持人心目中，新詩才是『新文藝』的最突出和最有代

〔註 130〕《啟事》：《學燈》，1919 年 2 月 4 日。

〔註 131〕《潑克》徵文啟事，《時事新報》，1919 年 2 月 9 日。

〔註 132〕張黎敏：《文化傳播與文學生長——（1918～1923）〈時事新報・學燈〉研究》，第 116 頁。

表性的文類，其他如白話小說、白話散文以及白話戲劇都在『成色』上屬於稍遜一籌的『新文藝』」。〔註133〕兩位學者充分認識到《時事新報》及《學燈》對小說文體認識的偏見，或者說對新詩、翻譯小說、話劇等文學之「新」的迷信，分析可胃切中肯綮。

筆者想補充的是，從晚清到五四小說語言大變革的背景看，這種現象其實是五四前後語言變革與文體自覺之間的矛盾。人們對五四新派小說的「現代」之內涵還缺乏充分認識，還沒認識到小說之新不僅在於白話，還在於小說的審美規範、現代漢語修辭與思想表述的完美融合，這正體現了語言變革與漢語小說「現代」生成過程中「白話／思想／文體」三者協奏磨合的互生關係。大多數舊派小說家轉變趨新時，對短篇小說的理解只是停在簡單的「短／白話／故事」的疊加上。與魯迅、郁達夫、葉紹鈞、許地山等人「五四」初期即表現出高度成熟的語言審美與文體自覺相比，大多數作家未能處理好這個關係，甚至在《晨報》副刊，以及革新後的《小說月報》裏也能看到這些現象。在許多舊派文言小說雜誌轉向新派小說雜誌時則表現得更為普遍。因此，《學燈》的轉變及體現的小說觀念，都是值得研究的。

（3）《民國日報》副刊《覺悟》的小說發表情況

《民國日報》創刊於 1916 年 1 月 22 日，1924 年以後成為國民黨黨刊。《覺悟》副刊 1919 年 6 月 16 日創辦，誕生於「五四運動」的巨浪中，全部使用白話，前期主要是政論文為主，發表文學作品較少。1920 年 1 月 1 日改版後擴張成四開四版報紙，加大了文學作品的刊發量，設置欄目與《新青年》類似，有評論、詩歌、講演、譯述、小說、隨感錄等。所載小說由於受版面限制均很短小，多是翻譯小說，創作小說不多，不過魯迅的《故鄉》（1921 年 6 月 29 日）轉載發表時佔用兩個半版面，足見其對新文學家的重視，周作人、沈雁冰等人也是該刊的主要撰稿人。

但是，考察《覺悟》的小說狀況，要將它放到《民國日報》副刊的大系統裏看。〔註134〕《覺悟》創刊前《民國日報》相繼辦過《藝文部》《文壇藝藪》《民國閒話》《民國思潮》《民國小說》幾個副刊，都有盛名。而且這些副刊對小說很重視，文言白話，長篇短篇，創作翻譯均有，和當時前沿的小說雜

〔註133〕朱壽桐：《〈學燈〉與「新文藝」建設》，《新文學史料》，2005 年第 3 期。
〔註134〕對《民國日報》系列副刊的整體演化，可參看杜竹敏的研究，見《〈民國日報〉文藝副刊研究（1916～1924）》，復旦大學博士論文（2010 年）。

誌相當。發表的小說主要有葉楚傖（《民國日報》的副主編）長篇小說《古戍寒茄記》（白話）、姚鶴雛翻譯的《鴛淚鯨波錄》（文言）、《絮影萍痕》（白話）、張冥飛的《畫緣》《風雲情話》、成舍我的《娜迷阿》、天月周漁翻譯的《郎，儂之愛》（文言）等。從題目就可見一斑，這些小說大多嵌入詩詞，其中姚鶴雛擅長文言抒情小說，在《小說月報》《小說叢報》發表許多「鴛鴦蝴蝶派」式苦情小說，他的《鴛淚鯨波錄》雖是翻譯，其實是自己的再加工，以極華麗的駢儷之句寫景抒情。而葉楚傖的長篇小說《古戍寒茄記》後來由鴛鴦蝴蝶派主要陣地《小說叢報》社出版單行本。

1918 年 9 月 10 日《民國日報》發行了《民國小說》副刊，據有學者統計，「從 1918 年 9 月到次年 6 月，《民國小說》存在的時間不滿一年，但刊登的小說有 155 篇，小說理論 8 篇，傳奇、雜劇 14 篇，彈詞 1 篇。」〔註 135〕足見小說量很大，這些小說大多帶有「鴛鴦蝴蝶派—禮拜六派」小說的風格。1919 年自 5 月取代了《民國小說》與《民國閒話》合刊，內容大幅縮減，原有的版面為《救國餘聞》所代，6 月《覺悟》創刊。原有的舊派小說和文白混雜的小說版面也隨之消失了，取而代之的是全新白話副刊，只是初期《覺悟》主要發表思想性論文，在 1920 年改版擴大之後，才刊登更多的新文學。

因此，從《民國日報》副刊這種風格的陡然變化可以看出，《覺悟》的誕生就是該報社對新文學的認同下的「棄舊從新」行為。這讓我們更加直觀地看到，以《新青年》為陣地，以胡適、陳獨秀、魯迅、周作人等人倡導的白話新文學是如何影響並擴散到整個文壇的。

以上是新文學主要小說雜誌的白話小說興起情況，這些雜誌在 1917 年到 1925 年間是發表新體白話小說的主要陣地。而大量的舊派小說雜誌，除了《小說月報》這樣新編輯主導的劇變式改革外，有的做了最後的掙扎而停刊，有的經歷了艱難的轉軌，有的重新定位，自我變革，順應了歷史潮流。

二、1917～1925 年舊派小說雜誌的轉軌

這裡所說「舊派小說雜誌」是指相對於五四新文學雜誌，與民初《民權報》《小說叢報》《小說月報》《小說時報》一脈相承的小說雜誌，編輯隊伍也與這些刊物有著密切的聯繫，比如包天笑、李定夷、王蘊章、王鈍根、貢少芹、許指嚴、嚴獨鶴、趙苕狂、周瘦鵑等人。他們理念上多持傳統小說觀念，道德及

〔註 135〕杜竹敏：《〈民國日報〉文藝副刊研究（1916～1924）》，第 26 頁。

社會觀念上也偏於保守。和五四新文學家大多有留學海外背景不同，他們多是本土作家，很多是「南社」成員。在五四新文學的發生期，這些本土派作家，有意識地互相支持，彼此聯絡應對，在力求保持原有的辦刊立場下，也做出有限的調整，以適應新的時代大潮，爭取更多的市場與讀者。這些小說總體上可稱之為「現代通俗小說」，或「民國舊派小說」，但對特定的五四時期來說，還是范伯群界定的「鴛鴦蝴蝶─禮拜六派」稱呼較為準確〔註 136〕。不過我這裡同時強調的是橫向的人脈交叉和縱向上文學風貌的傳承與微調。民初至五四前「鴛鴦蝴蝶派」占主流，1917 年以後隨文學革命逐漸發生影響，應該以「禮拜六派」命名更準確，因為此時通俗小說仍以消遣、趣味為主，但不再強調言情與文字上的駢四儷六、雕紅刻翠，總體趨於淺顯通俗，五四新文學家所討論的內容也進入他們的視野，只是所持觀點不同，表現手法不同罷了。

1. 1917～1920 年間舊派小說雜誌的小說語言狀況

在胡適發表《文學改良芻議》的同時，舊派小說家包天笑創辦了《小說畫報》。該刊 1917 年 1 月創刊，1920 年 8 月終刊，目前所見共出版 22 期。主要作者有包天笑、范煙橋、畢倚紅、徐卓呆、周瘦鵑、葉小鳳等人，都是 1920 年代通俗小說雜誌的常見作者，甚至在五四新文學興起以後成為「舊派小說」的標籤，讓新派小說家不屑於與他們同處一本刊物（見後文關於《小說世界》創刊號的分析）。

包天笑在《例言》中說，「小說以白話為正宗，本雜誌全用白話體，取其雅俗共賞，凡閨秀、學生、商界、工人無不咸宜」，這是民國時期最早的一本全白話小說雜誌。但是由於他們缺乏新的小說觀念，白話的應用停留在說書體、講故事的層面，所以其白話小說雖有反映社會現實之作卻不能將之提升到雅文學的境地。誠如有學者所言：「《小說畫報》使我國小說創作語言從文言走向白話，但還不能稱為優秀的現代短篇小說語言，它對事物的描寫，只做到了細緻，而不能深刻；它對人物的描寫，只做到了明生動，而不能呼之欲出」。〔註 137〕背後的原因只能從小說觀念、小說修辭及小說體現「新思想」

〔註 136〕范伯群使用這個概念是強調其共時性，認為鴛鴦蝴蝶派與禮拜六派有共同的交際圈，關係錯綜複雜，很難分開。同時認為「民國舊派小說」概念含有貶義色彩，故棄之不用。本書借用此概念強調的是縱向的承接關係與新的變化。見《中國近現代通俗文學史》緒言，江蘇教育出版社，2010 年，第 13 頁。
〔註 137〕范伯群：《中國近現代通俗文學史》，下卷，第 456 頁。

的欠缺幾方面去找。比《新青年》更早將白話語言貫穿全部雜誌，這是五四時期舊派小說期刊中的一個特例。

（1）《小說新報》的小說語言狀況

《小說新報》創刊於 1915 年，先後由李定夷、許指嚴、貢少芹主編，曾是發表「鴛鴦蝴蝶派」小說的主要陣地，1921 年停刊一年，1922 年復刊，1923 年辦到第 8 卷 9 號停刊，辦刊時間之長不愧為「國內老牌出版物」（見第 7 卷 9 期的廣告）。在 1921 年停刊時寫的「啟事」中非常生動地記錄了「新文學」的壓力與舊派雜誌的焦慮與無奈：

> 新文學潮流今方極盛一時，風會所趨，勢使之然。本報殊不願附和其間。近來來函要求鼓吹新潮者甚多，本報寧使停辦，決不附和取媚，以取削足適履之譏。〔註138〕

1922 年復刊以後果然固執己見，「決不附和取媚」，其欄目設置並未發生大的改變，仍沿用說海、史勝、風俗、豔詩、諧藪、劇本、文苑，仍然刊登名伶、名「花」的照片，不過增加了「思潮」一欄，語言上最大的變化在於白話小說明顯增多，超過了文言小說的數量。筆者統計 1922 年全年發表的短篇小說，白話小說計 112 篇，文言小說有 34 篇，平均每期仍有 2～3 篇文言小說，長篇小說共刊 4 篇，全部為白話。在 1922 年第 7 卷終刊時刊登的「新年廣告」稱，新的一卷（即 1923 年第 8 卷）將聘請「大文豪」天台山農先生（即清末民初三大書法家之一的劉文介，曾師從吳昌碩）為主編，並「改良內容，增加材料，考究形式，精研印刷。務求較前七年所出之《小說新報》格外有精彩，有趣味。」〔註139〕然而從第 8 卷全部 9 期看，《小說新報》甚至加強了「通俗舊派小說雜誌」的定位，其語言上是「各種文字皆歡迎，文言白話悉聽擅長」，〔註140〕甚至刊載筆記體的駢文。本年度發表白話短篇小說 57 篇，文言短篇小說 26 篇；白話長篇小說 4 篇，文言長篇小說 1 篇。白話小說雖然占絕對多數，但比例比上一年卻縮小了。

新思潮也對此刊物產生明顯影響，不過，這種影響是從反面體現出來的。其作者隊伍或編輯同人大多反感新文化和新文學的理念，他們反對自由戀愛、討厭新詩、諷刺共產主義。比如，《情之誤》（7 卷 1 期）、《解放毒》（7 卷 3

〔註138〕《停刊啟示（事）》，《小說新報》6 卷 12 期，1921 年 10 月。
〔註139〕見《小說新報》第 7 卷第 10 期的扉頁上的《通告》，1922 年 11 月。
〔註140〕見《小說新報》第 8 卷第 1 期的《本社徵文簡章》，1923 年 3 月。

期)、《一個懺悔的學生》(7 卷 4 期)、《不自由的自由婚姻》(7 卷 12 期)、《婚姻的讓步》(7 卷 12 期)、《戀愛自由的結果》(8 卷 8 期)等小說就是重點諷刺新式的自由戀愛觀念;《公妻》《共產主義》等小說就是諷刺共產主義的;而最直白的當屬標為「諷刺小說」的《新文學家》(7 卷 2 期)了,它以漫畫的手法刻畫了新文學家醜陋、虛偽的「嘴臉」,直斥他們只會做「放屁一種的新體詩」,一看即知以胡適為原型。這反映出它的矛盾心理,一方面其白話小說增多,的確符合「隨文字界潮流為變遷」的自我評價,但又不能徹底改革,做到全部用白話和新式標點。而反對新思潮的「舊派」定位,尤其是用小說來影射、醜化新思潮的做法,也使它背離小說藝術愈來愈遠,復刊兩年而終,就是最好的說明。

《小說新報》是堅持舊風格時間最長的老牌刊物。其他如《小說季報》《小說海》《小說大觀》《小說月報》《禮拜六》都至遲在 1921～1922 年,在新文學的大潮吹拂下要麼難以為繼停刊,要麼改弦易張,變成新的白話小說雜誌復刊。

(2)《小說海》《小說大觀》的小說語言狀況

《小說海》是 1915 年 1 月創刊的小說雜誌,在 1917 年 12 月停刊。而 1917 年全年新發表長篇文言小說 4 篇,長篇白話小說 2 篇,短篇文言小說 94 篇,短篇白話小說 7 篇。這至少說明在 1917 年文學革命對它還沒有什麼影響。

《小說大觀》是包天笑主編的季刊,1915 年 8 月創刊,至 1921 年 6 月停刊,共辦 15 期,實際上 1920 休刊一年,1921 年又辦一期停刊。統計自 1917 年 3 月的第 9 集到 1919 年 9 月的第 14 集,其文言小說明顯占主流,其文言、白話小說比例分別為:40：6(1917 年);12：1(1918 年);10：1(1919 年)。也就是說,在 1919 年前仍然在舊的軌道上滑行,鴛鴦蝴蝶派氣息很濃。比如,1919 年 9 月 1 日出版的第 14 集刊載的小說僅從題目上看即能窺其風格:雨田的文言短篇小說《鴛鴦券》,煉塵的文言短篇《碧血鵑啼錄》(標哀情小說),張毅漢的文言長篇小說《劫海鴛盟記》(標奇情小說)。在 1921 年出版的一期中,短篇白話小說明顯增多,有 4 篇,文言短篇小說僅有 1 篇,長篇文言小說有 1 篇,結合前面一節論述的「三大副刊」在 1919 年的創刊或更張來看,《小說大觀》也明顯順應了時代潮流。

2. 1921～1925 年間舊派小說雜誌的小說語言狀況

如果說 1917 年 1 月胡適的《文學改良芻議》拉開文學革命的序幕的話,《小

說月報》的改組則標誌著「文學革命」深入到新階段。正是在 1921 年後，白話小說才成為各種文學期刊的主流，文言小說開始全面的消退。稱「消退」是想說明，文言小說並沒有立即退出歷史舞臺，而是漸漸地消退，直到新中國建立前夕，仍有刊物發表文言小說。在 1921 年前後，小說期刊開始進入一個更新換代時期。〔註 141〕一大批舊的小說期刊或停辦，或改組，或進行了重新的定位。

最著名當屬《小說世界》《新聲》《紅雜誌》《紅玫瑰》一系列雜誌。由於《小說月報》的改組，將大批的舊派小說家擋在門外，促使他們又另辦一批通俗刊物。1921 年 1 月施濟群主編《新聲》；6 月周瘦鵑、趙苕狂編《遊戲世界》，9 月周瘦鵑編輯《半月》雜誌（在第 96 期後改名為《紫羅蘭》）；1922 年包天笑創辦《星期》週刊；8 月施濟群、嚴獨鶴編《紅雜誌》（出 100 期後改為《紅玫瑰》）；1923 年商務還專門辦《小說世界》意欲將《小說月報》改組丟掉的舊讀者找回來；〔註 142〕同年，李涵秋辦《快活》，嚴獨鶴、程小青辦《偵探世界》，徐卓呆編《笑畫》等等。我們可以看出，大批的舊派通俗小說家經過短暫的調整很快找到了他們的位置，那就是：為民國的新市民提供新式的、逍遣的「興味」「白話」通俗讀物。

（1）後期《禮拜六》的小說語言情況

這裡先以 1921 年復刊的《禮拜六》為例來看其語言轉變情況。1921 年 3月，在周瘦鵑、王鈍根的策劃下，《禮拜六》復刊了，此前的《禮拜六》從 1914年創刊至 1916 年，出版共 100 期後停刊，前期的語言情況，我在本章第一節曾有介紹，在 1916 年短篇小說的文言白話比例為 71：6，其文言小說明顯居主流，白話小說只佔了 8% 左右。

而這次迎著洶湧的新文學大潮復刊，帶有明顯的抗衡和爭奪市場意味。復刊明顯不同的是，白話小說佔據了主流。我們抽樣看其文言白話小說的比例，復刊後的前 10 期（即第 101 期～第 110 期）的短篇小說中，白話小說有55 篇，文言小說有 13 篇。兩篇長篇小說則全部為白話，不過第 115 期「愛情

〔註 141〕關於《小說月報》改組以後原有的作者和積稿的去向，謝曉霞在《〈小說月報〉1910～1920：商業、文化與未完成的現代性》一書中作了很好的闡述，見該書第六章第二節。上海三聯書店，2006 年。

〔註 142〕關於 1921 年後通俗小說雜誌創辦或改組的浪潮，可參考范伯群著《插圖本中國現代通俗文學史》第九章「1921 年：《小說月報》的改組與通俗期刊第三波高潮」，北京大學出版社，2007 年。他主編的另一本《中國近現代通俗文學史》，在下編第三章「通俗文學期刊：與新文學期刊並列的另一系列（1922～1937）」也全面考察了 1922 年前後通俗文學期刊的流變，江蘇鳳凰出版社，2010 年版。

號」專輯中發表一部長篇文言小說《情天懺孽》，本期的短篇小說中文言、白話小說各占 6 篇，這也是復刊後全部 200 期中文言比例最大的一期。

《禮拜六》文言、白話小說的這一比例一直持續到終刊，最後的 10 期（1922 年 12 月 9 日至 1923 年 2 月 3 日，即第 191 期～200 期）中，白話短篇小說有 57 篇，文言小說有 17 篇；長篇小說有 3 篇全部為白話。在整個 200 期雜誌中，平均每期的文言小說占到 2 篇左右。這是當時大多數舊派刊物的基本情況。

《禮拜六》是五四之後通俗小說雜誌的代表，其辦刊時間雖短，但其作者隊伍龐大，幾乎囊括當時大部分通俗小說家，有人總結說「舊文壇雜誌，是著名的《禮拜六》。幾乎集旗下搖頭擺尾的文人，於《禮拜六》一爐」。〔註 143〕其小說乃遊戲消遣的編輯思想，市民文學刊物定位，在當時舊派小說中很有代表性，使「禮拜六派」這一概念具有強大的文學史概括性。〔註 144〕正如有學者言：「《禮拜六》前百期和後百期分別處於五四之前和五四之後，這就使得它能在某種程度上勾勒出市民文學在五四前後的發展和演變過程。」〔註 145〕

主編之一周瘦鵑是舊派小說家中的「新銳」，在舊派小說家新老更替之際，他成為通俗小說界的中堅。在五四之前的小說雜誌上發表翻譯小說，其翻譯的歐美小說曾得到魯迅的讚賞，又寫作大量的白話小說，曾在茅盾主持《小說月報》的「小說新潮」欄目發表小說。但是他一直語言上「文白相濟」，思想上「新舊兼備」，堅信小說可供「把玩」「茶餘酒後，可作消遣之需」，〔註 146〕終究成為與新文學擦肩而過的「舊派新銳小說大家」。

周瘦鵑由前期《禮拜六》的作者到後期的編輯，同時兼任《自由談》編輯達 12 年，再到創刊《半月》《紫羅蘭》《紫蘭花片》《中華》，及至 1940 年代對張愛玲的發現與推介，參與中國早期電影業，甚至共和國時期的人生軌跡，其傳統與先鋒，守舊與時尚都有不同的體現，這無疑表徵著不同於五四

〔註 143〕微知：《從〈春秋〉與〈自由談〉說起》，《申報》，1933 年 2 月 7 日。
〔註 144〕1933 年通俗期刊《珊瑚》上有舊派作家就用「禮拜六派」與「新文學」相對：「在前幾年，中國的短篇小說非常之多，雖然有新文學派與禮拜六派的不同，但是各有特長。新文學派裏，確有當得起『新』，夠得上『文學』的作品。禮拜六派裏，也有極『新』極『文學』的作品。」見 2 卷第 1 期「說話」欄目，署名「說話人」。1940 年 11 月《上海週報》的 2 卷 26 期刊文《禮拜六派的重振》，希望舊派文學在抗戰之下去偽存精，重新振作。
〔註 145〕關於《禮拜六》作者隊伍的構成，參見劉鐵群《現代都市未成型時期的市民文學——〈禮拜六〉研究》，中國社會科學出版社，2010 年，第 30 頁。
〔註 146〕周瘦鵑：《介紹新刊》，《申報》1921 年 3 月 27 日。

的另一種現代性的流變。〔註147〕

（2）《新聲》《紅雜誌》《紅玫瑰》的小說語言狀況

再看施濟群創辦的影響巨大的系列消閒雜誌《新聲》《紅雜誌》《紅玫瑰》。

《新聲》雜誌 1921 年 1 月 1 日創刊，1922 年 6 月 1 日停刊，共有 10 期。在這 10 期中，白話長篇小說有 1 篇（許指嚴的《人海夢》），文言長篇小說有 2 篇；短篇小說中，白話小說有 40 篇，文言小說有 23 篇，平均每期 2～3 篇左右，在最後一期文言比例反超，文言小說 7 篇，白話小說 5 篇。

《新聲》停刊後，施濟群於 1922 年 8 月又辦了《紅雜誌》，這是一份影響很大的刊物，共出 100 期，其文言小說比例要小得多，前 10 期中，白話長篇小說 1 篇，沒有長篇文言小說；短篇小說中，白話小說為 52 篇，文言小說為 8 篇，連清末民初著名的文言小說家王蘊章、吳雙熱也改為白話了〔註148〕，文言小說的比例大大下降。

《紅雜誌》到 1924 年 8 月出滿 100 期改名為《紅玫瑰》，到 1932 年 1 月才停刊，共出版 288 期，其辦刊時間之長，影響之廣泛，在五四小說期刊中獨樹一幟。以前 10 期為例，仍有一些零星的文言小說發表，長篇小說全部為白話，短篇小說的白話 38 篇，文言小說 3 篇，一直到 1929 年的 5 卷 8 號還發表了徐枕亞的文言小說《娼妓與愛情》。值得注意的是，作為「新思潮」「新文學」標誌之一的「新式標點」，《紅玫瑰》直到 1927 年才部分使用，本年度除了原來連載的長篇小說外，均用白話和新式標點，思想上也積極關注社會事務，比如 1927 年 11 月的第 3 卷 40 期上發表以「新青年」為主題的評論和小說計 4 篇，並引用了羅家倫關於小說的論述。顯然，這時的舊派雜誌已和民國初年的舊派小說雜誌顯示出一定不同。其零星發表的文言小說只是照顧個別小說家的舊習慣罷了，不構成挑戰時代潮流的因素。

（3）《小說世界》的小說語言狀況

為了不丟掉原來的讀者，商務印書館在改組《小說月報》之後，於 1923

〔註147〕關於周瘦鵑與新文學的關係目前研究還不充分，如何評價周瘦鵑文化活動，涉及重新思考整個中國現代文學敘事框架，范伯群以「雙翼論」的構想，將現代通俗小說統稱為繼承創新派。陳建華以「周瘦鵑是知識分子嗎」這樣的問題進入，重新審視，做了新穎的分析。見陳建華：《紫羅蘭的魅影：周瘦鵑與上海文學文化，1911～1949》，上海文藝出版社，2019 年，第 184 頁。

〔註148〕吳雙熱在第 41 期發表白話小說《選租》；王西神（蘊章）在 48 期發表白話小說《藥誤記》。

年 1 月另辦一個通俗小說雜誌《小說世界》。前期為週刊,主編是葉勁風,第 13 卷起胡懷琛為主編,至 1928 年第 17 卷始改為季刊,一直持續到 1929 年 12 月停刊,共辦 18 卷計 264 期。除了主編葉勁風和胡寄塵外,主要作者還有惲鐵憔、王蘊章、包天笑、李涵秋、徐卓呆、范煙橋、周瘦鵑、何海鳴、程小青、趙苔狂等,這些作者不僅有舊《小說月報》系統的作者,還有《禮拜六》停刊之後的禮拜六派小說家,可以說彙集了當時大部分知名的通俗小說家。

在「本刊投稿簡章」中說:「歡迎投稿,文體以白話為主,間亦酌用文言文」,這一精神一直持續到終刊。第 1 卷第 1 期有 4 篇文言,其他均為白話,甚至廣告也用白話。第 1 卷不僅繼續刊發了林紓的長篇文言小說《情天補恨錄》,還有文言筆記類小說如《天目山遊記》(莊俞),《美國偉人秘史》(勁風),《沁香閣筆記》(李涵秋),《獄史生涯》(畢倚虹),還有曾是《小說月報》《小說叢報》文言小說「臺柱」的許廑父、許指嚴,發表了諸如《清風明月廬譚會》《吳市蕭聲錄》這樣的文言小說。這樣每期 3 篇左右文言小說一直保持到終刊。同時也有趨新的一面,開始重視翻譯,增設「名家節本」等欄目,翻譯了莫泊桑、契訶夫、大仲馬等名家的作品,應讀者要求還增加了世界文壇消息,曾經倡導文言小說的名家惲鐵憔也開始發表白話小說(第 2 卷 1 期白話翻譯《笑禍》)。

《小說世界》自誕生起就是作為新文學刊物的對立面的,強調小說的趣味和消遣,《小說月報》的改組導致新舊小說家之間鬥見頗深,很難見到舊派小說家在新文學刊物發表文章,反之亦然。但是在《小說世界》1 卷第 1 期發表了王統照的小說《夜談》,茅盾(署沈雁冰)翻譯的《私奔》(署匈牙利裴多芬),第 3 期發表了茅盾翻譯的《皇帝的衣服》(署匈牙利密克柴斯)。從第 4 期開始才沒有新文學家的作品。作為過渡性質,這一現象倒也可以理解。但是《小說世界》的創刊及新文學作品的發表在當時卻引起軒然大波,錢玄同、魯迅、周作人立即發表評論,包括發表作品的王統照、茅盾也撰文解釋,極力撇清。這是值得分析的事件,有助於理解當時新舊文學陣營交鋒的形勢,有助於瞭解中國小說由於語言的變革,導致小說格局分化的現場,有必要進行簡單溯源。

《小說世界》雖然同屬商務印書館,但在改版《小說月報》之後樹立了新思潮的先鋒角色,突然又辦《小說世界》,極大地「刺激」了對商務抱有期

待的新文化人。《晨報副刊》連續刊登了四篇新文學家的評論。首先表達不滿的是「新文化運動的急先鋒」錢玄同，他對商務印書館的「兩面派」做法非常厭惡，1 月 10 日就在《晨報副刊》發表了雜感，如此評價：

> 一個《小說月報》改得像樣了，它就不舒服了，非要另找此輩
> 來辦一個《小說世界》不可！嗚呼！天下竟有不敢一心向善，非同
> 時兼做一些惡事不可的人們！我們對於他們，除了憐憫以外，尚有
> 何話可說。〔註 149〕

1 月 11 日刊署名東枝的《〈小說世界〉》的雜感，他以反諷的語氣感歎《小說世界》出版各方面都宣告了「勝利」：

> 《小說世界》的出版，其中含著極重大的意義，我們斷斷不可
> 忽視的，這個意義我用「戰勝」兩個字來包括他。因為《小說世界》
> 一出版，無論哪一方面都自以為是戰勝了。

出版者，商家，舊派作者、讀者都在歡呼勝利，尤其全文引用了袁寒雲諷刺沈雁冰的信，表明舊派對《小說月報》改組的失望和對新文學的嘲諷。最後反問道：「各方面沒有不戰勝，難道沒有被戰勝的嗎？我們看打麻雀，沒有一次是四家連頭五方面都贏的，那麼這輸家到底是誰呢？」

魯迅以唐俟為筆名於 1 月 15 日《晨報副刊》「通信」欄發表了《關於〈小說世界〉》一文，呼應錢玄同和東枝的文章：

> 上海之有新的《小說月報》，而又有舊的（？）《快活》之類以
> 至《小說世界》，雖然細微，也是同樣的事。

> 現在的新文藝是外來的新興的潮流，本不是古國的一般人們所
> 能輕易瞭解的，尤其在這特別的中國。許多人渴望著「舊文化小
> 說」（這是上海報上說出來的名詞）的出現，正不足為奇；「舊文化
> 小說」家之大顯神通，也不足為怪。但小說卻也寫在紙上，有目共
> 睹的，所以《小說世界》是怎樣的東西，委實已由他自身來證明，
> 連我們再去批評他們的必要也沒有了。若運命，那是另外一回事。

針對錢玄同害怕這樣的舊小說雜誌會毒害青年，魯迅說：

> 至於說他流毒中國的青年，那似乎是過慮。倘有人能為這類小
> 說（？）所害，則即使沒有這類東西也還是廢物，無從挽救的。與

〔註 149〕錢玄同（署名疑古）：《「出人意表之外」的事》，《晨報副刊》，1923 年 1 月 10
日。

社會，尤其不相干，氣類相同的鼓詞和唱本，國內非常多，品格也相像，所以這些作品（？）也再不能「火上添油」，使中國人墮落得更厲害了。〔註150〕

魯迅這裡對《小說世界》的作品算不算「小說」和「作品」都表示了鄙夷，嘲諷其是否具備毒害青年的能力。顯然，魯迅的著眼點在於小說的「立人」功能，強調文藝救世的精神影響。

1月23日的通信欄就有周作人（署名荊生）的文章《意表之中的事》，支持魯迅的意見，他認為對「商人」與「文氓」來說，他們的終極目的就是「賺錢」，只要有錢賺，就會製造「排泄物」，不值得大驚小怪。這些舊文化小說，自有市場，「奪了一個禮拜六，還會有禮拜七」。新文學家對「舊文化小說」的批判是憐憫、濟渡與挽救，其實不值得，正確的態度是「任其自然」，「讓他們沉到該沉的地方去」〔註151〕。周作人的批判帶有濃重的情緒及門戶之見。

最值得注意的是王統照在1月13日的「雜感欄」發表了《答疑古君》，用了較大篇幅解釋在《小說世界》第1期發表小說的事情。從其答辯中可以看出這是新文學陣營的一次「烏龍」事件。

起因在於錢玄同在《出人意表之外》一文中提到沈雁冰和王統照「與此輩攜手」：

「出人意表之外」的是：沈雁冰和王統照兩個名字也赫然寫在裏面！他們的名字不是常常發見於《小說月報》《文學旬刊》等說人話的雜誌上嗎？難道竟和此輩攜手了嗎？我翻開《小說世界》一看，王統照的《夜談》是「十、十一、十六」做的；沈雁冰的《私奔》是翻譯的文章。似乎他們只是拿舊稿和譯品去敷衍此輩，或者還說不到和此輩攜手，也未可知。但是，我很希望沈王兩君「愛惜羽毛」！

王統照三天後進行了回應。他稱看了錢玄同的文章才知道新出了一種小說雜誌叫《小說世界》，才知道是辦過《禮拜六》《快活》的人主創的，將他的名字和包天笑、李涵秋並列，本人也感到「出人意表之外」。王解釋說此篇小說是應沈雁冰約稿，當時並未知曉發表在何種刊物。

〔註150〕魯迅（唐俟）：《關於〈小說世界〉》，《晨報副刊》通信欄，1923年1月15日。
〔註151〕周作人（荊生）：《意表之中的事》，載《晨報副刊》雜感欄，1923年1月23日。

　　沈雁冰的來信及王統照的同意發表，這背後所體現的邏輯值得我們思考。沈雁冰給王統照去信說看到《禮拜六》《星期》的流行，「要辦一個真正的通俗性文學刊物，來滅其勢，而《小說月報》學理深奧，非於文學有素養者，難以索解」。所以該館想出一種小說週刊專載小說，「作真正文學興趣的指導，而不多談學理，便於流行。籍以抵抗《禮拜六》《星期》之類雜誌的勢力。」〔註152〕最後將王統照本來投《小說月報》的小說《夜談》給了《小說世界》。王統照非常贊同應該有一個體現新文學理念的「真正文學的小雜誌」給普通讀者，也認為這是中國文學的幸事。

　　王統照同時給沈雁冰寫信報告外界的批評情況，茅盾迅速在《時事新報‧學燈》上發表了《我的說明》，除了強調王統照的文章屬實以外，茅盾再次強調：創辦一個通俗文學刊物作新文學的梯子，先籠絡讀者再提高、引導讀者向更高的趣味。其本人也並不知道是與「禮拜六派」合作，才發了生「攜手」的誤會。〔註153〕

　　《小說世界》的創刊短時間引起這麼多爭論，新文學家迅速澄清「攜手的誤會」，可以看到新文學剛建立時的人事對立，「道不同不相與謀」，以同處一本雜誌為恥，這種對立肯定會忽視彼此的融合和共通。漫畫化對方，情緒化的站隊，是雙方都存在的現象。舊派小說家除了對戀愛、自由、倫理方面持傳統觀念，更是在小說中大量冷嘲熱諷新文學家。通俗小說研究大家範伯群說：「如果不以它是革新後的《小說月報》的對立面的成見看問題，這個刊物基本上還是經得起評價的。」〔註154〕他認為徐卓呆、何海鳴的短篇小說，程小青的偵探小說，開創「銀幕」一詞的專欄「銀幕藝術」等都是市民通俗小說家的獨特貢獻。同時，社會最新思潮也在雜誌上得到一些反映，也會發表相當數量的討論社會熱點的小說，只是秉持的態度較為傳統罷了。比如第2卷4期上發表了《思潮》《男女的節操》《白頭處女》《父親的義務》等明顯介入了當時家庭倫理的大討論。

　　但是文學史運動總是以先鋒性姿態前進的，五四新文學家是從啟蒙、建設未來中國之「真正文學」的角度激烈批評《小說世界》的。上述「攜手」

〔註152〕王統照：《答疑古君》，《晨報副刊》，1923年1月13日。
〔註153〕茅盾（署名沈雁冰）：《我的說明》，載《時事新報‧學燈》，1923年1月15日。此文及王統照給茅盾的信收入《茅盾全集》第18集，人民文學出版社，1991年，第340～342頁。
〔註154〕范伯群：《中國現代通俗文學史》，北京大學出版社，2007年，第264頁。

事件中新舊小說家都提倡通俗，可是一為通俗導向啟蒙與覺悟，一為通俗取得消遣與快樂，高雅與通俗就此分立。今天回望這些紛爭，我們要看到各自的立場及改變。語言變革帶來小說格局的變動，小說的新思潮如何以白話為基點找到新的修辭、新的完美形式，才是我們所應重點關注的問題所在。

（4）《申報·自由談》的小說發表情況

《申報》的附刊《自由談》創辦於 1911 年 8 月 24 日，王鈍根、吳覺迷、陳蝶仙先後為主編。1920 年 4 月 1 日開始由周瘦鵑任主編，一直到 1932 年 11 月 30 日，在任時間達 12 年之久，也是發表小說最多的時期。最重要的是「自由談小說特刊」（自 1921 年 1 月 9 日發行，共 30 期）和「小說半月刊」（1923 年 3 月 25 日開始與「家庭半月刊」交錯出版）。這些「小說特刊」不但刊載短篇小說，還進行了小說理論的探討。1920 年以前《自由談》一直有小說欄目，翻譯與創作小說並重，以短篇小說為主，大多是文言小說。1920 年以後以白話短篇小說為主，但仍然持「文言與語體均歡迎」的原則，發表少量的文言小說。綜合大量小說雜誌的投稿簡章看，「文白兼收」還是「全部白話」是舊派小說雜誌和新派雜誌區別開來的一個顯著標誌。

主要小說作者有周瘦鵑、范煙橋、張枕綠、程瞻廬、徐卓呆等舊派大家。小說題材範圍廣泛，代表性的有包天笑的社會小說、徐卓呆和程瞻廬的滑稽小說、周瘦鵑的言情小說。長篇數量少，但是影響較大，比如程瞻廬的長篇小說《眾醉獨醒》，畢倚虹的《人間地獄》，包天笑的《海上蜃樓》等。

（5）《東方雜誌》的小說發表狀況

《東方雜誌》係商務印書館的老牌刊物，創辦於 1904 年 3 月，於 1948 年 12 月終刊，前後達 45 年之久，是中國近現代文化、文學發展的史料庫和縮影。與前面小說雜誌不同的是，《東方雜誌》是新舊碰撞，兼收並畜，與時俱進的大型綜合雜誌。據劉增傑的初步統計，「先後有約三百位不同政治傾向、不同文學流派的近現代作家在該刊發表過創作或論文。這是中國三代作家先後走上文壇的一個共同的創作平臺。」〔註155〕有學者按編輯理念及文學風格變化將之分為四個時期：一是 1904～1920 年，文學作品以文言、翻譯小說為主，是民初宋詩派主要陣地；二是 1920～1927 年為文學的五四時期，以白話譯作為主，小說、戲劇地位上升；三是 1928～1937 年，文學創作較多，可謂繁榮期；四是 1937

<hr />

〔註155〕劉增傑：《文化期刊中的文學批評——從現代文學史料學的視點解讀〈東方雜誌〉》，《漢語言文學研究》2010 年第 1 期。

年至終刊，文學作品逐漸消退。〔註156〕我們關注的重點仍然是 1920 年前後雜誌的小說發表狀況，關注它如何回應「白話文運動」，也就是前期杜亞泉時期與錢智修編輯時期。第一期最重要的編輯是杜亞泉，自 1916 年始與《新青年》發生著名的中西文化、新舊思想的論爭，因為保守立場，得到一個「古今雜亂派」的雅號。雖以論戰的形式直接參與了新文化運動，卻導致了銷量的急劇下滑。在 1920 年由錢智修接任，並進行大範圍的改革。

《東方雜誌》早期沿用當時流行的小說分類方法，如理想小說、筆記小說、言情小說、偵探小說、歷史小說等，發表文言長篇小說較多，林紓小說首當其衝，比如《羅剎因果錄》《魚雁抉微》《賂史》等，言情小說如何諏的《碎琴樓》，偵探小說如《毒美人》《雙指印》等。僅以 1911 年至 1919 年為例，共發表小說 14 篇，其中白話 1 篇《太貴了》（標法國毛柏霜原著，俄國托爾斯泰改作，蠡才譯），創作只有兩篇，一是章士釗（孤桐）的文言短篇《綠波傳》（載 1913 年 9 卷 12 號，標言情小說），另一篇是端生的文言短篇《元素大會》（載 1914 年 10 卷 11 號，標短篇科學小說），其餘全是文言長篇翻譯小說。

在 1920 年改革之後呈現全新的面貌。在 1919 年底刊登的《變更體例豫告》共列 13 條，其中第 8 條為「小說」：「選登白話短篇，最長者亦以三期登畢為度，間用文言亦力求淺顯爽豁。」〔註157〕本期將林紓翻譯的文言長篇小說《戎馬書生》刊載完。

改革後的第 17 卷第 1 期就有兩篇最新世界文學思潮介紹，分別是沈雁冰的《巴枯寧與無強權主義》與胡愈之的《近代文學上的寫實主義》，1921 年第 18 卷更是設置了「新思想與新文藝」專欄，專門介紹西方各國的文藝思潮。1920 年全年發表小說 38 篇，其中翻譯 36 篇，創作 2 篇〔註158〕，全部為白話

〔註156〕王勇：《東方雜誌與中國現代文學》，中國社會科學出版社，2014 年版，第 33 頁。《東方雜誌》對新文學的歷史意義直到近年來才得到深入的研究。除了王勇的探討以外，洪九來曾從公共領域角度研究《東方雜誌》，初步涉及新文學（《寬容與理性──〈東方雜誌〉的公共輿論研究 1904～1932》，上海人民出版社 2006 年）；最新的研究見趙黎明的《〈東方雜誌〉與中國新文化運動》（人民出版社 2019 年），他全面探究了《東方雜誌》與五四新文化運動的關係，認為改版之後的《東方雜誌》基本接受了新文學的建設方向，為新文學建設提供了寶貴資源。

〔註157〕《〈東方雜誌〉變更體例豫告》，《東方雜誌》第 16 卷第 12 號，1919 年 12 月。

〔註158〕小說統計同時參考了劉永文《民國小說目錄 1912～1920》，上海古籍出版社，

和新式標點。在 1921 年「投稿簡章」說「其文體不拘文言白話均所歡迎，如係白話請加新式標點」，事實上，已經沒有發表文言小說了。

對世界文學的翻譯自晚清就蔚為大觀，改寫、意譯、節譯、轉述等，手法五花八門，充滿對世界的好奇，到五四白話興起，新思潮方興未艾，翻譯從方法到對象選擇都大為不同。清末民初《東方雜誌》刊登的小說主要是翻譯作品，亦不乏世界大作家之作，比如 1914 年天遊翻譯大仲馬的《絳帶記》，林紓翻譯的托爾斯泰的《羅刹因果錄》。偶而會有白話翻譯，如吳檮翻譯的高爾基的《憂患餘生》。前後期不同在於三點：一是文言句讀抑或白話新式標點；二是對作品的遴選標準；三是翻譯的精準度與語言修辭。

改版後翻譯的對象更為廣泛，更有代表性。1920 年翻譯對象就有瑞典的斯德林堡，俄國的托爾斯泰、契訶夫、屠格涅夫、安德烈夫、迦爾洵、高爾基、普希金、陀斯妥夫斯基、柯洛連科等；法國的莫泊桑、都德、巴爾扎克；英國的華曾、單維爾；印度的泰戈爾等，都是名家名作。其次應該注意的是舊派小說大家惲鐵樵本年發表了 5 篇翻譯小說《業障》《鬼》《鈴兒草》《上等人》《冷眼》，全部是白話加新式標點，可謂與時俱進。

此外，作為一個大型時政類雜誌，改版初期文學創作明顯偏少。1920 年至 1921 年兩年裏共發表創作小說 4 篇，從 1922 年增加到 14 篇，從 1924 年開始增加到 24 篇。以後直到 1939 年常年保持在 15 篇左右。據王勇對 1920～1948 年的全面統計，發表創作小說的全部是新派作家，最多有茅盾，巴金，沈從文、徐訏，都在 3 篇以上。〔註 159〕魯迅發表了《白光》（1922.7.10，19 卷 13 號）和《祝福》（1924.3.25，21 卷 6 號）。1925 年一年內郭沫若就發表有《喀爾美蘿姑娘》《行路難》和《落葉》三篇小說，其中《落葉》連載四期。其他現代文學史上的名作還有許傑的《賭徒吉順》，巴金的《新生》《霧》等。《東方雜誌》具有包容與開放性，各個派別的小說家都在該雜誌上發表各種體裁文學作品。可以說，自 1920 年開始改版，《東方雜誌》已經成為持重而又能與時俱進的雜誌，這種轉變正是中國小說伴隨語言變革逐步轉型的縮影。

2011 年。兩篇創作小說是《風》（載 17 卷第 5 號），《私逃的女兒》（載第 23 號），均署名雪邨，即當時《東方雜誌》的編輯章錫琛，後接任商務另一期刊《婦女雜誌》主編。

〔註 159〕1924 年以後的情況參考了王勇的統計，見《〈東方雜誌〉與中國現代文學》，第 232 頁。

第五節　民國中後期文言小說的消逝及文學史意義

一、歷史餘響:「五四」之後的文言小說及文言小說家

　　五四白話小說的興起與文言小說的消逝是一體兩面的問題。自 1918 至 1923 年間是新舊文學爭奪話語權的過程,也可以說是傳統文學面臨先鋒的外來文學思潮「衝擊—回應—調整」的過程。白話文學有國家行為的支持,有新式知識者世界性文化想像的認同,自然成為新興的、強勢的合法的力量,進入教育體系,進入教科書,先成為正宗的文學語言,再逐步成為應用領域的書面語言。〔註160〕

　　1920 年代中期以後,五四白話文學內部出現整合、分化與論爭,尤其是 1925 年「五卅」之後,左翼革命興起,各種世界文學思潮引介到中國,使新文學進入建設與深化期。新舊文學也已沒有初期的對峙與意氣之爭,各行其道,各得其所。但是,現代文學的雅俗格局發生了重要變化,通俗小說的概念不再以文言／白話來分雅俗,它不僅包括舊派白話小說,而且包括文言小說,甚至通常是那些仍然堅持創作文言小說的作家,文言小說創作成了落伍守舊的象徵。

　　從以上的考察中,我們可以看到,1923 年以後白話小說已經完全取得了主流地位。文言小說在最保守的雜誌中,也只佔有很小的比例。但是文言小說並未立即消失,通俗小說期刊上的文言小說以及文言小說集單行本的出版一直持續到 1940 年代末。和通俗白話小說相比,五四之後文言小說成為歷史的遺忘者,也成為中國漫長而輝煌的文言小說史的餘響。

　　莊逸雲新著《收官:中國文言小說的最後五十年》主要考察 1872～1921 年的文言小說,勾勒了清末民初文言小說發展的脈絡,並輯錄了 30 餘種文學史很少提到的文言小說,但說至 1921 年文言小說就「收官」了,卻不夠嚴謹。〔註161〕只能從總體來說,1921 年後文言小說的數量急劇減少,影響力下降了。這時文言數量的大幅減少,很大程度是因為清末民初大量的文言長篇翻譯小說消失了,取而代之的是新文學的白話翻譯。這是五四對清末民初文言小說的最大的重創,《小說月報》的改組最重要的是終結了統治清末民初小說雜誌

〔註160〕參見劉進才《語言運動與中國現代文學》,中華書局,2009 年;陳平原:《作為學科的文學史:文學教育的方法、途徑及境界》,北京大學出版社,2016 年;張傳敏《民國時期的大學新文學課程研究》,人民出版社,2010 年。

〔註161〕莊逸雲:《收官:中國文言小說的最後五十年》,商務印書館,2020 年。

的「林譯小說」，還有各種譯述、意譯的文言翻譯小說。這一文白異動的語言變革導致翻譯的新舊轉換現象在現代翻譯史研究中還沒有引起足夠的關注。

張振國在《民國文言小說史》中輯錄了 1920～1929 年筆記小說、傳奇類小說集 29 部，發掘了清末民國政壇顯要郭則沄的「閱微體」小說《洞靈小志》《洞靈續志》《洞靈補志》（1934～1936 年刊行），李遜梅的聊齋體文言小說《澹盦誌異》（啟智書局，1936 年），鍾吉宇出版了志怪小說集《牛鬼蛇神錄》（1946年）。〔註162〕這些單行本文言小說是現代文學研究者，包括通俗小說研究很少關注的。

張著對報刊文言小說輯錄較少。而報刊文言小說還是保持一定量刊行，前文分析的《小說世界》自 1923 年創刊至 1929 年終刊一直堅持「白話小說為主，間或酌用文言小說」的原則。這一情況在民國中後期通俗小說期刊較為普遍。持續時間較長，影響較廣泛的有周瘦鵑主編的《紫羅蘭》（前期 1925～1930，共 96 期），范煙橋主編的《珊瑚》（1932 年 7 月創刊，1934 年 6 月停刊，半月刊，共 48 期），錢須彌主編的《大眾》月刊（1942～1945），嚴獨鶴、顧冷觀編輯的《小說月報》（1940～1944 年，共 45 期），陳蝶衣編《春秋》（1943～1949）。只不過比例較小，影響有限，而且到 1940 年代多集中在筆記體小說。比如周瘦鵑 1943 年復刊的《紫羅蘭》第 1 期上就載有仇光裕，吳紹元長篇文言翻譯小說《月中天》，斷斷續續刊載到 1944 年底。鄭逸梅在該刊 1944 年發表多篇文言筆記小說，比如《養晦小識》（18 期），《渺渺予懷錄》（17 期），《淞雲小語》（16 期），《金玉良緣記》（12 期）等。

還有一部分前期文言小說名作再版，持續到新中國成立前夕，說明文言小說還有相當市場，在民間有頑強的生命力。民初著名文言小說家徐枕亞的《枕亞浪墨》1935 年 4 月由清華書局出版到第五版，1941 年大眾書局再版《刻骨相思記》，其名作《玉梨魂》和《雪鴻淚史》的版次更多。李定夷的《甜言蜜語》1935 年由國華書局出版到第四版；1947 年還刊行了《定夷叢刊》《定夷小說精華》。

從作家的新老更替上看，以文言小說名世的舊派小說家在民國中期發生重要的格局變化。林紓、許指嚴相繼於 1920 年代中期離世，惲鐵樵 1920 年辭去《小說月報》主編職務之後掛牌行醫，成為中醫大家。在 20 年代後期偶有小說發表，大多改作白話小說，1935 年去世。王蘊章（西神）1925 年辭去

〔註162〕參見張振國《民國文言小說史》第二、三編，鳳凰出版社，2017 年。

《婦女雜誌》主編,遊歷南洋,後以詞學名世,歷任上海滬江大學、暨南大學國文教授,上海《新聞報》主筆,於 1942 年離世。而「鴛鴦蝴蝶派」三位代表人物也遭逢世變,吳雙熱於 1934 年去世,徐枕亞於 1937 年去世,而李定夷 1925 年以後基本離開文壇,進入政府部門,後家庭變故,命運多舛,度過淒涼晚景,於 1964 年離世。〔註163〕

　　此期曾經創作文言小說仍然活躍的小說家是包天笑、范煙橋、周瘦鵑、王鈍根、程小青、趙苕狂、徐卓呆等,而這些作家本來就擅長白話小說創作,後期只有少量文言小說發表,其中包天笑還將早期的文言短篇小說《一縷麻》改寫成一萬多字的白話小說〔註164〕。只有「鴛鴦蝴蝶派」後起之秀吳綺緣堅持創作大量文言小說。吳綺緣民初時就在徐枕亞主編的《小說叢報》上發表筆記體小說《憶紅樓記豔》。18 歲就出版了哀情文言長篇小說《冷紅日記》。1918 年由上海清華書局出版單行本「聊齋體」小說《反聊齋》,以新思想寫聊齋,徐枕亞在「弁言」中給予極高評價,稱之「運以新穎之思想,擷其精華,正其謬誤,融新舊小說而一之」,該書 1934 年由上海大眾書局重版。吳綺緣還受當時一煙草公司之約創作文言筆記體小說《小桃紅》《新鏡花緣》。在 1949 年出版了《奇人奇事集》,為其作序的朱華評價說該作「有著極大的膽量,極新的思想,目的只在於暴露現社會的黑暗,鼓吹群眾團結力量,發揮各個人的才能,反抗一切惡勢力,爭取最後勝利,與現行的新主義恰相符合」,〔註165〕這些評價即便新文學家也很難達到。吳綺緣 1889 年出生,1949 年去世,成為最後一個有一定影響並貫穿民國時期（大陸）的文言小說家。

　　這些老一輩以文言為教育背景的小說家的離世或轉行,代表一個文言小說時代的結束,1910 年以後出生的小說家接受國文與國語的雙重教育,大多有「新文學」的啟蒙教育,不會再創作不合時代的文言小說了。到中華人民共和國成立,新聞出版制度及作家身份的變化,人民性為標準的文學審美,形成了新的文學制度與規範,文言文學的市場化生長空間徹底關閉,文言小說這一高雅的表徵「封建時代」的藝術形式宣告終結。〔註166〕

〔註163〕李定夷生平及小說版本情況參見李文倩:《李定夷及其文學研究》,蘇州大學博士論文,2008 年。

〔註164〕包天笑在「重寫前言」中說「多人問起,找不到舊稿,就將之重新改寫」。見《一縷麻》,《大眾》第 10 期,1944 年。

〔註165〕見《奇人奇事錄》序言,中國新光印書館（上海）,1949 年版。

〔註166〕北京師範學院中文系編著的《五四以來漢語書面語言的變遷與發展》一書中,

二、「向死而生」：文言小說消亡的深層原因及「新生」

綿延千年的文言小說的消失，這是文學史的大事件。五四之後，白話小說被建構成「現代小說」，文言小說與「通俗」「現代」均沒有關係，就成了文學史上的失蹤者。一個有趣的現象是，同樣是作為舊體文學，舊體詩詞能夠在五四之後綿延至今，在五四之後仍成為文人抒情寫意的私密通道，公共場合唱酬的交際工具，京劇、崑曲為代表的中國傳統戲劇與各種地方戲，也經歷話劇以及現代舞劇的衝擊，仍然作為藝術保存下來，為中國百姓所喜愛，形成穩定的傳承機制。而文言小說卻未能延續下來。這一現象值得深思。

除了政治因素、國家統制的國語建構、讀者的教育背景、大眾市場等常為人所道的因素外，還要從文言小說自身傳統中尋找原因。

「小說」一詞目前所見最早出自於《莊子‧雜篇‧外物》：「飾小說以干縣令，其於大達亦遠矣」，還帶有輕視意味。今天所稱為小說文類大多在當時以「說、傳、記、錄、志、瑣言、話、傳奇」作為集名，如《世說新語》《幽明錄》《剪燈新話》《古鏡記》《博物志》等，只有在治史者（如《少室山房文叢》），或者目錄學家那裡才用「小說」一詞（如《漢書‧藝文志》《隋書‧經籍志》《四庫全書總目提要》等），古代本來以文言為書面語，也就沒有「文言小說」的概念，這一概念在晚清出現，與小說語言的自覺相關，為突出「俗語文學」（梁啟超語）的重要，才比較小說語言是文言還是白話〔註167〕。

現有的文言小說史，大多按照今天小說標準將文言小說摘錄出來，並概括其特性，範圍相當寬泛。侯忠義在《中國文言小說書目》中說：「此謂之文言小說，區別於宋元以後之白話通俗小說，專指以文言撰寫之舊小說而言，實即史官與傳統目錄學家於子部小說家類所列各書。古今小說概念不同，以今例古，其中多有不類小說者。」〔註168〕《史記》中許多篇目可以視為小說，在胡適眼

　　　　談到報章文及應用文的文言終止情況：「全國解放以後的今天，白話文才在公
　　　　文及報章文字等各個方面廣泛應用，徹底地佔領了文言文的陣地，也只有到
　　　　這時，五四時期開始的白話文運動才得到最後的成功。」商務印書館，1959
　　　　年，第47頁。這裡雖然有意識形態的對立，但描述了語言變遷的歷史事實。
〔註167〕參考了王恒展的論述，見《中國文言小說發展研究》，第2頁，山東教育出版
　　　　社，2016年。另，梁啟超《小說叢話》裏提出「小說者，決非以古語之文體
　　　　而能工者也。」載《新小說》1904年第2卷。1908年《小說林》刊載徐念慈
　　　　的《余之小說觀》提出文言小說與白話小說之分，並認為文言小說比白話小
　　　　說更受市場歡迎。
〔註168〕侯忠義：《中國文言小說書目‧凡例》，北京大學出版社，1981年。

裏，先秦諸子的寓言都可以看成小說，魯迅的《中國小說史略》雖以「有意作小說」作為小說史的轉折，但也重點分析了《漢書・藝文志》所列小說。無論從何種角度，漢人及《漢書・藝文志》的（文言）小說標準為大多史家所採用：「小說家者流，蓋出於稗官。街頭巷語，道聽途說者之所造也。」〔註169〕東漢初年桓譚進一步概括為：「小說家者流，合叢殘小語，近取譬論，以作短書，治身理家，有可觀之辭。」〔註170〕這兩段是關於文言小說文體最有代表性的描述，並沒有如今天小說文體那樣首先強調其故事性〔註171〕。這一概括相當寬泛。胡應麟對此也有論說：「小說者流，或騷人墨客遊戲筆端，或奇士洽人蒐（搜）羅宇外，紀述見聞無所迴忌，覃研理道務極幽深，其善者足以備經解之異同，存史官之討核，總之有補於世，無害於時。」〔註172〕文人在作詩文歌賦等正宗文體之餘一切記事、寫人消遣的有文采的文言文字均可稱為文言小說。

與白話小說出自說書人或民間累積成書不同，文言小說的作者多是上層或有相當文化訓練的文人。「小說，唐人以前，紀述多虛，而藻繪可觀；宋人以後論次多實，而彩豔殊乏。蓋唐以前出文人才士之手，而宋以後率出俚儒野老之談故也」。〔註173〕無論「文人才士」，還是「俚儒野老」，都是對文言書面語修習造詣較高之文人，唐傳奇作者還有相當多是進士出身。因此，文言小說其實是文人創作詩文之餘進行休閒性抒情寫意的副產品。從魏晉筆記到唐宋傳奇，再到聊齋體、閱微體，再到《浮生六記》這樣的小品，大多是寫意記事性文體，言短意長。清末民初才大規模興起文言長篇小說（包括創作與翻譯），這是新的現象。

因此當通行的漢語書面語改文言而為白話，用文言表現社會生活而又沒有嚴格藝術律令的文言小說就會失去創作的動力。同時，文言不能隨時代發展更新其詞彙及新的語言元素，導致表現力降低，也是重要原因。而舊體詩詞內部有一套完整的藝術法則，其簡潔傳神，韻律的美感，形成獨立的頗具

〔註169〕班固：《漢書・卷三十・藝文志第十》第六冊，中華書局，2013年，第1745頁。

〔註170〕桓譚：《新論》，見《文選》卷三，中華書局，1977年。

〔註171〕陳文新在梳理了魯迅、余嘉錫、王瑤、吳志達等人的論述時，認為這些學者均不按西方小說觀念治文言小說。

〔註172〕胡應麟：《少室山房筆叢・丙部・九流緒論下》，上海書店，2001年，第283頁。

〔註173〕胡應麟：《少室山房筆叢・丙部・九流緒論下》，上海書店，2001年，第283頁。

吸引力的小眾藝術，也可以作為切磋技藝，交流情感的交際性文體，比如民國時代各類自壽詩及其唱和詩。遇到重要事件，用舊體詩表情達意，簡潔傳神，易於傳播。比如，魯迅 1931 年聞左聯五烈士慘案，憤而寫下著名的《無題·慣於長夜過春時》，郁達夫用 19 首舊體詩寫成《毀家詩紀》，直接介入生活，轟動一時。當然，舊體詩、傳統戲劇這些非物質文化遺產，也有發展及當代傳播的困境，需要國家引導與保護，如何與時代結合，在傳承中創新，是所有這些傳統藝術面臨的難題。

進入共和國時期，文言寫作在部分文人那裡成為「潛在寫作」，主要在書信、日記中仍然存在（比如顧頡剛日記就用文言寫作）。對文言小說有意識進行借鑒並融會到自己的小說創作，則要等到新時期，尤其是「尋根文學」的興起。這一借鑒分兩種情況，一是直接用文言寫作，或嵌入文言段落；二是白話小說注重借鑒文言小說的寫作精神。後者的情況更多一些。

孫犁一直對文言筆記小說情有獨鍾，自言藏書三分之一是這類筆記小說，初學寫作也是以筆記小說為師。〔註174〕他的《芸齋小說》，就屬於白話筆記小說。很多篇在篇末有文言的「芸齋主人曰」，頗得晉人筆記之妙。比如《修房》一篇末尾：

> 芸齋主人曰：學者考證，當人類為猿猴，相率匍匐前進時，忽有一猿站起，兩腳運行。首領大怒，嗾使群眾嚙殺之。「四人幫」之所為，殆類此矣。非只對出身不好之知識分子，施其歹毒也。〔註175〕

與孫犁有相似之處的是汪曾祺。汪曾祺多處自述對《世說新語》《夢溪筆談》《聊齋誌異》《東京夢華錄》等筆記小說的喜愛。其寫作範圍的駁雜也與古代筆記、軼事類小說相通。1987 年至 1991 年間，汪曾祺改寫了《聊齋誌異》中的一些故事，聲稱「想做一點試驗」，「使它具有現代意識」。〔註176〕如《陸判》《蛐蛐》《瑞雲》《黃英》《畫壁》《雙燈》等，計有 12 篇，另外還有改寫清人宣鼎《夜雨秋燈錄》的《樟柳神》。這些小說直接標以「聊齋新義」「筆記小說」「新筆記小說」或「擬故事兩篇」。大多是白話，其中「擬故事」《螺螄姑娘》

〔註174〕孫犁：《談筆記小說》，《孫犁全集》第 8 卷，人民文學出版社，2004 年，第 91 頁。

〔註175〕孫犁：《芸齋小說·修房》，《孫犁全集》第 7 卷，人民文學出版社，2004 年，第 26 頁。

〔註176〕汪曾祺：《〈聊齋〉新義》後記，見《汪曾祺小說全編》下卷，人民文學出版社，2017 年，第 793 頁。

來源於《搜神後記》，是淺文言。他的小說集題目多有「雜記」「舊事」「舊聞」字樣，如《故里三陳》《曲洧舊聞》《武林舊事》，多篇集合一部小說集的方式也與傳統文言小說類似。除了形式、題材上的借鑒外，其對文言小說精神的繼承學界研究較多，張衛中認為汪曾祺更多借鑒了文言小說的「寫意手法」，「很少追求精準再現對象的外部特點」，而孫犁則借鑒文言小說的白描手法。〔註177〕

　　阿城與賈平凹是年青一輩有意識借鑒文言傳統的作家。阿城的《遍地風流》始於1970年代，1985年發表，立即引起廣泛關注。阿城自述受到《酉陽雜俎》《太平廣記》《陶庵夢憶》《閱微草堂筆記》等小說的影響。「語言樣貌無非是『話本』變奏，細節過程與轉接暗取《老殘遊記》和《儒林外史》，意象取《史記》和張岱的一些筆記吧，因為我很著迷太史公與張岱之間的一些意象相通點。」〔註178〕而賈平凹除了早期《商州》系列借鑒筆記小說之外，到後期《高老莊》《懷念狼》《秦腔》《老生》《山本》等長篇小說，融歷史、野史、古籍、神話、地方志於一體，呈現混雜的語言風格。

　　從這些作家的創作看，文言小說的敘事傳統一值得到有限的繼承。自新時期「尋根文學」思潮以來，「回歸母語」的呼聲無疑是五四時期白話、文言之爭的迴響，漢語傳統的魅力再次得到關注，中國現代文學對中國古典文學的創造性轉化也成為新世紀的學術研究熱點。百年之後回望五四，在大破大立的時代，極端的態度與策略在所難免。有沒有更好的方案與可能性，如何反思承繼，去除傳統與現代、新與舊、白話與文言的對立，重塑現代漢語文學及其美學傳統，這都是積極的命題。有學者倡導對「文言現代性」的重視，正是以這樣的視角展開的反思：「這數十年來在文學回歸自身與尊重歷史的學術共識指導下，基本祛除了現代文學源起於『五四』的迷思，然而對於文言現代性還缺乏一種歷史辯證的思維，還伴有心理障礙，沒有完全擺脫『革命』『進化』之類觀念的陰影。因此以語言辯證的觀點來看待中國文學現代性的起源，不僅有助於透過這一燦爛豐富的開端更能看清20世紀中國現代文學的進程，也有助於使文學史書寫更為全面、複雜、客觀，更合乎文學的歷史真實。」〔註179〕

〔註177〕張衛中：《20世紀中國文學語言變遷史》，中國社會科學出版社，2013年，第182頁。

〔註178〕阿城：《閒話閒說——中國世俗與中國小說》，中華書局，2017年，第162頁。

〔註179〕陳建華：《為「文言」一辯——語言辯證運動與中國現代文學的源起》，《學術月刊》，2016年第4期。

　　「文變染乎世情，興廢繫乎時序」，一種文體形式的興起與衰落，自有其社會文化的根源，也不以個人為轉移，當不能產生合乎時代的優秀的藝術成品時，它的衰落就有其合理性。文言小說的鍊字鍊句，簡潔雅致，適合小品化的精緻的抒情達意，的確有不適合平民大眾時代敘事的一面。如前所述，它對整個社會書面語氛圍依賴性較強，一旦書面語變遷，加上語言上的意識形態對立，建構出「文言＝守舊＝頑固腐朽＝封建＝反動」的邏輯，就會失去它的生存土壤。但是作為歷史悠久的漢語小說的藝術形式，只要今天的小說藝術還依賴於漢字文化，而不是拉丁化文字，它作為現代漢語小說的藝術源泉之一將不會枯竭。

　　由晚清白話報刊興起，白話小說繁盛到民初的文言小說的大繁榮，再到1917年文學革命動議提出，五四白話文運動興起，三年而告成功，其進展之迅速甚至出乎倡導者之意料。文言小說迅速邊緣化，終至斷絕。這裡有必然也有偶然性，正如傅斯年所說：「況文體革遷，已十餘年，辛壬之間，風氣大變。此蘊釀已久之文學革命主義，一經有人道破，當無有間言。此本時勢迫而出之，非空前之發明，非驚天之創作。」〔註180〕五四的歷史功績正是在於這「有人道破」，順勢而為。

　　1918年胡適在回答汪懋祖對《新青年》新舊摻雜、「雅俗參半」的批評時說：「此是『過渡時代』不能免的現象」。〔註181〕魯迅在1926年回顧古文與白話之爭時說：「古文已經死掉了；白話文還是改革道上的橋樑」。〔註182〕這些界定也正可概括1917～1925年間中國小說語言轉型時代的基本情況。

〔註180〕傅斯年：《文學革新申議》，《新青年》第4卷1號，1918年。
〔註181〕胡適：《答汪懋祖》，《胡適文集》第2卷，第65頁。
〔註182〕魯迅：《華蓋集續編·古書與白話》，《魯迅全集》第3卷，第227頁。

第四章　「新白話」的生成與小說修辭方式的轉變——清末至「五四」白話小說內部的嬗變

　　前三章主要論述了清末至五四小說語言的文、白消長過程，以及白話小說最終如何一統天下。這主要是一種外部的描述，著眼點在於文白之爭，小說語言的這種轉變一方面有其自身的要求，另一方面也是適應整個文學語言的變遷大勢。但是，如果我們就此認為五四的白話小說只是轉向了晚清的白話小說傳統，或者說是舊派白話小說統一了整個小說界，那也是一種偏頗的理解。事實上，五四作家追求的白話與晚清的白話是不同的，其小說理念也大不相同，由於對白話美學理解的差異和對「小說」文體新的自覺，導致一種不同於晚清（或舊派）的五四新體小說的誕生，它在語體風格、修辭方式上都發生重大的改變。如果我們細察五四學人的論述及其文學實踐，我們發現五四時期的語言變革實際上有兩個訴求，一個是文言、白話之爭，一個是新、舊白話之變。當白話戰勝文言成為正統的書面語時，五四作家便開始將注意力轉向白話語言的內部，他們要尋求一種更加精密，更加利於表達的「新白話」，即國語。而五四時期改造舊白話最突出的特點就是借鑒西洋語法，大量吸收外國詞彙。這不僅有充分的理論自覺而且在創作實踐中取得前所未有的進展，從而最終形成了「現代漢語」。這一變化明顯影響到小說的觀念及創作，對「現代小說」的發生具有至關重要的作用。本章試圖深入到白話小說內部，以關鍵詞透視清末至五四小說思想的變化，再考察歐化文法如何影響了小說的修辭方式，導致了新的小說形態的出現。

第一節　清末至「五四」白話短篇小說的關鍵詞變遷
——以「人」「故鄉」「愛情」為例

　　從晚清至「五四」中國語言的面貌發生重大的變化，其中一個重要特點是大量的外來詞進入到漢語書面語，另有一部分通過翻譯西方、日本的著作使大量舊詞的意義發生變遷。這是現代漢語形成的基礎。王力說：「近百年來，從蒸汽機、電燈、無線電、火車、輪船到原子能、同位素等，數以千計的新詞語進入漢語的詞彙。還有哲學、社會科學、自然科學各方面的名詞術語，也是數以千計地豐富漢語的詞彙。總之，近百年來，特別是近五十年來，漢語詞彙的發展速度，超過了以前三千年發展速度。」﹝註 1﹞由於五四文學革命的歷史影響，中國語言的書面語由文言變為白話，詞語的基本構成由單音詞變為複音詞，其變化更是驚人。他認為：「1919 年以後的二三十年間，是漢語詞彙的大轉變時期。這種大轉變不但是語法方面所不能遭遇的，也是語音方面所不能有的。」﹝註 2﹞不過與語法的「歐化」相比，現代漢語詞彙的變遷受日語詞更多的影響，這和晚清以來，尤其是戊戌維新至五四時期的中日文化交流的增多密切相關。清末「新政」以來，留日學生驟增，在 1898 年到 1912 年間，至少有 2.5 萬名學生跨越東海到日本尋求現代教育，形成「世界歷史上第一次以現代化為走向的真正大規模的知識分子的移民潮」。﹝註 3﹞其中一個重要後果是由日本傳到中國的詞彙日益增多，一部分是借用中國已有詞彙翻譯西方名詞，是間接的「歐化」，「這種詞占現代漢語外來詞的極大部分，許多歐美語言中的詞都是通過日本運用漢字的『意譯』，先成為日語的外來詞而再傳入漢語的」。﹝註 4﹞這一部分詞的詞義已發生變化，如革命、民主、共和等。另一部分是直接來源於日語詞。清末大量的中國人通過留學，接觸日本

﹝註 1﹞王力：《漢語淺談》,《王力文集》第三卷，山東教育出版社，1985 年，第 680 頁。
﹝註 2﹞王力：《漢語史稿（下）》，中華書局，1980 年，第 595 頁。
﹝註 3﹞見任達：《新政革命與日本——中國，1898～1912》「第四章：中國學生及其入讀的日本學校」，江蘇人民出版社，1998 年。關於留日學生的數目，作者又綜合實藤惠秀等人的統計，見第 56 頁。另，史有為的《外來詞》一書也說：「在19 世紀末至 20 世紀 30 年代初，漢語中逐漸充斥著來自日語的漢字詞，以及從日語回流來的漢語詞，而直接來自西方語言的音譯詞反而不多。這一情況在30 年代才開始有所改變。」「以《現代漢語詞典》所收詞條統計，比較有把握的來自日語的漢字詞及回流漢語詞的有 768 條，來自西方語言的各種音譯詞有721 條，前者居然超過後者。以此看來，中國社會的進入現代生活並同世界溝通，日語漢字詞是立有大功的。」商務印書館，2003 年，第 70 頁。
﹝註 4﹞高名凱、劉正琰：《現代漢語外來詞研究》，文字改革出版社，1958 年，第 81 頁。

文化，感受到弱國子民在中西差距中的歧視和焦慮，「新學語」正是他們體驗中西方文化差異的表徵和途徑。

現代小說概念的生成與五四新派短篇小說密切相關，新文學的成立是以短篇小說為「實績」的，也是成就最大的一種〔註 5〕。1935 年編撰的《中國新文學大系‧小說集》主要也是對短篇小說的總結。學界過多著眼於短篇小說文體的西方移植屬性，以及五四白話小說與清末文言中短篇小說的對立與斷裂，相對忽視了晚清至五四白話小說內部的變革。其實，清末至五四之前的小說雜誌如《月月小說》《小說月報》都曾提倡短篇小說，也發表有相當數量的白話短篇小說。〔註 6〕

從白話小說語彙變化的角度審視，五四短篇小說依賴的關鍵詞語與晚清有所不同，即使同一關鍵詞其意義也有變化。新詞語的使用，往往意味著話語方式、對世界圖景的經驗和感悟狀態發生改變，在關鍵詞變遷的背後是人的生存體驗的變化，關聯著思想與社會結構的變遷。五四時期的新派小說中，恰恰存在大量的晚清小說所未能涉及，或未被強調的新詞彙，從這些詞彙語義轉換，我們可以看到五四小說如何「現代」起來的，五四的白話文運動如何逐步深入到小說修辭內部。本節以晚清和五四白話短篇小說為主（偶而兼及文言短篇小說），梳理「人」「愛情」（「戀愛」）「故鄉」這幾組關鍵詞並考察其語義的變遷，進而探討清末至五四小說主題的變遷。

一、「國民」之「自由」到「人」之「覺悟」——清末至五四短篇小說中「人」的語義變化

晚清至五四的啟蒙思潮中，喚醒民眾／人的覺醒、「新民」／「新青年」的「改造國民」的主題一脈相承，都是關注「新人」，都在思考什麼樣的「人」才是中國目前最需要的，但是關於「人」的自我理解卻不一樣。張灝、王汎森都曾注意到晚清到五四有一個從「新民」到「個人」的轉變，從傳統儒家修身觀念與君子人格的一元論到修身與理想的二元論的變化。〔註 7〕晚清歷經

〔註 5〕胡適曾說，「短篇小說已經成立了，而長篇小說成績最壞，不但沒有人做，連譯本都沒有了」。見《五十年來中國之文學》，《胡適文集》第 3 卷，第 263 頁。
〔註 6〕《新小說》1 篇，《小說林》6 篇，《月月小說》20 篇，《小說時報》25 篇，《小說月報》前 7 卷（1910～1916 年）發表 25 篇，詳細的文言、白話小說數量對比見第一章相關論述。
〔註 7〕王汎森：《近代思想中的「自我」與「政治」》，見《思想是生活的一種方式——中國近代思想史的再思考》，北京大學出版社，2018 年，第 39 頁。

兩次鴉片戰爭，尤其是中日甲午戰爭，國人有亡國亡種之憂，政治救亡，喚
醒民眾成為共識。因此清末的「新人」更多是與國家、社會相聯繫的「國民」
一詞，「新民」的目標是將自私自利之人改造成現代「國民」。以「國民」為
主題的報刊、演說及文章很多，如《國民報》《國民公報》《國民日日報》《新
民叢報》；《說國民》《國民新靈魂》《國民歌》《軍國民歌》；還有闡發女權的
如《女子為國民母》《敬告我女國民同胞》《女國民歌》。《東方雜誌》創刊之
宗旨即是「啟導國民，聯絡東亞」。〔註 8〕

梁啟超在 1899 年說：「國民者，以國為人民公產之稱也。國者積民而成，
捨民之外，則無有國。以一國之民，治一國之事，定一國之法，謀一國之利，
捍一國之患。其民不可得而侮，其國不可得而亡，是之謂國民。」〔註 9〕用通
俗語言解讀「國民」內涵最多的人是最早辦白話報的林獬，他在 1904 年發表
《國民意見書》中說：「這國民兩字，我國古書裏頭，不大見過，平常的稱呼，
都叫百姓」。但是在現在卻奉為「太上老君」，沒有比此稱呼更高級的了。他
認為「人人有知識，能夠把國土守牢，把政事弄完全，「便不愧為一國之民了。
所以這一般人民，就稱他做『國民』」。〔註 10〕他明顯受到「進化論」思潮的
影響，將「百姓—國民」視為一種「人為的」「向上的」發展，是被「設定為
一種資格、一種身份，一種應該極力追求的正面目標」。〔註 11〕

《繡像小說》第 47 期開始連載清人吳蒙的白話小說《學究新談》，該小
說可作為科舉退出，新式教育進入後知識分子自我理解發生變化的微觀記錄。
小說描寫了各種新式教育的怪現狀。其中第 6 回借人物之口談到對「新學堂」
的認識：「國家開學堂的宗旨，原是要人人識字，明白普通學理，出去各執一
業，做得來國民，不是造就什麼學士大夫的。」這裡將「國民」與「學士大
夫」相對列。第 10 回寫到做時文的李悔生在西湖遇舊友魯子輪，子輪教導他
說與其做時文混飯吃還不如做一個小學教員，一旦亡國了還能為黃種人留根
苗：「這班後生，果真做得國民，也自能轉弱為強的」（第 59 期），這裡教育
的目的正是培養未來的「國民」，而且是非常有意義的事情。

由於「國民」成為晚清中國人的共同想像，晚清的小說大多關注社會改

〔註 8〕《東方雜誌‧簡要章程》，1904 年第 1 期。
〔註 9〕梁啟超：《論近世國民競爭之大勢及中國前途》，見《梁啟超全集》第 2 卷，中
　　　　華書局 1999 年，第 309 頁。
〔註 10〕林獬：《國民意見書‧序論》，《中國白話報》第 5 期，1904 年。
〔註 11〕王汎森：《思想是生活的一種方式——中國近代思想史的再思考》，第 35 頁。

革、國家前途、官場腐敗、立憲問題、禁煙放足等與國民塑形相關的宏大問題。李伯元有篇題為《中國現在記》的小說很好地概括了晚清小說外向性及時事性的特點。清末四大小說期刊中，《小說林》《月月小說》中都標有國民小說類型，與偵探、社會、言情並列。《新小說》發刊詞說「專在借小說家言，以發起國民政治思想，激勵其愛國精神」；《新新小說》辦刊旨在「演任俠好義、忠群愛國之旨」。清末民初短篇小說經常以愛國、國、中國為題目，如《為祖國死》（天白）、《愛子與愛國》（瘦鵑）、《愛國少年傳》（瘦鵑）、《愛國鴛鴦記》（海漚），甚至還有《愛國丐》（李涵秋）、《愛國之母》（拜蘭）、《愛國之妻》（朱鴛雛）、《愛國之廚役》（慶霖）、《愛國妓》（綺緣）不一而足。

　　晚清，甚至到五四前夕，「自由」都是與「國民」密切聯繫的熱門詞彙。只是清末民初的「自由」強調國民反抗專制與皇權，民族獨立及國民自立，多與國家話語相結合，而非五四時期「自由主義」的個人話語。如《新小說》創刊號登載小說《自由鐘》《洪水禍》《東歐女豪傑》演義美國獨立史、法國大革命和俄羅斯民黨，期望通過閱讀小說使讀者「愛國自立之念油然而生」。梁啟超翻譯的《佳人奇遇》開頭第一句就是自由：「東海散士一日登費府獨立閣，仰觀自由破鐘，俯讀獨立之遺文，慨然懷想……」，首頁就有三次使用自由一詞。〔註12〕《浙江潮》1903年刊載匏塵翻譯美國作家威爾晧的《自由魂》；《女子世界》1904年第10期刊載長篇小說《自由花》；陳獨秀1904年發表小說《黑天國》，主人公榮豪標榜正是「素愛自由主義」「唯自由萬歲」。〔註13〕

　　清末民初的許多短篇小說也以自由為題，比如《自由女乎？齷齪兒乎》（笑梅《禮拜六》48期，1915年），寫了一個留學滬上，時裝眩目的反抗包辦婚姻，自由離婚的商人之女，到法庭告狀被男方義僕斥為無恥，「自由……自由……養漢子，匿私男，乃自由耳……」。周桂笙譯述的《自由結婚》（《月月小說》第14號），屬文言筆記小說，前面加按語說現在歐風東漸，自由之潮是盛，自由結婚不適合中國倫理，中國婚姻需要改革，只能從教育男子入手，而不是自由結婚。小說引述了英美各國離婚的怪事種種，尤其是提及合眾國自1887以來20年間離婚計有一百萬以上，成為笑柄。作者鮮明地反對自由結婚。主編吳趼人在文末寫有批語，對該小說旨意表示支持，主張恢復舊道

〔註12〕梁啟超：《佳人奇遇》，《清議報》1898年12月，第一期。

〔註13〕三愛（陳獨秀）：《黑天國》（未完），載《安徽俗話報》第11期，1904年9月10日。

德。《自由誤》（詹公）發表於 1917 年的《小說新報》，然而內容明顯沿用晚清的「自由」觀念，批判戀愛自由：「自由二字亦有範圍，若一味蕩檢竊閒，蔑禮犯分，誤放佚為自由，禍將不忍言。而於癡男怨女為尤甚。」「徒以誤放佚為自由，或縱慾敗度，或閨範不嚴，卒至身敗名裂，為天下笑。」舉例巨商之妻與已婚軍界精英自由戀愛私奔為天下笑。但是，通常視為舊派小說大家的陳景韓在《乞食兒女》，卻在女性解放的角度使用「自由」一詞，稱「高潔與自由是進步女權運動的兩翼」。〔註 14〕

　　總體上說，自由話語從晚清至五四前也呈現明顯變化，梁啟超等晚清小說家多關注國民的自由，君權，言論等宏大話語。〔註 15〕晚清時期女性話題談到自由也與文明、改造國民相關，如《申報》刊登小說《自由女》，第一回回目就是「說自由文明開女界，談勝景風月擅珠江」。而到民初，自由話語開始導向「自由結婚」「自由戀愛」等，並進一步成為散漫、不道德的污名化詞彙。涉及「自由」的小說題目一變為：《自由鏡》（謇盦，《小說海》1916 年第 2 卷第 2 期），《自由鑒》（不才，《婦女雜誌》，1915 年第 1 卷第 3 期），《自由毒》（綺綠，《文星雜誌》1915 年第 3 期），標豔情小說和醒世小說的《自由花》（李定夷，《消閒鐘》1914 年第 1 卷第 1 期），「自由」成了誤國誤民的毒藥。到五四時期才將「個性獨立」的內涵彰顯出來，強調「個性自由」。

　　清末至五四時期小說中對人的自我理解，還從屬於國家話語。這一時期的短篇小說當然也有直接以「人」為標題的，但是「人」語義多是普通名詞或指示代詞上使用的。如老驥的《大人國》（《月月小說》1906 年第 6 號），徐枕亞的《再來人》（《中華小說界》第 1 年第 9 期）。在具體的詞彙使用時同樣如此，比如：《入場券》（《小說林》第 1 期）：有「一個人忽然乘著擁擠之時，……」

〔註 14〕冷（陳景韓）：《乞食女兒》載《月月小說》，1907 年第 1 卷第 10 期。
〔註 15〕梁啟超在《新民說·論自由》一文中說：「自由者，天下之公理，人生之要具，無往而不適用者也。」他在《清議報》《新民叢報》時期一直連載「飲冰室自由書」系列評論，涉及以下主題：祈戰死、自信力、論強權、君權、共治、民主、國權與民權、憂國與愛國、中國魂、精神教育、傳播文明三利器等等，涵蓋現代文明的方方面面，其討論範圍之廣，氣魄之雄，眼界之精，少有人出其右。見《梁啟超全集》第 2 卷，北京出版社 1999 年版，第 336～404 頁。晚清與民初自由內涵的變化，除了與政治時勢變化相關，也與後者逐漸剔除了「民主」的政治含義有關。自由概念初入中國的翻譯和介紹都與「民主」相關，尤其是嚴復與梁啟超這樣有識之士。關於民主與自由概念史可參考方維規的專著《概念的歷史分量：近代中國思想的概念史研究》相關論述，北京大學出版社，2018 年，第 278～286 頁。

「二人坐定……」；《地方自治》（《小說林》第 2 期）：「你著粗布的衣服，還像中流社會的人，但不過人各有職業……」；《平望驛》（《小說林》第 4 期）：「忽聽見有一個人，從遠處跑來。」《中間人》（競公，《廣益叢報》1905 年第 62 期）以「劇盜」和「壯士」爭鬥借指日俄戰爭，譏諷作為主人大清統治者做著可憐的「中間人」，也屬於具體指稱。

　　清末民初也有部分中短篇小說寫到對個人命運的同情。比如胡寄塵的《淚》和徐卓呆《賣藥童》。後者是清末著名的白話短篇小說，寫一個為救母親而賣藥的小男孩被警察關進監獄，等放出時母親已死。最震憾人心的情節是他為證明賣的是糖不是藥而將藥全部吞下。作者寫到：「路上過的張牙舞爪的警察，耀武揚威的官員，花天酒地的僧侶，肥頭胖耳的銀行員，見了這可憐的賣藥童，有些感觸麼？也不過當他一個生活極低的人看待就是了。」〔註 16〕這裡將「人」放到社會等級中反思在清末是較少的描寫。他的《死後》本是寫青年女性嚮往獨立愛情的故事，可是結尾用一種神秘的傳奇色彩而削弱了女性覺醒的意義。

　　從詞語的社會性來說，晚清小說中的「人」不具備反思自己生存及存在的能力，是沒有覺悟的人。他們被「人倫觀念」限定在一定的位置，在他們認為是天經地義的社會關係、等級制度中活動，無法跳出這種「結構」提出「平等」「自由」的訴求。正如有學者指出「他們始終以『國民』來指代『個人』，在這一前提下，『個人權利』『個人自由』與『民族獨立』『國民富強』不僅不矛盾，反而結合成一體二面的統一體，構成你中有我、我中有你的結構體系。他們可以在不同時期、不同情境下強調任何不同的內容，但他們思想深處的總主題卻永遠是民族國家、是富國強兵」。〔註 17〕

　　隨著個人話語的興起，五四以後的小說敘事中，「人」賦予了更為深刻的內涵。個人一詞在清末已經出現，據金觀濤分析，「現代意義」的「個人」是對譯 individual 而來，他通過數據庫檢索，認為最早出自於 1898 年梁啟超翻譯《佳人奇遇》：「法國者，人勇地肥，富強冠於歐洲者也。……然法人輕佻，競功名，喋喋於個人自由。內閣頻行更迭，國是動搖。」此段分析梁啟超雖歸納出權利主體的內涵，亦是貶義用法，金觀濤因此認為當時最前衛的思想

〔註 16〕徐卓呆：《賣藥童》，《小說月報》第 2 年第 1 期，1911 年。
〔註 17〕羅曉靜：《清末民初西方「個人」概念的引入與置換》，《湖北大學學報》，2008年第 5 期。

家也還未接受現代個人自由的概念。〔註18〕1902 年梁啟超在《論政府與人民之權限》中說「國家不過人民之結集體，國家之主權，即在個人」，並在「個人」這個詞下注明「謂一個人也」。〔註19〕需要加注正表明這一用法對普通人是奇特和陌生的。1907 年魯迅在《文化偏至論》中提到「個人」一語：

> 「個人一語，入中國未三四年，號稱識時之士，多引以為大詬，苟被其諡，與民賊同。意者未遑深知明察，而迷誤為害人利己之義也歟？夷考其實，至不然矣。而十九世紀末之重個人，則弔詭殊恒，尤不能與往者比論。試案爾時人性，莫不絕異其前，入於自識，趣於我執，剛愎主己，於庸俗無所顧忌。」〔註20〕

魯迅指出此詞在 1904 年前後出現，而且指出當時大多數人認為「個人」一詞為國人誤解成損人利己的貶義詞，而魯迅則闡釋為不為世俗所囿的「個性之價值」，「入於自識，趣於我執」，是一種自覺和主張。〔註21〕

〔註18〕 金觀濤認為清末民初「個人」一詞的接受與傳播與清末新政到民初共和制的建立有關，並且與「社會」一詞相伴隨，「個人—社會」的觀念背後正是現代社會組織藍圖（個人的權利的最終主體和社會契約論）的引進。見《觀念史研究：中國現代重要政治術語的形成》，法律出版社，2010 年，第 158 頁。

〔註19〕 梁啟超：《論政府與人民之權限》，《梁啟超全集》第 4 卷，北京出版社 1999 年，第 882 頁。

〔註20〕 魯迅：《文化偏至論》，《魯迅全集》第 1 卷，人民文學出版社 2005 年，第 51 頁。

〔註21〕 李怡認為，梁啟超、嚴復、孫中山多從政治哲學意義談論「個人」，「都沒有成為西方式的主義，它只是實現國家民族整體目標的一種途徑。」到了章太炎將個人問題與自我的反思相聯繫，彰顯了「個人」的哲學意義。而魯迅等章門弟子受此啟發才開啟文學感性的個人主義的讚歌。見《日本體驗與中國現代文學的發生》第 74～76 頁。這裡，李怡敏銳地觀察到晚清到五四有一個從「知識」到「主義」的演化思潮。「個人」與「自我反思」的結合，形成「個人主義」，才能成為「自識、我執」的信念與意志，魯迅為代表的五四文學正是感性地進入中國人的這一精神世界的媒介與載體。關於「主義」的興起，臺灣學者王汎森做了進一步考察，他認為 1880 年代至五四「主義」作為零散的方法論被引入中國，而五四時期，尤其是「問題與主義之爭」之後，從「思想時代」進入「主義的時代」，有一個「主義化」的過程。到 1920 年代中後期「主義」「已經成功與思想、組織、行動結合，成為一股新的力量」。見《思想是生活的一種方式——中國近代思想史的再思考》第五章『「主義」時代的來臨——中國近代思想史的一個關鍵發展」。北京大學出版社，2018 年，第 138～219 頁。而陳力衛從中日詞語交流史的角度考察了日本語境中「主義」一詞變遷與在中國的傳播。見《東往東來——近代中日之間的語詞概念》第 15 章『「主義」知多少」，社會科學文獻出版社，2019 年版，第 333～357 頁。

　　雖然晚清傳入，但在五四時期「人」「個人」「人生」才成為重要的思想範疇。1915 年留日學生彭文祖編的《盲人瞎馬之新名詞》裏稱為「不成體統」「不文、不通」的新語中仍列有「個人」「人格」等語，該書在 1931 年修訂出版，仍沿舊說。〔註 22〕轉眼幾年間，這幾個「不通、不文」之詞就風靡「新青年」。陳獨秀在《青年雜誌》的創刊號上用的正是這些不文、不通之詞：「脫離夫奴隸之羈絆，以完其自主自由之人格之謂」。〔註 23〕「國家至上」也變成了「個人至上」：「思想言論之自由，謀個性之發展也。……國家利益、社會利益，名與個人主義相衝突，實以鞏固個人利益為本因也。」〔註 24〕順此邏輯，他認為應「以個人本位主義，易家族本位主義。」〔註 25〕

　　胡適在五四時期把「易卜生主義」詮釋為「健全的個人主義」，核心正是「個人」，是「把自己鑄造成了自由獨立的人格」〔註 26〕。《玩偶之家》第三幕娜拉說：「無論如何，我務必努力做一個人」。「易卜生的文學，易卜生的人生觀，只是一個寫實主義」，就是「造出自己獨立的人格，」就是要「救出自己」。〔註 27〕

　　特別指出的是，這裡「做一個人」或「我是一個人」，這種在「人」前未加任何修飾詞的強調用法在「五四」開始出現。周作人提倡「人的文學」，重點也在「人」，這樣的用法在古代白話中很罕見。「在中國傳統思想中，『人』是一個不成問題的概念，但在新文化運動之後，人們不斷問『人』是什麼，並隨時加上引號以便說明人仍舊是『有問題』的狀態。它當然也意味著，沒有成為真正的『人』之前生活狀態是不值得過的。」〔註 28〕在五四的文學中，「人」可抽離出具體情境，成為獨立的具有特定內涵的概念。周作人所謂「靈肉二重性」，人是從「動物」「進化」來，正是對其特定內涵的個人闡釋。他明確提倡「一種個人主義的人間本位主義」，主張「文學是人類的，也是個人的」，因此要「闢人荒」。〔註 29〕茅盾後來也總結說：「人的發見，即發展個性，即個人主義，成為五四時期新文學運動的主要目標」。〔註 30〕個人、人格，人

〔註 22〕馮天瑜：《新語探源——中西日文化互動與近代漢字術語生成》，第 448 頁。
〔註 23〕陳獨秀：《敬告青年》，《新青年》第 1 卷 1 號，1915 年。
〔註 24〕陳獨秀：《敬告青年》，《新青年》第 1 卷 1 號，1915 年。
〔註 25〕陳獨秀：《東西民族根本思想之差異》，《新青年》第 1 卷 4 號，1915 年。
〔註 26〕胡適：《介紹我自己的思想》，《胡適文集》第 5 卷，第 507 頁。
〔註 27〕胡適：《易卜生主義》，《新青年》第 4 卷 6 號，1918 年。
〔註 28〕王汎森：《思想是生活的一種方式——中國近代思想史的再思考》，第 173 頁。
〔註 29〕周作人：《人的文學》，《新青年》第 5 卷 6 號，1918 年。
〔註 30〕茅盾：《關於「創作」》，《北斗》創刊號，193 年。

生（觀）、人道（主義）、人權這些日語外來詞在五四時期凸顯為時代主題。〔註31〕古代漢語中的「人」是在禮法、人倫關係中的「人」，與西方「人生而自由」的「人」有著根本區別，五四文學的主題幾乎都可在新的「人」的觀念中推演出來。〔註32〕但是具體到小說轉型來說，「個人」話語如何成為現代小說表現的中心，則需要具體分析。

在五四小說中，指稱個體的「人」自然也大量存在，但更應該關注的是與「人格」「人道」「個人」「人生」產生意義關聯的「人」的語義變遷。五四小說的「人」具有反思自己的能力，成為「覺悟」的人，能夠反觀自身的「主／奴」結構。《狂人日記》中「人」一詞的用法具有革命性意義。狂人在史書「仁義道德」的字裏行間看出「吃人」，他告誡說：「你們可以改了，從真心改起！要曉得將來容不得吃人的人，活在世上。」並且反思自身：「有了四千年吃人履歷的我，當初雖然不知道，現在明白，難見真的人！」（著重號為引者加，下同）。這裡的「人」「真的人」很明顯具有更加深廣的內涵，不僅僅是指稱性名詞。所謂「真的人」，就是一個獨立的人，渴望自由平等的人，最起碼是不會吃人的人。郁達夫說：「五四運動的最大的成功，第一要算『個人』的發見。從前的人，是為君而存在，為道而存在，為父母而存在，現在的人才曉得為自己而存在了」。〔註33〕這可視作對「真的人」的精彩闡釋。

正是有了「為自己存在」的「覺悟」，葉紹鈞寫於 1919 年的小說《這也是一個人！》發出了「這也是一個人」的感歎與反詰。小說寫一個「簡直是很簡單的動物」的女子，有著祥林嫂式的命運，嫁人，喪子，逃走，被夫家追回，變賣，身價不如一頭牛。通篇都是客觀描述女子一生，未做主觀評論，但由於題目中的反問，產生出震憾的力量。冰心的《斯人獨憔悴》中的穎銘、穎石和父親起衝突，發出以下控訴：「處在這樣黑暗的家庭，還有什麼可說的，

〔註31〕綜合外來詞研究及概念史研究相關著作，這幾個關於「人」的詞，加上「個人」，學界基本認為是日語外來詞，具體方法會有不同的分析。比如劉正埮、高名凱編《漢語外來詞典》（上海辭書出版社，1984 年），實滕惠秀《中國人留學日本史》（三聯書店 1983 年）均收有這些詞彙。馮天瑜在《新語探源——中西日文化互動與近代漢字術語生成》一書專門對日源漢字新語入華進行了統計與辨析，見該書 420～500 頁，中華書局 2004 年版。最新的從概念史角度分析近現代日語外來詞的研究可參見陳力衛的專著《東往東來：近代中日之間的語詞概念》，社會科學文獻出版社 2019 年版。

〔註32〕張衛中：《漢語與漢語文學》，文化藝術出版社，2006 年，第 11～12 頁。

〔註33〕郁達夫：《中國新文學大系·散文二集·導言》，上海文藝出版社，2003 年影印版，第 5 頁。

中國空生了我這個人了」。「空生了我這個人了」中的「人」首先就意味著一個人有支配自己的權利並可以對自己行為負責。渺小的「我」之於宏大的「中國」如何才算「不空生」呢？顯然這裡有著豐富的內涵，這一理念正是兄弟倆與父權衝突時強烈的自信所在，也是五四青年苦悶的根源。《超人》裏何彬說：「世界是虛空的，人生是無意義的」。丁玲《沙菲女士的日記》中沙菲因愛情感到「人生」之痛苦：「我因了他才能滿飲著青春的醇酒，在愛情的微笑中度過了清晨；但因了他，我認識了『人生』這玩藝，而灰心而又想到死。」盧隱《海濱故人》裏青年們在一起「談到人生聚散的無定」；而在《或人的悲哀》裏青年男女都喜歡探討「人生究竟的問題」：

> 你和心印談人生究竟的問題，你那時很鄭重地說：「人生哪裏有究竟！一切的事情，都不過像演戲一般，誰不是塗著粉墨，戴著假面具上場呢？……」

> 這時一方，又被知識苦纏著，要探求人生的究竟，花費了不知多少心血，也求不到答案！這時的心，彷徨到極點了！不免想到世界既是找不出究竟來，人間又有什麼真的價值呢？努力奮鬥，又有什麼結果呢？並且人生除了死，沒有更比較大的事情，我既不怕死，還有什麼事不可做呢！……

這種談論抽象的人生困惑的方式在「重故事」的晚清白話小說裏是無法看到的。一個普通的鐵路工人李渺世寫的小說《買死的》被收入《新文學大系》，寫一個在外做工的「農民工」懷揣著妻子的信和積攢的銀元慘死在鐵軌上，看客的麻木、警察的冷漠，伴著鬼眼似的燈光，展現出一幅人間悲涼的畫面。困頓無助的妻子企盼著丈夫堅實的臂膀，處於飢餓狀態的兒女在家等他帶回溫暖和歡笑，可是他死在冰冷的鐵軌上。作者最後飽含人道主義的激情詰問道：「被漠視的人類，當真誰都不肯給他一點點的，一點點的眼淚嗎？」〔註34〕這是對一個「被侮辱、被損害的」底層人的悲憫，這裡的「人」意味著對普通人、平民生命的尊重。而《中國新文學大系》收有他的另一篇小說《搬後》寫一個青年避開世事煩惱搬到山中居住，見鄰居福高不斷歎氣，福高答：「先生，不要提起，我們是生定苦人。」後得知一家兄弟在洋人礦山做工，兄長由於吸入石灰粉塵導致咯血而死，弟弟也經常挨餓受打。小說主人

〔註34〕李渺世：《買死的》，見《中國新文學大系小說一集》，第 332 頁。

公同樣充滿人道的同情：「被漠視的人類，誰為他們掉一滴眼淚！」這裡「生定苦人」「被漠視的人類」正反諷了「天賦（生定）的人的尊嚴」被踐踏的社會現實。

張資平的小說《約伯之淚》雖然也是關於三角戀愛，但小說也寫到主人公到鄉下酒館時遇到一個悲苦的事件。一個剛生育的女人因窮苦到富人家當奶媽，每天只回家半小時給自己孩子餵奶，孩子終究還是死了，作者寫到：

> 母親還在餵奶給別人的兒子吃，不知道自己的嬰兒因沒有奶吃死了呢！璉珊，你想這是如何的殘酷的社會，又如何的矛盾的人生喲！
>
> 有生以來，我像所聽見的，所看見的都是這一類哀慘的、令人寡歡的事實。這個世界完全是個無情的世界！

男主人公身患肺病，熱戀的女了與老師訂婚，於是自甘墮落，然而在面對人間悲劇時仍然表現出感人的人道主義同情，這個女子「矛盾的人生」也是他自身的寫照，因為他們一同處在這「殘酷的社會」「無情的世界」裏。

王魯彥的《燈》中主人公說：「罷了，罷了，母親。我還你這顆心……母親，我不再灰心了，我願意做『人』了」。黃鵬基的短篇小說名為《荊棘》，他如此解釋說：「『沙漠裏遍生了荊棘，中國人就會過人的生活了！』這是我相信的」。這裡，「做人」「過人的生活」無疑是指一種體面而有尊嚴的生活。這種「人」的覺悟，傅斯年在《白話文與心理的改革》一文中曾很精彩地論述過：「我們祖先差不多對於人生都沒有透徹的見解，會說什麼『聖賢』話，『大人』話，『小人』話，『求容』話，『驕人』話，『妖精』話，『渾沌』話，『仙佛俠鬼』話，最不會的是說『人』話，因為他們最不懂得的是『人』，最不要求的是人生的向上。」〔註35〕而五四新派小說中「人話」卻成為主流話語。

此外，與「人」的內涵變化相關聯的一大批歐化詞彙在五四小說中成為關鍵詞，如覺悟、解放、愛情、自由、命運、理想、個性、個人、人格、人間、人道、靈魂、創造、憂鬱、孤獨、寂寞，等等。五四時期「問題小說」「為人生小說」的核心正是追問「人生」的意義，張揚人的「解放」和「覺悟」。這樣我們就不難理解為何「覺悟」「解放」一詞在五四時期的報刊雜誌中成為

〔註35〕傅斯年：《白話文學與心理的改革》，見《傅斯年全集》（一），湖南教育出版社，2003年，第248頁。

流行語，如《民國日報》的副刊起名為《覺悟》，周恩來在天津創辦覺悟社，辦《覺悟》雜誌。陳獨秀寫有《吾人最後之覺悟》（《新青年》1卷6號）、《俄羅斯革命與我國民之覺悟》（新青年 3 卷 2 號），謝婉瑩寫有《解放以後責任就來了》（《燕大季刊》1卷3期，1920年），甚至在通俗文學雜誌《新聲》上也發表有新式知識者沈玄廬的《解放》，開頭寫道：「現住的世界，是什麼世界？是已經覺悟的世界。覺悟點什麼？覺悟『解放』的要求。覺悟了，能夠不解放麼？」〔註36〕這種思潮在五四小說中的反映正體現了「人的文學」「平民文學」的時代主題。五四的「解放」話語在 1949 年前後再次成為時代的關鍵詞，顯然，其意旨與強度已發生了一定變化。

二、「故鄉」的發現：「鄉愁」的現代性書寫

筆者查晚清的小說期刊未發現一例以「故鄉」命名的小說，而在五四時期寫「故鄉」「還鄉」的小說卻是一個醒目的文學現象，後來還有「鄉土文學」一詞出現。這不是「威加海內兮歸故鄉」的「故鄉」，也不是「每逢佳節倍思親」的一般「思鄉」，而是帶著「現代」體驗的「鄉愁」。

「鄉愁」無疑是個現代性體驗。只有在都市產生以後，出現大規模人類的遷徙才會有「鄉愁」。那些遠離故土的遊子，漂泊在異國他鄉，顛沛流離，過著無根的生活。「那些被迫捨棄與本源的接近而離開故鄉的人，總是感到那麼惆悵悔恨。」但是，惟有這樣的人方可還鄉，他早已而且許久以來一直在他鄉流浪，備嘗漫遊的艱辛，現在又歸根返本。因為他在異鄉異地已經領悟到求索之物的本性，因而還鄉時得以有足夠豐富的閱歷……」〔註37〕這時候，他們「還鄉」，可是記憶中「故鄉」不再，現實的鄉土和想像、記憶中的鄉土永遠存在錯位、分裂。於是隱現了「鄉愁」，在「鄉愁」的基礎上，出現了現代的「鄉土文學」：「凡在北京用筆寫出他的胸臆來的人們，無論他自稱為用主觀或客觀，其實往往是鄉土文學，從北京這方面說，則是僑寓文學的作者。但這又非如勃蘭兌斯（G. Brandes）所說的『僑民文學』，僑寓的只是作者自己，卻不是這作者所寫的文章，因此也只見隱現著鄉愁，很難有異域情調來開拓讀者的心胸，或者炫耀他的眼界」。〔註38〕魯迅的這一闡釋成了現代「鄉

〔註36〕沈玄廬：《解放》，《新聲》第 1 期，1921 年 1 月。
〔註37〕〔德〕海德格爾：《人，詩意地安居》，廣西師範大學出版社，2002 年，第 69 頁。
〔註38〕魯迅：《中國新文學大系小說二集·序》，《魯迅全集》第 6 卷，第 255 頁。

土小說」的經典定義。「『鄉土文學』實則是現代性的產物，它是現代社會以城市為中心的歷史聚集和遷徙引發的想像，那是現代性特有的懷鄉病，是現代性為自身無止境發展的歷史原罪所尋求的補償情感，一種替補式的救贖心理」。〔註39〕

魯迅的《故鄉》中，「我冒了嚴寒，回到相隔二千餘里，別了二十餘年的故鄉去」，可是，卻帶著「悲涼」，「我所記得的故鄉全不如此」。當年的捕鳥能手少年閏土已變得麻木萎縮，「我」一廂情願的叫聲「閏土哥」卻被一聲「老爺」驚了一個寒噤。「我」只能重返漂泊之「路」，在「無路」的「路」上尋找「希望」。

許欽文有短篇小說集《故鄉》，魯迅評價說：「許欽文自名他的第一本短篇小說集為《故鄉》，也就是在不知不覺中，自招為鄉土文學的作者，不過在還未開手來寫鄉土文學之前，他卻已被故鄉所放逐，生活驅逐他到異地去了，他只好回憶『父親的花園』，而且是已不存在的花園，因為回憶故鄉的已不存在的事物，是比明明存在，而只有自己不能接近的事物較為舒適。」〔註40〕《故鄉》中第一篇小說是《這一次的離開故鄉》，題目是離開故鄉，其實仍然是「返鄉—離鄉」模式，寫一個新式青年回到故鄉，將父母代訂的婚約解除了，然後離開故鄉去北京謀事，路上目見鄉人的陋習，回憶著舊時同學的瑣事，儘管在北京無法找到差事，可心裏已下定決心：就是流浪街頭，「也不會稍萌回到故鄉的念頭」。按理說，「故鄉」有慈愛的母親，有弟妹們的溫馨，「我」緣何不願「還鄉」，而要選擇漂泊？這無疑是「現代」的「蠱惑」。經新思潮洗禮的「人」已無法安居在「故鄉」，思想上已不屬於那一方水土！「父親的花園」早已不存在了，「故鄉」只是作為一種「夢幻」存在於回憶之中，這正是城鄉對立產生的「鄉愁」。

潘訓的《鄉心》發表於《小說月報》第13卷7號（1922年），茅盾說那時描寫農村生活的小說很少，所以「值得特書」。〔註41〕阿貴身上可以看到「閏土」的影子，少年狡獪，帶著「黃金的夢」離鄉進城，不管家人如何規勸也不願回鄉。小說結尾當我們又一次勸阿貴回鄉時，阿貴說：「我現在是不能回去了！……等我積蓄幾個錢起來，再回去看看他們也不遲。但我在家時，父

〔註39〕陳曉明：《遺忘與召回：現代傳統與當代作家》，《當代作家評論》，2007年第6期。

〔註40〕魯迅：《中國新文學大系小說二集·序》，《魯迅全集》第6卷，第255頁。

〔註41〕茅盾：《中國新文學大系小說一集·導言》，第21頁。

母也太看不起我了！……我到這裡來已過了兩年了」。而這時，「我們」「各人底心頭，都深沉的愴涼的纏綿著鄉愁」。不僅是阿貴，還有「我」這個知識人，也纏綿著「鄉愁」：

> 戴著黃卵絲鑲邊的氈帽的幾年前的阿貴，在故鄉流著淚的我親愛的母親，荒涼草滿的死父底墓地，低頭縫衣的阿姊，隱約模糊的故鄉底影子，盡活潑潑地明鮮地湧上我底回憶裏。品南呢，他也有他的愁慮。呵！纏綿的鄉心。

這段文字頗有魯迅《故鄉》的神韻，具有明顯的歐化語言特徵。對於阿貴、「我」「品南」來說，城和故鄉都是「夢」，前者是離鄉尋夢的場所，後者卻是帶給自己想像與回憶的心靈港灣。

一個有趣的現象是「鄉愁」總是和「夢」相聯繫。在晚清小說中的「夢」多是實指，或者指向「新中國未來記」式的民族寓言。而在五四小說中「夢」卻成了關鍵詞，它也擴大了內涵，變成一個隱喻和象徵。「夢」代表了虛無飄渺的「追求」和「理想」，也代表一個能給遊子心靈慰籍的所在，一個可望不可即的幻象，「理想」正是典型的五四時期傳入中國的日源詞。〔註42〕這在「鄉土小說」中有著特別的體現。《小說月報》第 14 卷第 1 號（1923 年）發表了李勛剛的《故鄉》，「我」自從十二歲離家，二十多年沒回故鄉了。「可愛的故人、故土也不知怎麼樣了？」「可愛的舊人舊地今生再也看不到了」。它只存在回憶裏：兒時的夥伴，可愛的老單身漢老普，到處傳道、穿著古怪的洋教士，總是欺負我的二狗，還有讓我終生難忘的幻冥姊，她迎著微風坐在河邊講故事，她啟發了我少年的情緒和朦朧的情愫……，然而，這些只能留在「夢境」中，作者最後寫道：「故鄉啊，你在我心中，只是一場夢了！」小說中的「我」正是一個「隱現了鄉愁」的城市僑寓者！

冰心的小說《還鄉》（最初發表於 1920 年 5 月 20 至 21 日《晨報》）正是寫一個在城裏做到「民國局長」的新式青年的「還鄉」，這本應該是一次「衣錦還鄉」，可是「城一鄉」的衝突卻讓他措手不及，最後只能匆匆逃離：

> 這時那小村野地，在那月光之下，顯得荒涼不堪。以超默默的抱膝坐著，回想還鄉後這一切的事情，心中十分懊惱，又覺得好笑。

〔註42〕王立達《現代漢語中從日語借用的詞彙》一文中將「理想」列為意譯外國語詞彙一類，見《中國語文》1958 年第 68 期。劉正埮、高名凱等編的《漢語外來詞詞典》認為它屬於「日本人利用漢字自行創造的新詞」一類，見該詞典的第 207 頁，上海辭書出版社，1984 年。

> 一轉念又可憐他們，一時百感交集，忽然又想將他的族人，都搬到
> 城裏去，忽然又想自己也搬回這村裏來，籌劃了半天——一會兒又
> 想到國家天下許多的事情。對著這一抔一抔的祖先埋骨的土丘，只
> 覺得心緒潮湧，一直在墓樹底下，坐到天明，和大家一同歸去。

和魯迅的《故鄉》中「還鄉」相比，以超離同樣受到鄉人的眾星拱月式的「禮遇」，但這禮遇背後卻存在著更為複雜的利益考量，這很讓他驚愕。他所面對的顯然不是夢中的那個故鄉，正如冰心後來在詩歌《鄉愁》中所寫的那樣：「前途只閃爍著不定的星光，後顧卻望見了飄揚的愛幟。為著故鄉，我們原只是小孩子！」〔註43〕這些漂泊的遊子滿懷「鄉愁」，心繫「故鄉」，可即使回到故鄉，那記憶中故鄉也不存在了。現實的疏離逼迫他們再次「逃亡故鄉」。

三、從「姻緣」到「愛情」與「戀愛」

晚清至五四，與「人」的內涵變遷相關聯的還有一個關鍵詞：「愛情」。

清末的短篇小說中寫「情」的可謂比比皆是，雜誌上的小說分類標有苦情、慘情、奇情、哀情、孽情、豔情、俠情、言情等等，在這些說「情」的小說中，常見的詞彙是「鴛鴦」「情緣」「姻緣」。千里「姻緣」一線牽，既有對美好婚姻的嚮往，又充滿偶然性與無常感，有「緣」千里來相會，無「緣」對面不相逢。從「三言二拍」中的市井婚姻故事到清代的「兒女英雄」傳奇，敘述了許多這樣的姻緣故事。這是中國傳統婚戀觀念的旁支，古代文人對現實婚姻不自由的心理補償，甚至是自我想像。相對於父母包辦，媒妁之言，「姻緣」是調和自由戀愛和包辦婚姻的結合物。它一方面不觸及專制家長包辦的婚姻體制和束縛，另一方面又希望在有限的人際交往中發生「兩情相悅」（緣份）。科舉途中，路遇良緣，博取功名，奉旨成婚，這是「姻緣」的最高境界。「後花園中，私訂終身」則是「姻緣」的非正常展開，「盲婚」「指腹為婚」都可能是悲劇的開端，必須有「超自然」的力量將之重新納入到「忠孝」的儒家綱常之中，才能重新獲得合法性。《醒世姻緣傳》中悍婦虐夫本是包辦婚姻的悲劇，但通過「生死輪迴」「因果報應」將包辦婚姻之惡掩蓋了。《兒女英雄傳》本是公子落難，俠女相救的樸素情緣，最終必須將俠女馴化成賢妻良母方成「金玉良緣」（原書名為《金玉緣》）。

〔註43〕冰心：《鄉愁》，《晨報副鐫》1923年10月6日，後收入詩集《春水》。

在清末的言情小說中,則主要集中在文言短篇小說中,尤其是後來稱為「鴛鴦蝴蝶派」的小說中。於潤奇編的《清末民初小說大系》言情卷共 138 篇,其中白話小說僅 5 篇,說明白話短篇小說不是寫情的主要領域。

包天笑《一縷麻》是清末著名的文言短篇小說,發表於 1909 年 1 卷 2 期的《小說時報》,後由於梅蘭芳排演成新戲,阮玲玉主演電影,袁雪芬主演越劇,更是家喻戶曉。[註 44] 小說講述的正是一段非正常姻緣的誕生,與通常所見的緣分初定,小人作梗,終獲團圓的模式不同,這是由包辦盲婚的悲劇為開端,錯失佳配,而又成就「節婦」之大義收場。某女生於官宦之家,才貌雙絕,通舊學且上過新式學堂。可是「幼締姻於其父同寅之某氏,某氏子臃腫癡呆,性不慧而貌尤醜。」男女雙方從內到外形成極大反差,可是由於門當戶對,父命難違,仍然結婚,為鄰里竊笑。新婚女子感染瘟疫,而癡男照顧周到,女子存活,癡男卻感病而亡。女子感動異常,多次堅定拒絕昔日鄰居之英俊公子之示好,長齋禮佛,為癡呆丈夫守節,成就一段悲情姻緣。小說結尾寫到:「嗚呼!冥鴻飛去,不作長天之遺音矣。至今人傳某女士之貞潔,比之金石冰雪云。」

小說如果只寫才女嫁呆夫,對盲婚是極大的諷刺與批判,可是結尾歌頌其守節,則使作者的態度變得曖昧,成為典型的新舊結合的文本。同樣是成就了一段姻緣,只不過這一姻緣是通過男方的忠誠和死亡得來的,唯有女方的貞節才將包辦婚姻的弊病遮蓋,並重新確立了盲婚的合理性。男子對女子的不計利害的照顧是因為「癡呆」「傻愚」,女子對男方的守節,是因為「報恩」,在這一過程中,「個人」的感受被省略了,愛或愛情是不存在的。後來梅蘭芳將之改編時,將女方主動守節,改為幻滅而自殺身亡,就將主題統一到了控訴封建婚姻的罪惡上,才重新煥發出故事的魅力。

同樣,民初最著名的言情小說《玉梨魂》夢霞與梨娘的愛情是非常規下

[註 44] 1916 年齊如山、梅蘭芳改編成京劇《一縷麻》,1927 年鄭正秋將之改編成電影《掛名夫妻》由阮玲玉主演;1944 年包天笑將文言小說擴充成白話小說重新發表;1946 年袁雪芬、范瑞娟改編成越劇。包天笑本人生前也頗感「不可思議」(見其《釧影樓回憶錄》)。時隔 50 年之後,1998 年、2004 年、2007 年先後由上海越劇院、杭州越劇院等再次改編演出,成為越劇經典名戲。其改編歷經百年,反映出一百年來不同時期的社會思潮。對這一現象的研究參見范伯群:《包天笑文言短篇〈一縷麻〉百歲壽誕記》,《書城》2009 年第 4 期;周育德:《長長的一縷麻》,《中國戲劇》2015 年第 1 期;楊華麗:《梅蘭芳與〈一縷麻〉的早期傳播》,《現代中文學刊》,2019 年第 6 期。

發生的，是被禮俗社會排斥的。但小說感人的力量來源於夢霞的武昌城下犧牲，與梨娘的殉情。這裡男方投軍獻身的行為，是對非正常之愛的救贖行為，國家大義重新詮釋並成全了愛情。而梨娘唯有相思而歿，強化了愛之悲劇，才引起讀者共鳴、諒解與同情。個人之間的男女鍾情與歡愛，讓位於殉情與殉國。李海燕從儒家的「美德情教」角度看到《玉梨魂》仍然是「兒女英雄」模式：「在《玉梨魂》中，我們看到了愛與愛國主義之間建立起連續體的最早嘗試，而其中以一種性別化的模式聯結個人與社會的『兒女英雄』模型，在鴛蝴文學中產生了巨大的迴響。」〔註45〕

「姻緣」還需要「操辦」，說媒、聘禮、談判、計謀、迎娶是「操辦姻緣」必不可少的內容，一切都要操辦得「合理」，暗渡陳倉、李代桃僵、偷樑換柱是舊小說中操辦「姻緣」最常用的手段。1912年《小說月報》刊載的小說《文字姻緣》〔註46〕正是這樣別出心裁的「姻緣」故事。男主人公是貧寒之士，喪妻，然善詩詞，多悼亡之作。富家女子讀其詩詞，癡迷其中並生「情愫」，一面未謀竟相思成病，於是結下一段「姻緣」。可女家父母嫌名士家貧年長，另置一門當戶對之紈絝子弟。這時富家女的奴婢拾翠開始「操辦」這段姻緣了。她採用李代桃僵的辦法佯裝願嫁貧士，小姐願嫁紈絝子，實際上則迎娶當天互換，當真相大白時，木已成舟。這是公子小姐情深，紅娘獻身解圍模式的翻版。「姻緣」來得毫無來由，讓婢女委曲自己成全小姐也是古典時代文人的一種「想像」。但這一「妙計」在自由戀愛時代，沒有實現的可能，也沒有必要。這一段奇聞正好詮釋了傳統小說的「姻緣」觀念。

「愛情」一詞在清末就已使用，民初舊派小說家筆下也常涉及此詞，內涵有一定變化。1915年發表的白話短篇小說《唐花》中，「我」是一個略通新式知識的青年寡婦，在一富戶人家教書，卻遭遇了年僅8歲的學生結婚的軼事（新娘也僅7歲）。然而，新郎在「新婚之夜」的「鬧房」中縱酒過度，一病而疫，7歲之新娘轉眼間成為寡婦。同病相憐，「我」悲歎同情新娘之命運。可是終於在舊的習俗面前毫無辦法，只能辭了工作。由於「我」是新式的知識者，她對愛情的理解已屬於西方的話語系統，她能夠認識到「人生世上，愛情二字，是天賦人權的一種」，可是又無法跳出強大的禮教傳統，進一步為

〔註45〕〔美〕李海燕：《心靈革命：現代中國愛情的譜系》，北京大學出版社，2018年，第90頁。

〔註46〕樾候原稿，鐵樵潤：《文字姻緣》，《小說月報》第3年第3期，1912年。

「愛情」抗爭，不僅她自己青年守寡，自嗟自歎，順從命運，而且認為「他（新娘）的愛情一部分的權利，竟已剝奪淨盡，非但剝奪淨盡，直是上帝降生時沒有賦給呢。」〔註47〕所以這裡空有「愛情」的萌芽，卻沒有「愛情」的行為能力。作者寫這一段「軼聞軼事」，本身是對專制蒙昧的婚姻制度的不滿，這比晚清又有所不同。

「姻緣」中的男女只是「準主體」，最終決定他們命運的還是強大的社會習俗和道德傳統。「準主體」希望能在道德傳統和兩情相悅中找到一個平衡點，他們對戀愛和自身幸福的追求還缺乏「知識」的支撐和自信，更缺乏自我完成的行為能力。作為「世界知識」的「愛情」主義，是與啟蒙觀念、自由主義的世界化進程進入近代中國的，並加速融化、改造了中國文化中「情緣」「姻緣」的情感倫理。〔註48〕到五四前後作為「現代」知識觀念的愛情宣言才強勢出現，「愛情」「戀愛」就成為青年人理直氣壯的追求！女性才會像子君那樣「分明地，堅決地，沉靜地」說出這樣的話：「我是我自己的，他們誰也沒有干涉我的權利」（魯迅《傷逝》）；才會認為「沒有愛情的生涯，如同死灰」（郁達夫《沉淪》）。一旦知識昇華為信念，就會體現堅決的行動意志。當然，在新舊婚姻觀念的碰撞中，這種「現代意志」越堅決，「知識信念」越堅定，情感上的衝突、苦悶、寂寞就更強烈。

「五四」新派小說中「愛」成為主題，關於男女愛情的小說從數量上也佔據大多數，茅盾1921年8月評價最近三個月的創作時，做了初步統計，發現描寫戀愛的小說占到八九成，這些戀愛小說又主要集中在以下兩種形式：

（1）男女兩人的戀愛因為家庭關係不能自由達到目的，結果悲劇居多。（2）男女兩人雙方沒有牽制可以自由戀愛了，然或因男多愛一女，或因女多愛一男，便發生了三角式戀愛關係，結果也是悲劇居多。

這兩種格式幾乎包括盡了現在的戀愛小說了。〔註49〕

〔註47〕守如：《唐花》，《小說月報》第6卷第8號，1915年。
〔註48〕「世界知識」的概念是臺灣學者潘光哲提出的重要學術概念，用來考察世界各種新理念、新信息如何進入近代中國的日常及學術生活中。他「將各式各樣的印刷信息媒介所提供的各等具有幫助認識／理解外在現實之作用的（零散）訊息／（系統）知識，統稱為『世界知識』」。見《創造近代中國的「世界知識」》，社會科學文獻出版社，2019年，第5頁。
〔註49〕茅盾（郎損）：《評四五六月的創作》，《茅盾全集》第18卷，第131頁。

　　茅盾雖然是批評五四初期戀愛小說技術的稚嫩，但從側面反映了這批愛情小說的悲劇傾向。這些愛情悲劇和清末民初的哀情小說相比出現新的特質。茅盾在另一文章中曾慨歎「愛情」本是人間何等神聖的事情，卻被舊小說弄成了「誨淫的東西」。〔註50〕五四小說中「愛情」描寫最大的特點正是重塑這種「神聖感」。「愛」本身是要強調的內容，而不再是追求一段奇緣軼聞。

　　羅家倫在《新潮》第1卷3號發表了小說《是愛情還是苦痛？》，〔註51〕雖然藝術技巧上還顯稚嫩，但從「問題」上說，這是一篇很重要的愛情小說文本，集中反映了五四一代知識青年對愛情、婚姻的追求與苦悶。小說採用類似「答客問」的古典形式展開，全篇以叔平的講述為主。「愛情」一詞共出現15次之多。故事由我的一句感歎──「婚姻真能轉移人的一生」！──引起客人叔平盪氣迴腸的講述。雖然同樣是一個自由戀愛和封建禮教衝突的老套故事，但是，主人公對「愛情」的思考卻明顯不同於前述的「舊派小說」了。「愛情」已上升到關係人的生存價值的高度，愛情要追求精神上的共鳴，志同道合，婚姻要建立在彼此相愛的基礎上。由於有「世界知識」（如小說中提及的梅特林、穆勒、托爾斯泰等）的支持，講述者對愛情作為終極性的人生追求有了更強的自信，所以對家庭才發出這樣的怨聲：「不知道我家庭是為『詩禮』而有了，還是為『人性』而有的？」敘述者也認為如果生在三十年前，娶這一房賢惠的少奶奶，何嘗不滿足。可是今天不同了。雖然離婚是條路，但考慮到「誰還會娶再嫁的女人」，只能將「婚姻」轉化為「人道主義」，「強不愛以為愛！」並發出感歎：「世間最苦痛的事情是有愛情不得愛」。這讓我們看到魯迅、胡適等一代人對待包辦婚姻和愛情衝突時的做法。這篇小說中的「愛情」明顯是受西方個人主義的觀念影響，「愛」是和個人追求自由和幸福相聯繫，是一個人的正當權利。

　　這樣的用法在五四的愛情小說中很普遍，甚至形成了模式化的弊病。茅盾批評這些小說「個人主義的享樂的傾向很顯然」，「只有個人生活的小小的一角」，〔註52〕這從一個側面反映了五四時期的愛情敘述是關乎個人的內心世界，是與心靈的自由相聯繫的。它不再是媒妁之言「操辦」下的「姻緣」，而是個人生存價值的體現和人性的合法合理的延伸。魯迅《傷逝》中的子君和

〔註50〕茅盾：《自然主義與中國現代小說》，《小說月報》第13卷第7期，1922年。
〔註51〕羅家倫：《愛情還是苦痛？》，《新潮》第1卷3號，1919年。
〔註52〕茅盾：《中國新文學大系·小說一集·導言》，第9頁。

涓生敢於衝破封建禮教的圍欄，為了愛情離家出走，這在晚清小說的「姻緣」中無法看到，雖然「生活」和世俗冷眼將這愛情的種子扼殺，但是他們的信心和勇氣正來自於對「愛情」的「神聖性」的理解和追求。

盧隱的《海濱故人》中「愛情」一詞一共出現八次，以下是其中五次：

你知道宗瑩已深陷於愛情的漩渦裏，玲玉也有愛劍卿的趨勢。

你前封信曾問我梓青的事，在事實上我沒有和他發生愛情的可能，但愛情是沒有條件的。外來的桎梏，正未必能防範得住呢。

但梓青的婚姻是父母強迫的，本沒有愛情可言，他縱對於露沙要求情愛，按真理說並不算大不道；不過社會上一般未免要說閒話罷了。

結婚這一天，她穿著天邊彩霞織就的裙衫，披著秋天白雲網成的軟綃，手裏捧著滿蓄著愛情的玫瑰花，低眉凝容，站在禮堂的中間。

以上「愛情」用例，毫無例外指向神聖的、終極的、純潔的、內在的男女情感。由於「愛情」的覺醒，這些追求「戀愛」的青年或知識者，也日益感到來自身體和心靈的「苦悶」「孤獨」「隔膜」「悲哀」，甚至是「沉淪」。這些詞彙在清末民初的愛情小說中很少見到，而在五四小說中卻甚為常見。郁達夫《沉淪》的主人公正是一個「孤獨」「苦悶」的人：

然而總覺得孤獨得很：在稠人廣眾之中，感得的這種孤獨，倒比一個人在冷清的地方，感得的那種孤獨，還更難受。

然而，他要追求真正的「愛情」：

知識我也不要，名譽我也不要，我只要一個安慰我體諒我的「心」。一副白熱的心腸！從這一副心腸裏生出來的同情！從同情而來的愛情！

我所要求的就是異性的愛情！使她的肉體與心靈，全歸我有，我就心滿意足了。

這裡的愛情明顯包括身體和心靈兩方面，由於無法得到「愛情」，只能沉淪於妓館，可又悵然若失，終於蹈海自殺，他最後呼喊的仍然是「愛情」：

我就在這裡死了罷。我所求的愛情，大約是求不到的了。沒有愛情的生涯，豈不同死灰一樣麼？

　　許地山《綴網勞蛛》中尚潔與史夫人談到婚姻與愛情時說：

　　　　你的意思是說我沒有愛情嗎？誠然我從不曾在別人身上用過
　　一點男女的愛情；別人給我的，我也不曾辨別那是真的，這是假的。
　　夫婦，不過是名義上的事：愛與不愛，只能稍微影響一點精神的生
　　活，和家庭的組織是毫無關係的。

　　顯然，尚潔將「愛情」和「家庭」分得很清楚，二者有時並不是一回事：
「因為家庭是公的，愛情是私的。」愛情成了一種抽象的，本質化的，高於
一切的精神追求。愛情的純潔是無條件的。周作人在《晨報副刊》發表文章
《無條件的愛情》說：「在我們這個禮儀之邦國裏，近來很流行什麼無條件的
愛情，即使只在口頭紙上，也總是至可慶賀的事情。」〔註 53〕周作人是調侃
的筆調說不可能有無條件的愛情，起碼需要男人與女人，但至少說明當時「愛
情有無條件」是熱門話題。

　　「五四」的愛情神聖與清末民初還有一個很大不同在於，對身體、性慾
的正視。性愛在《一縷麻》《玉梨魂》中是隱藏的，前者故事中呆子丈夫是「無
性」的天然偽裝，後者文本中發乎情止乎禮，而在原型本事中，則是另一種
情形。〔註 54〕「在五四的話語中，浪漫之愛成為一種鋒利的符號和尖銳的矛
頭，擁護著本質化的人性，並宣揚一種依據自然天性珠新式生活的到來。此
時的情，總不免與愛或欲結伴出現，如愛情或情慾；二得各取其狹義，而不
再作為一種宇宙論的範疇覆蓋所有的人類感覺。」〔註 55〕因此，在五四青年
的想像中，「愛」與「性」都屬於私人性範疇，他人無權干涉。相對而言，魯
迅、許地山的愛情書寫更重視愛情與社會的限制，創造社作家如郭沫若與郁
達夫的愛情書寫更多強調「靈肉統一／靈肉衝突」。

　　女作家小說中「愛情」一詞的內涵有更複雜的層次，一方面肯定性的正
當性，另一方面愛情又是更高的精神存在，沒有愛情的性是可恥的。所以往
往在兩者間表現出痛苦與掙扎。馮沅君、廬隱、凌叔華、丁玲都不同程度書
寫愛情與身體，表現出內心的反思與矛盾。

　　丁玲筆下沙菲的苦悶最為典型。沙菲對凌吉士的愛情常常在迷戀他的豐
儀之美與純潔愛情之間：

〔註 53〕周作人（荊生）：《晨報副刊》，1923 年 6 月 20 日。
〔註 54〕參見時萌的《〈玉梨魂〉真相大白》，《蘇州雜誌》，1997 年第 1 期。
〔註 55〕李海燕：《心靈革命：現代中國愛情的譜系》，北京大學出版社，2018 年，第
　　　　113 頁。

> 我因了他才能滿飲著青春的醇酒，在愛情的微笑中度過了清晨；
> 但因了他，我認識了「人生」這玩藝，而灰心而又想到死。

沙菲被男方「頎長的身軀，白嫩的面龐」「足以閃耀人的眼睛」這樣的「一種說不出，捉不到的豐儀」吸引了。當她發現凌吉士只是外表俊美，思想卻庸俗時，就陷入矛盾之中，「他的愛情是什麼？是拿金錢在妓院中，去揮霍而得來的一時肉感的享受。」但沙菲女士的大膽和勇敢正在於為絕對愛情可以不理會這些，甚至男方結過婚，在「韓家潭」（紅燈區）住過夜：

> 他還不懂得真的愛情呢，他確是不懂，雖說他已有了妻（今夜毓芳告我的），雖說他，曾在新加坡乘著腳踏車追趕坐洋車的女人，因而戀愛過一小段時間，雖說他曾在韓家潭住過夜。但他真得到過一個女人的愛嗎？他愛過一個女人嗎？我敢說不曾！

沙菲正視了身體的欲望：

> 無論他的思想怎樣壞，他使我如此癲狂的動情，是曾有過而無疑，那我為什麼不承認我是愛上了他咧？並且，我敢斷定，假使他能把我緊緊的擁抱著，讓我吻遍他全身，然後他把我丟下海去，丟下火去，我都會快樂的閉著眼等待那可以永久保藏我那愛情的死的來到。唉！我竟愛他了，我要他給我一個好好的死就夠了……

正是這樣矛盾的痛苦的心理狀態之下，沙菲自我放逐，成為流浪的孤獨者：「不願留在北京，西山更不願去了，我決計搭車南下，在無人認識的地方，浪費我生命的餘剩；因此我的心從傷痛中又興奮起來，我狂笑的憐惜自己：「悄悄的活下來，悄悄的死去，啊！我可憐你，莎菲！」

覺醒了無路可的「可憐的」現代女性形象，如同魯迅小說《在酒樓上》《故鄉》中的人生過客。只不過，沙菲是用愛情來表達這種現代的孤獨感。

馮沅君 1924 年以「淦女士」為筆名在《創造季刊》與《創造週報》上相繼發表了《隔絕》《旅行》《隔絕之後》等小說，恰好形成一個連貫的愛情悲劇故事。寫一個女子與男子自由戀愛，家裏以母病為由誘使女生回家，並將其幽禁。女生給男方寫求救信，事情敗露而雙雙自殺。沈從文評價說馮「具有展覽自己的勇敢」，用自己的故事詮釋了「愛」，並且「在 1923 年以前，女作家中還沒有這種作品。能肆無所忌的寫到一切，也還沒有。因此，淦女士的作品，以嶄新的趣味，興奮了一時代的年輕人。」並且說她「所得到的盛譽，超越了冰心，惹人注意與討論，較之郁達夫魯迅作品，似更寬泛而長

久。」〔註56〕可謂評價甚高。這裡以《隔絕》為例考察其「愛情」一詞用法。小說共15次出現愛情一詞，基本都與神聖高潔相聯繫，如：

> 固然我們的精神是絕對融洽的，然形式上竟被隔絕了。這是何等的厄運，對於我們的神聖的愛情！

> 士軫呵！怎的愛情在我們看來是神聖的，高尚的，純潔的，而他們卻看得這樣卑鄙污濁！

> 身命可以犧牲，意志自由不可以犧牲，不得自由我寧死。人們要不知道爭戀愛自由，則所有的一切都不必提了。這是我的宣言，也是你常常聽見的。我又屢次說道：我們的愛情是絕對的，無限的，萬一我們不能抵抗外來的阻力時，我們就同走去看海去。

這裡愛情不得，寧願蹈海的意志，很有「創造特色」，只不過沒有《沉淪》裏的家國之痛，純粹是個人意志的宣言。沈從文提到的「嶄新的趣味」不僅指愛情神聖宣言，而是大膽的寫到女性的隱秘欲望。「你來陪罪，把我手緊緊握著，對我微笑。我也就順勢倚在你的懷裏，一切自然的美景頃刻都已忘了，只覺愛的甜蜜神妙。」但小說更多的是強調這種欲望的克制才能昇華到更聖潔的愛情：

> 試想以兩個愛到生命可以為他們的愛情犧牲的男女青年，相處十幾天而除了擁抱和接吻密談外，沒有絲毫其他的關係，算不算古今中外愛史中所僅見的？愛的人兒，我願我們永久別忘了××旅館中的最神聖的一夜喲！我們倆第一次上最甜蜜的愛的功課的一夜。呵，它的神秘和美妙！我含羞的默默的挨坐在床沿上不肯去睡，你來給我解衣服解到最裏的一層，你代我把已解開的衣服掩了起來，低低的說道，「請你自己解吧……」說罷就遠遠的站在一邊，像有什麼尊嚴的什麼監督著似的……。

這一場景應該是五四新女性最為隱秘而大膽的性愛神聖化的場景，連左翼的男性批評家阿英也表示「十分驚異」：「一般女性作家所不敢做的，非常大膽的在封建思想仍舊顯著它的威力的時代裏勇敢無畏的描寫了女性的毫無諱飾的戀愛心理。她抓破了一切虛偽的面具，赤裸裸的表現了女性的戀愛的心理過程……」。〔註57〕這樣的愛情是基於互相尊重，人格獨立的感情，是柏

〔註56〕沈從文：《論中國創作小說》，見《沈從文全集》第16卷，北嶽文藝出版社，2002年，第210頁。

〔註57〕阿英：《現代中國女作家》，見《阿英全集》第2卷，安徽教育出版社，2003年，第336頁。

拉圖式的愛情想像。

美國學者李海燕認為「五四的戀愛故事雖然不可避免地會以幸福的失落而告終，但是讀起來的感覺卻更像是鬧劇，而非悲劇。」顯然她對此存在一定誤解。這些小說在技藝上或許還顯稚嫩，而且也普遍採用日記書信體，但從古代以來婚姻書寫變革角度看，這一敘述無疑是革命性的。而且這些小說文本均有真實的戀愛藍本，與女作家本人的坎坷情感相關聯，文本內外女性抗爭的悲劇故事足以讓人反思。〔註58〕

與馮沅君、丁玲想比，凌叔華的愛情敘述要溫和許多。《酒後》中得到丈夫允許可以親吻另一男性時又放棄這一想法，表現出女性可以單純欣賞男性身體的美。在《繡枕》中以剪影的筆法寫一箇舊式女子如同她苦苦織就的精美繡枕一樣，被社會遺棄，暗示女性新時代的到來。

五四時期與「愛情」密切聯繫的是「戀愛」一詞的崛起。楊聯芬詳細考察了晚清以降「戀愛」一詞的概念史，認為民國以前較多用愛情，很少用「戀愛」。戀愛在清末留日學生率先使用時就「開啟了現代的意義，比如一種隱含自由、平等、自決的命意」，認同了該詞所包含的個人意志、兩性平等的「現代」意義。〔註59〕其實在五四時期「愛情」與「戀愛」都大量使用，「愛情」的內涵自晚清到五四發生變化，晚清大約指稱一種有別於傳統的西方傳來的情感（婚姻）類型，並不強調獨立、人格平等的精神之愛層面，貶義用法多用「自由結婚」。而「戀愛」則在晚清較少使用，在五四成為炫目的現象，較多用作「自由戀愛」。楊聯芬分析了五四時期「戀愛自由」與「自由戀愛」之爭，但未注意到五四時期小說文本中愛情與戀愛兩詞的語用特點。〔註60〕

〔註58〕馮沅君創作《隔絕》系列小說是根據表姐吳天的真實經歷所寫，同時也有自己經受包辦婚姻之苦（後解除）的切身體會，還受大學同學李超的婚姻悲劇的觸發。參見嚴蓉仙：《馮沅君傳》，人民文學出版社2008年，第2～13頁。

〔註59〕楊聯芬認為男女相愛意義上的「戀愛」係日譯外來詞，主要由留日的中國學生率先使用並於清末傳入國內。經過清末民初「自由結婚」思潮，在五四新文化運動中，與西方個人主義、社會主義思想整合，以「戀愛自由」「自由戀愛」的思想命題，成為五四新文化的關鍵詞。見楊聯芬：《「戀愛」之發生與中國現代文學觀念變遷》，《中國社會科學》，2014年第1期。

〔註60〕五四時期受愛倫凱、易卜生、本間久雄、廚川白村理論的影響，中國思想界發生了「戀愛自由」和「自由戀愛」的論爭。尤其是愛倫凱《戀愛與結婚》一書影響頗大。商務的《婦女雜誌》設專欄「戀愛自由與自由戀愛的討論」，大多數意見，是反對「自由戀愛」的放縱，而提倡「戀愛自由」責任。見楊聯芬《「戀愛」之發生與中國現代文學觀念變遷》，《中國社會科學》，2014年第1期。

　　這兩個詞在五四的小說中呈現不同的特點，愛情很少貶義用法，但戀愛，尤其是「自由戀愛」也可以指低俗的、帶有肉慾的愛情，帶有貶義色彩。大致來說，「愛情」側重於指戀愛自由（強調權利）和靈魂伴侶（強調精神相通）；「自由戀愛」包含神聖愛情與肉慾享樂兩部分，只是具體語境中側重點有所不同。愛情一般通向婚姻，戀愛可以通向婚姻，也可以不通向婚姻。

　　《海濱故人》中五次使用「戀愛」一詞，基本可和愛情互換，愛情指崇高精神事件，戀愛指具體的愛戀行為，且多為比較草率的愛戀。如：「露沙和梓青已發生戀愛了，但梓青已經結婚了，這事將來怎麼辦呢？」「蓮裳在天津認識了一個姓張的青年，不久他們便發生了戀愛。」

　　馮沅君《隔絕》中兩次用到戀愛一詞，都使用「戀愛自由」，而不是「自由戀愛」！其意義與小說強調神聖愛情的意義相通，強調人格獨立與權利：

　　　　例 1：人們要不知道爭戀愛自由，則所有的一切都不必提了。

　　這是我的宣言。

　　　　例 2：我們開了為要求戀愛自由而死的血路。我們應將此路的情

　　形指示給青年們，希望他們成功。不遭人忌是庸才，我也不必難受了。

　　批評過五四初期戀愛小說的茅盾，在早期小說《蝕》三部曲中多用「戀愛」，少用「愛情」，《幻滅》中「戀愛」35 例，「愛情」2 例；《動搖》中「戀愛」16 例；愛情 2 例；《追求》中「戀愛」50 例，愛情 2 例，而且「戀愛」多用於貶義語境。這裡以《動搖》為例，先看「戀愛」一詞的用法：

　　例 1：胡國光和婢女金鳳保持曖昧關係，兒子阿炳與婢女勾搭，被姨表弟王榮昌看見，將「自由戀愛」與父子卑劣行為並置。

　　　　王榮昌一面就坐，還搖著頭說：「不成體統，不成體統！」「並

　　沒有正式算做姨太太。」胡國光也坐下，倒淡淡地說。

　　　　「現在變了，這倒是時髦的自由戀愛了。」

　　　　「然而父妾到底不可調戲。」

　　例 2：陸慕遊通過商民協會委員的趙伯通的關係，掌握了核准商店是否歇業的權力，將寡婦錢素貞這個「垂涎已久的孤孀弄到了手」，他的法寶是有一套「戀愛哲學」（即「多見面」），這裡用「戀愛」加以反諷：

　　　　在一個晴朗的下午，大概就是陸慕遊自由地「戀愛」了素貞以

　　後十來天，南鄉的農民們在土地廟前開了一個大會。

例 3：將放蕩、妖豔與戀愛對舉：

　　　　因為在張小姐看來是放蕩，妖豔，玩著多角戀愛，使許多男子
　　瘋狂似的跟著跑的孫舞陽，而竟在方羅蘭口中成了無上的天女。

而方羅蘭是正面人物，寫到他的不良想法，或感覺自己很落伍時用到「戀愛」，例 4：

　　　　的確沒有戀愛的喜劇，除了太太，的確不曾接觸過任何女子的
　　肉體。

　　　　方羅蘭忽然覺得慚愧起來。他近來為了那古怪的戀愛……

　　　　方羅蘭今年不過三十二歲，……父親遺下的產業，本來也足夠
　　溫飽，加以婉麗賢明的夫人，家庭生活的美滿，確也使他有過一時
　　的埋沉壯志，至於浪漫的戀愛的空想，更其是向來沒有的。

小說中兩次用到「愛情」，均是「戀愛」的對立面，具有褒義色彩，如：

　　　　「戀愛，本來是難以索解的事。」

　　　　孫舞陽笑了。她把兩手交叉了挽在腦後，上半身微向後仰，格
　　格地笑著說：「雖然是這麼說，兩人相差太遠就不會發生愛情；那只
　　是性慾的衝動。」

這裡將「性慾的衝動」與戀愛相關，而愛情要更高級一些。魯迅小說中關於「愛情」與「戀愛」的用法與茅盾有相通之處。《阿 Q 正傳》第四章「戀愛的悲劇」寫阿 Q 鬧劇式的「戀愛」，而不題作「愛情的悲劇」。雖名為悲劇，其實帶有喜劇揶揄效果。在《幸福的家庭》中開篇寫一個青年絞盡腦汁構思小說，「……現在的青年的腦裏的大問題是？……大概很不少，或者有許多是戀愛，婚姻，家庭之類罷。……是的，他們確有許多人煩悶著，正在討論這些事。」小說中青年作家將「戀愛」放在考慮的第一位，最後選擇了家庭，魯迅藉此來諷刺了不切實際的戀愛。這與「諷刺當時盛行的失戀詩，作《我的失戀》」相類似。這篇小說最初發表於 1924 年 3 月的《婦女雜誌》，此時該雜誌正在開展關於戀愛的討論。與此相對應，在《傷逝》這篇真正充滿悲劇感的小說中，魯迅使用了「愛情」一詞：

　　　　這是真的，愛情必須時時更新，生長，創造。我和子君說起這，
　　她也領會地點點頭。

筆者以愛情、戀愛為關鍵詞檢索「全國報刊數據庫」中 1920～1927 年的文章標題，得到如下數據：

表 4-1　1920～1927 年「愛情」與「戀愛」詞彙數量對比

年度	愛情（次）	戀愛（次）	說明
1920 年	32	33	依據上海圖書館主辦的「全國報刊索引」中「民國時期期刊全文數據庫（1911～1949）」，只檢索文章標題。網址：https://www.cnbksy.com，檢索日期：2020 年 3 月 10 日。愛情一詞在 1923 年突然增多，因為《晨報副刊》等發起了「愛情定則」的討論；戀愛一詞在 1922～1925 年較多，因為《婦女雜誌》《民國日報·婦女評論》《現代婦女》展開了討論；自 1926 年以上雜誌標題中未見相關詞例；此期戀愛詞例較多的刊物是《紅玫瑰》《紫羅蘭》《新女性》《現代青年（廣州）》等雜誌。
1921 年	34	42	
1922 年	43	107	
1923 年	86	120	
1924 年	39	160	
1925 年	60	118	
1926 年	49	81	
1927 年	74	112	

　　從上表可以看出，愛情與戀愛當之無愧是五四時期文化與社會的關鍵詞。這些討論及作品的最常用的句式是「愛情（戀愛）的 XX」與「愛情（戀愛）與 XX」，諸如與金錢、家庭、麵包、社交、財色、強權，甚至與電燈、與服飾等等，五花八門。〔註61〕

　　雖然情感評判不一，在新派小說家筆下對「愛情」「戀愛」一詞的運用是與現代人追求自由幸福、人格獨立、個性發展相聯繫的。這些觀念與舊式的姻緣故事已不可同一而語，也與民初舊派小說家將「愛情」視為「毒藥」的觀念不同。在 1914 年的《中華小說界》第 1 年第 6 期發表了徐枕亞的白話短篇小說《毒》，其主題是「愛情」，作者本意是諷刺新式愛情的罪惡，將「愛情」比為「毒藥」，但卻從反面論證了愛情作為一種追求自由的人生意義，是一個很值得分析的「愛情」文本。

　　作者借人物之口揶揄了新式「愛情」：「卻不知道近來的青年子弟，都把那自由兩個字，常常的嵌在腦中，彷彿也同中了什麼毒似的，一個個意醉心癡，要想做那指頭兒上套戒指的勾當。若說用舊法和他們結婚，是沒有一個首肯了。」然後，想做這種「勾當」的新娘殺死「情敵」，等到完婚之時服毒

〔註61〕比如，張靜廬《電燈與愛情》（載《半月》1924 年第 3 卷第 10 期）；胡敬祥《夢與愛情》（《紫羅蘭》1927 年第 2 卷 21 期）；徐逸樵《性慾與戀愛》（載《學生雜誌》1924 年第 11 卷第 1 期）；瓊圭《志願與戀愛》（載《民眾文學》1924 年第 8 卷第 9 期）；元陀《愛情與犧牲》（載《民國日報·覺悟》1922 年第 6 卷 27 期）。

死了，留下絕筆稱：「妾行固惡，然有假手於妾以行此惡者，愛情也。……妾之為此，亦欲使世人略知愛情二字這價值耳」。這是對「愛情」罪惡的血淚控訴！新郎讀後說到：「冰妹原來如此，什麼愛情，正是最利害的毒物哩！如今不愛的也毒死了，愛的也毒死了，留著我一個人，如何收拾這愛情的餘毒呢？」說罷也取了藥瓶服毒自殺，「和著冰華臉對臉，同夢到愛情深處了。」

將「愛情」形容為一種「勾當」，讓陷入新式「愛情」的青年全部「中毒」而死，這反映出徐枕亞保守的婚姻觀。有意味的是，如前所述，同樣是服毒自盡的悲劇，五四時期新女性作家馮沅君的《隔絕》《隔絕之後》中，一對青年因為神聖愛情殉情而死，害死他們的「毒藥」卻是舊的專制婚姻制度。

除了本節中探討的「人」「故鄉」「愛情」這些關鍵詞外，還有一些作為傳統白話小說標誌的詞彙也發生了變化，最引注目的是「看官」「列位」「諸君」等詞語的消失。

在清末民初小說中，這些詞彙隨處可見。比如：

「列位，在下是生長內地，不曾見過世面的，卻常常聽得人說……」（《特別菩薩》，《月月小說》第 8 號，1907 年）

「看官如欲知我為著甚事，且讓我慢慢說來。」（陳景韓《女偵探》，《月月小說》第 13 號）

「看官，我平日天不怕，地不怕……」（《介紹良醫》，《月月小說》第 21 號，1908 年）

「諸君，這『葫蘆旅行記』五個字，有兩種解釋……」（徐卓呆《葫蘆旅行記》，《小說月報》第 2 年增刊，1911 年）

「諸君且莫性急，聽在下慢慢的說下去。」（徐枕亞《毒》，《中華小說界》第 1 年第 6 期，1914 年）

「諸君，我輩生在世界上，種族極多，生命極賤……」（《物語》，《中華小說界》第 1 年第 8 期）

「閱者諸君，我這蒙館生涯……」（《唐花》：《小說月報》第 6 卷第 8 號，1915 年）

「讀者諸君，亦知陸女因何而觸父怒，致受此嚴訓乎？」（姚民哀的《新舊道德》《小說新報》第 5 期，1919 年 5 月）

其他還有諸如蕭然鬱生的《彼何人斯》中的「諸君、諸君……」(《月月小說》第 12 號，1907 年)；徐卓呆的《樂隊》和陶蘭蓀的《警察之結果》中的「諸君，」(均見《小說林》第 6 期，1907 年)；周瘦鵑的《真假愛情》中的「看官」(《禮拜六》第 5 期，1914 年)，等等。

這些傳統說書體的標誌性詞彙在五四的新派小說中不再使用。筆者查閱 1935 年編的《中國新文學大系》的小說集全部三集，以及《新青年》《小說月報》《新潮》《創造週報》等新文學期刊，未發現一例出現這些詞彙的小說。顯示出小說觀念和寫作模式的重大變化。傳統白話小說是以「說─聽」為基本模式，其產生的基礎是說書、講史等口頭文化，形成書面語言形式後，但仍然保留了口語的聲口，在文字中儘量模仿說書的現場。而五四小說的觀念是受西方文學觀念的影響，將小說視為文學創作的一種，小說進入書面雅文化的系統之中。不是採用「說─聽」的假想模式，而是「寫─看」的模式，所以五四小說是獨語的形式居多，多用第一人稱，不再考慮「聽眾」的心理，而是更加緩慢地展示故事的細節，進入人物的內心，刻畫人物性格，抒情寫意。這是清末到五四白話小說最基本的一個轉變。在此意義上，「看官」「列位」諸詞的消失無疑表徵著中國小說的一次重要轉型。

周作人對新詞語表現新思想有著更精闢的看法，他在解釋用白話的必要性時說，如果要表示接到朋友的電報然後乘火車到上海去看他這件事，「若用古文記載，勢將怎麼也說不對。」他說：「又如現在的『大學』若寫作古代的『成均』和『國子監』，則其所給予人的印象也一定不對」，周得出結論要表達現代思想「古文是不中用的。」〔註62〕周作人強調的是文言與現代白話的區別。其實，也可以適用到舊白話與現代漢語之間的比較。

同樣，也有反向的例證，用傳統的詞彙可以將西方敘事場景轉換成具有中國特色的話語模式。比如長篇章回小說《泰西歷史演義》(洗紅庵主著，載《繡像小說》1903 年第 1 期)就用舊式白話小說語彙「演義」了拿破崙故事：

> 只說那一千七百六十八年，科嘉西島有個做律師的人，生了個兒子，這兒子才落地，他的屋上祥光萬道，瑞氣千條。第二日鄰居家多來賀喜，說這位令郎將來一定是替我們這島增光的。律師聽了，心中歡喜，取名拿破崙。

〔註62〕周作人：《中國新文學的源流》，華東師範大學出版社，1995 年，第 61 頁。

　　　　拿破崙十一歲，出落得虎眉豹目，猿臂狼腰，膀闊三停，身高
七尺，而且頗有膂力，一味的弄槍使棒，就有人勸他進武備學堂肄業，
將來邊疆有事，也可以博取功名。……眾人因拿破崙熟讀兵書，精通
戰策，便推他做了元帥，駐紮在土龍城。拿破崙帶領他們，戰無不利。

　　　　正是：鞭敲金鐙響，人唱凱歌還。

　　　　不多幾日，到了埃及地方，拿破崙先派一個將官，拿了一條令
箭，在埃及大張曉諭曰：「本將軍替天行道，為民報仇，並不是垂涎
你們郡縣城池，子女玉帛，乃是為爾等掃除暴君污吏，蠹役贓官。」

　　　　埃及人聽了這話，便讓他長驅直入。

　　這是常見的傳統俠義小說的風韻，這些特有語彙將我們帶入英雄傳奇體
的章回小說的語境中，將拿破崙寫成中國式的綠林英雄，尤其是「替天行道」
一語，包含著獨特的中國「天道」觀思想，儼然將拿破崙寫成了宋江。

　　以上「關鍵詞」只是就最主要的方面作個案考察，類似的關鍵詞還有很
多，單個詞彙的改變雖然不能構成中國小說美學及思想的改變，但是大量的
新詞彙的進入及意義變遷，足以改變中國小說的語言面貌。單就現代漢語的
複音詞大量增加這一點來說，就使現代漢語表意更加精確，敘述語調更加豐
富，思維方式更加嚴密。正如有論者所說：「數以千計、萬計的大量雙音節以
上新名詞的出現和活躍，以及與之相伴隨的新式詞典的編撰和流行，相當明
顯地增強了漢語語言表達的準確性，在從語言詞彙層面體現出現代性變革要
求的同時，又反過來通過使用這些新名詞的社會文化實踐，極為有效地增進
了中國人思維的嚴密性和邏輯性。這是中國語言和思想現代化的重要表現形
式」。〔註63〕而這種思維方式的嬗變，對小說創作又產生一定的影響，這是我
們討論中國小說「現代」發生時要詳加考察的。

第二節　「五四」小說中的歐化文法

一、「改造舊白話」與歐化文法

　　五四作家建構「國語的文學」時有一個共識，要改造舊的白話，以適應

〔註63〕黃興濤：《近代新名詞的思想史意義發微——兼談對於「一般思想史」之認識》，
　　　　《開放時代》，2003年第4期。

新的藝術需要，不僅態度具有「同一性」，經過短暫的爭論，實踐的路徑與方法也具有了「同一性」，那就是創造新白話要靠「歐化」。

五四白話文運動的鼓吹者，一方面倡導以白話文學代替文言文學，一方面又認為舊的白話存在諸多缺陷，不能適應今天時代的需要。白話可以作為「文學的國語」，但用什麼樣的白話來創造「國語的文學」則是另一個問題。我們翻檢五四學人的論述很容易看到他們反思舊白話，呼喚新白話的論述。

傳統的經典白話小說在「五四」文學革命初期是以「國語教科書」的角色被重新「發現」的，那麼，傳統白話自然是五四文學家建構文學國語所要學習的樣本了。胡適說：「我們儘量採用《水滸》《西遊記》《儒林外史》《紅樓夢》白話；有不合今日用的，便不用他；有不夠用的便用今日的白話來補助；有不得不用文言的，便用文言來補助。這樣做去，決不愁語言文字不夠用，也決不用愁沒有標準白話。中國將來的新文學用的白話，就是將來中國的標準國語」。〔註 64〕這裡，胡適要為白話文學成為正宗造勢，將古代經典的白話小說著作作為樣本，同時也隱含著要創造一種新的標準白話的想法。

劉半農在分析白話和文言各自的優缺點之後，認為應該建構新的白話文學，而這種新白話不同於「施曹」時代：「吾謂白話自有其縝密高雅處，施曹之文，亦僅能稱雄於施曹之世。吾人自此以往，但能破除輕視白話之謬見，即以前此研究文言之工夫研究白話，雖成效之遲速不可期，而吾輩意想中之白話新文學，恐尚非施曹所能夢見」。〔註 65〕

錢玄同雖然也極力倡導白話文學：「我們提倡新文學，自然不單是改文言為白話，便算了事。惟第一步，則非從改用白話做起不可。」〔註 66〕但同時他也反思舊的白話文：「中國文字，字義極為含混，文法極不精密」，「白話用字過少，方法極不完備」〔註 67〕。他的態度最為激烈，甚至主張要驅除舊思想，不僅反文言，最後連整個漢文都要廢除。陳望道說「中國原有的語體文，太模糊而不精密，⋯⋯文法需要改進之處也很多。」〔註 68〕周作人也指出現有的白話文「還未完善，還欠高深複雜」，〔註 69〕到 1944 年他仍說「因為白

〔註 64〕胡適：《建設的文學革命論》，《新青年》4 卷 4 號，1918 年。
〔註 65〕劉半農：《我之文學改良觀》，《新青年》3 卷 3 號，1917 年。
〔註 66〕錢玄同：《林玉堂信跋》，《新青年》4 卷 4 號，1918 年。
〔註 67〕錢玄同：《中國今後之文字問題》，《新青年》第 4 卷 4 號，1918 年。
〔註 68〕陳望道：《語體文歐化的我觀》，《民國日報》副刊《覺悟》，1921 年 6 月 16 日。
〔註 69〕周作人：《國語改造的意見》，《藝術與生活》，河北教育出版社，2002 年。

話文的語彙少見豐富，句法也易陷於單調，從漢字的特質上去找出一點裝飾性來，如能用得適合，或者能使營養不良的文章增點血色，亦未可知」。〔註70〕鄭振鐸認為「中國的舊文體太陳舊而且成濫調了。有許多很好的思想與情緒都為舊文體的格式所拘，不能儘量的精微的達出。不惟文言文如此，就是語體文也是如此。」〔註71〕

傅斯年說得最為具體：「可惜我們使用的白話，同我們使用的文言，犯了一樣的毛病，也是『其直如矢，其平如底』，組織上非常簡單」，「要運用精密深邃的思想，不得不先運用精密深邃的語言。……我們做白話文時，當然減去原來的簡單，力求層次的發展。」「我們不特覺得現在使用的白話異常乾枯，並且覺著他異常的貧——就是字太少了，……也不僅詞是如此，一切的句，一切的支句，一切的節，西洋人的表示法盡多比中國人的有精神。」〔註72〕胡適雖然早期極力頌揚中國的文法是世界上最高的境界，〔註73〕但他是站在白話文學的民間傳統立場上說的，其目的是為了抬高白話的身價去反對文言文。當白話站穩以後，他立即贊同傅斯年改造白話的主張，也認為「舊小說的白話實在太簡單了，在實際應用上，大家早已感覺有改變的必要了。」〔註74〕

實際上，五四學人在文學革命開始後不久就轉入建設新的「理想的白話文」了。歸納起來，他們改造白話的資源主要有三方面：一是吸收文言的精華，二是口語及方言，三是西洋文法，即歐化。前兩者實際並不是五四的新發明，白話文中帶文言字法是新舊轉換時代文人的積習，一度成為批判的對象，至於如何轉化文言字彙，何為文言「精華」是個頗具爭議的問題；〔註75〕

〔註70〕周作人：《漢文學的傳統》，《藥堂雜文》，新民印書館，1944 年。
〔註71〕鄭振鐸：《語體文歐化之我觀》，《小說月報》第 12 卷第 6 期，1921 年。
〔註72〕傅斯年：《怎樣做白話文？》，《新潮》第 1 卷 2 號，1919 年。
〔註73〕他曾說：「我們的語言，照今日的文法理論上講起來，最簡單最精明，無一點不合文法，無一處不合論理，這是世界上學者所公認的。不是我一個人恭維我們自己。中國的語言，今日在世界上，為進化之最高者」。見《胡適文集》第 12 卷，第 24 頁。
〔註74〕胡適：《中國新文學大系‧建設理論集導言》，《胡適文集》（一），第 125 頁。
〔註75〕見朱經農和胡適的討論。朱經農在與胡適的通信中說：「我的意思並不是反對以白話作文，不過『文學的國語』，對於『文言』、『白話』應該並取兼收而不偏廢。其主要之點，即『文學的國語』並非『白話』，亦非『文言』，須吸收文言之精華，棄卻白話的糟粕，另成一種『雅俗共賞』的『活文學』」。見朱經農《致胡適》，《胡適學術文集‧新文學運動》，中華書局，1993 年，第 65 頁。

而口語是白話的主要根基，「白」和「話」均是針對口語而言的，言文一致的主張最根本的就是口語化，這是自宋元以來白話文學的主要特點。口語化的極端就是方言化，在晚清明確提出方言的問題，到五四胡適更加強調其作用，他甚至慨歎魯迅沒有用紹興土話做《阿Q正傳》，〔註76〕但是在中國這樣地域遼闊，方言眾多的國度，方言化運動和國語運動存在交叉和牴觸，有時甚至背道而馳，所以很快就消失在視野之外，直到40年代的解放區才重新得到關注。

那麼，五四學人討論最多，也是五四以來白話文變革最明顯，影響最廣泛的無疑是「國語的歐化」。「歐化」一般指的是歐化文法，亦稱歐化語法，主要指印歐語系對漢語的影響，約定俗成，沿用至今。〔註77〕後來研究者考慮到「歐化」不能概括整個外來語的影響，就有其他稱謂，如日化、俄化、西化、洋化等。〔註78〕朱自清1942年時認為「現代化」更確切：「新文學運動和新文化運動以來，中國語在加速的變化，這種變化，一般稱為歐化，但稱為現代化要更確切些。」〔註79〕這是在寬泛的意義上使用歐化一詞。文法的歐化本來是「歐化」概念的應有之義，有時歐化就是指「歐化語法」，有學者綜合前人說法後概括為：「所謂漢語歐化是指受西洋語法影響而產生的，在漢語中出現過的，以及存留下來的新語法現象。」〔註80〕王力說：「從民國初年到現在，短短的二十餘年之間，文法的變遷，比之從漢至清，有過之無不

〔註76〕見胡適《〈吳歌甲集〉·序》，《胡適文集》第4卷，第575頁。

〔註77〕早期語言學家的研究著作多稱文法，比如黎錦熙《新著國語文法》（1924年），呂淑湘的《中國文法要略》（1942年），王力早期發表論文用「文法」，後來出版專著用語法，如《中國語法理論》（1939）、《中國現代語法》（1940年）。新中國後大多使用語法。本書主要探討早期小說文本，故標題用舊稱「文法」，行文中不再作區分。

〔註78〕王力一般指稱英語語言：「所謂歐化，大致就是英化，因為中國人懂英語的比懂法、德、意、西等語的人多得多。拿英語來比較研究是更有趣的事。」1932年瞿秋白在大眾文藝討論中批評「五四」新白話是「中國方言文法、歐洲文法、日本文法和現代白話以及古代白話雜湊起來的一種文字」。旅日學者沈國威、陳力衛等人提出「歐化語法」中的「日本因素」。全面辨析歐化概念及歷史內涵的研究參見刁晏斌的《漢語的歐化與歐化的漢語——百年漢語歷史回顧之一》，載《雲南師範大學學報》2019年第1期。

〔註79〕朱自清：《中國現代語法·序》，《朱自清全集》第3卷，江蘇教育出版社，1988年，第64頁。

〔註80〕朱一凡：《現代漢語歐化研究：歷史和現狀》，《解放軍外國語學院學報》，2011年第2期。

及」,「文法的歐化,是語法史上的一樁大事」〔註81〕。

　　如果說詞彙的變革帶來的是思想觀念的衝擊與變遷,那麼,晚清至五四漢語文法的變化則使現代漢語的修辭空間大大擴展。由「白話」到「國語」,不僅是名稱的變化,更重要的是意味著對各種語言資源博採眾長,兼收並蓄成為國家意志和集體行為。方法可以不同,但使白話變成一種更有表現力的,更加豐富精密的適用於各種文體的現代語言的目標則是共同的。

　　最早提出歐化問題的是傅斯年,他在 1919 年發表的《怎樣做白話文?》一文中詳細闡述了這一問題,他認為「怎樣做白話文」應當作為一個問題鄭重地提出討論了,除了留心說話外,還要找出一個更高級的方法:直用西洋詞法。

　　　　這高等憑籍物是什麼?照我回答,就是直用西洋文的款式、文法、詞法、句法、章法、詞枝(Figure of speech)……一切修詞學上的方法,造成一種超於現在的國語,因而成就一種歐化國語的文學。〔註82〕

　　傅斯年以「歐化」去創造「理想白話」的主張一出立即得到《新青年》同人的贊同。錢玄同說:「傅孟真君撰《怎樣做白話文?》一文,主張『歐化的中國文』。我覺得他的持論,極為精當。」〔註83〕胡適則在後來總結白話文運動時也給予此文以高度評價,說這是關於白話文學最重要的修正案:「歐化的白話文就是充分吸收西洋語言的細密的結構,使我們的文字能夠傳達複雜的思想、曲折的理論。傅先生提出的兩點,都是最中肯的修正。……雖然歐化的程度有多少的不同,技術也有巧拙的不同,但明眼的人都能看出,凡具有充分吸收西洋文學的法度的技巧的作家,他們的成績往往特別好,他們的作風往往特別可愛。所以歐化白話文的趨勢可以說是在白話文學的初期已開始了。」〔註84〕他的總結是有堅實的實踐基礎的,「成績往往特別好」的作家,如魯迅、周作人、郁達夫等人,確實表現出語言歐化的特色。

　　儘管歐化的語言事實很早就產生了,比如晚清以來的翻譯文學,傳教士的宗教典籍翻譯等,但真正地開始討論它,做出積極評價的還是在五四。在

〔註81〕 王力:《中國語法理論》,《王力文集》第一卷,山東教育出版社,1984 年,第
　　　　 434 頁。
〔註82〕 傅斯年:《怎樣做白話文?》,《新潮》第 1 卷 2 號,1919 年。
〔註83〕 錢玄同:《致時敏》,《新青年》6 卷 2 號,1919 年。
〔註84〕 胡適:《中國新文學大系·建設理論集導言》,《胡適文集》第 1 卷,第 131 頁。

1921 年還進行了一場語體文歐化的討論，《小說月報》《文學旬刊》《覺悟》刊發了許多相關的討論。沈雁冰「極贊成採用西洋文法」，並認為不能因為一部分人不懂就放棄語體文的歐化，而要以「是否比舊白話好」做為標準。〔註85〕鄭振鐸認為：「為求文學藝術的精進起見，我極贊成語體文的歐化。」〔註86〕陳望道也認為「凡是思想精密，知道修辭、瞭解文法的人們，一定不會反對語體文的歐化，而且認為必要。」〔註87〕周作人認為理想的「國語」是「以現代語為主，採納古代的以及外國的分子，使他更豐富柔軟，能夠表現大眾感情思想。」〔註88〕

實現歐化的基本途徑則是翻譯。五四時期文學翻譯實際上有雙重任務，一方面看重譯介的內容，有選擇地介紹外國優秀的文學及理論，另一方面看重翻譯過程本身，即，借翻譯活動改造中國的語言，這是有著明確的意識的。魯迅提倡「硬譯」，正是認為翻譯「不但在輸入新的內容，也在輸入新的表現法」：

> 中國的文或話，法子實在太不精密了，作文的秘訣，是在避去熟字，刪掉虛字，就是好文章，講話的時候，也時時要辭不達意，這就是話不夠用⋯⋯這語法的不精密，就在證明思路的不精密，換一句話，就是腦筋有些胡塗。倘若永遠用著胡塗話，即使讀的時候，滔滔而下，但歸根結蒂，所得的還是一個胡塗的影子。〔註89〕

1922 年胡適談文學革命對歐洲文學的提倡時，肯定了周作人歐化的翻譯：「在這一方面，周作人的成績最好。他用的是直譯的方法，嚴格的儘量保全原文的文法和口氣。這種譯法，近年來很有人仿傚，是國語歐化的一個起點。」〔註90〕「五四以後，漢語的句子結構，在嚴密性這一點上起了很大的變化。基本的要求是主謂分明，脈絡清楚，每一個詞，每一個仿語（即詞組）、每一個謂語形式、每一個句子形式在句中的職務和作用，都經得起分析。」〔註91〕這種在形式上「經得起分析」的語言正是歐化語法帶來的改變。

〔註85〕沈雁冰：《語體文歐化之我觀（一）》，《小說月報》第 12 卷第 6 期，1921 年。

〔註86〕鄭振鐸：《語體文歐化之我觀（二）》，《小說月報》第 12 卷第 6 期，1921 年。

〔註87〕陳望道：《語體文歐化的我觀》，《民國日報》副刊《覺悟》，1921 年 6 月 16 日。

〔註88〕周作人：《國語改造的意見》，《藝術與生活》，河北教育出版社，2002 年，第 52 頁。

〔註89〕魯迅：《關於翻譯的通信》，《魯迅全集》第 4 卷，第 380 頁。

〔註90〕胡適：《五十年來中國之文學》，《胡適文集》第 3 卷，第 257 頁。

〔註91〕王力：《漢語史稿》上冊，中華書局，1980 年，第 484 頁。

　　本書關注的問題是，五四學人的歐化訴求與實踐與他們的文學創作，小說語言面貌是否存在內在的關聯，這種關聯與漢語小說的「現代」認同又有什麼關係。

　　中國古代通俗小說的語言傳統以白描、簡潔為主，長於敘事，而不擅長抒情與說理，更不用說是心理小說中大面積地進行人物心理刻畫了，傅斯年就說舊白話小說「只是客觀的描寫，只是女子、小人的口吻……小說中何嘗有解論（Exposition）、辨議（Argumentation）的文章。」〔註92〕周作人說「明清小說專是敘事的，即使在這一方面有了完全的成就，也還不能包括全體；我們於敘事以外還需要抒情與說理的文字，這便非是明清小說所能供給的了。」〔註93〕他們雖然是著眼於整個語言特性，但這裡對傳統白話小說的語言描述卻是非常準確的。

　　改造舊白話、創造新白話，這樣的語言追求，與他們對「現代小說」的理解和追求是一致的。正是要寫一種新體的小說，所以要採用更加具有表現力的語言。五四作家對現代小說與以往作家最大的不同在於，小說是為人生的，要表現生活中的細節，以達到「逼真」，「小說的生命，是在小說中事實的逼真」，〔註94〕要深入到人物的內心世界中去。不是主觀的向壁虛造，而是客觀地「描寫」。茅盾曾大力提倡西方自然主義來改變中國傳統小說中「記帳式」的寫法，他認為自然主義小說「最大的好處是真實與細緻，一個動作，可以有分析的描寫出來，細膩嚴密，沒有絲毫不合情理之處。」〔註95〕

　　小說語言的歐化，雖然也有失敗的教訓，但總體來說是適應這一時代要求的。循著五四作家的這種雙重追求，本書以五四經典作家的小說創作為例，借鑒學界最新的歐化語法的研究成果，看五四作家的小說創作哪些地方體現了歐化的語法，反過來這些新句式給小說的語言帶來什麼樣的改變。然後再總體探討這些語法上的新變化，在哪些方面達到五四小說家所期望的「新氣息」，或者說歐化的語法在小說生動表現「複雜的思想」和「曲折的理論」方面有什麼新的拓展。

〔註92〕傅斯年：《怎樣做白話文？》，《新潮》第 1 卷 2 號，1919 年 2 月。
〔註93〕周作人：《國語改造的意見》（1922），《藝術與生活》，河北教育出版社，2002年，第 52 頁。
〔註94〕郁達夫：《小說論》，嚴家炎編《二十世紀中國小說理論資料》第二卷，第 430頁。
〔註95〕茅盾：《自然主義與中國現代小說》，《小說月報》第 13 卷第 7 期，1922 年。

二、清末至「五四」白話小說中歐化文法現象舉隅

關於近代以來中國漢語書面語的變遷與歐化問題，語言學界已有豐富的成果。王力先生是較早系統研究現代漢語的歐化現象的語言學家。他在1943年出版的《中國現代漢語》和1944年的《中國語法理論》中專列一章探討「歐化的語法」，詳細梳理了五四以來的種種語法歐化現象，其主要目的是辨別哪些語言形式是中國固有的，哪些是受外來語影響的，從而探討現代漢語的形成及發展。這兩本書至今仍是這一領域研究的權威之作。呂叔湘、周煦良、朱德熙等語言學家對此也有論述。北京師範學院中文系於1959年編的《五四以來漢語書面語言的變遷和發展》系統地論述了「五四」以來漢語書面語變遷，涉及到不少歐化語法。雖然是小冊子，但是由於治學之嚴謹，集眾人之智慧，成為新中國研究現代漢語書面語變遷的奠基之作。謝耀基於1990年出版了專門研究歐化語法的著作《現代漢語歐化語法概論》（香港光明圖書公司），此後雖有不少單篇討論歐化文法、歐化白話文的論文，比如袁進、刁晏斌、張衛中、王本朝、鄧偉等學者的研究，但更加全面深入研究歐化語法的專著還是較少。〔註96〕

賀陽的專著《現代漢語歐化語法現象研究》將現代漢語的歐化語法研究推向深入，影響較為廣泛，也是目前最為全面研究這一問題的專著。他在綜合前人研究的基礎上加大了實證的力度，採用對比和頻率統計的方法對五四以來漢語中的歐化語法現象進行識別和判定。這主要涉及三個層面，一是確定哪些語法現象是五四前後新出現的。相對王力僅以《紅樓夢》與《兒女英雄傳》為依據，他將範圍擴大到14至19世紀大多數白話小說，作為未受印歐語影響而代表傳統漢語的樣本，以「保證所討論的新興的語法現象的確是以突變的方式發生的」。〔註97〕二是通過對比書面語和口語，確定哪些新興語法僅僅是書面現象。三是對比現代漢語和英語，確定哪些新興語法是在歐化

〔註96〕 如張衛中：《20世紀初漢語的歐化與文學的變革》，《文藝爭鳴》2004第3期；袁進：《重新審視歐化白話文的起源──試論近代西方傳教士對中國文學的影響》，《文學評論》2007年第1期；鄧偉：《試論五四文學語言的歐化白話現象》《廣東社會科學》2011年第2期；王本朝：《歐化白話文：在質疑與試驗中成長》，《文學評論》2014年第6期；李春陽：《漢語歐化的百年功過》《社會科學論壇》2014年第12期；趙曉陽：《歐化白話與中國現代民族共同語的開始：以聖經官話譯本為中心的思想解讀》，《晉陽學刊》2016年第6期；刁晏斌：《漢語的歐化與歐化的漢語──百年漢語歷史回顧之一》，《雲南師範大學學報》2019年第1期。

〔註97〕 賀陽：《現代漢語歐化語法現象研究》，商務印書館，2008年，第37頁。

的影響下產生的。賀陽的研究最大特點是改變列舉法，而用統計法論證語法歐化現象，「提供了可靠的數據，得出了可信的結論。」〔註98〕

　　朱一凡的著作《翻譯與現代漢語的變遷（1905～1936）》從翻譯對現代漢語的影響的角度研究了漢語歐化現象的早期發展。他將翻譯對歐化的影響分為三個過程：自發、自覺、反思。作者從詞彙化方式、語法空缺及新結構的影響等方面探討了歐化與現代漢語的發展，並研究了漢語歐化的限度及決定性因素。〔註99〕崔山佳的專著《漢語歐化語法現象專題研究》從詞彙與語法歐化關係做了專題研究。〔註100〕

　　語言學界的研究無疑為筆者討論清末至五四小說語言的變遷提供了理論支撐。不同的是，語言學研究將五四現代小說作為語料庫，研究總結歐化語言現象及規律，而筆者更關心這些歐化語法現象與小說語言美學的關聯。也就是說，這種歐化現象的興起與五四作家小說寫作倫理的變化之間存在何種聯繫。探討小說語言的歐化語法其目的是要考察這種語法現象是否拓展了小說修辭的空間。

　　這裡，我綜合借助語言學界關於歐化語言研究成果，尤其是賀陽的相關研究，歸納出與小說修辭存在緊密聯繫的一些歐化語法現象。並以清末至五四的中短篇小說為例，看清末白話小說與五四新派小說的句式上的不同，考察這些新的語言方式如何帶來小說敘述及修辭能力的變化，以達窺斑見豹之效果。這些語法現象包括：謂語為中心的「定中結構」的增加；句子形式上的主語增多；各種修飾語的增加；人稱代詞的用法大大擴展；量詞的發展；介詞和連詞的使用頻率增加；被字句大量湧現以及其語義色彩的變化；主從複句語序的變化等等。〔註101〕

1. 謂語為中心的「定中結構」的增加以及定語修飾語的複雜化

　　舊白話中很少見到「房屋的修建」「目標的實現」這樣的以動詞作中心語的結構。這一用法在五四以後卻大量增加，這明顯受英語的影響，如英語

〔註98〕見胡明揚先生的序，《現代漢語歐化語法現象研究》，商務印書館，2008年。
〔註99〕朱一凡：《翻譯與現代漢語的變遷（1905～1936）》，外語教學與研究出版社，2011年版。
〔註100〕崔山佳：《漢語歐化語法現象專題研究》，巴蜀書社，2013年。
〔註101〕有些歐化語法與現代的科技論文等應用性文體的關係更為密切，這裡就不列入。比如共用格式的發展，動態助詞的並列使用，並列結構中的「和」字、「或」字的用法固定化等現象。

中以"of"連結動詞的名詞形式作定語或主語的情況相當普遍。那麼在翻譯時就將這些詞組直譯過來。如，the rise of novels 譯為「小說的興起」，George's brief visit 譯為「喬治的短暫來訪」，Resistance of tyranny 譯為「對專制的反抗」，等等。這樣的句法形式就使得句子顯得很正式，節奏感增強，強調的重心也有些變化，這樣的定語修飾可以將句子加長。這種結構在晚清小說很少用到，而在五四新派小說中卻很多，試看下面的例子：

> 然而我的驚惶卻不過暫時的事，隨著就覺得要來的事，已經過去，並不必仰仗我自己的「說不清」和他之所謂「窮死的」的寬慰，心地已經漸漸輕鬆；不過偶然之間，還似乎有些負疚。（魯迅《祝福》）

> 他的愛情是什麼？是拿金錢在妓院中，去揮霍而得來的一時肉感的享受，和坐在軟軟的沙發上，擁著香噴噴的肉體，抽著煙捲……（丁玲《沙菲女士的日記》）

> 不但如此。在一年之前，這寂靜和空虛是並不這樣的，常常含著期待，期待子君的到來。（魯迅《傷逝》）

五四以後，動詞名詞化的現象很多，這使得定語的修飾語可以變得更為複雜，比如下例：

> 戴著黃卵絲鑲邊的氈帽的幾年前的阿貴，在故鄉流著淚的我親愛的母親，荒涼草滿的死父底墓地，低頭縫衣的阿姊，隱約模糊的故鄉底影子，盡活潑地明鮮地湧上我底回憶裏。（潘訓《鄉心》）

每一個名詞前都有三層以上的定語修飾，使句子變得綿長，低沉舒緩，切合回憶的悲傷情境。再如：

> 現在這太平的縣裏的人們，差不多就接受了春的溫軟的煽動，忙著那些瑣屑的愛，憎，妒的故事。（茅盾《動搖》）

這一句中，「春的溫軟的煽動」，「瑣屑的愛，憎，妒的故事」，都是新式的修飾方式，語序上是倒裝，形成插入語的結構。

與五四新派小說相比，舊派白話小說中的修飾語就較為簡單了：

> 我知道他沉迷的深了，一個人勸他不來，便約了幾個朋友同去勸他。誰知他倒惱了，說我們侵他的自由權，從此也就無人肯勸他了。只我這個不知趣的，天天勸，月月勸，年年勸，勸至唇焦舌敝，總是勸他不醒，後來我也勸的太厭煩了，不勸了。同他一別，就是二十多年。（吳趼人《大改革》，1906 年）

這段話口語化特徵很明顯，多用短句，句子之間多是「意合」，句子成份省略的較多，「勸他不來」是方言的用法，語序上是順序。

2. 句子形式上的主語增多，人稱代詞的用法擴展

五四以後不僅人稱代詞分化得更細〔註 102〕，有利於更精確的指稱對象，而且使用頻率更高了。傳統白話中當涉及到提到某人之後再次提到時，一般不會大量使用代詞回指，多用名詞性回指（比如直呼其名），或者零回指，即省略主語，具體的關係要靠上下文來理解。五四以後人稱代詞逐漸分化，使用頻率也增加了。我們先看民初舊派小說的一段：

> 紅菜苔是放肆慣的，覺得寂寞無味，只好把聽戲當個消遣日子的方法，今兒日戲，明兒夜戲，差不多逐日到那聚仙園裏去聽戲。恰好有一天，遇著了一個從前極有交情的人，這個姓王，名士賓，現在已做到了軍官，一見這下，就彼此敘那離別之情。（撫掌《紅菜苔》，載《小說月報》第 3 年 6 期，1912 年）

這一段具有典型的傳統白話風味，很少用代詞，多短句，靠上下文的意思來理解行為的主語。再看盧隱《海濱故人》中的一段：

> 玲玉是富於情感，而體格極瘦弱，她常常喜歡人們的讚美和溫存。她認定的世界的偉大和神秘，只是愛的作用；她喜歡笑，更喜歡哭，她和雲青最要好。

在這短短的一句中，用了四個「她」來代替「玲玉」，其實有些地方完全可以不用代詞，但是這裡卻都用了形式主語。而該小說的另一段裏，如果省略代詞則很難交待清楚人物之間的關係：

> 宗瑩在她們裏頭，是最嬌豔的一個，她極喜歡豔妝，也喜歡向人誇耀她的美和她的賞識，她常常說過分的話。露沙和她很好，但露沙也極反對她思想的近俗，不過覺得她人很溫和，待人很好，時時地犧牲了自己的偏見，來附和她。她們是樣樣不同的朋友，而能比一切同學親熱，就在她們都是很有抱負的人，和那醉生夢死的不同。所以她們就在一切同學的中間，築起高壘來隔絕了。

如果不用代詞而直呼其名的話，又會嫌得囉嗦重複，人稱代詞的使用就

〔註 102〕比如王力說：「『他』『她』『它』的分別大約是一九一八年以後的事情。以前，中國的書報裏是沒有這種分別的」《中國現代語法》的「歐化的語法」一章，第 365 頁。

顯得很有必要。另外，傳統白話中的人稱代詞一般不作修飾，而在五四的小說中修飾人稱代詞的用法多起來：〔註103〕

> 有了四千年吃人履歷的我，當初雖然不知道，現在明白，難見真的人！（魯迅《狂人日記》）

> 當時正為了生活問題在那裡操心的我，也無暇去憐惜這還未曾失業的工女。（郁達夫《春風沉醉的晚上》）

> 自幼在名士流的父親的懷抱裏長大的她，也感受了父親的曠達豪放的習性。（茅盾《動搖》）

這樣的用法就能更加細密、曲折地表達意思，充分地強調被修飾語的狀態。

3. 量詞的發展；介詞和連詞的使用頻率增加

量詞的歐化包括復音量詞出現、區別性量詞增多以及「一＋量詞」形式的增多等現象。但與小說語言修辭功能的轉變最密切的要算「一＋量詞」格式。這是五四以來受印歐語系中「冠詞結構」影響才興起的用法。傳統的白話中，如果不強調名詞的數量，一般不用「一＋量詞」結構做修飾語，因為意思很明顯，但在翻譯英語中的定冠詞"the"和不定冠詞"an、a"時，自然會用「一個」「一種」來對譯，於是，「一＋量詞」的用法就發展起來。〔註104〕

我們看冰心的《斯人獨憔悴》的開頭一句：

> 一個黃昏，一片極目無際綠綠的青草，映著半天的晚霞，恰如一幅圖畫。忽然一縷黑煙，津浦路的晚車，從地平線邊蜿蜒而來。

> 頭等車上，憑窗立著一個少年。

「一個黃昏」的用法，在舊白話中是不通的話，就是今天看來也顯得生硬。「一片」，「一幅」，「一縷」，如果僅從表達意思的層面也顯得沒必要，但是這些量詞的增加，形成了句子舒緩的節奏，延長了想像事物的時間，將讀者的視野帶入到表現對象的情境中去，「青草地」是無限的平面，所以用「一片」；「畫面」是掛著的，用「一幅」；而用「一縷」則更是描畫出「黑煙」上

〔註103〕賀陽分析比較了學界各種說法，認為人稱代詞受定語修飾是「五四以來在外來影響的刺激與推動下產生的。」至於受哪種語言的影響，則有可能「既有日語的影響，也有英語、法語等印歐語言的影響」。見《現代歐化語法現象研究》第88～89頁。

〔註104〕見王力《中國現代語法》，商務印書館，1985年，第371頁；賀陽《現代歐化語法現象研究》，商務印書館，2008年，第96頁。

升漂渺的形態，在這樣的景象，遠處一列火車，蜿蜒而來，無疑具有電影中「蒙太奇」效果。接著，「頭等車上，憑窗立著一個少年。」從「遠景」拉到「近景」，進行「特寫」，這樣的敘述效果是舊白話中少見的。

再如：

> 「哈！這模樣了！鬍子這麼長了！」一種尖利的怪聲突然大叫起來。
>
> 我吃了一嚇，趕忙抬起頭，卻見一個凸顴骨，薄嘴唇，五十歲上下的女人站在我面前，兩手搭在髀間，沒有繫裙，張著兩腳，正像一個畫圖儀器裏細腳伶仃的圓規。
>
> 我愕然了。（魯迅《故鄉》）

前兩個「一個」在傳統白話中表示數量，會經常用到，但最後一例在舊白話中多用作「像個畫圖儀器裏細腳伶仃的圓規」，是不需要「一」的。相同的情況還有：

> 我看了她這種單純的態度，心裏忽而起了一種不可思議的感情，我想把兩隻手伸出去擁抱她一回。（郁達夫《春風沉醉的晚上》）
>
> 於是，中國人就變成世界上最陰險，最污濁，最討厭，最卑鄙的一種兩條腿的動物！（老舍《二馬》）
>
> 請你把今晚上的我的這一種卑劣的事情忘了。（郁達夫《過去》）
>
> 他連忙走進，後面果然還不失望：有一個破到不遮風日的草亭，幾堆假山石，石旁有一棵長滿了葉子的杏樹。一棵白碧桃樹正開著潔淨妒雪的花，陽光照處，有幾群小蝴蝶繞著飛。（凌叔華《花之寺》）

另外，在英語翻譯的影響下，介詞和連詞的適用範圍也擴大了。原本在舊白話中不用的地方也用上了介詞，如關於……；就……而論；對於；當……；在……（之下）等等，〔註105〕其功能及用法是在五四以後發生變化的。賀陽檢索晚清著名小說均未發現「關於」「對於」的用例，因此認為它是五四以後才有用法。〔註106〕「在……之下」在舊派白話中多指處所方位，而在五四以後擴大到做條件或伴隨情況，常做狀語或補語；「當……」在舊白話中不常用，

〔註105〕王力認為這些都是新興介詞，中國原來沒有這種用法。賀陽考察以後認為原有這些詞，不過有些功能發生轉變，並舉有實例。見賀陽：《現代漢語歐化語法現象研究》，第126頁。

〔註106〕賀陽：《現代漢語歐化語法現象研究》，第115頁、第119頁。

而是直接在陳述的事情之後加「之時」或「的時候」「時」，在五四以後則多用「當……時（候）」，或單用「當……」。這些變化在科技、政論文、雜文等文體中尤其明顯。不過我們考察五四小說，這樣的例子也很多：

（1）「對於」「關於」例：

　　　　他對於以為「一定想引誘野男人」的女人，時常留心看，然而伊並不對他笑。他對於和他講話的女人，也時常留心聽，然而伊又並不提起關於什麼勾當的話來。（魯迅《阿Q正傳》）

　　　　我的注意力終於鬆散，對於他的報銷帳也就漸漸地模糊了。（葉聖陶《隔膜》）

　　　　對於公婆要孝順，要周到。對於其他的長者要恭敬，幼者要和藹。（王魯彥《菊英的出嫁》）

　　　　我的講演怕有五十分鐘的光景，詳細的語句自然是不能記憶的，但大概的意思卻還留在腦裏：因為關於這一方面的我自己的思想和客觀的事實至今還沒有改變。（郭沫若《雙簧》）

（2）「在……之下」例：

　　　　現在在他的注視之下，對著這蔡綠異香的洋肥皂，可不禁臉上有些發熱了。（魯迅《肥皂》）

　　　　阿Q的錢便在這樣的歌吟之下，漸漸的輸入別個汗流滿面的人物的腰間。（魯迅《阿Q正傳》）

（3）「當……時候」例：

　　　　當我注意陳太太的時候，表妹忽然笑了……（冰心《斯人獨憔悴》）

　　　　當教員聯合索薪的時候，他還暗地裏以為欠斟酌，太嚷嚷。（魯迅《端午節》）

　　　　當我剛被送進這間小屋子的時候，我曾為我不幸的命運痛哭，哭得我的淚也枯了，嗓也啞了。（馮沅君《隔絕》）

　　　　當汽車載著他們五個開始回上海的時候，史循的嘴唇動了幾動，似乎有什麼話……（茅盾《追求》）

連詞「和」的功能也擴大了。比如「和」在舊白話中，多與「同」「與」類似，即使做連接詞也只能連接名詞，在五四以後不僅連接名詞，還可以連

接動詞和形容詞，甚至是句子。先看舊派白話小說中的用法：

（1）與「同」「與」用法類似的：

　　　賭輸了，只當是存款，贏了，便是支款，這不和存莊一樣嗎？
（吳趼人《大改革》）

　　　一過收券處，即和招待員略一點頭。（徐卓呆《入場券》）

　　　忽聽得他在園中和表姊握別，表姊已和他決裂，不覺大大的失
望。（周瘦鵑《真假愛情》1914 年）

（2）聯結名詞的：

　　　陳秀英和他的新相好聯臂並肩，立在那裡抿著檀門，向他冷笑。
（周瘦鵑《真假愛情》）

　　而筆者查閱《小說林》《月月小說》《小說時報》的白話短篇小說未發現
一例連接形容詞、動詞，以及連接兩個短句的例子。

　　五四新派小說中卻很多，而且千變萬化，豐富多彩。試看以下例子：

　　　滿眼是淒涼和空空洞洞。（魯迅《孤獨者》）

　　　只是他那蒼白色的面孔，緊緊閉著微微翹著的嘴唇，眉間額上
如下十分注意時不能看出的皺紋，和那鈍鬱凝滯的眼光表示他受著
了年齡相當以上的內部的不安和外界的刺激。（郭沫若《鼠災》）

　　　我和他們招呼，他們也若有意若無意地和我招呼。人吐出的氣
和煙袋裏人口裏散出的煙彌漫一室，望去一切模糊，彷彿是個濃霧
的海面。（葉聖陶《隔膜》）

　　　她早就像她母親一樣，不時的吐紅和流夜汗。（魯迅《在酒樓
上》）

　　　艙外的風聲浪聲很大，大家只在電燈下計算著這海船航行的速
度；和到 H 港的時刻。（郁達夫《過去》）

　　　因了他們的沉默，因了他們臉上所顯現出來的淒慘和暗淡，我
似乎感到這便是我死的預兆。（丁玲《沙菲女士的日記》）

　　這些例子中，可以連接形容詞、名詞、詞組、短句，可以作賓語、狀語，
還可以連接多個名詞，可謂變化多端。這些變化，在書面語中體現較為明顯，
而口語中則不用。連詞的增多及其功能的擴大也使句子能表達更複雜的意思，
使句子具有更加屈折的語態。

4. 被字句大量湧現及其語義色彩的變化

被字句在舊白話中以「被」「教」「叫」「讓」「給」為標誌，它通常只用於表達不如意的事情，帶有消極的色彩。賀陽通過對《西遊記》《紅樓夢》《兒女英雄傳》《儒林外史》《二十年目睹之怪現狀》等晚清的長篇白話小說的全文考察表明，92.7%的「被」字句都表示貶義。〔註107〕而五四時期積極義、中性義、消極義則均可以使用。以下是冰心小說中的例子：

積極義：

　　　　他心中都被快樂和希望充滿了，回想八年以前……（《去國》）

　　　　銘哥被我們學校的幹事部留下了，因為他是個重要的人物。
（《斯人獨憔悴》）

消極義：

　　　　我父親遺下的數十萬家財，被我花去大半。（《去國》）

　　　　穎銘看見他父親的怒氣，已經被四姨娘壓了下去……（《斯人獨憔悴》）

　　　　裏面看不清楚，只覺得牆壁被炊煙薰得很黑。（《兩個家庭》）

　　　　都是你們校長給送了信，否則也不至於被父親知道。《斯人獨憔悴》

中性義：

　　　　還沒有等到說完，就被小表妹拉到後院裏葡萄架底下。《兩個家庭》

魯迅的小說中，僅《阿Q正傳》中以「被」組成的「被」字句就27個。《狂人日記》中的「被」字句多是貶義，這和從「狂人」的角度觀察「吃人」有關，所以「被吃」就成為關鍵語：

　　　　他們——也有給知縣打枷過的，也有給紳士掌過嘴的，也有衙役佔了他妻子的，也有老子娘被債主逼死的；

　　　　我自己被人吃了，可仍然是吃人的人的兄弟！

　　　　自己想吃人，又怕被別人吃了，都用著疑心極深的眼光，面面相覷。……

　　　　妹子是被大哥吃了，母親知道沒有，我可不得而知

〔註107〕賀陽：《現代漢語歐化語法現象研究》，商務印書館，2008年，第230頁。

也有在積極的意義上使用的，如：

> 老頭子和大哥，都失了色，被我這勇氣正氣鎮壓住了。《狂人
> 日記》

被字句使用頻率的增加使得強調的內容得以突顯，而且顯得書面化。在口語中是不會大量地用到被字句的。

在下面的被動句中，受事方「孫舞陽」的修飾有詞組、有短句，組成複雜的句式：

> 因為在張小姐看來是放蕩，妖豔，玩著多角戀愛，使許多男子
> 瘋狂似的跟著跑的孫舞陽，而竟在方羅蘭口中成了無上的天女。（茅
> 盾《動搖》）

5. 主從複句語序的變化及倒裝句的增多

傳統白話中的主從複句，一般是從句在前，主句在後。因果複句和條件複句在五四前只存在少量的後置情況。而假設複句和轉折複句在五四以前無一例外是前置，在五四以後才出現後置的，這在政論文中體現更明顯，小說中也出現一些用例。

比如：

> 我開不得口。這樣奇妙的音樂，我在北京確乎未曾聽到過，所
> 以即使如何愛國，也辯護不得，因為他雖然目無所見，耳朵是沒有
> 聲的。（魯迅《鴨的喜劇》）

這一例中，「果」在前，「因」在後，還有條件複句中條件從句後置的情況，如：

> 我竟不料在這裡意外的遇見朋友了，——假如他現在還許我稱
> 他為朋友。（魯迅《在酒樓上》）

當然，筆者檢索魯迅、冰心、郁達夫、郭沫若在五四時期的小說，傳統的用法仍然居多數。後置的情況一般用在「追補」語氣中，即如上例「假如」就是補敘，因為「我」無法斷定他是否認同「我」的看法。這樣的語氣，就造成延宕，使語調更加舒緩曲折。

我們再看其他的語序倒置的情況：

> 如果我能夠，我要寫下我的悔恨和悲哀，為子君，為自己。（魯
> 迅《傷逝》）

這裡按正常語序的話，「為子君，為自己」應該放在「我要」之後，將其後置就改變了句子的節奏，也強調了「對象」，更是著重點明了關鍵人物「子君」，在小說的開頭這樣寫足以調動讀者的閱讀興趣。

再如：

> 我深深懺悔，向已經失去的童心，懺悔那過去的往事，兒時的回憶，稚子之心的悲與歡。（向培良《野花》）

這句話的主幹是：「我向失去的童心懺悔過去的往事」，而這裡將它打散，倒裝，追補，使得全句產生兩個起伏，「我深深……」和「懺悔那過去的……」是強調語氣，是升調，「向……」，「兒時的回憶……」則是降調，變得舒緩綿長。這顯然比正序的敘述要豐富多樣。

以上僅就清末至五四小說語言中主要的歐化語法現象做了一些實例分析。這些語法現象，單純來看，都是細微的，可能構不成對整個小說美學的改變，但是，諸如此類的各種新式的語法彙集在一起，就會產生不一樣的效果。正如賀陽所言：「當這類局部性的演變達到一定的數量並彙集在一起，就會對漢語語法產生全局性的影響，使現代漢語書面語，即我們所說的新白話，具有不同於舊白話的面貌」。〔註108〕同樣，這此細小的語言變化，也會導致整個小說修辭方式的轉型，大大拓展小說語言的修辭空間。

第三節　歐化白話與小說修辭空間的拓展

五四新文化運動以白話文運動作為突破口，短期內取得巨大的成功是與「文學—國語」的革命策略密不可分的。即使百年後回望，胡適提出「文學的國語，國語的文學」仍然是那個時代最為矚目的綱領性口號。從舊體白話向五四新體白話的轉變是現代漢語書面語形成的過程，也是現代國家體制逐步完善的過程。而新的白話書面語形成的關鍵就是「白話的歐化」。晚清的白話文運動從始至終是以口語化（言文一致）為方向的，而現代漢語則是在口語、文言、歐化幾個方面綜合形成的，其中歐化又是最重要的因素。

就文學語言來說，在四大文學體裁中，小說不同於戲曲、古文、古詩的變革要由韻文入散文，白話小說自宋元以來就蔚為大觀。那麼，考察漢語小說的現代轉型與歐化白話的關係就更具代表性。有論者指出「如果說 20 年代

〔註108〕賀陽：《現代漢語歐化語法現象研究》，商務印書館，2008 年，第 284 頁。

新文學與鴛鴦蝴蝶派在文學語言上有什麼區別，那區別主要就在歐化的程度上。鴛鴦蝴蝶派也受到西方文學的影響，但是它還是從古代章回小說的發展線索延續下來的，以古白話為主，並且沒有改造漢語的意圖，新文學則不然，它們有意引進歐化的語言來改造漢語，以擴大漢語的表現能力」，〔註109〕這是頗有見地的。但值得追問的是，歐化的白話如何擴大了漢語的表現力？歐化白話的修辭方式又如何與五四作家對現代小說的想像與建構相契合？

一、要「仿真」更要「逼真」：現代小說對白話功能的新訴求

古代白話小說與史傳敘事關係密切，「實有」「實錄」是其重要特徵。魯迅治中國小說史談及六朝志怪時說「當時以為幽明雖殊途，而人鬼乃皆實有，故其敘述異事，與記載人間常事，自視固無誠妄之別矣」〔註110〕，鬼神幽明亦稱實有，遑論人事。話本小說講述故事時總強調有人親見，或者強調故事主角遺留對象尚在，以彰顯真實，亦是同樣的「仿真」邏輯。明清章回小說更是史傳傳統的集大成者。

清末至五四小說敘述模式的轉變學界研究較多，陳平原教授認為現代小說努力擺脫古代白話小說的「說書腔」，從講述到展示，完成從「說—聽」到「寫—讀」的轉換，〔註111〕也有學者稱為擺脫虛擬性修辭策略。〔註112〕自晚清至五四，小說敘述的「仿真性」一脈相承，可是「仿真」的修辭策略則不一樣。舊白話小說需要作者（或說話人、敘述人）的強勢介入，作者要交待故事的主角是朋友、同鄉等熟人，或者故事是從朋友、同鄉那裡聽來的，甚至有時乾脆發誓賭咒以取得讀者的信任，〔註113〕只有讓人信以為真，讀者（聽眾）才有興趣讀（聽）下去。

因為講別人的故事沒有講「我」的故事更讓人信服，加上翻譯小說的影

〔註109〕袁進：《重新審視歐化白話文的起源——試論近代西方傳教士對中國文學的影響》，《文學評論》，2007年第1期。
〔註110〕魯迅：《中國小說史略》，《魯迅全集》第10卷，第156頁。
〔註111〕見陳平原《中國小說敘事模式的轉變》的第一章及附錄中的相關論述。
〔註112〕王德威：《想像中國的方法》，北京：三聯書店，1998年，第80頁。
〔註113〕晚清的短篇小說大多以在朋友處聽說一個事情來開頭，或者說是朋友身上發生的事，或者說自己親眼所見。吳趼人的《黑籍魂冤》開頭更以賭咒開頭：「我近日親眼看見一件事，是千真萬確的，恐怕諸公不信，我先發一個咒在這裡——如果我撒了謊，我的舌頭伸了出來，縮不進去，縮了進去，伸不出來。咒罵過了，我把親眼看見的這件事，敘了出來，作一回短篇小說。」見《月月小說》第4號，1906年。

響，第一人稱敘述在晚清就大量湧現，出現眾多的「日記體」小說。被譽為現代小說開端的《狂人日記》從大的背景看實則是這一浪潮的餘波，不過它同時又是新的修辭方式的開端。今天百年五四紀念，以該篇為先，誠不虛也。魯迅採用第一人稱敘述（文言小序裏「余」，和正文中的「我」），借助日記的形式，在開頭也要宣稱自己親身獲得材料，更強調主人公病癒後恢復正常來取信於讀者，呈現「仿真性」策略。同時借「瘋子」來為日記裏的「渾話」（歐化的語言）掩護，將「故事」退到文言小序的二百字之中，正文凸顯狂人囈語，達到「傳奇」與「逼真」融合之境界。到了創造社諸人，比如郁達夫的小說，更是以「真」寫私事的「自敘傳」形式將這種「仿真敘述」發展到極端。作者在場時，當敘述到與社會道德相牴觸的事實與情節時，說話人就要出場進行評判，而在說話人退場情況下，直接的價值評判就消失了，評判的權力成了「讀者」的任務，小說文本就變得更為曖昧、多義、含蓄而富有象徵。細節的「逼真」就成了白話語言新的訴求，小說要達到「仿真」又「逼真」全部要靠「描寫」來完成。〔註114〕歐化白話文的意義就彰顯出來。對五四新體小說的理解中，真實性不能靠敘述人單方面地「訴說」，而是要「展示」出來，作者退出小說文本，隱藏得更深，盡量通過隱性的修辭方式做到讓「事實」直接呈現，追求「逼真」效果。

由於歐化的新式白話具有更強的敘述、描寫、象徵功能，從而拓展了現代小說的修辭空間（當然也產生新問題，在30年代又掀起論爭，此處暫不論）。有學者曾從「語言本體論」的角度談到歐化白話在三個方面影響了文學變革：一是歐化漢語改變了作家的思維方式和審美觀念；二是導致作家價值觀的改變；三是導致文學語言隱喻和象徵系統的變化。〔註115〕前兩者多大程度成立尚有討論餘地，而第三點則點出了歐化白話的修辭要義。具體到小說變革來說，這種修辭空間的拓展是由於歐化白話實現了小說語言從次生口語文化向書面文化的轉型。〔註116〕正是在這一轉型下，小說敘述方式、修辭效果才呈

〔註114〕這裡提到的「描寫」「逼真」都是五四小說家經常談到的小說理論範疇，其背後包蘊著一整套關於「現代小說」的觀念。見本書第五章第一節。

〔註115〕張衛中：《20世紀初漢語歐化與文學的變革》，《文藝爭鳴》2004年第3期。

〔註116〕「次生口語文化」是媒介環境學派的第二代代表人物沃爾特·翁在《口語文化與書面文化──語詞技術化》一書中提出的概念，它相對於電子媒介而言的「次生」，主要指印刷文本。它雖然也屬於印刷文本，可它以虛擬的仿真會話為尚，極力地模擬口語，在「言語──視覺──聲覺」三者之間建構一種感覺，是一種「文字性口語」，所以它仍然要從「口語文化」的角度去解讀它

現不一樣風格。簡化來說，除了大量新詞彙增加了表現力外，從歐化語法上來講，與舊白話相比，歐化的白話文至少在兩個方面彌補了傳統白話的不足，從而勝任了「描寫」「逼真」的「新小說」的訴求：一是精細繁複地刻畫人物的內心世界；二是詩意、細膩、象徵地描摹風景。

二、人物如何思考：關於新舊白話小說心理描寫的考察

　　古代白話小說注重故事的傳奇與敘述，一般以第三人稱敘述心理活動，不會寫太複雜，如果過於複雜，會讓人難以相信，也影響故事的流暢與吸引力。這是靠講述者達到「仿真」不可避免的矛盾。古代優秀的白話小說在寫人物的心理活動時，通常用直接引語或間接引語，將心理活動直接呈現出來，是無聲的「說話」。多用「尋思」「暗想」「心想」引起心理敘述。比如下例：

　　　　林沖看了，尋思道：「敢是柴大官人麼？」又不敢問他，只自肚裏躊躇。（《水滸傳》第9回）

　　　　再說宋江與劉唐別了，自慢慢行回下處來。一頭走，一面肚裏尋思道：「早是沒做公的看見，爭些兒惹出一場大事來！」一頭想：「那晁蓋倒去落了草，直如此大弄！」轉不過兩個灣，只聽得背後有人叫一聲：「押司，那裡去來？老身甚處不尋遍了？」（《水滸傳》第20回）

　　　　且說魯達尋思，恐怕店小二趕去攔截他，且向店裏摳條凳子，坐了兩個時辰。約莫金公去的遠了，方才起身，徑投狀元橋來。（《水滸傳》第3回）

　　　　賈政看了，心想：「兒女姻緣果然有一定的。舊年因見他就了京職，又是同鄉的人，素來相好，又見那孩子長得好，在席間原提起這件事。因未說定，也沒有與他們說起。後來他調了海疆，大家也不說了。不料我今升任至此，他寫書來問。我看起門戶卻也相當，與探春到也相配。但是我並未帶家眷，只可寫字與他商議。」正在躊躇，只見門上傳進一角文書……（《紅樓夢》第99回）

的屬性（見第3、134、157頁的相關論述，北京大學出版社，2008年版）。返觀中國古代白話小說，正是這樣的一種文化，它以印刷文本的形式存在，但是遺存大量的口語特徵，一切以「聽一說」為基本模式，這一模式決定了古代白話小說的語言修辭方式，如重故事性、傳奇性、市井氣、通俗性等。

> 一席話，把個安公子嚇得閉口無言，暗想道：「好生作怪！怎
> 麼我的行藏他知道得這等詳細？……這便如何是好呢？」不言公子
> 自己肚裏猜度，又聽那女子說……（《兒女英雄傳》第5回）

這些白話小說中，對心理活動進行直觀化呈現，敘述性較強，模擬現實
聲口，如聞其聲，如見其人，代表傳統白話小說獨特的魅力。也有不用「暗
想」「尋思」這些詞，人物的思考能緊貼人物動作，也可以將人物心理刻畫的
栩栩如生。如《紅樓夢》寫寶玉送賈母回來路上的「小心思」：

> 卻說寶玉因送賈母回來，待賈母歇了中覺，意欲還去看戲取樂，
> 又恐擾的秦氏等人不便，因想起近日薛寶釵在家養病，未去親候，
> 意欲去望他一望。若從上房後角門過去，又恐遇見別事纏繞，再或
> 可巧遇見他父親，更為不妥，寧可繞遠路罷了。（《紅樓夢》第 17
> 回）

這種高超的，在白描中見出人物的心理性格的敘述在清末民初的白話小
說中，比較少見，大多難以達到這種高度。常見的還是採取「心理想」「暗想」
的方式，比如《老殘遊記》中這樣的心理描寫在晚清白話小說中就算一流的：

> 老殘此刻躺在炕上，心裏想著：「這都是人家好兒女，父母養
> 他的時候，不知費了幾多的精神，歷了無窮的辛苦，淘氣碰破了塊
> 皮，還要撫摩的；不但撫摩，心裏還要許多不受用。倘被別家孩子
> 打了兩下，恨得甚麼似的。那種痛愛憐惜，自不待言。誰知撫養成
> 人，或因年成饑謹，或因其父吃鴉片煙，或好賭錢，或被打官司拖
> 累，逼到萬不得已的時候，就糊裏糊塗將女兒賣到這門戶人家，被
> 鴇兒殘酷，有不可以言語形容的境界。」因此觸動自己的生平所見
> 所聞，各處鴇兒的刻毒，真如一個師父傳授，總是一樣的手段，又
> 是憤怒，又是傷心，不覺眼睛角裏，也自有點潮絲絲的起來了。（第
> 十四回）

但是這樣的描寫在晚清小說中畢竟少見，尤其是短篇小說中，它由於篇
幅有限，更是很難見到精彩的人物心理描寫。在晚清比較著名的幾篇白話短
篇小說中，如吳趼人的《大改革》《黑籍魂冤》《查功課》，徐卓呆的《微笑》
《溫泉浴》《入場券》《賣藥童》、飲椒的《地方自治》，周瘦鵑《真假愛情》，
惲鐵憔的《五十年》，幾乎見不到人物心理描寫。大多數晚清白話小說擅長的
雖是白描，但可能又走向另一個極端，完全不作描述性的過渡，將人物對話

擺在讀者面前，典型例子如《查功課》（吳趼人《月月小說》第 8 號）《無線電話》（徐卓呆《小說時報》第 9 號）《國學闡明會》（王夢生《小說月報》第 5 卷 6 號）就是這樣完全由對話構成，戲劇化有餘，但談不上描寫。

只有少數小說才見到心理描寫，比如 1915 年守如的《唐花》因為是第一人稱敘述才有部分心理描寫，但也是如蜻蜓點水，重在交待事理。如：

> 然而我乃特發奇想，於十歲以內的小孩子，乃欲時時刻刻，授以相親相愛的感情教育，諸君聽見，沒有不笑我為破天荒特別的教法咧。（守如《唐花》）

又如周瘦鵑《真假愛情》中的片斷：

> 鄭亮眼見得英雄無用武之地，覺得悶的慌，心裏早已躍躍欲試，但望快些發見戰事，便能上沙場殺敵去，就是死了，也算是個榮譽之魂。橫豎吾子然一身，既沒有父母，又沒有家室，毫無牽掛，死了也不打緊。男兒合為國家死，半壁江一墓田。烈烈轟轟的死一場，可不辱沒吾「鄭亮」兩字呢！

這樣的心理描寫倒是詳細，但仍然不出說話人「評判」的腔調，讓人疑心不是人物在「想」而是作者在「想」。手法比較單調，實際上仍然是外在敘述。那麼，我們看看五四小說家如何處理人物的內心世界的。這裡我們暫不舉魯迅、郁達夫等名家的例子，且看一個普通作者的創作：

> 喜來得著一個小小的安慰，便很滿足的把那半硬半軟的粉塊，和著嘴唇上的血，吃完了。在他，覺得什麼都平和了。可是，母親的心已在外鄉的父親底身上盤旋了；她想起前兩月請人寫給她丈夫的一封信；她想起十五歲的大妞被看棉花包的底調戲，被他捺在棉花包堆裏污辱，損傷；她想起自己身上大棉襖的棉花……她想……全貴快要回來，快要帶些錢回來，……她想，她哭，終於從半醒的夢中覺得眼淚流在頰上的溫熱！十二月長夜的緊風仍是滿山滿谷的呼嘯著，含著無窮的惡意和殘忍……（李渺世：《買死的》）

這一段語言面貌明顯不同於古典白話。一個母親在寒冬等待在外做工的丈夫回來救濟飢寒交加的一家人，可是孩子飢餓的哭鬧聲讓她心煩，使她愈發將全部的希望寄託在丈夫身上，心想丈夫回來了，一切就好了。可是丈夫揣著她的信和工錢卻被撞死在鐵軌上，在冷漠的看客注視下，警察哄笑著朗讀了妻子寫給他的信，並嘲笑他是個「買死的」！當讀到這裡時，我們情不

自禁地會為那位母親難過、擔心，不知她將會如何面對這樣的生活。而這樣的擔心，這樣強烈的悲劇感受，正源自於前面對母親心理描寫的鋪墊。這裡的心理描寫已和整個敘述渾然一體。

　　這段描寫中，長句的舒緩跌宕，短句的迴旋，以「她想起」引起的排比氣勢淋漓，均凸顯出母親心情的沉重。最後在「緊風」的「滿山滿谷的呼嘯」聲中讓人產生無限的悲愴感。人稱代詞作形式主語，長串的定語、狀語修飾語——這些歐化的句子表現出迥然不同於傳統白話的審美特色。

　　五四時期受弗洛伊德主義的影響，發展出一支可稱作心理小說的類別。〔註117〕它深入人物的內心世界，大量描寫人物的心理活動，有時採用第一人稱的內心獨白的方式，借助感覺、聯想、想像、象徵、幻覺、夢境及潛意識等方法表現心理過程，比如郭沫若、郁達夫、倪貽德、葉靈鳳等人的小說，魯迅的《狂人日記》也可歸入這一類。這裡且舉凌叔華的《繡枕》為例：

> 大小姐只管對著這兩塊繡花片子出神，小妞兒末了說的話，一句都聽不清了。她只回憶起她做那鳥冠子曾拆了又繡，足足三次，一次是汗污了嫩黃的線，繡完才發現；一次是配錯了石綠的線，晚上認錯了色；末一次記不清了。那荷花瓣上的嫩粉色的線她洗完手都不敢拿，還得用爽身粉擦了手，再繡。……荷葉太大塊，更難繡，用一樣綠色太板滯，足足配了十二色綠線。……做完那對靠墊以後，送了給白家，不少親戚朋友對她的父母進了許多諛詞。她的閨中女伴，取笑了許多話，她聽到常常自己紅著臉微笑。還有，她夜裏也曾夢到她從來未經歷過的嬌羞傲氣，穿戴著此生未有過的衣飾，許多小姑娘追她看，很羨慕她，許多女伴面上顯出嫉妒顏色。那種是幻境，不久她也懂得。所以她永遠不願再想起它來撩亂心思。今天卻不由得一一想起來。

　　小說寫大小姐在深閨繡了精美的抱枕送給白家，等待白家少爺的一段姻緣，結果被人當成垃圾扔掉，兩年後輾轉被女僕撿回縫了枕頭頂兒。大小姐睹物思情，青春消耗在深閨，如同被遺棄的精美抱枕。這段描寫多用動作語言，高頻度的人稱代詞，不厭其煩寫當時繡製過程的艱辛，越細緻就越顯大小姐的痛苦，當時的期待與現實的痛苦形成鮮明對比，讓人感受到傳統婚姻

〔註117〕季桂起：《中國小說體式的現代轉型與流變》，山東大學出版社，2003年，第113～120頁。

觀念對青春女性的戕害。而整段以大小姐的視角來寫，未加評論，更加襯托出大小姐被時代拋棄的麻木無奈的靈魂，這一心理描寫與後來張愛玲筆下的曹七巧有相通之處，其心理描寫既有舊白話的影子，又有西方小說的影響。

丁玲的《沙菲女士的日記》以日記體形式中寫沙菲對凌吉士的感情，她一方面被「他那頎長的身軀，嫩玫瑰般的臉龐，柔軟的嘴唇，惹人的眼角」所「誘惑」，同時又抗拒迷戀一個庸俗的「十足的南洋人」：

> 想起那落在我髮際的吻來，真使我悔恨到想哭了！我豈不是把我獻給他任他來玩弄來比擬到賣笑的姊妹中去！這只能責備我自己使我更難受，假設只要我自己肯，肯把嚴厲的拒絕放到我眸子中去，我敢相信，他不會那樣大膽，並且我也敢相信，他所以不會那樣大膽，是由於他還未曾有過那戀愛的火焰燃熾……唉！我應該怎樣來詛咒我自己了！

這段心理描寫，除了複雜的人稱代詞形成曲折的敘事外，大量的介詞連接詞，因果複句、遞進複句，強調句法的嵌套式使用，使意義變得曖昧游移，正符合女主人公此時左右徘徊的矛盾心理。

在郁達夫的小說常以第一人稱敘述，主人公多是灰色的憂鬱的知識者，人物的心理活動往往是敘述展開的動力，雖然沒有直接用「想」「尋思」，但帶有強烈的主觀情感，目之所及，心中所思，皆有主觀化色彩，展現出與傳統白話不同的一面。如：

> 我與她不過這樣的見了一面，不曉是什麼原因，我只覺得她是一個可憐的女子。她的高高的鼻樑，灰白長圓的面貌，清瘦不高的身體，好像都是表明她是可憐的特徵，但是當時正為了生活問題在那裡操心的我，也無暇去憐惜這還未曾失業的女工，過了幾分鐘我又動也不動的坐在那一小堆書上看蠟燭光了。（郁達夫《春風沉醉的晚上》）

「我」與陳二妹第一次見面，從外貌臆測她的情況，又聯想到自己的境況，二人共同的「卑微」「可憐」的特徵就顯現出來，寫外貌即是寫心理。

現代小說中表現對象是古代小說很少涉及過的領域，它需要綿密、細膩的語言才能勝任這一藝術要求。傳統的白話由於簡單，直白，顯然不能表現如此複雜的心理活動。如果用傳統白話表現《狂人日記》，郭沫若的《殘春》《喀爾美蘿姑娘》，陳翔鶴的《See！》等小說的內容，顯然無法如此精細地呈

現人物複雜的心理世界。而有些小說對人物心理刻畫使用「自由轉述體」將「直接引語」轉化成「間接引語」，〔註118〕更是受英語小說寫法的影響，這和作者翻譯英語小說的訓練是分不開的，從另一個角度來說，也是現代漢語表現力的增強才能實現這樣新穎的藝術手法。

三、如何描摹「風景」：五四小說中「風景」呈現方式的變化

日本學者柄谷行人在《日本現代文學的起源》一書中，曾討論風景的發現之於日本文學的現代轉型之間的關係。該書討論的風景之發現實際有兩方面的意義，正如他在後來英文版補記裏寫的那樣：「在風景的發現之中，不僅有著內面的顛倒，而且還伴隨著現實上新的風景，即古典文本中根本不曾有過的全新風景的發現。」〔註119〕後者較少為人注意。他認為一種有異傳統風景的作為「文學概念裝置」的敘事風景在日本被發現是在明治20年代。這一過程正是政治上脫亞入歐，日本文學擺脫漢文學影響的過程。「風景的發現」是日本「國文學」建構的一種方式，這就是著重討論北海道風景之於國木田獨步的意義。

對五四小說研究具有啟發性意義在於其闡釋的另一面，即風景的發現「內面的顛倒」的視角。「風景是和孤獨的內心狀態緊密聯繫在一起的。……只有在對周圍外部的東西沒有關心的『內在的人』（inner man）那裡，風景才能得以發現。風景乃是無視『外部』的人發現的。」〔註120〕這一視角首先有助於從「內在之人」「孤獨的內心狀態」的角度觀照五四小說中的「個人」與風景呈現的關係。與日本不同的是，中國文學的風景一直與文學相伴生，從魏晉山水詩，到唐代宋田園詩，從王羲之「因寄所託，放浪形骸之外」，到范仲淹岳陽樓的「銜遠山，吞長江」，四時風景，山河故人，一直是中國文學的源泉。五四的風景敘事所不同的是，風景內化為現代個人的焦慮的靈魂。從這個意義上，借用柄谷行人的說法，風景在五四的發現「不是在於優美，而在於崇高」。小說中作為「現代」意義上的「風景描寫」是在五四以後出現的，其風格、意象及表現方式均不同於古典時期。有研究者甚至稱景物描寫在小說中大量出現「是現代小說與傳統小說的重要區別」。〔註121〕

〔註118〕參見劉禾《不透明的內心敘事：從翻譯體到現代漢語敘事模式的轉變》一文，收入《語際書寫——現代思想史寫作批判綱要》，三聯書店，1999年。

〔註119〕柄谷行人：《日本現代文學的起源》，三聯書店，2003年，第30頁。

〔註120〕柄谷行人：《日本現代文學的起源》，三聯書店，2003年，第15頁。

〔註121〕李楊：《抗爭宿命之路》，時代文藝出版社，1993年，第98頁。

《水滸傳》《紅樓夢》等經典白話小說的寫景大多簡潔傳神，筆墨節省。最為著名的如《水滸傳》中寫林沖風雪山神廟時的「大雪」，魯迅曾盛讚其「神韻」：〔註122〕

> 話不絮煩，兩個相別了。林沖自來天王堂，取了包裹，帶了尖刀，拿了條花槍，與差撥一同辭了管營，兩個取路投草料場來。正是嚴冬天氣，彤雲密布，朔風漸起，卻早紛紛揚揚卷下一天大雪來。
> （《水滸傳》第10回）

古代白話小說這樣出色的風景白描也有很多，與五四現代小說相比，區別主要在兩個方面：一是古代小說風景敘事較為節省，多是作為外在的風景，從第三者眼裏看到的外在風景；二是現代小說風景敘述的功能在於抒情，烘托氛圍，古代白話小說在同樣的地方往往用詩詞來代替。晚清白話小說在表現廣闊的外部世界方面達到前所未有之境界，但是風景敘述上仍然較為貧瘠。陳平原說：「新小說中不乏記主人公遊歷之作，每遇名山勝水，多點到為止，不作鋪敘，除可能有藝術修養的限制外，更主要的是作家突出人、事的政治層面含義的創作意圖，決定了景物描寫在小說中無足輕重，因而被自覺地遺忘。」〔註123〕

胡適曾經關注到舊小說裏很少見到出色的風景描寫，他在《老殘遊記‧序》中曾分析了兩點原因：一是舊文人遠行不多，缺乏實際的觀察，只能用老套的詞藻充數；二是語言文字上的障礙，古代詩文（尤其是駢體）中現成的語言（「爛調套語」）限制了他們的思維，無法創造新的詞句。這裡胡適精闢地指出文言的話語系統無法勝任精細的風景描寫，導致舊小說風景描寫的缺乏。他也正是從此角度盛讚《老殘遊記》描寫景物的技術是「前無古人」，並總結道：「只有精細的觀察能供給這種描寫的底子，只有樸素新鮮的活文字能供給這種描寫的工具」。〔註124〕

《老殘遊記》這樣擅長寫風景的小說在晚清並不多，而且它與五四小說

〔註122〕魯迅在《「大雪紛飛」》一文中評論章士釗為文言辯護時說：「在江浙，倘要說出『大雪紛飛』的意思來，是並不用『大雪一片一片紛紛的下著』的，大抵用『凶』，『猛』或『厲害』，來形容這下雪的樣子。倘要『對證古本』，則《水滸傳》裏的一句『那雪正下得緊』，就是接近現代的大眾語的說法，比『大雪紛飛』多兩個字，但那『神韻』卻好得遠了。」見《花邊文學》，《魯迅全集》第5卷，第581頁。
〔註123〕陳平原：《中國小說敘事模式的轉變》，第106頁。
〔註124〕胡適：《老殘遊記‧序》，《胡適文集》（四），第453～456頁。

的寫景也存在明顯的區別。《老殘遊記》第十二回寫黃河上的冰凌景象向來為人稱道，這段寫景是為了交待老殘因黃河結冰無法成行而去視察黃河情況時所看到的，所以它與情節敘述結合的更緊密。若與五四小說寫景相比，五四小說的寫景卻更多與心理渲染、烘托氛結合得更緊，是一種「主觀化」風景體驗。從語言特點上來說，晚清多短句，白描，五四多長句，情緒化，善用比喻和象徵。比如臺靜農的小說《拜堂》中的一段：

> 她們三個一起在這黑的路上緩緩走著了，燈籠殘燭的微光，更
> 加黯弱。柳條迎著夜風搖擺，獲柴沙沙地響，好像幽靈出現在黑夜
> 中的一種陰森的可怕，頓時使這三個女人不禁地感覺著恐怖的侵襲。
> 汪大嫂更是膽小，幾乎全身戰慄得要叫起來了。

這裡寫汪大嫂深夜去找田大娘、趙二嫂做「牽親人」，叔嫂結婚怕不見容於社會，三人帶著不安和擔心走在路上，楊柳拂風，殘燭微光都烘托出恐怖、陰森的氣氛，寫景即寫人心理活動。

魯迅小說的寫景也很有特點，儘管魯迅非常注重傳統的白描手法，以簡潔傳神著稱，但他寫景的語言也體現出新式白話的特性。尤其是小說的結束，經常以寫景烘托出遼遠而觸人深思的意境。

如《藥》的結尾描寫兩位母親給兒子上墳時的情景：

> 微風早經停息了，枯草支支直立，有如銅絲。一絲發抖的聲音，
> 在空氣中愈顯愈細，細到沒有，周圍便都是死一般靜。兩人站在枯
> 草叢裏，仰面看那烏鴉，那烏鴉也在筆直的樹枝間，縮著頭，鐵鑄
> 一般站著。

這一段中比喻有兩處（「有如銅絲」「鐵鑄般」），「一絲發抖的聲音」是擬人化的敘述，在舊白話中是很少看到的。枯草、烏鴉、墳場、沉靜到死的空氣本身構成一種與情節敘述密切聯繫的意象鏈。再看《祝福》：

> 冬季日短，又是雪天，夜色早已籠罩了全市鎮。人們都在燈下
> 匆忙，但窗外很寂靜。雪花落在積得厚厚的雪褥上面，聽去似乎瑟
> 瑟有聲，使人更加感得沈寂。我獨坐在發出黃光的菜油燈下，想，
> 這百無聊賴的祥林嫂，被人們棄在塵芥堆中的，看得厭倦了的陳舊
> 的玩物，先前還將形骸露在塵芥裏，從活得有趣的人們看來，恐怕
> 要怪訝她何以還要存在，現在總算被無常打掃得於乾淨淨了。魂靈
> 的有無，我不知道；然而在現世，則無聊生者不生，即使厭見者不

見，為人為己，也還都不錯。我靜聽著窗外似乎瑟瑟作響的雪花聲，一面想，反而漸漸的舒暢起來。

這裡的風景和人物心理描寫結合起來，是從人物的視角去觀察風景，「我」聽到祥林嫂的死訊感到悲傷震驚，夜色下的雪花（看）發出「瑟瑟」響聲（聽），反襯著夜的寂靜，「我」反而舒暢起來（感覺）。這和舊白話中風景描寫只注重外在的敘述相比，要更加細膩。其中「塵芥」取日語詞「塵芥」（ごみ）的用法，是「垃圾堆」之意，相比於漢語中「微小的」「微不足道的」相比，更為低賤，也與後面「厭倦了的陳舊的玩物」，「打掃得於乾淨淨」更搭配，象徵了祥林嫂對「活得有趣的人」來說，沒有「在在的價值」，可以隨意丟棄。〔註125〕「我獨坐在發出黃光的菜油燈下，想，……」，這句中，「想」字作為獨立短語使用，在古代白話小說中未見。

就是以對話為主的小說《明天》，結尾的寫景也頗有特色：

> 單四嫂子早睡著了，老拱們也走了，咸亨也關上門了。這時的魯鎮，便完全落在寂靜裏。只有那暗夜為想變成明天，卻仍在這寂靜裏奔波；另有幾條狗，也躲在暗地裏嗚嗚的叫。

這裡寫「暗夜」在「奔波」，是擬人化寫法，「在寂靜裏奔波」的是「暗夜」，也可以指如同單四嫂子這樣的窮苦中國人，將「寂靜」與狗吠形成一靜一動，更加顯出單四嫂子的悲苦和無助。

茅盾是較早關注小說的風景描寫的，他談鄉土文學時說：「關於鄉土文學，我以為單有了特殊的風土人情的描寫，只不過像看一幅異域圖畫，雖能引起我們的驚異，然而給我們的，只是好奇心的饜足。因此在特殊的風土人情之外，應當還有普遍性的與我們共同的對於命運的掙扎。」〔註126〕他的《子夜》開頭關於上海外灘的現代性風光的描寫常為人稱道，不僅有風土人情，還有普遍性與命運的掙扎，吳老太爺一到上海就被這光怪陸離的「風景」奪去了生命。在其早期《蝕》三部曲之一《動搖》中也有精彩的風景描寫：

> 春的氣息，吹開了每一家的門戶，每一個閨閣，每一處暗陬，每一顆心。愛情甜蜜的夫妻愈加覺得醉迷迷地代表了愛之真諦；感情不合的一對兒，也愈加覺得忍耐不下去，要求分離了各自找第二

〔註125〕關於該詞的分析參見徐桂梅《魯迅小說語言中的「日語元素」解析》，《魯迅研究月刊》2012 年第 2 期。

〔註126〕茅盾：《關於鄉土文學》，《茅盾全集》第 21 卷，人民文學出版社，1991 年，第 86 頁。

個機會。現在這太平的縣裏的人們，差不多就接受了春的溫軟的煽動，忙著那些瑣屑的愛，憎，妒的故事。

在鄉村裏，卻又另是一番的春的風光。去年的野草，不知在什麼時候，已經重複佔領了這大地。熱蓬蓬的土的氣息，混著新生的野花的香味布滿在空間，使你不自覺地要伸一個靜極思動的懶腰。各種的樹，都已抽出嫩綠的葉兒，表示在大宇宙間，有一些新的東西正在生長，一些新的東西要出來改換這大地的色彩。

如果「春」在城裏只從人們心中引起了游絲般的搖曳，而在鄉村中卻轟起了火山般的爆發，那是不足為奇的。（茅盾《動搖》）

茅盾這裏寫「春天」不是寫春天的陽光燦爛，而帶著「溫軟」與愛欲，各種正義與非正義的新的事物冒出來，泥沙俱下，蕪雜而充滿誘惑，小說中陸慕遊、胡國光、史循打著革命的名義做著各種淫邪之事正是在「春光」中演出「各種愛、憎、妒的故事」。

五四小說家大多注重風景的描寫，葉聖陶的風景描寫更注重客觀的觀察，鄉土小說家筆下的風景形成民俗的奇觀，郁達夫、張資平、郭沫若等創造社小說家筆下的風景描寫與其說是寫風景，不如說是寫心理體驗。郁達夫的寫景在五四小說家中獨樹一幟，其陰鬱綿長的句子飽含抒情化風格。這裏且看其小說結尾的寫景：

我們兩人，在日暮的街道上走，繞遠了道，避開那條 P 街，一直到那條 M 港最熱鬧的長街的中心止，不敢並著步講一句話。街上的燈火全都燦爛地在放寒冷的光，天風還是嗚嗚的吹著，街路樹的葉子，息索息索很零亂的散落下來，我們兩人走了半天，才走到望海酒樓的三樓上一間濱海的小室裏坐下。（《過去》）

此例中，我與老三在另一個城市相遇，都過得不愉快，有許多話要講，開始無法直說，在一種陰鬱的氣氛中，一直在日暮的街道上走了很久，街景、寒光、天風及零亂的落葉，烘托出兩個「淪落人」悲情。

「透過每個風景／地景概念的瞭解方法，可以得知其中的文化屬性，特別是作者的感官狀態，他的知識，他的欲望，他的恐懼。風景也表達了我們和世界、和他人，甚至是和我們自己的關係。」〔註127〕風景敘述在五四以後

〔註127〕〔法〕卡特琳·古特：《重返風景：當代藝術的地景再現》，華東師範大學出版社，2014年，第3頁。

如此集中的、大規模地出現，顯然不是偶然的現象，這與五四作家對現代小說的理解與寫作自覺是有密切關係的，風景描寫也是五四作家「現代的自我」的呈現，是他們藉以表達不能直說的「欲望」「恐懼」「憂鬱」的媒介，表徵著現代青年不同於傳統的「與世界」「與自我」的複雜關係。

以上僅通過考察新舊白話在心理描寫與風景敘述兩方面的區別，論證新式白話具有更加豐富的藝術表現力，從而也拓展了小說的藝術空間，使五四作家對現代小說形態的追求，如逼真地描寫、向內轉、情緒的渲染等變成了現實，從這裡我們也可以看出，精密的、曲折的，細膩的歐化白話更能適應對複雜的、日新月異的現代生活的「寫實」要求。

五四小說家大多兼居翻譯家和作家雙重身份，他們的文學語言深受他們的翻譯活動影響，魯迅、郁達夫、郭沫若均留學日本，通過日語書籍接觸西方文化，是清末至五四漢語日源詞遷徙的參與者，也是現代歐化白話語言的鍛造者。其實，我們在這裡將「歐化」白話文提出來討論，並不是說中國作家中成功的小說創作均是歐化的語言。歐化的文法只是建構新白話的一種主要途徑，並不代表作家的全部努力，他們同時也有深厚的國學功底，對中國古典文學語言浸潤長久，所以他們的語言不乏傳統白話的優點，比如魯迅的白話，我們不僅能感到部分句式的歐化，還可以看出他深得古典白話小說語言白描寫意的精髓。但是，儘管如此，我們不可否認，由白話文「歐化」的追求打開了五四作家動用一切元素改造舊白話的大門，並通過大量成功的或不成功的創作試驗，最終大大改變了白話文的語體風貌，「與其說新文學提倡了『白話文』還不如說是提倡了『歐化』文，這就是被後來更激進的革命文學論者所病詬的『非驢非馬』的語言文字，但當時確實起到了振聾發聵的作用」。〔註128〕最關鍵的一點就是，它使舊白話的通俗語言（引車賣漿者操之的市井語言）變成高雅的富有審美功能的文學語言。正如嚴家炎先生論述的那樣，「古代的白話短篇小說，從來沒有在文學語言上達到這樣高的成就，具有這麼深厚的韻味，創造這麼豐富的意象。如果把《三言》《二拍》的語言稱為通俗文學的語言，那麼，『五四』新體白話卻應該是高雅文學的用語」。〔註129〕陳平原曾感慨地說中國傳統小說「這麼一種說書人的外衣，脫了幾百年沒脫

〔註128〕陳思和：《關於中國現代短篇小說》，《小說評論》，2000年第1期。
〔註129〕嚴家炎：《「五四」新體白話的起源、特徵及其評價》，《中國現代文學研究叢刊》，2006年第1期。

下」〔註 130〕，而在五四以後，由於作家們大膽地創造及實踐，將小說語言從「次生口語文化」轉向「書面文化」，這種雅化的語言終於使中國小說「脫」去了「說書人的外衣」，完成了中國小說的現代轉型。

〔註 130〕陳平原：《中國小說敘事模式的轉變》，上海人民出版社，1988 年，第 271 頁。

第五章 「漢語小說」的「現代」建構

第一節 「五四」作家對「現代小說」的想像與建構

一、「現代小說」概念的兩個維度

何謂中國「現代小說」？這似乎是一個沒有爭議的問題。其實仔細考察，其內涵和外延都有一定的變化。梳理這些變化有助於從更寬闊的視野看待百年來漢語小說的「現代」變革。

在當前相關表述中，我們至少可以看到有兩種意義的用法。首先，最常見的一種意義是強調其價值維度，特指一種性質「現代」的小說。最早以「現代小說史」命名的著作是夏志清的《中國現代小說史》，該著所論小說強調的正是其「現代」性質，作者在談現代小說的發生時明確地說：「我得馬上要指出的是，這裡所指的『現代文學』，並不是民國以來所產生的唯一文學」〔註 1〕隨後在「夏本」的影響焦慮下，湧現了三種現代小說史。1984 年田仲濟、孫昌熙主編的《中國現代小說史》是以知識分子、婦女、農民、工人等八種典型人物形象為線索組織的左翼小說史。〔註 2〕同年趙遐秋、曾慶瑞合著的《中

〔註 1〕見夏志清的《中國現代小說史》，香港中文大學出版社，2001 年版，第 20 頁。不過夏志清後來反思了自己對新文學的看法，「如果對比『文學革命』這一章同『人的文學』對讀，本書讀者一定可以看出近年來我對中國新舊文化態度上之轉變」。他以趣味、人性為旨歸自然會衝破新／舊二分的圍欄，他甚至認為應將晚清、民初被稱為鴛鴦蝴蝶派的一些小說也納入視野。見 1978 年 11 月寫的中譯本序。

〔註 2〕田仲濟、孫昌熙：《中國現代小說史》，山東文藝出版社，1984 年。

國現代小說史》則從「新民主主義文學史觀」出發，認為現代小說史是「中國新民主主義革命的一條重要戰線」，〔註3〕對浪漫主義、現代主義、通俗小說、自由主義立場作家的小說基本不提。

1986年楊義獨著的《中國現代小說史》第一卷出版（後兩卷至1991年出齊），小說史觀有較大變化，視野相對開闊，但對通俗小說也只是謹慎地開闢一章，明顯游離於「現代」小說之外。1989年嚴家炎先生的《中國現代小說流派史》所梳理的也是「現代化的或基本現代化的小說的流派」。〔註4〕其後葉子銘、閻浩崗等人也是在此意義上使用的。〔註5〕這種「現代」小說史隨著人們對「現代」的理解而變化。簡單說，歷經早期的革命化敘事，到80年代的「啟蒙敘事」，再到多元化共生的文學史敘事，其內涵發生了較大變化。

「現代小說」第二層意義則強調其時間的維度，指現代文學時期的小說。這是近些年受通俗小說研究影響才出現的用法，它不糾結對「現代」屬性的體認，其對象可囊括現代中國人創作的所有的小說。這種用法隨著「現代文學」起點研究的多元化而產生爭議。縱向上，可延伸到晚清，橫向上可容納不同類型的小說。

以上兩種意義有時無法絕對分開，近些年以范伯群為代表的學人持續討論通俗小說的「現代性」，力求將之整合進「現代文學史」，與「新文學」比翼雙飛，實際上也是強調小說的「現代屬性」。因對現代理解的不同，導致撐破原有「現代小說」史的時間範圍，自然將視野擴展至晚清。〔註6〕而且，1990年代以來西方「現代性」（modernity）話語的介入，使這一問題更加複雜化。

其實，「現代小說」是一個動態的建構過程，它是「五四」一代作家隨著「新文學」「現代文學」等概念的推進逐漸形成的，因此要尋繹現代小說「歷史化」的軌跡，有必要追溯五四時期關於小說的「現代」想像與建構。

二、「五四」以降「小說」與「現代」的勾聯

小說作為一種文學體裁是現代學術發展的結果，為了考察「現代小說」

〔註3〕趙霞秋、曾慶瑞：《中國現代小說史》，中國人民大學出版社，1984年，第854頁。

〔註4〕嚴家炎：《中國現代小說流派史》，人民文學出版社，1989年3月，第16頁。

〔註5〕見葉子銘主編的《中國現代小說史》，南京大學出版社，1991年；閻浩崗的《中國現代小說史論》，人民文學出版社，2006年。

〔註6〕見范伯群《〈插圖本〉中國現代通俗文學史》，北京大學出版社，2007年。

概念的源流，有必要回到「現代小說」的起源語境，從最基本的詞源上考察「小說」與「現代」這兩個詞合用的歷史。先看五四時期關於小說一詞的用法。

中國晚清以降的小說發展史實質上是不斷「新」小說的歷史。梁啟超倡導的「新小說」，是相對於他之前的古典小說。之後又有《新新小說》雜誌創刊，又是相對於梁啟超的「新小說」而言，取「編乙冊之新於甲，丙冊之新於乙」之意。〔註7〕但梁啟超的「新小說」具有明確的內涵，以《新小說》雜誌為中心形成巨大的輻射力，成為清末民初文學史中一個特定的批評術語。

五四新文學倡導初期，一般泛稱小說，胡適、錢玄同、陳獨秀等人討論小說的文獻中都統稱小說，但敘述中也可區分出新舊，他們說的舊小說是指《紅樓夢》《聊齋》等小說，而「新小說」沿用的正是梁啟超的概念，一般指「現在的小說」，包括晚清至當前的近世小說，甚至推梁啟超為新文學之始，蘇曼殊的小說為新文學之基。〔註8〕但隨著討論深入，將晚清至民初小說（即「新小說」）一概否定，要倡導自己的新小說了。

此時需要區分出「新文學」提倡的小說與當時流行小說（晚清式「新小說」），就採用「新體小說」「新派小說」「小說新潮」等說法。比如周作人說：「即使寫得極好的《紅樓夢》也只可承認他是舊小說的佳作，不是我們現在所需要的新文學。」〔註9〕《小說月報》改組最先開設的欄目就叫《小說新潮》，沈雁冰在《小說新潮欄宣言》中說：「現在新思想一日千里，新思想是欲新文藝替他宣傳鼓吹，所以一時間便覺得中國翻譯的小說實在是都『不合時代』。……所以新派小說的介紹，於今實在是很急切了」〔註10〕。

其他如羅家倫《今日中國之小說界》（1919年）主要指的還是後來稱為「舊小說」界的種種現象，鳳兮《我國現在之創作小說》（1921年）中稱「文化運動之軒然大波，新體之小說群起，」並特別稱讚了《狂人日記》，這裡的「新體小說」指稱的對象即「新文化運動派」的小說，這明顯與「新小說」概念

〔註7〕俠民：《新新小說》敘例，見陳平原編：《二十世紀中國小說理論資料》第1卷，第140頁。

〔註8〕錢玄同在致陳獨秀信中說：「梁任公實為創造新文學之一人」。主要著眼於「輸入日本新體文學，以新名詞及俗語入文，視戲曲小說與論記之文平等。」關於蘇曼蘇的論述也出於此信，是看重其小說能「寫人生真處」。見《新青年》第3卷第1號，1917年3月。

〔註9〕周作人：《日本近三十年小說之發達》，《新青年》第5卷1號，1918年。

〔註10〕沈雁冰：《小說新潮欄宣言》，《小說月報》第11卷第1期，1920年。

大為不同。總之，新派小說、新體小說、小說新潮是為了與晚清的「新小說」區別開來，但離不開特定的語境，並不能單純成為一個文學史概念。

我們再看「五四」作家如何逐步用「現代」一詞修飾「新派小說」的。

「現代」一詞是日語外來詞，翻譯英語 modern 時的用詞，早在清末就傳入中國，目前所見最早語例當數梁啟超在 1904 年的使用〔註11〕。早期喜用「現代」一詞者大多有留日經歷，如梁啟超、錢玄同、黃遠庸、周作人、魯迅、郁達夫等。五四時期文獻所見「現代」有顯隱兩種語義。第一，指現在的，最新的，當前的意思。這是最主要的用法，其指稱對象隨著時間的變化而變化。第二、隱含的價值評判，通常指與西方思潮相關的，最新的，最好的，最文明的。在有些語境下兼具兩種意義。如 1915 年黃遠庸致章士釗信說：「愚以為居今論政，實不知從何處說起。至根本救濟，遠意當從提倡新文學入手。總之，當使吾輩思潮如何的與現代思潮相接觸，而促其猛省；」〔註12〕這裡指稱世界範圍內的最新思潮。1915 年《青年雜誌》創刊號就有陳獨秀翻譯法國學者薛紐伯的著作《現代文明史》，亦同此意。

而用「現代」一詞來修飾、限定小說，較早見周作人討論日本文學的論述：

> 現代的中國小說，還是多用舊形式者，就是作者對於文學和人生，還是舊思想；同舊形式，不相牴觸的緣故。

> 此外還有《玉梨魂》派的鴛鴦蝴蝶體，《聊齋》派的某生體，那可更古舊的厲害，好像跳出在現代的空氣之外，且可不論也。〔註13〕

第一例是完全取「現在的」之意，包括當時中國所有的小說；第二例隱含了對「現代空氣」的價值判斷。

1922 年沈雁冰的《自然主義與中國現代小說》一文是「現代小說」一詞最早的用例，但該文中「現代小說」與我們今天的用法並不相同，更多取第一義，指「現在的」「當前的」的小說。如下例：

> 中國現代的小說，就他們的內容與形式或思想與結構看來，大約可以分作新舊兩派，而舊派中又可分為三種。

〔註11〕 黃河清等：《近現代漢語新詞詞典》，漢語大詞典出版社，2001 年，第 278 頁。
〔註12〕 黃遠庸：《釋言·其一》，《甲寅》月刊第一卷第 10 期，1915 年 10 月 10 日，「通訊」欄。
〔註13〕 周作人：《日本近三十年小說之發達》，《新青年》第 5 卷 1 號，1918 年 7 月。

所以現代的章回體小說，在思想方面說來，毫無價值。

這可說是現代國內舊派『小說匠』的全體一致的觀念。

中國現代小說的缺點，最關重要的，是遊戲消閒的觀念，和不忠實的描寫。

文中「五四」新文學家倡導的小說被稱為「現代的新派小說」：

我們曉得現代的新派小說在技術方面和思想方面都和舊派小說立於正相反的地位，尤其是對於文學所抱的態度。我們要在現代小說中指出何者是新，何者是舊，唯一的方法就是去看作者對於文學所抱的態度。〔註14〕

該文中的「現代小說」還包括「新舊」兩種小說，隨著五四新文學的普及和深入，該詞逐漸強化了「現代」的隱含義，取代了「新派小說」「新體小說」的用法，成為一種價值評判的，具有強烈自我認同的小說類型。在1926年郁達夫的《小說論》中我們可以看到他如何收窄了「現代小說」的外延：

所以現代我們所說的小說，與其說是「中國文學最近的一種新的格式」還不如說是「中國小說的世界化」，比較的妥當。本書所說的技巧解剖，都係以目下正在興起的小說為目標，新文學運動以前的中國小說，除當引例比較的時候以外，概不談及。中國現代的小說，實際上屬於歐洲的文學系統的。〔註15〕

這裡，「中國現代小說」一詞明確地用來指稱「新文學運動起來以後」「最近的一種新的格式」，就將「現在的舊派小說」排除出去。胡懷琛在30年代曾寫過《中國小說的起源及其演變》一書，其中一章的題目就是「現代小說」，他說：「現代小說，是指最近在中國最通行的小說，也是我們以後作小說所當視為標準的小說。」〔註16〕我們看到，「現代小說」由一個時間的概念轉化為一個文學史的批評術語，指在「五四」文學革命之後受西方小說思潮影響建構起來的「新派小說」。

到30年以後，這種用法為更多的人接受，比如沈從文的《論中國現代創作小說》（1931年）、梁實秋《現代的小說》（1934年）、胡懷琛《現代小說》

〔註14〕沈雁冰：《自然主義與中國現代小說》，《小說月報》第13卷第7期，1922年。

〔註15〕郁達夫：《小說論》，見嚴家炎：《二十世紀中國小說理論資料》第二卷，第418頁。

〔註16〕胡懷琛：《現代小說》，見吳福輝編《二十世紀中國小說理論資料》第三卷，第261頁。

（1934 年）、王任叔《中國現代小說發展的動向的蠡測》（1935 年），另外還有《現代小說》雜誌，專著《現代小說研究》（李菊林著，上海亞細亞書局出版，1931 年 1 月版）。

值得注意的是 1935 年出版《中國新文學大系 1917～1927》中小說集的導言均稱「小說」「小說一集」，或「新文學」，而在 1940 年 10 月出版《導論集》時，原來的各小說集導言的標題均改為「現代小說導論」，這從側面說明「現代文學」「現代小說」對新派小說、新文學等概念的置換。

這一置換過程體現了「現代小說」建構的三種分離機制。其一，反傳統。除了胡適在早期表示過古代優秀的白話小說可作為「文學革命」的教科書外，大部分新文學作家均對舊派小說持批判態度。錢玄同說：「中國今日以前的小說，都該退居到歷史的地位；從今日以後，要講有價值的小說，第一步是譯，第二步是新做」〔註 17〕。還有人認為：「所以嚴格講起來，竟可以說中國以前沒有一篇真正的文學作品。這兩三年來，有所謂新文化運動者起，於是才有人提倡『人』的文學」〔註 18〕。其二，西方化。這是第一個向度的另一面。師法西方是五四小說作家的共識。莫泊桑、都德、契訶夫等人是時人常掛在嘴邊的作家。郁達夫說現代小說是「中國小說的世界化」，「中國現代的小說，實際上是屬於歐洲的文學系統的」〔註 19〕。魯迅也說：「小說家的侵入文壇，僅是開始『文學革命』運動，即一九一七年以來的事。自然一方面是由於社會的要求，一方面則是受了西洋小說的影響。」〔註 20〕其三，先鋒性。這是說五四小說家們普遍認為他們所倡導的新派小說一定代表了世界最新的趨勢，是指向未來的，必將成為中國小說的主流。這三個機制正是五四作家對「現代小說」建構的途徑和策略。

三、五四作家對「現代小說」內涵的界定

綜合五四時期關於「現代小說」的理論，可以看出新派小說「新」在何處是有共識的，其特質在 30 年代胡懷琛的論述中有集中的總結：

> 現代小說，是指最近在中國最通行的小說，也是我們以後作小

〔註 17〕錢玄同：《致陳獨秀》，《新青年》第 3 卷第 1 號，1917 年 3 月。
〔註 18〕靜觀：《讀晨報小說第一集》，《文學旬刊》第 3 號，1921 年 5 月。
〔註 19〕郁達夫：《小說論》，見嚴家炎：《二十世紀中國小說理論資料》第二卷，第 418 頁。
〔註 20〕魯迅：《且介亭雜文·〈草鞋腳〉小引》，《魯迅全集》第 6 卷，第 21 頁。

說所當視為標準的小說。不論長篇或短篇，都包括在裏面。他所具
的特質是如下，尤其和中國原有小說有分別。現在大略說說：

（一）是用現代語寫，脫盡了古代文言的遺跡。

（二）絕對是寫的，不是說的，絕對脫盡了說書的遺跡。

（三）所寫的是一般人的日常生活，不是特殊階級的特殊生活。

（四）絕對脫盡了神話和寓言的意味。

（五）結構無妨平淡，不必曲折離奇。

（六）結構卻不可不縝密，絕對不可鬆懈。

（七）注意能表現出民眾的生活實況，及某地方的人情風俗。

（八）注意於人物描寫的逼真，和環境與人物配置的適宜。

以上八點，就是現代小說的特質，也就是現代小說和中國原有
小說不相同的地方。〔註21〕

這段話明顯涵蓋了五四時代常被提到的一些小說理論的核心範疇，如，
地方色彩、結構、描寫、三要素、為人生。如果將這段話作個更簡潔的歸納，
再結合五四其他小說家的論述，現代小說在形式上的訴求其實聚焦在以下幾
點：1. 現代漢語（新白話）；2. 向內轉；3. 橫斷面；4. 「三要素」。〔註22〕

現代漢語是現代文學（新文學）的根本，是文學革命的起點。反過來，
又是現代文學的成功實踐塑造了現代漢語。而由「說」到「寫」體現了中國
小說的「向內轉」，這種向內轉可以分為兩個層次，一是語言層面，即，現代
小說更重視語言內部的描寫，從外部的講故事到語言本身的詩性追求。「向內
轉」則使白話小說「說書腔」向書面語轉變，周作人評郁達夫小說時說「《留
東外史》終是一部『說書』，而《沉淪》卻是一件藝術的作品」，〔註23〕正是
從這個角度說的。沈雁冰批評舊派白話小說的「記帳式」也體現了要注重語
言描寫的觀點：舊派小說「完全用商家『四柱帳』的辦法，筆筆從頭到底，

〔註21〕 胡懷琛：《現代小說》，見吳福輝編《二十世紀中國小說理論資料》第三卷，
第 261 頁。胡懷琛即胡寄塵，通常是劃入舊派小說家陣營，五四初期曾在舊
派小說雜誌上發表許多白話小說。

〔註22〕 思想上的訴求主要是「為人生」，其中包括「人的文學」和「平民文學」兩個
方面，前者指向個性主義和人道主義，後者指向「社會主義」，胡懷琛提到的
只側重於平民文學一面。

〔註23〕 仲密（周作人）：《沉淪》，《晨報副鐫》，1922 年 3 月 26 日。

一老一實敘述，並且以能交代清楚書中一切人物（注意：一切人物！）的『結局』為難能可貴。」〔註24〕另一個層面是指小說應該描寫人的「內面」，人的靈魂。魯迅說安特萊夫的小說「消融了內面世界與外面表現之差，而現出靈肉一致的境地」；〔註25〕葉聖陶主張「要表現一切內在的真際」；〔註26〕陳煒謨說，近代小說「不但能攝取外形，它還能攝取內心」；「能從外面的東西漸漸移來抓住內裏的靈魂」，〔註27〕這些論述都從不同側面說明了「現代小說」要注重人的個性描寫；同時，對小說描寫要「向內轉」的認同也是五四時代日記體、第一人稱敘述增多的一個原因。

胡適在 1918 年發表《論短篇小說》一文，他以樹的「橫截面」為比喻闡釋了何為短篇小說：「短篇小說是用最經濟的手段，描寫事實中最精彩的一段，或一方面，而能使人充分滿意的文章」。〔註28〕此後，胡適的這一闡釋成為那個時代小說理論中被引用最多的論斷之一，張舍我稱：「若夫今世所謂之『短篇小說』，則未嘗一見。有之，其自胡適之《論短篇小說》始乎！」〔註29〕在葉紹鈞的《創作的要素》、盧隱的《小說的小經驗》、謝六逸的《小說做法》、化魯（胡愈之）的《最近的出產：〈隔膜〉》、沈雁冰的《自然主義與中國現代小說》、孫俍工《小說做法講義》中均提到這一理論。

小說的三要素（人物、結構、環境）是哈米頓的《小說法程》中闡述最詳細的理論，是西方小說史上最流行的理論之一，譯介到中國以後迅速為中國學者普遍接受。這帶給中國小說界的一個轉變就是中國現代小說更注重人物個性描寫，心理刻畫，地方風俗，風景描寫及時代氛圍的烘托，同時也使中國作家明白，小說不一定得從頭到尾講一個故事，不一定要「傳奇」，而是要講布局和敘述的組織，「我們底知識原來告訴我們：小說重在描出『情狀』，不重敘些『情節』；重在『情狀真切』，不重『情節離奇』。」〔註30〕當然，對「三要素」理論也有反思的，如周作人說：「內容上必要有悲歡離合，結構上必要有葛藤，極點與收場，才得謂之小說：這種意見，正如十七世紀的戲曲的三一律，已經是過

〔註24〕 沈雁冰：《自然主義與中國現代小說》，《小說月報》第 13 卷第 7 期，1922 年。
〔註25〕 魯迅：《〈黯澹的煙靄裏〉譯後附記》，《魯迅全集》第 10 卷，第 201 頁。
〔註26〕 葉聖陶：《創作的要素》，《小說月報》第 12 卷 7 號，1921 年。
〔註27〕 陳煒謨：《沉鐘》，嚴家炎編《二十世紀中國小說理論資料》第 2 卷，第 481 頁。
〔註28〕 胡適：《論短篇小說》，《新青年》，第 4 卷 5 號，1918 年。
〔註29〕 張舍我：《短篇小說泛論》，載《申報·自由談》1921 年 1 月 9 日。
〔註30〕 陳望道：《「情節離奇」》，《民國日報》副刊《覺悟》，1923 年 6 月 19 日。

去的東西了。」〔註31〕他提出「抒情詩小說」，使「情調」成為這類小說的核心，這一派小說自五四以來就不絕如縷。但是五四時期對「三要素」的崇拜是主流。

在五四小說家的理論想像及自我認同中，中國小說完成了小說觀念上的「三級跳」：從視小說為小道，補正史之闕，到晚清「小說界革命」時小說成為政治革新的利器，再到「五四」文學革命時「小說是文學藝術」的轉變。1919 年 1 月素來被認為是文化保守主義的雜誌《東方雜誌》上發表有君實（章錫琛）的文章《小說之概念》，作者不僅認為「蓋小說本為一種藝術」，而且動情地說：「欲圖改良，不可不自根本上改革一般人對於小說之概念，使讀者作者，皆確知文學之本質，藝術之意義，小說在文學上藝術上所處之位置，不復敢目之為『閒書』，而後小說之廓清可期，文學之革新有望矣。〔註32〕又如，瞿世英 1922 年在《小說的研究》一文開篇就寫道：「中國素不以文學看待小說，我們為恢復小說在文學上應有的地位起見，不得不研究它。這篇文字只想打破舊的小說觀而代以新的觀念而已。」〔註 33〕鄭振鐸的一段話更有代表性：「文學就是文學，不是為娛樂的目的而作之而讀之，也不是為宣傳為教訓的目的而作之而讀之。作者不過把自己的觀察的感覺的情緒自然的寫了出來，讀者自然會受他的同化、受他的感動。不必也不能故意在文學中去灌輸什麼教訓，更不能故意做作以娛樂讀者。如果以娛樂讀者為文學的目的，則文學的高尚使命與文學的天真，必掃地以盡。」〔註 34〕雖然晚清也有個別人認為「小說者，文學之傾於美的方面之一種」，〔註35〕但真正到五四，把小說當作文學、當作藝術才成為社會共識。

四、關於「現代小說」概念的反思

從以上論述我們可以看出，對五四一代作家而言，「現代小說」概念的建立是一種有別於中國傳統的小說類型建立的過程，它是一個動態的分離過程，與「現在的」「時興的」「未來的」等現代性想像相聯繫的文體建構。但隨著

〔註31〕周作人：《〈晚間的來客〉譯後附記》，《新青年》7 卷 5 號，1920 年 4 月。
〔註32〕君實（章錫琛）：《小說之概念》，《東方雜誌》第 16 卷第 1 號，1919 年。
〔註33〕瞿世英：《小說的研究（上篇）》，《小說月報》第 13 卷第 7 號，1922 年。
〔註34〕鄭振鐸：《新文學觀的建設》，《文學旬刊》，第 38 號，1922 年 5 月。
〔註35〕摩西：《〈小說林〉發刊詞》，《小說林》第一期，1907 年。另有楚卿的《論文學上小說之位置》一文也提到「小說者，實文學之上乘也」，但著眼點還是「功用」，看重小說「足以支配人道，左右群治者」之力。見《新小說》第 7 號，1903 年。

時間的推移，我們今天將這個權益之計的批評概念演化為描述一個歷史時期的文學史概念。儘管二者之間有一致之處，但隨著審美趣味的變遷，以及對現代性的反思，如果用這樣的批評概念去描述 20 世紀以來的小說史，就會出現新的問題。

其一，由於「現代小說」本身蘊含的「新舊」「好壞」的對立、排斥機制，使得這一概念不自覺地遮蔽了漢語小說的古典傳統，忽略漢語小說嬗變的主體性。從長時段看，導源於五四新文學的這場漢語小說的革新運動，只是歷史長河中的一段先鋒文學思潮，它仍然在漢語白話小說的大傳統之內。因此不加辨析地使用一概念容易造成中國小說史研究的人為斷裂，現代小說與古代小說研究者各說各話，使用不同的體系，都過分強調它們的對立性，而忽視其聯繫。《三言二拍》《金瓶梅》《紅樓夢》不一定不具有「人性」「底層」「愛情自由」等所謂的「現代性」，它們使用的白話語言與現代小說的「現代漢語」在美學上的是否完全沒有相通地方？這都是值得思考的。

第二，五四一代作家談論的「現代小說」重點在於「短篇小說」，而長篇小說在文學革命初期從理論到實踐都相對薄弱，其原因正在於他們對小說的「現代」想像不能調適西方理論與傳統白話小說傳統之間的關係。短篇小說與長篇小說的「現代」生成呈現不同的路徑與特徵，短篇小說主要是外源性變革，而長篇小說的「現代」生成對古典白話小說的語言傳統依賴性更強。因此，五四一代作家關於「現代小說」的理論探討無法適用於探討長篇小說的「現代」生成。

第三，不能在「現代小說」內部談論現代小說史，通俗小說、文言小說、章回體小說，筆記體、傳奇體小說無法在「現代小說史」內部得到呈現。學界關於通俗小說的討論已經從「是否入史」轉變到「如何入史」的階段，但新的問題不斷出現，「問題是通俗文學怎樣進入文學史呢？當前最流行的做法是選幾個代表性作家或者乾脆單獨成章附在文學史之中。這種看似入史而又相隔的做法既不符合中國現代文學的發展實際，也使得文學史著作變成不倫不類的文類組合。」〔註 36〕這「不倫不類」的背後正是兩種小說概念價值體系間的天然對抗性。

當然，我們探討「現代小說」概念的起源，不是全盤否定這一概念的價

〔註36〕湯哲聲：《通俗文學入史與中國現代文學格局的思考》，《中國現代文學研究叢刊》，2014 年第 1 期。

值，而是促進這樣的思考：如何更好地融合目前關於 20 世紀小說史的最新研究成果，如何敞開原來被遮蔽的部分，如何避免先入為主的主觀性，以及如何規避僵化的小說史敘述視角，從而接續整個中國小說史研究的傳統，等等。

第二節 「漢語小說」視域下重審中國小說的「現代」

一、重提「理想的白話文」

五四文學革命的經典文獻中，除了《文學改良芻議》《文學革命論》兩篇開山之作外，還有幾篇從不同角度深化文學革命內涵的經典文獻，比如《建設的文學革命論》《人的文學》和《怎樣做白話文》。這其中，前兩者多為人所道，但傅斯年的《怎樣做白話文》一文未得到足夠重視。從語言變革的角度，該篇文獻的歷史功績不僅在於胡適稱讚的對於國語運動「提出了兩條最重要的修正案」，今天回望，更在於其提出的「理想的白話文」仍然具有極大的時代意義。先看傅斯年的說法：

> 我們所以不因陋就簡，抱住現在的白話，當做滿足，正因為我們刻刻不忘理想的白話文，又竭力求這理想上的白話文實現。這理想的白話是什麼？我答道：
>
> （1）「邏輯」的白話文。就是「邏輯」條理，有「邏輯」次序，能表現科學思想的白話文。
>
> （2）哲學的白話文。就是層次極複、結構極密、能容納最精思想的白話文。
>
> （3）美術的白話文。就是運用匠心，做成善於入人情感的白話文。
>
> 這三層在西洋文中都早做到了。我們拿西洋文當做榜樣，去摹仿它，正是極適當、極簡便的辦法。所以這理想的白話文，竟可說是——歐化的白話文。〔註37〕

傅斯年提出了「理想的白話文」的願景，該文在《新潮》1 卷 2 號上發表時，「歐化的白話文」幾字單獨成行，用特大的加黑字體呈現，尤為醒目。「理想的白話文」就是「歐化的白話文」這一論斷，具有特定的歷史及思想時空

〔註37〕傅斯年：《怎樣做白話文？》，《新潮》第 1 卷 2 號，1919 年。

背景,「使用一種語言就意味著某種文化承諾,獲得一種語言就意味著接受一套概念和價值。」〔註 38〕傅斯年的語言改造路徑是中國自晚清以來西學東漸過程中中國人思維方式與話語模式轉換的必由之路。後來的歷史也證明,20世紀文學語言或現代漢語最為重要的現象就是歐化的白話文,甚至被當作區分舊白話與「現代漢語」的重要標誌。

　　傅斯年認為達到「理想的白話文」有兩種方法,一是留心說話,二是歐化。胡適在 1935 年說「近年來白話文學的傾向是一面大膽歐化,一面大膽方言化」,「傅斯年所指出的兩個方向,都開始實現了」。〔註 39〕這一論斷顯然有些為時過早。自五四以來,漢語的歐化問題也是最有爭議的語言現象。無論在 1930 年代大眾語的論爭中,還是 1940 年前後的「民族形式論爭」,「歐化」都成為眾矢之的。今天也有學者認為:「五四學人或者乾脆認為語言的改變乃是思想改變的必要前提,結果弄成了一種書面的『歐化漢語』。書面語能夠脫離口語而獨立存在,是漢語特有的雙軌制,這種由文言文造就的格局,在今天正在演變為另一種新的雙軌制,即歐化漢語和口語的不一致。」〔註 40〕這一評價顯然忽視了傅斯年提及的「留心說話」一條,其批評邏輯仍然是在瞿秋白「非驢非馬」語言論的大框架之內。〔註 41〕

　　儘管紛爭不斷,自五四以來的一百年裏,探索「理想的白話文」的努力一直沒有中斷,「理想的白話文」的探索過程,也是現代漢語的發展完善的過程。在革命中國,歷經語言的大眾化、現代漢語的規範化,書面語言在新中國以後仍然是五四開創的書面語範式,只是進一步革命化,受蘇聯的影響馬克思哲學體系詞彙增多,〔註 42〕及對非左翼話語的排斥與隔離。由於政治大辯論種類繁多,批判性的政論文常見諸報刊,書面語的邏輯思辨色彩反而更強了。這種增強導致語言的政治化、意識形態化、模式化,同時也可能成為文學語言反思的

〔註 38〕〔英〕L. R.帕默爾:《語言學概論》,商務印書館,1983 年,第 148 頁。

〔註 39〕胡適:《中國新文學大系·建設理論集·導言》,《胡適文集》第 1 卷,第 127 頁。

〔註 40〕李春陽:《漢語歐化的百年功過》,《社會科學論壇》2014 年第 12 期

〔註 41〕瞿秋白在 30 年代大眾語論爭中說:五四的「新式白話」,「是『非驢非馬的』一種言語,其適用範圍「幾乎完全只限於新式知識階級——歐化的知識階級。」見《鬼門關以外的戰爭》,《瞿秋白文集(二)》,人民文學出版社,1953 年,第 627 頁。

〔註 42〕張法:《中國現代哲學語彙體系之語言分析》,《清華大學學報》,2012 年第 2 期。

源頭。如果不是過於苛刻，一百年來，在「邏輯的白話文」和「哲學的白話文」方面的成就是顯著的，但是在「美術的白話文」方面很難說取得成功，這也正是 80 年代以來漢語危機、母語的焦慮等語言反思的直接背景。汪曾祺的「寫小說就是寫語言」,「語言即內容」,小說語言的詩化等觀點正是這樣的反思,〔註43〕從汪曾祺到尋根文學、先鋒文學,再到鄭敏對漢語語言變革的「世紀反思」,〔註44〕這些語言的焦慮主要指向「美術的白話文」。而傅斯年當年開出的「理想白話文」的具體改造路徑（留心說話與歐化）,恰恰都是共時性的時代語言,沒有將中國古代的語言資源及美學傳統納入視野。

從長時段來說,從五四至今,我們一直在尋找和重建以白話語言為基礎的中國文學審美體系,有時仰望古代文言語系的輝煌文學成就使這種重建的焦慮日趨加劇,甚至產生強烈的自卑感,上世紀 90 年代以來文化反思,甚至「清算」五四的「激烈反傳統」的思潮就蘊含這一邏輯,使得今天的學者仍不斷地反問,五四文學革命到底是中國文學之福還是造成今天成就貧乏的禍端？這種語言的焦慮實際是呼喚當代的偉大文學的另一種表達,即鄭敏說的「大作品」,「大詩人」。

不可否認,五四文學革命的成功使中國文學的主流語言由文言變為白話,雖然同屬於漢語文學,但卻使中國文學這條綿延數千年的大河改變了航道。「從文化發生學角度看,文白的轉型實際上也是我們以文化語境為生存環境中的話語權的轉型,體現了當時中國面對伴隨西學東漸的現代化和全球化的應對和選擇,可以說不僅僅是白話取代文言的變革,而更是中西和雅俗文化互動的全方位的變革。」〔註45〕與之相適應的是,原來積累了千年的一套文言的書面語體的審美規範及經驗無法在短時間內得到繼承和完美轉身,新的

〔註43〕這些觀點散見於汪曾祺一系列關於文學語言的文章及演講,見《小說的思想和語言》《關於小說（語言）的箚記》《中國文學的語言問題》《語言·思想·結構》,分別見《汪曾祺全集》4～6卷,北京師範大學出版社 1998 年。

〔註44〕鄭敏在 1993 年第 3 期的《文學評論》上發表了《世紀末的回顧：漢語語言變革與中國新詩創作》一文,檢討了五四白話文運動導致古典語言美學的斷裂,使得百年來的文學始終沒有產生世界性影響的「大作品、大詩人」。她的文章激起廣泛的討論,一時反思五四白話文運動的聲音很多,該文在中國知網截止到 2020 年 1 月,引用數高達 393 次,足見鄭敏先生提出的是「使問題開放」的那個「問題」。「母語寫作」「漢語的危機」一時成為學界討論的熱點。朱競編的《漢語的危機》一書收錄了大多數關於漢語危機討論的文章,文化藝術出版社,2005 年。

〔註45〕徐時儀：《漢語白話發展史》,北京大學出版社,2007 年,第 319 頁。

白話語言的審美體系仍在持續的動態的建構之中。顯然，如果不是陷入「追責」「輯凶」的簡單思維中，這一反思和提問，在很長一個時段都是有效的，因為我們仍然處於追索傅斯年所說的「理想的白話文」的漫長道路上。

二、「漢語小說」作為方法

沿著傅斯年思考的向度，「理想的白話文」是中國現代語言終極性的追求，而歐化、大眾化、民族形式、文言、方言其實都是路徑與方法。五四的語言變革，如同佛教東渡引起的語言融合一樣，只是中國歷史上漢語變革的一部分，當然，是輝煌的一部分。「一時代有一時代文學」，應該是一時代有與其時代語言特性相契合的一代文學。一個時代有偉大的文學產生，正是作家用屬於他這個時代的語言寫出了這個時代偉大的靈魂。從這個角度看，五四一代作家締造的新的白話文（歐化的白話文）正是打上時代思想特徵的語言，也是魯迅、郁達夫、趙樹理的白話與曹雪芹、施耐庵、吳敬梓的白話之區別所在。

「現代小說」的發生，不是斷裂意義上的「重新開張」，而是處於唐宋以來漢語小說的延長線上，是文言白話的雙軌制，變成白話獨尊的單軌制引起的語言整合，是中國文學發展的新的里程碑。相對於《水滸傳》《金瓶梅》《紅樓夢》《儒林外史》這些偉大的漢語（白話）文學，現代漢語的偉大文學，一定是與「理想的白話文」相伴生的。這一邏輯與胡適提出的「文學的國語、國語的文學」是一致的。而這一「理想的白話文學」的資源一定是口語（方言）、歐化、古代優秀白話與文言作品，再加上一百年來的翻譯文學，以及從魯迅到莫言以來中國現代作家的實踐經驗的總結及昇華。基於這樣的認識，我們才能在更廣闊的平臺審視五四的語言變革與「漢語小說」的「現代」生成。

這裡，「漢語小說」的概念不是文學史概念，意在將五四小說的變革放到最為共通的「漢語」平臺上考察，去除新／舊、文言／白話、現代／古代、通俗／現代等權宜之計的過渡性概念的偏至。在學界已充分注意了小說的現代與古代、新與舊、中與西、雅與俗之區分的前提下，應該更多研究這些區隔背後的共通性，即漢語小說的大傳統，包括古典文言小說傳統和古代白話小說語言傳統與現代小說生成的關係。這樣將五四小說變革從紛繁的「現代性」話語體系裏解放出來，懸置「現代」，將「現代性」只是作為漢語小說發

展歷史上一種因素與導向，重建漢語小說的主體性。所以，漢語小說的概念只是重新凝視「中國小說」的「五四變法」的一種方法和視角。

相比現代小說，新詩的「斷裂論」更為矚目。從胡適的「最後堡壘說」，到鄭敏的「世紀回顧」，正反兩方面說明古典詩歌的偉大成就對新詩的美學重建構成巨大的焦慮。新詩研究界持續討論語言變革與新詩現代性的問題，能給小說的現代轉型研究提供諸多啟示。海外漢學家奚密1991年就使用「現代漢詩」（Modern Chinese Poetry）的概念，意在跨越學界現代／當代時間區分，以及大陸／港臺／海外地區的地理空間。〔註46〕王光明認為「新詩」只是「文學革命」時期一個臨時性和過渡性的概念，「過於含混，弊端不少」，因此提出「現代漢詩」這樣一個中性概念，不僅強調與古典詩歌的不同，同時也強調「代際性的文類秩序、語言策略和象徵體系的差異，而不是詩歌本質上的對立」，使「新詩」與唐詩、宋詞一樣成為漢語詩歌史上重要的一環。〔註47〕王澤龍重點研究現代漢語與新詩的形式問題。〔註48〕李怡很早就關注新詩與古典美學傳統，在最新的研究中，他認為新詩發生時有多種創生資源：「新詩的創立並非一日之功，逐漸成為其書寫語言的既有傳統古詩、騷體、詞曲以及古典白話詩，又有翻譯體的挪用，還有對民間歌謠、歌詞的借鑒。」〔註49〕這些探索都指向漢語背景下新文學發生的「內生性」的一面。

對於現代小說來說，雖然文體不同，但語言變革帶來的文體重構是一致的。新詩與舊詩語言形式上的區隔遠較現代小說與古典小說的（即使是文言

〔註46〕 奚密（Michelle Yeh）說：「『現代漢詩』意指1917年文學革命以來的白話詩。我認為這個概念既可超越（中國大陸）現、當代詩歌的分野，又超越地域上中國大陸與其他以漢語從事詩歌創作之地區的分野。」見《現代漢詩：一九一七年以來的理論與實踐》，上海三聯書店2008年，第15頁。其英文版 Modern Chinese Poetry: Theory and Practice Since 1917 於1991年由 Yale University Press 出版。

〔註47〕 王光明：《現代漢詩的百年演變》，河北教育出版社2003年版，第7頁。王光明是對鄭敏文章的間接回應，以「現代經驗」「現代漢語」「詩歌文類」的複雜互動觀察中國詩歌的百年演變。這一概念引起廣泛反響，學界肯定其創新性的同時，也提出諸多不同意見。多年後這一概念趨於沈寂，也說明方法論意義大於文學史命名。

〔註48〕 王澤龍研究團隊近些年持續討論了現代漢語虛詞、節奏、人稱代詞、標點符號等語言現象與現代詩歌形式變遷的關係。見《現代漢語與現代詩歌研究》，長江文藝出版社，2017年。

〔註49〕 李怡：《多種書寫語言的交融與衝突—再審中國新詩的誕生》，《文藝研究》，2018年第9期。

小說）差異大。古代白話小說從宋元到五四，其傳統一直未中斷，晚清還出現《海上花列傳》《老殘遊記》《官場現形記》這樣的名著。漢語小說的「現代」發生同樣面臨新詩所遭遇的複雜語言背景，諸如文類重構、現代漢語美學、翻譯、古典美學的現代性等問題。

同樣基於「漢語的危機」「母語的陷落」的反思邏輯，小說批評家也一度從「漢語小說」視角討論當代小說。汪政提出「漢語小說」的概念「力圖破除近代東漸的西方小說學的束縛，去掉它的遮蔽而重返漢語。」當代寫作不應該是「橫向移植的飛來峰式的寫作，而成為整個漢語寫作傳統的自然的延伸」。〔註50〕葛紅兵從反思現代漢語與方言關係的角度討論「現代漢語小說」：「經過 50 餘年的普通話推廣，多數作家已經失去了方音內讀的習慣和能力，這導致了中國小說和方音的脫鉤。」「漢語小說敘事如何對於漢語多方言狀況來說依然是有效的地方性敘事，能依然有效地承載地方思想、地方智慧。」〔註51〕這一思考接續了五四時期胡適、劉半農、傅斯年關於「乞靈說話」和「方言」問題的討論。當代小說批評家在宏觀層面討論百年來小說發展時，也會使用漢語小說的概念。陳曉明認為 1990 年代以來中國小說有明顯恢復傳統的趨勢，「但久而久之，中國當代小說與世界（尤其是西方）的現代小說經驗愈離愈遠。今天的漢語小說要突破自身的侷限性，要有新的創造，可能還是要最大可能地汲取西方現代小說的優質經驗。」「西方小說早已成熟，但中國的漢語小說還未獲得現代形式」，它「不只是從舊傳統裏翻出新形式，也能在與世界文學的碰撞中獲得自己的新存在。」〔註52〕這一批評意識呼應了鄭敏所提及的在世界性與本土經驗之間呼喚「大作品、大詩人」的焦慮，但強調的五四「現代小說」生成「世界性」的一面。

筆者這裡借用「漢語小說」這一術語，也是方法論的意義上使用，意在強調現代小說發生期的「漢語傳統」與「世界視野」。一般來說，除了華文文學或民族區域意義上使用（如與英語、日語小說或者藏語小說並列）以外，在中國語境中，這一用法屬於「多此一舉」，這一視角其實內含了「五四白話文運動以來的漢語變革」這樣的歷史命題。那麼，以「漢語小說」為方法或

〔註50〕汪政：《有關「漢語小說」的箚記》，《天津社會科學》，1996 年第 3 期。
〔註51〕葛紅兵、宋桂林：《小說：作為地方性語言和知識的可能──現代漢語小說的語言學問題》，《中國現代文學研究叢刊》2011 年第 10 期。
〔註52〕陳曉明：《我們為什麼恐懼形式──傳統、創新與現代小說經驗》，《中國文學批評》2015 年第 1 期。

視角，其意義至少包括：可以將「現代小說」放到歷史的「長時段」考察，凸顯五四小說變革的語言意識及「漢語大傳統」，並在古典與世界的座標體系看中國小說的「現代」生成。

三、中國小說的「五四變法」

從漢語小說發展的長時段看，晚清至五四的語言變革是文白雙軌制變成白話單軌制的過程，這一過程帶來漢語小說審美規範的變革。由於白話內部的嬗變，現代漢語詞彙與語法的發展，使白話小說的形態產生了變化，漢語小說在敘述方式、語言美學、價值觀念上發生重大變遷。小說的「五四變法」是與中西思潮交匯中的思想革命、國語建設的國家機制、民族國家的「啟蒙救亡」相一致的，在此意義上，五四「漢語小說」的「現代」生成只是中國小說遭遇外來影響下的再一次重組與轉型。「現代小說」是在古典小說、世界小說的多個維度中動態的建構過程，這一「現代」的過程仍未完成，呼喚當代的「偉大的漢語小說」仍是時代課題。這是中國小說的「五四變法」的基本內涵。

首先，我們要注意到中國小說「五四變法」的近景與遠景。其近景是針對民國初年晦暗哀怨、「黑幕」重重，與世界思潮脫節，與普通民眾脫節的文壇；遠景則是創造與《紅樓夢》《水滸傳》《儒林外史》一樣偉大的屬於五四時代的可屹立於世界文學之林的中國（白話）文學。

中國小說以白話為正宗的觀念在晚清搖擺不定，到五四時最終確立，大批作家放棄了文言小說創作，改用熟悉而又「陌生」的白話寫作。當時，駢體小說和筆記體小說正是五四小說家一再抨擊的靶子。羅家倫在《今日中國之小說界》一文討伐了三種舊小說，除了黑幕派是關乎白話小說外，其他二種都是劍指文言小說，即「濫調的四六派」和「無思想」的「筆記派」〔註53〕。胡適在《建設的文學革命論》中說當前小說只有兩派，其中「最下流的」一派就是「那些學《聊齋誌異》的劄記小說」，這類小說「只可抹桌子，不值一駁」。〔註54〕錢玄同曾大加感歎小說用白話能驅除用典和陳詞濫調，可謂慧眼獨具〔註55〕。民國初年，文言小說佔據絕對主流，質量低下，粗製濫造之作充斥各大小說雜誌，這構成五四文學革命的直接背景。

〔註53〕 羅家倫：《今日中國之小說界》，見嚴家炎編《二十世紀中國小說理論資料》第 2 卷，第 66～69 頁。
〔註54〕 胡適：《建設的文學革命論》，《新青年》4 卷 4 號，1918 年。
〔註55〕 錢玄同：《致陳獨秀》，《新青年》3 卷 1 號，1917 年 3 月。

　　從遠景來說，中國小說的「五四變法」是五四作家受到外國文學思潮的影響而改造漢語小說的過程。這裡既要看到五四作家的「五四立場」，又要出於其外，從中國小說史的宏觀角度看「五四立場」。

　　白話文運動導致文言小說消退，白話小說定於一尊，這是中國小說變遷的大勢。在五四作家「死文學／活文學」的革命邏輯裏，文言或文言小說都是舊時代的產物，幾乎很難見到五四作家給予正面評價，或自述自己的創作是師法文言小說。白話小說稍有不同，五四作家從白話語言正宗的角度，肯定傳統經典長篇小說「國語教科書」的地位，又從思想上批判這些舊小說不是「人的文學」（見第三章相關論述）。因此五四作家大多只強調受「外國文學」的影響才走上創作之路。魯迅說自己寫小說是「大約所仰仗的看過的百來篇外國作品和一點醫學上的知識，此外的準備，一點也沒有」。〔註56〕郁達夫自述在日本東京「一高」「住了四年，共計所讀的俄、德、英、日、法的小說，總有一千內外」，養成了「讀小說之癖」。〔註57〕茅盾1936年時回憶說：「我開始寫小說時的憑藉還是以前讀過的一些外國小說。」〔註58〕從文學史的角度，這是五四的「意識形態」，體現了「現代性」的自我認同與排斥機制，西學代表「進步」與「現代」，「古典」的代表「落後」與「傳統」，這是任何「先鋒文學思潮」都可能具有的激進主義態度與策略。

　　從短時段看五四白話文運動與文學革命的邏輯時，我們關注的是白話與文言的分離機制，而從長時段看，無論文言與白話都是漢語小說，二者的區分絕沒有漢語與英語的區別大。漢語發展史上文言與白話的互相轉換與滲透也是常態，文言與白話不是截然分開的兩種語言體系。汪曾祺說好語言的標準只有一個：「訴諸直覺，忠於生活」，他還認為「文言和白話的界限是不好劃的。『一路秋山紅葉，老圃黃花，不覺到了濟南地界』，是文言，還是白話？只要我們說的是中國話，恐怕就擺脫不了一定的文言的句子。」〔註59〕即使對今天沒有長期文言訓練的現代人來說，如果不考慮用典的成份，閱讀《史

〔註56〕魯迅：《我怎麼做起小說來？》，《魯迅全集》第4卷，第525頁。

〔註57〕郁達夫：《五六年來創作生活的回顧》，見《郁達夫全集》第10卷，浙江大學出版社，2007年，第310頁。

〔註58〕茅盾：《談我的研究》，《茅盾全集》第21卷，人民文學出版社，1991年，第63頁。

〔註59〕汪曾祺：《關於小說語言的箚記》，《汪曾祺全集》第4卷，北京師範大學出版社1998年，第15頁。

記》《桃花源記》這樣的文獻典籍也不存在大的障礙。站在「五四立場」上，五四「現代小說」的分離機制將文言、舊白話做了切分，甚至通俗小說家努力適應時代的「新白話」也無法進入「現代」的視野。

而從中國小說發展史的角度看，這些創作都在漢語文學的大傳統之內。在五四作家自述受外國文學影響時，他們沒有講述的是自幼受古代小說的浸染。魯迅著《中國小說史略》，胡適著《中國章回小說考證》自不必說，郁達夫在上述同篇文章裏提到小學時最早讀的是《石頭記》《六才子》，開始「有意看中國小說時看的是《西湖佳話》和《花月痕》，最愛看的兩本戲是《桃花扇》和《燕子箋》，茅盾上述的同一篇文章裏提到後來最喜歡的是《水滸》和《儒林外史》。

他們對舊學的知識儲備與學術訓練成為他們承繼傳統語言的基礎，更深層次上，傳統的漢語已經成為五四作家的集體無意識，外國文學的影響最終也要通過漢語寫作得到融合與呈現。巴金的《家》，茅盾《子夜》以及路翎的《財主底兒女們》等小說對《紅樓夢》借鑒是明顯的，張愛玲更是迷戀《紅樓夢》的語言。有學者稱中國現代作家有「《紅樓夢》情結」，[註60]的確如此，而這「情結」背後，實際上是對創造如《紅夢夢》這樣「偉大漢語小說」的嚮往與期待。魯迅小說的白描，行文力避嘮叨，人物描寫的簡省，深得傳統白話三昧。老舍評魯迅的白話：「他的舊學問好，新知識廣博，他能由舊而新，隨手拾掇極精確的字與詞，得到驚人的效果」，「他會把最簡單的言語（中國話），調動得（極難調動）跌宕多姿，永遠新鮮，永遠清新，永遠軟中帶硬，永遠厲害而不粗鄙」。[註61]而老舍談到自己對中外文學關係的意見時說：「用世界文藝名著來啟發，用中國文字去練習，這是我的意見。」[註62]老舍本人的小說不僅有英國小說家狄更斯的影響，更無可否認地具有傳統的，地道的中國白話的韻味。正如有學者所說：「如果說，魯迅的白話文體現了現代白話與文言的綜合與平衡，那麼，老舍則將文言之精髓，主要是簡練和韻律化成了白話文表達，它不在字、詞、句之外形，而在白話文的神采和風格，體

〔註60〕王兆勝：《〈紅樓夢〉與 20 世紀中國文學》，《中國社會科學》，2002 年第 3 期。

〔註61〕老舍：《魯迅先生逝世二週年紀念》，《老舍全集》第 17 卷，人民文學出版社 2013 年，第 167 頁。

〔註62〕老舍：《如何接受文學遺產》，《老舍全集》第 17 卷，人民文學出版社 2013 年，第 351 頁。

現了漢語的精氣神，簡勁、生動而有力。」〔註63〕因此無論是歐化或者對外國小說技巧的借鑑，最後都要用當代的漢語呈現出來，王瑤說「現代文學中的外來影響是自覺追求的，而民族傳統則是自然形成的」，〔註64〕漢語小說終歸要確立其「主體性」。

從「五四變法」的近景看，與魯迅、郁達夫、茅盾、老舍比較的是清末民初的鴛鴦蝴蝶派小說，晚清的四大譴責小說，而從中國小說發展的遠景看，我們要與之比較的是《紅樓夢》《水滸傳》《金瓶梅》這樣的中國最優秀的白話小說。魯迅署名的《答徐懋庸並關於抗日統一戰線問題》一文中將《紅樓夢》與《子夜》《阿Q正傳》並列：「除非他們有本領也證明了《紅樓夢》《子夜》《阿Q正傳》是『國防文學』或『漢奸文學』。這種文學存在著，但它不是杜衡，韓侍桁，楊邨人之流的什麼『第三種文學』」。〔註65〕無論這一提法是魯迅還是馮雪峰，〔註66〕都反映了新文學作家將現代小說放置於古代經典小說序列中考察的「經典化」意圖與視角。夏志清稱張愛玲的《金鎖記》為中國有史以來最偉大的中篇小說。〔註67〕這一論斷是否成立姑且不論，但他以現代西方的文學審美標準，將張愛玲的現代漢語小說放置於中國小說史的發展鏈條上審視，正是今天值得重視的視角。

其次，既要看到歐化白話對舊白話的改造與拓展，又要看到現代小說與古典白話小說的「白話」在藝術上的不同特性與魅力。新舊白話、文言與白話不是對立排斥的關係，而是繼承創新的關係，不能用「死／活」「高／低」來進行評判，只能從不同的審美規範去認識這種差別，一方面歐化白話文的

〔註63〕 王本朝：《重審老舍與傳統文化的關係》，《首都師範大學學報》，2020 年第 1 期。

〔註64〕 王瑤：《中國現代文學與古典文學的歷史聯繫》，《北京大學學報》1986 年第 5 期。

〔註65〕 魯迅：《答徐懋庸並關於抗日統一戰線問題》，《魯迅全集》第 6 卷，第 551 頁。

〔註66〕 見馮雪峰《有關一九三六年周揚等人的行動以及魯迅提出「民族革命戰爭的大眾文學」口號的經過》，《新文學史料》1979 年第 2 期；丸山升《由〈答徐懋庸並關於抗日統一戰線問題〉手稿引發的思考——談晚年魯迅與馮雪峰》，《魯迅研究月刊》1993 年第 11 期。

〔註67〕 夏志清說：「據我看來，這是中國從古以來最偉大的中篇小說。這篇小說的敘事方法和文章風格很明顯的受了中國舊小說的影響。但是中國舊小說可能任意道來，隨隨便便，不夠謹嚴。《金鎖記》的道德意義和心理描寫，卻極盡深刻之能事。從這點看來，作者還是受西洋小說的影響為多。」見《中國現代小說史》，香港中文大學出版社，2001 年，第 343 頁。

確擴大了漢語的修辭能力，另一方面傳統白話的修辭方式同樣具有獨特的審美價值。

歐化只是現代作家改造漢語的一種途徑和願望，但任何翻譯都需要「歸化」，不可能完全使用僵硬的歐化句式。魯迅「寧信不順」的「硬譯」是抱著改造語法的用意，瞿秋白批評他翻譯的《毀滅》時列舉的例子表明，有些句式已經觸到歐化的天花板，如：「渴望著一種新的極好的有力量的慈善的人」「他看起來是一直的明白的正當的道路。」〔註 68〕這樣的句子一旦增多，就會影響到基本意思的理解，在魯迅的創作小說中，即使最富有歐化句式的《傷逝》，也幾乎見不到這種生硬的用法。因此，到了 1930 年代主張絕對的歐化並不多見。

如果比較清末的白話短篇小說與魯迅的白話小說，就很明顯看到兩者語言上的不同。這裡以晚清最早提倡短篇小說的吳趼人為例。他的《平步青雲》（《月月小說》第 5 號，1906 年）講一個姓李的官員把外國人撒尿用的瓷器供在大堂之上供養，每天起床先三鞠躬，只因此物是他的上司所贈。「我」聽了李姓官員一本正經的介紹實在是忍不住笑，小說結尾一段描寫：

> 你想，溺器是何等齷齪、何等下賤的東西，平白地捧到桌子上，
> 藏在此檀龕裏，香花燈燭供養起來，還說見了他猶如見了上司一般，
> 這溺器可不是平步青雲了麼？他便平步青雲了，我的肚子可笑痛了。
> （《平步青雲》（《月月小說》第 5 號，1906 年）

小說情節比較簡單，在敘述上值得稱道的是作者一直掩著迷底，到最後才說出供奉的是一個溺器，形成一個反差。但這樣的白話的確過於直白和簡略，不能形成意義豐瞻的象徵和隱喻空間。而現代小說卻不簡單滿足於講一個短小的故事，而是構築起一個多義的隱喻空間。魯迅《狂人日記》將狂人的囈語構築起「吃人」的象徵系統，用「吃人」將同處於一個物理時空的「大哥」與「狂人」世界分隔成兩個充滿張力的意義空間。《故鄉》中「我」的一次返鄉，本無跌宕起伏的故事情節，可通過我的視角對故鄉的人和風景精細的描寫，建構起一個詩性的抒情空間：

> 時候既然是深冬；漸近故鄉時，天氣又陰晦了，冷風吹進船艙
> 中，嗚嗚的響，從蓬隙向外一望，蒼黃的天底下，遠近橫著幾個蕭

〔註 68〕瞿秋白：《論翻譯——致魯迅信》，見《瞿秋白文集・文學編》第 1 卷，人民文學出版社，1985 年，第 509 頁。

索的荒村，沒有一些活氣。我的心禁不住悲涼起來了。阿！這不是
我二十年來時時記得的故鄉？

我只覺得我四面有看不見的高牆，將我隔成孤身，使我非常氣
悶；

我躺著，聽船底潺潺的水聲，知道我在走我的路。

「冷風」「陰晦」「蒼黃」「荒村」「蕭索」均與我的心裏的「悲涼」相契
合。「看不見的高牆」「我在走我的路」，在舊白話中就是不通的話，如果將主
語「我」代換成「寶玉」「林黛玉」「宋江」，甚至「老殘」都顯得突兀與荒誕，
儘管「寶黛」也處於高牆之內，宋江可能渡江聽到潺潺水聲，「老殘」「九死
一生」也在「尋路中國」。但這裡使用雙關、借喻等修辭手法，使意義變得更
加豐滿多元，其反思性非常符合現代知識分子的精神。「路」是實指「道路」，
也與「希望」「理想」「人生的抉擇」相聯繫。這樣使小說不僅再現了生活的
表象，也直達生活背後的反思層面，產生陌生化的藝術效果。雖然這裡有魯
迅個人卓越藝術才能的因素，但是綜觀五四小說家的創作，這樣的語言是他
們共同的追求。

從上述比較中看出，五四小說歐化的特徵是很明顯的，新白話與舊白話
的語言風格的差異也是客觀存在的。茅盾回憶第一次讀《狂人日記》的感覺：
「這奇文中的那冷雋的句子，挺峭的文調，對照著那含蓄半吐的意義，和淡
淡的象徵主義的色彩，便構成了異樣的風格，使人一見就感著不可言喻的悲
哀的愉快。」〔註69〕這段話很生動的說明了新體白話的新質。張衛中在談
到20世紀中後期現代白話的發展時說：「偏執的歐化之風也已經退潮，但是
因為現代漢語的詞法和句法畢竟已經有了比較多的變動，特別是現代作家借
鑒了西文的那種分析式的、掰開揉碎式的敘事謀略，故而在敘事上還是有了
比較大的變化；新舊白話之間、現代白話與古代白話之間其實有著相當大的
界限，不看到這一點對20世紀漢語文學語言的變遷就不可能有一個正確的
估價。」〔註70〕這一評價是恰當的。

在這一清醒認識的前提下，再看古典白話傳統與現代漢語小說修辭的變
化，才會以平等的眼光審視兩種不同的審美表達。一般認為，新舊白話在肖
像描寫、人物心理、寫景的方面存在比較大的差別，比如古代白話的粗陳梗

〔註69〕茅盾：《讀〈吶喊〉》，《茅盾全集》第18卷，第394頁。
〔註70〕張衛中：《漢語文學語言歐化的可能與限度》，《蘭州學刊》，2006年第7期。

概，泛泛地說，「有詩為證」等程式化寫法。〔註71〕如果總體上看，以大多數藝術水平不高的古典白話小說來說，或者如清末民初雜誌上的白話，五四時期許多通俗小說家的白話，的確如此。但具體到特定的場景上來說，或者在優秀的古典白話小說裏，在敘事、抒情、寫景上也不全如此，而是呈現出不同的修辭美學。這裡我們仍以風景敘事為例來分析。

上一章論述歐化的白話拓展了小說修辭的空間，主要從歐化的句式上簡要分析了二者在人物心理、風景敘述上的不同。那我們換一種眼光來看風景敘述。一般來說，現代小說的風景描寫帶有心理化、個人化的特點，更加細膩。而古代小說的風景描寫總體偏少，描寫上也比較簡潔，多用駢語，經常用詩詞，這是古典小說獨特之處。這裡僅舉兩例：

例1：說著，進入石洞來。只見佳木蘢蔥，奇花閃灼，一帶清流，從花木深處曲折瀉於石隙之下。再進數步，漸向北邊，平坦寬豁，兩邊飛樓插空，雕欄繡檻，皆隱於山樹杪之間，俯而視之，則清溪瀉雪，石磴穿雲，白石為欄，環抱池沿，石橋三港，獸面銜吐，橋上有亭，賈政與諸人上了亭子，倚欄坐了，因問：「諸公以何題此？」諸人都道：「當日歐陽公《醉翁亭記》有云：「有亭翼然」，就名「翼然」。（《紅樓夢》第17回）

例2：且說那寶玉見王夫人醒來，自己沒趣，忙進大觀園來。只見赤日當空，樹陰合地，滿耳蟬聲，靜無人語。剛到了薔薇花架，只聽有人哽噎之聲。寶玉心中疑惑，便站住細聽，果然架下那邊有人。如今五月之際，那薔薇正是花葉茂盛之際，寶玉便悄悄的隔著籬笆洞兒一看，只見一個女孩子蹲在花下，手裏拿著根綰頭的簪子在地下摳土，一面悄悄的流淚，寶玉心中想道：「難道這也是個癡丫頭，又像顰兒來葬花不成？」（《紅樓夢》第30回）

例1完全可以看作唐宋古文的遊記寫法，具有文章之美。例2駢散結合，婉轉曲折，薔薇盛開，寶玉隔著小小籬笆洞偷看齡官在地上一遍遍劃「薔」字，以為她也在作詩填詞，及至淋雨倉皇走散，後來才知道，原來是與賈薔戀愛，遂引發了寶玉「癡病」。瞭解了前後事實結合「薔薇花架」的風景敘述，可以說此段極盡古典白描之妙。胡適說古代小說很少寫景，其實因素之一是

〔註71〕張衛中：《從新舊白話的差異看現代小說的語言基礎》，《商丘師範學院學報》，2004年第1期。

古代白話小說大量的正面寫景都用詩詞代替,現代人閱讀時自然跳過,顯得寫景較少。

風景敘述還有另外一種功能,就是與人物情緒結合,甚至代替心理敘述,從而達到意在言外的含蓄與象徵之美。古典小說與現代小說語言的區別還體現在不同的抒情方式上,尤其是重要人物變故的敘述。小說中重要人物有重大變故,一般會有「後事」交待,會涉及抒情性或評價性敘述,否則敘事的完成性不夠,也不符合讀者或聽眾的心理。現代小說一般用抒情性的景物描寫,將評價蘊含其中,但又是敞開的多義的抒情空間。

這裡先看魯迅的《孤獨者》,魏連殳死時被穿上「不妥帖的衣冠中,安靜地躺著,合了眼,閉著嘴,口角間彷彿含著冰冷的微笑,冷笑著這可笑的死屍。」這段語言本身帶有評價性敘述。然後寫「我」急切「逃」出這怪誕的空間,濃雲散去,一輪圓月,散出冷靜的光輝,最後寫到:

> 我快步走著,彷彿要從一種沉重的東西中衝出,但是不能夠。
> 耳朵中有什麼掙扎著,久之,久之,終於掙扎出來了,隱約像是長嗥,像一匹受傷的狼,當深夜在曠野中嗥叫,慘傷裏夾雜著憤怒和悲哀。
>
> 我的心地就輕鬆起來,坦然地在潮濕的石路上走,月光底下。

深夜在曠野中嗥叫的受傷的狼的形象,隱喻「我」和魏連殳這樣的知識分子的孤獨,「我」與魏呈現出不同鏡象,相互駁詰和詢問,意境深遠。再看老舍《駱駝祥子》的結尾:

> 打鑼的過去給了他一鑼錘,他翻了翻眼,朦朧的向四外看一下。
> 沒管打鑼的說了什麼,他留神的在地上找,看有沒有值得拾起來的煙頭兒。體面的,要強的,好夢想的,利己的,個人的,健壯的,偉大的,祥子,不知陪著人家送了多少回殯;不知道何時何地會埋起他自己來,埋起這墮落的,自私的,不幸的,社會病胎裏的產兒,個人主義的末路鬼!

這段可以說是中西結合的敘述,不是風景敘述,而是白描與評價性敘述的結合。「祥子」前面的定語多達七個,與瞿秋白批評魯迅的句子過猶不及,但是老舍將七個定語分開,成為短語,這又是中國傳統的短句意合的特點,通過停頓給人以思考的空間,節奏上顯得鏗鏘有力,在閱讀上也沒有障礙。

從這些例子可以看出,現代小說的語言總體上追求的是個人性、抒情性、

對話性的語言。與以上相同的重大人物變故的境況，古代白話小說也有精妙的呈現方式，通常有三種方式延宕舒緩情感：一是詩詞；二是夢境（託夢）；三是仙化（佛化）。這三種情況也互相結合在一起。先看第一種和第三種結合的方式。魯智深是《水滸傳》中重要的人物，小說寫他最後見到錢塘江潮信而圓寂：

> （魯智深）又問寺內眾僧處，討紙筆寫下一篇頌子。去法堂上，捉把禪椅，當中坐了。焚起一爐好香，放了那張紙在禪床上，自疊起兩隻腳，左腳搭在右腳，自然天性騰空。比及宋公明見報，急引眾頭領來看時，魯智深已自坐在禪椅上不動了。看其頌曰：「平生不修善果，只愛殺人放火。忽地頓開金枷，這裡扯斷玉鎖。咦！錢塘江上潮信來，今日方知我是我。」
>
> 宋江與盧俊義看了偈語，嗟歎不已。

花和尚魯智深跌宕起伏的一生，突然「見信而寂」。無論是聽說書，或是讀者，都會有延宕和感慨，這是來自生活的邏輯。這裡的「頌詞」就顯得必要，是對魯智深一生的評價。尤其是「錢塘江上潮信來，今日方知我是我」將魯的圓寂看成領悟人生，堪破天地的結果，也是給讀者帶來心理上安慰。普通人皈依佛門，或僧人圓寂，這是古典小說中「好人」的最好結局。古詩的借用，以少勝多，同樣意境幽遠。同樣的情況在《紅樓夢》也有表現，將詩詞妙用與「佛化」兩種方式結合在一起。第 120 回寫賈政料理完賈母的喪事返程，因大雪船泊在一個碼頭，看到寶玉身披大紅斗篷來拜：

> 寫到寶玉的事，便停筆。抬頭忽見船頭上微微的雪影裏面一個人，光著頭，赤著腳，身上披著一領大紅猩猩氈的斗篷，向賈政倒身下拜。賈政尚未認清，急忙出船，欲待扶住問他是誰。那人已拜了四拜，站起來打了個問訊。賈政才要還揖，迎面一看，不是別人，卻是寶玉。賈政吃一大驚，忙問道：「可是寶玉麼？」那人只不言語，似喜似悲。賈政又問道：「你若是寶玉，如何這樣打扮，跑到這裡？」寶玉未及回言，只見舡頭上來了兩人，一僧一道，夾住寶玉說道：「俗緣已畢，還不快走。」說著，三個人飄然登岸而去。賈政不顧地滑，疾忙來趕。見那三人在前，那裡趕得上。只聽見他們三人口中不知是那個作歌曰：
>
> 我所居兮，青埂之峰。我所遊兮，鴻蒙太空。誰與我遊兮，吾誰與從。渺渺茫茫兮，歸彼大荒。

賈政一面聽著，一面趕去，轉過一小坡，倏然不見。

這裡僧道所唱歌曲是對「通靈寶玉」的來處歸處做了總結，同時從賈政和讀者的視角看，是心理舒緩的必要。這一表達與「落了片白茫茫大地真乾淨」的主旨相契合，也是古典小說「一切成空」的結構模式的精彩體現。〔註72〕

再看第二種處理方式，以夢境（託夢）寫重要人物變故。「三言」中的名篇《杜十娘怒沉百寶箱》的結尾，寫杜十娘抱持寶匣，跳江而死。李甲後悔成疾，終身不痊，孫富受驚奄奄而逝。世俗層面的「故事」交待完畢，惡人均有天譴，「人以為江中之報也」。按說小說可以就此結束，但結尾又寫了故事見證人柳遇春的一個夢境：

> 卻說柳遇春在京坐監完滿，束裝回鄉，停舟瓜步。偶臨江淨臉，失墜銅盆於水，覓漁人打撈。及至撈起，乃是個小匣兒。遇春啟匣觀看，內皆明珠異寶，無價之珍。遇春厚賞漁人，留於床頭把玩。
> 是夜夢見江中一女子，凌波而來，視之，乃杜十娘也。

杜十娘「凌波微步」而來，成仙成神抑或冤魂不散，都觸發了讀者的感歎與思考，讀者心理上有一個紓緩與收束，可謂神來之筆。而「託夢」最著名的當屬《水滸傳》中寫宋江死後託夢於宋徽宗了，亦有同樣的效果。夢境或「仙化（佛化）」延長了讀者（聽眾）的心理時間，在功能上有如曹禺戲劇《雷雨》的序與尾聲，給觀眾足夠的時間整理、反思與昇華情感。「在中國古代小說敘事中，無論是夢幻小說對時間的拉長，還是仙境小說對時間的捶扁，皆通過幻化時間與現實時間互相映襯，以誇張變異的思維打破了現實時間的常規，從而寄寓了特殊的人生感悟和體驗。」〔註73〕這些手法明顯打上中國古代文化思想的烙印，在「民主與科學」的時代，不可能成為現代小說的敘述方式，〔註74〕這一思想文化的背景時空都在「祥林嫂」追問「靈魂的有無」的拷問中撕裂了。但這絲毫不影響現代人對這些古典修辭的欣賞，更不能以

〔註72〕古代小說有種悲劇模式，繁華極盛一時，最後歸於「空」「無」。比如《三國演義》的「是非成敗轉頭空」，《水滸傳》的「聚一散」結構，《紅樓夢》的「落了片白茫茫大地真乾淨」，《金瓶梅》的「樹倒猢猻散」，還有唐傳奇《枕中記》《南柯太守傳》的「黃樑夢」「南柯一夢」等等。

〔註73〕黃霖、李桂奎、韓曉、鄧百意：《中國古代小說敘事三維論》，上海世紀出版集團，2009年，第110頁。

〔註74〕現代小說也會穿插詩詞，如郁達夫《沉淪》，大多與主人公的情境融合，不會單獨以「有詩為證」的方式作為評價性的敘述語言呈現；也會寫到夢境，但增加了科學的成份，大多是弗洛伊德式的夢境，這需要具體分析。

「不現代」「封建」等理由判定其美學上的價值。

　　綜上所述，五四至今已有百年歷程，漢語小說百年來的「現代經驗」值得總結與反思，背後潛含的問題是偉大的「現代漢語小說」及其可能性。王富仁先生說：「『現代性』與古典性、經典性、傳統性是相對舉的，但不是相對立的，而它與『平庸性』才是真正對立的關係。『平庸性』不是『通俗性』，而是沒有自己的『獨創性』；『現代性』是對中國現代歷史的創造行為在其創造物本身的結晶，所以沒有『獨創性』的事物就不會具有『現代性』。」〔註75〕這是非常精闢的「現代」觀。在此立場上，最為迫切的不再是追問漢語小說的中與西，新與舊，白話與文言，現代與傳統的優劣，而應該在古典傳統與世界視野中追問「寫得怎麼樣」？這應該是今天從語言變革角度重審中國小說的「五四變法」時應該具有的視野。

〔註75〕王富仁：《「現代性」辯正》，《北京師範大學學報》，2013 年第 5 期。

結語 「漢語小說」未完成的「現代」

　　本書主要從語言變革的角度，研究清末至民國「漢語小說」的「現代」生成，試圖以實證的、微觀的方式去考察晚清至五四的語言變革給中國小說帶來的變化，考察一種稱之謂「現代小說」的新式文類是如何建構出來的。概而言之，主要研究了清末至民國前期小說語言轉變的內外兩種變遷：一是從文言、白話並存，到文言小說消失，白話小說成為正宗；二是歐化詞彙、語法的大量進入，白話小說的修辭方式發生變化。並以「漢語小說」為方法將「現代小說」的發生放到大的漢語傳統與世界視野中考察，從長時段審視五四的語言變革與小說的現代轉型。

　　中國的小說源遠流長，自宋元到民國初年，都是文言小說、白話小說兩水並流的局面，中國的書面語言為文言，小說尤其是白話小說的地位一直無法與詩文相提並論。但是明清以後，白話章回小說在印刷技術革新的推動下影響甚廣，在晚清梁啟起等人發起的「小說界革命」中，小說成為「新民」大業的一部分，加上現代報刊業發展，其地位一路上升，成為改造國民，傳播思想，休閒娛樂的最佳方式之一。也正由於小說界革命與晚清白話文運動的合流，導至小說語言的自覺，文言小說與白話小說孰優孰劣才成為問題。白話小說的影響力一度遠超文言小說，可是在民國初年，文言小說繁榮一時，以《玉梨魂》為代表的文言小說廣受歡迎，文言小說的數量遠超白話小說。語言晦澀，內容以哀情居多，大量的文言翻譯小進行於各大小說期刊。這些構成五四文學革命的直接背景。五四白話文運動、文學革命、新文化運動（思想革命）三位一體，加上民國建立的國家統制力量，白話迅速成為「國語」，成為正宗的文學語言。文言小說在五四之後消退，但退而未絕，小說雜誌仍

發表少量的文言小說，筆記體、傳奇體的文言小說集在民國後期（大陸）仍在刊行，直到中華人民共和國成立，文言小說徹底消亡，退出歷史舞臺，其小說美學及精神到 1980 年代才重新受到小說家重視。而作為應用領域的文言在五四之後雖然經受很大振盪，但勢力並未減弱，與白話分水而治，正式公文及文章，在不太趨新的文人那裡仍然大量使用。〔註 1〕這是中國小說語言的外部變遷。文言小說的消失是中國小說史上的大事件，本書通過統計晚清至 1930 年代主要小說期刊的文言、白話小說的數量，呈現了白話小說全面興起，文言小說消退的這一歷史過程。

在五四文學革命成功以後，白話小說成為小說正宗。語言的變革也帶來白話小說內部的變遷。胡適的「國語的文學，文學的國語」，周作人「三書」（《人的文學》《思想革命》《平民文學》），和傅斯年關於「怎樣做白話文」的思考，具有巨大的闡釋力，也是易於操作的路徑。人道主義、平民文學與歐化的白話文相得益彰，滿足五四一代作家對「現代小說」的想像與建構。在文學革命討論的初期，古代的白話小說被認為是「國語教科書」，但同時，他們又認為舊白話不夠精密，思想上也需要批判。通過「乞靈說話」與「歐化」來改造白話文。「五四新體白話」適應了「現代小說」敘述上「向內轉」，橫斷面的描寫，人物、環境、情節的「逼真」等技法上的變革。

大量外來詞彙進入現代漢語，適應了現代生活的發展，改變了漢語的面貌。複音詞的增加，使小說語言的節奏富於變化，支持了長句和複合句的發展，從而擴大了語言的精確度。而有些詞彙具有核心的價值內涵，即使舊白話中本就有的一些詞彙，在五四時期也發生了變遷，表徵了現代小說思想的變遷，如「人」「愛情」「戀愛」「故鄉」等。五四時期進入漢語的詞彙除了政治、社會的詞彙以外，心理學詞彙增加，描繪人的精神狀態的詞彙增多，這

〔註 1〕有兩段資料可供參考。其一，1933 有人和郁達夫談到擔心白話文興起，會使公文（文言）的美感有所損失，引起他的感歎：「白話文的提倡，到如今已經有十多年的歷史了，結果只向六言告示和『等因奉此』的公文上佔據了幾個標點與符號的地位，就有這一大批人的暴怒與不平，我真不知封建制度的全部掃清，要在哪一個年頭？」足見白話文要進入應用文領域何其難。見《說公文的用白話》，原載 1933 年 11 月 8 日《申報·自由談》，《郁達夫全集》第 8 卷第 133 頁。其二，何兆武回憶說：「白話文到今天真正流行也不過五十年的時間，解放前，正式的文章還都是用文言，比如官方的文件，研究生的畢業論文大都也是用文言寫的。除了胡適，很多學者的文章都用文言，好像那時候還是認為文言才是高雅的文字，白話都是俗文。」何兆武口述、文靖撰寫《上學記》，三聯書店，2008 年，第 23 頁。

為現代小說的心理描寫提供了可能。現代小說中表現人的潛意識、苦悶、夢境、癲狂等心理小說的增多正是得益於這一改變。

語法的歐化是影響現代漢語形成的最為重要的因素。語言的轉換意味著思想文化及思維方式的轉換，因此「歐化的白話文」意味著中西兩種思想的碰撞與融合。從形式上講，複合句的增多、句子邏輯層次的複雜化和精密化、語序的豐富多樣，連詞、介詞、量詞的擴展等等，這些語法現象的變化增強了小說語言的表現能力，拓展了小說修辭的空間，擴大了白話的隱喻系統和象徵功能；歐化的白話文重塑了漢語書面語的形態，傳統漢語簡潔傳神，偏於白描，傾向於敘述動作與說話；現代漢語曲折生動，精密綿長，富於抒情性，個性化與反思性。儘管歐化語言有不通俗的缺點，但是經過歐化的白話文拓展了漢語的修辭能力，增加了漢語的表現力。

中國現代小說的發生是以短篇小說為「實績」的，而五四時期短篇小說的興起及巨大成就也與語言變革密切相關。晚清的白話短篇小說大多蒼白無力，除了作家觀念上的不足以外，和舊白話的特點有很大關係。為篇幅所限制，舊白話只注重故事的外部敘述，就很難在有限的長度之內完成精彩、複雜的故事敘述，而且還要加上作者的主觀評論。所以大多平鋪直敘，急於講清主旨。五四新體白話在敘事、描寫的功能上大大加強，以風景描寫、心理刻畫、精心剪裁的情節片斷（橫截面）以及大量的比喻、象徵等修辭手段，使得敘述、描寫過程本身就充滿了張力和美感，從而豐富了白話短篇小說的感染力。

長篇小說的美學要求則不同，它的時空體仍然需要宏大複雜的故事結構和對時代、社會全景式的透視來支撐，僅靠隱喻與象徵性的描寫很難吸引讀者持續的關注，尤其是處於古典章回體向現代長篇的過渡時代。所以新文學初期的幾部長篇，如張資平的《沖積期化石》，王統照的《玉君》等，都由於缺乏恢宏敘事和複雜結構的支撐而影響甚微。而茅盾的《子夜》、老舍的《駱駝祥子》、巴金的《家》正是既有精細的敘述，又兼具了恢宏的故事架構。雖然均受西方小說理論的影響，但短篇小說與長篇小說的「現代」生成還是呈現一些不同的路徑與特徵。短篇小說主要是外源性變革，受西方小說理論與技巧影響更大，五四小說家倡導的小說理論，諸如橫斷面、心理敘事、第一人稱等「向內轉」修辭更多與短篇小說美學相契合。而長篇小說對古典白話小說的語言傳統依賴性更強，這也正是長篇小說的「現代」轉型在初期遭遇

困境的原因之一。傳統長篇小說的敘述方式，廣闊的社會包容性，全視角的傳奇敘事，市井化、生活化的白話語言都是現代漢語長篇小說不可或缺的要素。因此要重視「漢語小說」內生性的一面，重塑漢語小說流變的「主體性」，翻譯與歐化終歸要在漢語小說內部得到融化，仍然根植於母語之中。

短時段看，現代小說的發生是在中／西、白話／文言、傳統／現代、新／舊的分離機制中產生的，從理論到技巧都移植於西方。從長時段看，五四的語言變革就是追尋傅斯年提出的「理想的白話文」的過程，漢語小說的「現代」生成是中國小說適應這一過程的文類重構，是綿延千年的中國小說在五四時期遭遇外來文學觀念影響下的再一次重組與轉型。五四「現代小說」的發生可以看做中國小說的「五四變法」，我們要關注現代小說發生與漢語文學傳統共通的一面，也要關注在建構過程中對世界優秀的文學經驗借鑒與融合的一面。

站在「五四」百年的時間點上，中國小說仍然走在「趨新求變」的「現代」之路上。今天的「現代」訴求一定是基於傳統漢語小說、世界優秀小說、百年來現代小說經驗的三維視野上。在此「三維視野」中回顧和展望中國小說的「現代」，其實是呼喚、創造屬於當代的「偉大的漢語小說」的另一種說法。這一命題仍然在呼應著 1907 年魯迅在《文化偏至論》中寫下的願景：「外之既不後於世界之思潮，內之仍弗失固有之血脈，取今復古，別立新宗」。〔註2〕中國文學創造了偉大的傳統，而這些傳統不是束縛我們的固化的外在的存在物。艾略特說：「如果傳統的方式僅限於追隨前一代，或僅限於盲目的或膽怯的墨守前一代成功的方法，『傳統』自然是不足稱道了。」〔註3〕任何沒有「別立新宗」的「復古」注定是僵化的學步與效顰。王富仁先生在指出無論古典性與現代性，其對立面都是「平庸性」的同時，還精闢地論述到：「『現代性』不僅僅表現為一種性質和特徵，一種區別於中國古代社會、中國古代文化、中國古代文學的中國現代社會、中國現代文化、中國現代文學的性質和特徵，同時也表現為一種『力量』，一種『能力』，一種從中國古代社會、中國古代文化、中國古代文學傳統的束縛和禁錮中解放出自己而獲得自身的自由的『力量』或『能力』」。〔註4〕晚清至五四的語言變革給中國小說帶來了

〔註2〕魯迅：《文化偏至論》,《魯迅全集》第 1 卷，第 57 頁。

〔註3〕〔英〕托·斯·艾略特：《傳統與個人才能》,上海譯文出版社，2012 年，第 2 頁。

〔註4〕王富仁：《「現代性」辨正》,《北京師範大學學報》,2013 年第 5 期。

新的「力量」和「能力」，這一「力量」與「能力」應該飽含了「歷史的意識」：「不但要理解過去的過去性，而且還要理解過去的現存性，歷史的意識不但使人寫作時有他自己那一代的背景，而且還要感到從荷馬以來歐洲整個的文學及其本國整個的文學有一個同時的存在，組成一個同時的局面。」〔註 5〕

其實，回望陳獨秀在《文學革命論》中論述，正是在此「歷史意識」上「拖四十二生的大炮」為「文學革命」前驅的：「今日莊嚴燦爛之歐洲，何自而來乎？曰：革命之賜也。歐語所謂革命者，為革故更新之義。與中土所謂朝代鼎革，絕不相類。」〔註 6〕「革故更新」而不是「朝代鼎革」，他才推崇馬東籬為「中國之莎士比亞」：「白話文學，將為中國之正宗。余亦篤信而渴望之。吾生倘親見其成，則大幸也。元代文學美術，本蔚然可觀。余最服膺者，為東籬，詞雋意遠，又復雄富。余曾稱為『中國之沙克士比亞』」。〔註 7〕這正是艾略特所講的將整個文學傳統與現在「組成一個同時的局面」的「歷史意識」：

> 歐洲文化，受賜於政治科學者固多，受賜於文學者亦不少。予愛盧梭、巴士特之法蘭西，予尤愛雨果、左拉之法蘭西，予愛康德、黑格爾之德意志，予尤愛歌德、霍普特曼之德意志。予愛培根、達爾文之英吉利，予尤愛狄更斯、王爾德之英吉利。〔註 8〕

百年後，我們仍能從這段文字裏感受到他呼喚「現在」的偉大作家的急切之情。也許，陳獨秀的追問針對的也是今天的「吾國文學界」：

> 吾國文學界豪傑之士，有自負為中國之雨果、左拉、歌德、霍普特曼、狄更斯、王爾德者乎？〔註 9〕

〔註 5〕〔英〕托・斯・艾略特：《傳統與個人才能》，上海譯文出版社，2012 年，第 3 頁。
〔註 6〕陳獨秀：《文學革命論》，《新青年》第 2 卷第 6 號，1917 年。
〔註 7〕見《文學改良芻議》按語，《新青年》，第 2 卷 5 號，1917 年。
〔註 8〕陳獨秀：《文學革命論》，《新青年》第 2 卷第 6 號，1917 年。
〔註 9〕陳獨秀：《文學革命論》，《新青年》第 2 卷第 6 號，1917 年。

參考文獻

一、報刊及小說雜誌

1. 《新小說》1902～1906，梁啟超，月刊，共 24 期。
2. 《繡像小說》1903～1906，李伯元，半月刊，共 72 期。
3. 《新新小說》1904～？（今見最後一期時間為 1907.5），陳景韓，共 10 期。
4. 《月月小說》1906～1909，汪惟父，吳趼人，許伏民，月刊，共 24 期。
5. 《小說林》1907～1908，徐念慈、黃人等，月刊，共 12 期。
6. 《小說時報》1909～1917，包天笑、陳景韓，月刊，共 33 期。
7. 《小說月報》1910～1920，王蘊章、惲鐵樵，月刊，共 126 期。
8. 《小說月報》1921～1931，茅盾、鄭振鐸等。
9. 《禮拜六》1914～1916，週刊，共 100 期；1921～1923，月刊，共 100 期。
10. 《民權素》1914～1916，劉鐵嶺，月刊，共 17 期。
11. 《小說叢報》1914～1916，徐枕亞、吳雙熱，共 22 期，1916～1919，3 ～4 卷共 9 期。
12. 《中華小說界》1914～1916，沈瓶庵，出至 3 卷 6 期停刊。
13. 《小說海》1915～1917，黃山民主編，月刊，共 36 期。
14. 《小說大觀》1915～1921，包天笑，共 15 期。
15. 《青年雜誌》《新青年》1915.9～1926.7，陳獨秀主編。
16. 《小說新報》1915～1923，李定夷等編，共 8 卷 94 期。
17. 《新潮》1919～1922，共 12 期。
18. 《小說畫報》1917～1920，共 22 期，包天笑主編。
19. 《新聲》1921～1922 共 10 期，施濟群主編。

20. 《紅雜誌》1922～1924，施濟群主編，共 100 期，增刊 1 期。

21. 《紅玫瑰》1924～1931，週刊，1928 改為旬刊，嚴獨鶴、趙苕狂主編。

22. 《小說世界》1923～1929，葉勁風、胡寄塵主編，共 264 期。

23. 《東方雜誌》1904～1948，共 44 卷，818 期。

24. 四大副刊：《晨報副刊》;《民國日報》副刊《覺悟》;《時事新報》副刊《學燈》;《京報副刊》。

二、專著

1. 張靜盧：《中國小說史大綱》，泰東圖書局，1920 年。

2. 魯迅、周作人：《域外小說集》，群益書社，1921 年。

3. 范煙橋：《中國小說史》，蘇州秋葉社，1927 年。

4. 趙家璧：《中國新文學大系 1917～1927》，上海良友圖書公司，1935 年。

5. 北師大編：《五四以來漢語書面語言的變遷和發展》，商務印書館，1956 年。

6. 譚彼岸：《晚清的白話文運動》，湖北人民出版社，1956 年。

7. 文字改革出版社編：《清末文字改革文集》，文字改革出版社，1958 年。

8. 高名凱、劉正淡：《現代漢語外來詞研究》，文字改革出版社，1958 年。

9. 王忍之編：《辛亥革命前十年間時論選集》第 2 卷，三聯書店，1963 年。

10. 翦成文輯：《晚清白話文運動資料》，中華書局，1963 年。

11. 包天笑：《釧影樓回憶錄》，香港大華出版社，1971 年。

12. 司馬長風：《中國新文學史》，香港昭明出版社，1979 年。

13. 袁行霈、侯忠義等編：《中國文言小說書目》，北京大學出版社，1981 年。

14. 阿英：《晚清小說史》，人民文學出版社，1981 年。

15. 鄭方澤編：《中國近代文學史事編年》，吉林人民出版社，1983 年。

16. 魏紹昌：《鴛鴦蝴蝶派研究資料》，上海文藝出版社，1984 年。

17. 田仲濟、孫昌熙：《中國現代小說史》，山東文藝出版社，1984 年。

18. 〔美〕雷·韋勒克、奧·沃倫：《文學理論》，三聯書店，1984 年。

19. 章太炎：《章太炎全集》，上海人民出版社，1985 年。

20. 王力：《王力文集》，山東教育出版社，1985 年。

21. 費正清：《劍橋晚清史》，中國社會科學出版社，1985 年。

22. 姜書閣：《駢文史論》，人民文學出版社，1986 年。

23. 徐瑞從編：《劉半農文選》，人民文學出版社，1986 年。

24. 楊義：《中國現代小說史》（第 1 卷），人民文學出版社，1986 年。

25. 鄭逸梅：《清末民初文壇故事》，學林出版社，1987 年。

26. 葉至善編：《葉聖陶集》，江蘇教育出版社，1987 年。

27. 丁守和：《辛亥革命時期期刊介紹》，人民出版社，1987 年。

28. 陳平原：《中國小說敘事模式的轉變》，上海人民出版社，1988 年。

29. 韓南：《中國白話小說史》，浙江古籍出版社，1989 年。

30. 黎錦熙：《國語運動史綱》，上海書店，1990 年。

31. 侯忠義：《中國文言小說史稿》，北京大學出版社，1990 年。

32. 袁進：《中國小說的近代變革》，中國社會科學出版社，1992 年。

33. 董乃斌：《中國古典小說的文體獨立》，中國社會科學出版社，1992 年。

34. 吳組緗主編：《中國近代文學大系 1840～1919》，上海書店，1992 年。

35. 陳獨秀：《陳獨秀著作選》，上海人民出版社，1993 年。

36. 陳平原：《小說史：理論與實踐》，北京大學出版社，1993 年。

37. 〔美〕拉爾夫・科恩主編：《文學理論的未來》，中國社會科學出版社，1993 年。

38. 〔英〕戴維・洛奇編：《二十世紀文學評論》，上海譯文出版社，1993 年。

39. 石昌渝：《中國小說源流論》，三聯書店，1994 年。

40. 吳志達：《中國文言小說史》，齊魯書社，1994 年。

41. 周作人《中國新文學的源流》，華東師範大學出版社，1995 年。

42. 商金林《葉聖陶傳論》，安徽教育出版社，1995 年。

43. 姚奠中、董國炎：《章太炎學術年譜》，山西古籍出版社，1996 年。

44. 劉麟生：《中國駢文史》，東方出版社，1996 年。

45. 魏紹昌主編：《中國近代文學大系》，上海書店，1996 年。

46. 劉揚體：《流變中的流派——鴛鴦蝴蝶派新論》，中國文聯出版公司，1996 年。

47. 劉師培：《劉師培中古文學論集》，中國社會科學出版社，1997 年。

48. 陳萬雄：《五四新文化的源流》，三聯書店，1997 年。

49. 陳平原：《二十世紀中國小說理論資料第一卷》，北京大學出版社，1997 年。

50. 嚴家炎：《二十世紀中國小說理論資料第二卷》，北京大學出版社，1997 年。

51. 吳福輝：《二十世紀中國小說理論資料第三卷》，北京大學出版社，1997 年。

52. 于潤琦：《清末民初小說書系》，中國文聯出版公司，1997 年。

53. 曹聚仁：《文壇五十年》，東方出版社，1997 年。

54. 鄭師渠：《晚清國粹派：文化思想研究研究》，北京師範大學出版社，1997年。

55. 歐陽健：《晚清小說史》，浙江古籍出版社，1997年。

56. 孔範今主編：《二十世紀中國文學史》，山東文藝出版社，1997年。

57. 劉納：《嬗變》，中國社會科學出版社，1998年。

58. 歐陽哲生編：《胡適文集》，北京大學出版社，1998年。

59. 錢玄同：《錢玄同五四時期言論集》，東方出版中心，1998年。

60. 任達：《新政革命與日本——中國，1898～1912》，江蘇人民出版社，1998年。

61. 王德威：《想像中國的方法》，三聯書店，1998年。

62. 范伯群主編：《中國近現代通俗文學史》，江蘇教育出版社，1999年。

63. 梁啟超：《梁啟超全集》，北京出版社，1999年。

64. 周蔥秀：《中國近現代文化期刊史》，山西教育出版社，1999年。

65. 陳子展：《中國近代文學之變遷　中國最近三十年文學史》，上海古籍出版社，2000年。

66. 王力：《漢語語法史》，商務印書館，2000年。

67. 王瑤：《王瑤全集》，河北教育出版社，2000年。

68. 李歐梵：《現代性的追求》，北京三聯書店，2000年。

69. 徐德明：《中國現代小說雅俗流變與整合》，社會科學文獻出版社，2000年。

70. 夏志清：《中國現代小說史》，香港中文大學出版社，2001年。

71. 王一川：《中國現代性體驗的發生》，北京師範大學，2001年。

72. 胡應麟：《少室山房筆叢》，上海書店，2001年。

73. 周作人：《藝術與生活》，河北教育出版社，2002年。

74. 〔日〕樽本照雄：《新編增補清末民初小說目錄》，齊魯書社，2002年。

75. 呂淑湘：《呂淑湘全集》，遼寧教育出版社，2002年。

76. 〔德〕海德格爾：《人，詩意地安居》，廣西師範大學出版社，2002年。

77. 陳大康：《中國近代小說編年》，華東師範大學出版社，2002年。

78. 魯德才：《古代白話小說形態發展史論》，南開大學出版社，2002年。

79. 傅斯年：《傅斯年全集》，湖南教育出版社，2003年。

80. 阿英：《阿英全集》，安徽教育出版社，2003年。

81. 〔日〕柄谷行人：《日本現代文學的起源》，三聯書店，2003年。

82. 高玉：《現代漢語與中國現代文學》，中國社會科學出版社，2003年。

83. 季桂起：《中國小說體式的現代轉型與流變》，山東大學出版社，2003年。

84. 楊聯芬：《晚清至五四：中國文學現代性的發生》，北京大學出版社，2003年。

85. 李歐梵、季進：《李歐梵季進對話錄》，蘇州大學出版社，2003年。

86. 王光明：《現代漢詩的百年演變》，河北教育出版社，2003年。

87. 汪暉：《現代中國思想的興起》，三聯書店，2004年。

88. 馮天瑜：《新語探源——中西日文化互動與近代漢字術語生成》，中華書局，2004年。

89. 趙孝萱：《鴛鴦蝴蝶派新論》，蘭州大學出版社，2004年。

90. 楊聯芬：《中國現代小說導論》，四川大學出版社，2004年。

91. 柳珊：《在歷史縫隙間掙扎——1910～1920年間的〈小說月報〉研究》，百花洲文藝出版社，2004年。

92. 魯迅：《魯迅全集》，人民文學出版社，2005年。

93. 陳平原：《中國現代小說的起點》，北京大學出版社，2005年。

94. 王德威：《被壓抑的現代性——晚清小說新論》，北京大學出版社，2005年。

95. 韓洪舉：《林譯小說研究》，中國社會科學出版社，2005年。

96. 劉濤：《中國現代小說範疇論》，河南大學出版社，2005年。

97. 朱一玄編：《明清小說資料選編》，南開大學出版社，2006年。

98. 周振鶴、游汝杰：《方言與中國文化》（第2版），上海人民出版社，2006年。

99. 閻浩崗：《中國現代小說史論》，人民文學出版社，2006年

100. 張衛中：《漢語與漢語文學》，文化藝術出版社2006年。

101. 夏曉虹、王風等：《文學語言與文章體式》，安徽教育出版社，2006年。

102. 謝曉霞：《〈小說月報〉1910～1920：商業、文化與未完成的現代性》，上海三聯書店，2006年。

103. 劉勇強：《中國古代小說史敘論》，北京大學出版社，2007年。

104. 袁進：《中國文學的近代變革》，廣西師範大學出版社，2007年。

105. 范伯群：《〈插圖本〉中國現代通俗文學史》，北京大學出版社，2007年。

106. 徐時儀：《漢語白話發展史》，北京大學出版社，2007年。

107. 劉進才：《語言運動與中國現代文學》，中華書局，2007年。

108. 錢振綱：《清末民國小說史論》，河北人民出版社，2008年。

109. 賀陽：《現代漢語歐化語法現象研究》，商務印書館，2008年。

110. 陳思廣：《中國現代長篇小說編年》，四川大學出版社，2008年。

111. 郭洪雷：《中國小說修辭模式的嬗變——從宋元話本到五四小說》，上海

三聯書店，2008 年。

112. 〔美〕奚密：《現代漢詩：一九一七年以來的理論與實踐》，上海三聯書店，2008 年。

113. 吳曉峰：《國語運動與文學革命》，中央編譯出版社，2008 年。

114. 李怡：《日本體驗與中國新文學的發生》，北京大學出版社，2009 年。

115. 黃霖：《中國古代小說敘事三維論》，上海世紀出版集團，2009 年。

116. 鄧偉：《分裂與建構：清末民初文學語言新變研究（1898～1917）》，中國社會科學出版社，2009 年。

117. 郭戰濤：《民國初年駢體小說研究》，廣西師範大學出版社，2010 年。

118. 金觀濤：《觀念史研究：中國現代重要政治術語的形成》，法律出版社，2010 年。

119. 劉琴：《現代漢語與現代文學的關聯性研究》，中國社會科學出版社，2010 年。

120. 張向東：《語言變革與中國現代文學發生》，人民文學出版社，2010 年。

121. 宋莉華：《傳教士漢文小說研究》，上海古籍出版社 2010 年。

122. 劉鐵群《現代都市未成型時期的市民文學——〈禮拜六〉研究》，中國社會科學出版社，2010 年

123. 張振國：《晚清民國志怪傳奇小說集》，鳳凰出版社 2011 年。

124. 張麗華：《現代中國「短篇小說」的興起——以文類形構為視角》，北京大學出版社，2011 年。

125. 劉永文：《民國小說目錄 1912～1920》，上海古籍出版社，2011 年。

126. 〔英〕托·斯·艾略特：《傳統與個人才能》，上海譯文出版社，2012 年。

127. 王勇：《〈東方雜誌〉與中國現代文學》，中國社會科學出版社，2014 年。

128. 張黎敏：《文化傳播與文學生長——（1918～1923）〈時事新報·學燈〉研究》，中國財政經濟出版社，2014 年。

129. 〔法〕卡特琳·古特：《重返風景：當代藝術的地景再現》，華東師範大學出版社，2014 年。

130. 劉勇、李怡主編：《中國現代文學編年史（1895～1949）》，文化藝術出版社，2015 年。

131. 吳靜：《〈學燈〉與五四新文化運動》，中國書籍出版社，2015 年。

132. 陳平原：《作為學科的文學史：文學教育的方法、途徑及境界》，北京大學出版社，2016 年。

133. 王恒展：《中國文言小說發展研究》，山東教育出版社，2016 年。

134. 張振國：《民國文言小說史》，鳳凰出版社，2017 年。

135. 王澤龍:《現代漢語與現代詩歌研究》,長江文藝出版社,2017 年。

136. 〔美〕李海燕:《心靈革命:現代中國愛情的譜系》,北京大學出版社,2018 年。

137. 王汎森:《思想是生活的一種方式——中國近代思想史的再思考》,北京大學出版社,2018 年。

138. 方維規:《概念的歷史分量:近代中國思想的概念史研究》,北京大學出版社,2018 年。

139. 潘光哲:《創造近代中國的「世界知識」》,社會科學文獻出版社,2019 年。

140. 王東杰:《聲入心通:國語運動與現代中國》,北京師範大學出版社,2019 年。

141. 陳力衛:《東往東來——近代中日之間的語詞概念》,社會科學文獻出版社,2019 年。

142. 陳建華:《紫羅蘭的魅影:周瘦鵑與上海文學文化,1911~1949》,上海文藝出版社,2019 年。

143. 趙黎明:《〈東方雜誌〉與中國新文化運動》,人民出版社,2019 年。

144. 莊逸雲:《收官:中國文言小說的最後五十年》,商務印書館,2020 年。

三、博士論文

1. 王風:《新文學的建立與現代書面語的產生》,北京大學,2000 年。

2. 王平:《清末民初的語言變革與現代文學雅俗觀的生成》,四川大學,2007 年。

3. 李文倩:《李定夷及其文學研究》,蘇州大學,2008 年。

4. 杜竹敏:《〈民國日報〉文藝副刊研究(1916~1924)》,復旦大學,2010 年。

5 員怒華:《四大副刊與五四新文學》,華中師範大學,2011 年。

四、主要期刊論文

1. 王立達:《現代漢語中從日語借用的詞彙》,《中國語文》,1958 年第 68 期。

2. 俞敏:《白話文的興起、過去和將來》,《中國語文》,1979 年第 3 期。

3. 張壽康:《五四運動與現代漢語的最後形成》,《中國語文》,1979 年第 4 期。

4. 黃子平、陳平原、錢理群:《論「二十世紀中國文學」》,《文學評論》,1985 年第 5 期。

5. 黃子平、陳平原、錢理群:《二十世紀中國文學三人談》,《讀書》,1985

年第 10 期。

6. 沈迪中：《巧合是怎樣產生的——中國白話文運動和日本言文一致運動》，《遼寧大學學報》，1985 年第 4 期。

7. 王瑤：《中國現代文學與古典文學的歷史聯繫》，《北京大學學報》，1986 年第 5 期。

8. 鄭敏：《世紀末的回顧：漢語語言變革與中國新詩創作》，《文學評論》，1993 年第 3 期。

9. 王富仁：《關於當前中國現代文學研究若干問題》，《中國現代文學研究叢刊》，1996 年第 2 期。

10. 汪政：《有關「漢語小說」的箚記》，《天津社會科學》，1996 年第 3 期。

11. 時萌：《〈玉梨魂〉真相大白》，《蘇州雜誌》，1997 年第 1 期。

12. 陳平原：《學術史上的「現代文學」》，《中國現代文學研究叢刊》，1997 年第 1 期。

13. 林燾：《從官話、國語到普通話》，《語文建設》，1998 年第 10 期。

14. 劉納：《中國現代文學語言與傳統》，《文藝研究》，1999 年第 1 期。

15. 文貴良：《解構與重建——五四文學話語模式的生成及其嬗變》，《中國社會科學》，1999 年第 3 期。

16. 陳思和：《關於中國現代短篇小說》，《小說評論》，2000 年第 1 期。

17. 謝耀基：《漢語語法歐化綜述》，《語文研究》，2001 年第 1 期。

18. 嚴家炎：《文學史分期之我見》，《復旦學報》，2001 年第 3 期。

19. 范伯群：《在 19 世紀 20 世紀之交，建立中國現代文學的界碑》，《復旦學報》，2001 年第 4 期。

20. 黃麗珍：《劉半農「五四」前的翻譯小說與翻譯詩歌》，《岱宗學刊》2001 年第 4 期。

21. 王兆勝：《〈紅樓夢〉與 20 世紀中國文學》，《中國社會科學》，2002 年第 3 期。

22. 郜元寶：《現代漢語：工具論與本體論的交戰》，《當代作家評論》，2002 年第 2 期。

23. 許志英：《量變起點與質變起點》，《東方論壇》，2002 年第 4 期。

24. 黃興濤：《近代新名詞的思想史意義發微——兼談對於「一般思想史」之認識》，《開放時代》，2003 年第 4 期。

25. 朱壽桐：《〈學燈〉與「新文藝」建設》，《新文學史料》，2005 年第 3 期。

26. 嚴家炎：《『五四』新體白話的起源、特徵及其評價》，《中國現代文學研究叢刊》，2006 年第 1 期。

27. 范伯群：《〈海上花列傳〉：現代通俗小說開山之作》，《中國現代文學研究

叢刊》，2006 年第 3 期。

28. 袁進：《重新審視歐化白話文的起源——試論近代西方傳教士對中國文學的影響》，《文學評論》，2007 年第 1 期。

29. 高群：《論〈海上花列傳〉文學形式的選擇》，《明清小說研究》，2007 年第 2 期。

30. 陳曉明：《遺忘與召回：現代傳統與當代作家》，《當代作家評論》，2007 年第 6 期。

31. 湯哲聲：《中國現代通俗文學的「現代性」和怎樣入史》，《探索與爭鳴》，2007 年第 6 期。

32. 潘建國：《方言與古代白話小說》，《北京大學學報》，2008 年第 2 期。

33. 羅曉靜：《清末民初西方「個人」概念的引入與置換》，《湖北大學學報》，2008 年第 5 期。

34. 李怡：《「民國文學史」框架與大後方文學》，《重慶師範大學學報》，2009 年第 1 期。

35. 欒梅健：《1892：中國現代文學的起源——論〈海上花列傳〉的斷代價值》，《文藝爭鳴》，2009 年第 3 期。

36. 嚴家炎：《「五四」文學思想探源》，《北京大學學報》，2009 年第 4 期。

37. 郜元寶：《漢語之命運——百年未完的爭辯》，《南方文壇》，2009 年第 2 期。

38. 夏曉虹：《晚清白話文運動的官方資源》，《北京社會科學》2010 年第 2 期。

39. 丁帆：《新舊文學的分水嶺——尋找被中國現代文學史遺忘和遮蔽了的七年（1912～1919）》，《江蘇社會科學》，2011 年第 1 期。

40. 朱一凡：《現代漢語歐化研究：歷史和現狀》，《解放軍外國語學院學報》，2011 年第 2 期。

41. 葛紅兵、宋桂林：《小說：作為地方性語言和知識的可能——現代漢語小說的語言學問題》，《中國現代文學研究叢刊》2011 年第 10 期。

42. 鄧偉：《試論五四文學語言的歐化白話現象》《廣東社會科學》2011 年第 2 期。

43. 胡全章：《白話文運動：沒有晚清何來五四》，《貴州社會科學》，2012 年第 1 期。

44. 李國華：《「舊小說」與茅盾長篇小說的生成》，《中國現代文學研究叢刊》，2012 年第 1 期。

45. 楊洪承：《現代作家王統照踐行五四新文化的意義》，《淮陰師範學院學報》，2013 年第 1 期。

46. 王富仁：《「現代性」辯正》，《北京師範大學學報》，2013 年第 5 期。

47. 楊聯芬：《「戀愛」之發生與中國現代文學觀念變遷》，《中國社會科學》，2014 年第 1 期。

48. 湯哲聲：《通俗文學入史與中國現代文學格局的思考》，《中國現代文學研究叢刊》，2014 年第 1 期。

49. 袁進：《糾正胡適的錯誤——從歐化白話文在中國的演變談起》，《玉溪師範學院學報》，2015 年第 12 期。

50. 朱曉進：《語言變革對中國現代文學形式發展的深度影響》，《中國社會科學》，2015 年第 1 期。

51. 陳曉明：《我們為什麼恐懼形式——傳統、創新與現代小說經驗》，《中國文學批評》2015 年第 1 期。

52. 李遇春：《中國文學傳統的創造性轉化——重建現代中國文學研究的古今維度》，《天津社會科學》，2016 年第 1 期。

53. 陳建華：《為「文言」一辯——語言辯證運動與中國現代文學的源起》，《學術月刊》，2016 年第 4 期。

54. 崔燕、崔銀河：《魯迅與〈晨報副刊〉始末》，《魯迅研究月刊》，2018 年第 5 期。

55. 李怡：《多種書寫語言的交融與衝突——再審中國新詩的誕生》，《文藝研究》，2018 年第 9 期。

56. 刁晏斌：《漢語的歐化與歐化的漢語——百年漢語歷史回顧之一》，《雲南師大學報》，2019 年第 1 期。

57. 王德威：《沒有五四，何來晚清》，《南方文壇》，2019 年第 1 期。

58. 李國華：《時間意識與小說文體——胡適〈論短篇小說〉與魯迅〈狂人日記〉對讀》，《文藝爭鳴》，2019 年第 7 期。

59. 吳德利：《〈狂人日記〉：中國現代短篇小說的「創生」》，《西南民族大學學報》2019 年第 11 期。

60. 楊華麗：《梅蘭芳與〈一縷麻〉的早期傳播》，《現代中文學刊》，2019 年第 6 期。

61. 王德威：《何為文學史？文學史何為？——王德威教授談〈哈佛新編中國現代文學史〉》，《現代中文學刊》，2019 年第 3 期。

62. 王本朝：《重審老舍與傳統文化的關係》，《首都師範大學學報》，2020 年第 1 期。